长　篇　小　说

木梓

冯敬鸿　　著

山東文藝出版社

图书在版编目（CIP）数据

木棉／冯敬鸿著．—济南：山东文艺出版社，2023.1（2024.1重印）
ISBN 978-7-5329-6773-5

Ⅰ．①木… Ⅱ．①冯… Ⅲ．①长篇小说—中国—当代
Ⅳ．① I247.5

中国版本图书馆 CIP 数据核字（2023）第 006726 号

木棉

MUMIAN

冯敬鸿　著

主管单位　山东出版传媒股份有限公司
出版发行　山东文艺出版社
社　　址　山东省济南市英雄山路 189 号
邮　　编　250002
网　　址　www.sdwypress.com

读者服务　0531-82098776（总编室）
　　　　　0531-82098775（市场营销部）
电子邮箱　sdwy@sdpress.com.cn

印　　刷　盛大（天津）印刷有限公司
开　　本　710 毫米 ×1000 毫米　1/16
印　　张　20.5
字　　数　307 千
版　　次　2023 年 1 月第 1 版
印　　次　2024 年 1 月第 2 次印刷
书　　号　ISBN 978-7-5329-6773-5
定　　价　68.00 元

序 言

脱贫攻坚，书写了人类发展史上的伟大传奇。摆脱贫困，是人与自然，与自己进行的一场博弈，它是物质层面的，更是信念、思想等精神层面的。《木棉》展示了贫困乡村在脱贫攻坚过程中发生的深刻变化，作者对于农村的面貌、生产生活情况进行过细致入微的观察，讲作物种植、算土地产出，也触及了农村人口老龄化、精神病人的社会安置、农村大龄男青年的婚恋、农村精神文明建设等具有广泛现实意义的课题，是反映脱贫攻坚征程伟大意义的真实读本。

《木棉》贯穿着理论思维、同心理念等，融入了人学、合作经营、集体经济等方面的理论研究成果，具有思想性。全书前半部分围绕“筑路”展开，后半部分围绕“产业扶贫”展开。“筑路”是楔子，“产业扶贫”是重点。围绕筑路、产业扶贫等中心事件，衍生出与发展集体经济、产业扶贫等相关的故事，提炼出走社会主义道路、坚定理想信念的主题思想。“中心”故事是生成的、未完成的，是一个探索的过程，体现行进之美。创作“中心”故事的过程中，围绕“木棉”，发掘事件蕴含的思想，彰显了“同心共筑中国梦”的主题和改革创新的时代精神。

围绕产业扶贫这一主线，《木棉》叙述了与水源林保护、合作经营、调解山林纠纷、观摩等相关的情节。王老爷、周副市长、吴佳、韦晓分别是老兵、知青、扶贫干部、返乡青年等群体之一，文本对人物做了形象化处理。如王老爷，通过人物形象塑造，整体上展现老兵的历史厚重之美；对周副市长、吴佳、韦晓等人物的描写，虚实写法贯穿其中，表达出不断奋斗的时代之美，构建了以生活美、自然美、心灵美等“木棉”元素组成的美丽乡村主题，从而使该部作品具有艺术性。

《木棉》讲述了一个“美丽乡村”的故事，富强、民主、文明、和谐、自由、平等、公正、法治、爱国、敬业、诚信、友善等社会主义核心价值观和民族团结进步的思想融入作品之中，歌颂了奉献之美、崇高之美、信仰之美等隽永的美，具有积极向上的文化力量。我认为，这是一部传播正能量、弘扬主旋律的文艺作品。

《木棉》绘就了新征程上战胜贫困的英雄画卷。我想，那些为了新中国成立和发展而努力奋斗又默默无闻的人们，正如傲然挺立着的木棉，历史和人民是不会忘记的。这也是《木棉》给予我们的文学思考。

是为序。

全国政协委员　中国文联第十届全委会委员

中国美术家协会分党组书记、常务副主席

2022 年　北京

目　录

Contents

壮语中，“那”代表稻田、土地，还形成独具壮民族特色的“那”文化。据考证，汉语中的“那”出自《国语·楚语》中的“富都那竖”，原意为青春美丽，与壮语中的“那”含义有所不同。“上下、内外、小大、远近皆无害焉，故曰美。若于目观则美，缩于财用则匮，是聚民利以自封而瘠民也，胡美之为？”左丘讲的“美”，是一种伦理之美。

——题记

第一章　那美

1. 床

去那美村的路，很长。

到县城后，要转公交，车费八块钱。公交到光明石桥后返回，去不了玉屏乡。石桥那儿可能会有三轮车之类的。原因是，年前通往玉屏乡的光明桥上发生一起交通事故，两辆大客车在桥上碰撞后双双掉到河里，桥损毁严重，成了危桥不能通大车。保险公司、货车主、司机几方为理赔的事争执不下，诉诸法院。因牵涉官司，久拖不决，现在县城到玉屏都是用小货车拉货，大车进不得。从某种意义上讲，玉屏已成“孤岛”。

当接到派驻通知时，石头正在老家休假，陪着不满周岁的女儿。派驻地点东山县玉屏乡那美村是定点扶贫村，位于岭南西大明山腹地，属一类艰苦贫困地区，要一驻两年。

车窗外是一望无际的香蕉林地，再就是青青稻田，正是四月时节，农人们都在田里抛秧，处处一派农忙景象。石头望着车窗外，思绪回到了一年前。那时候南方开展“美丽乡村”活动，全省选派八万名干部驻村工作。通知上说了，今年队伍进行整合，原有的新农村建设指导员、贫困村党组织第一书记、“清洁乡村”活动工作队队员、定点扶贫工作队队员等四支力量，整合为美丽乡村建设（扶贫）工作队，全省精简为111个工作队，三万多名队员，实行统一选派、统一管理、统一使用。今年的总量适当精减，人员更为精干。

眨眼又是一年，日子过得真快啊。一年前，石头被选派到兴隆县二塘社区驻村开展了为期一年的美丽乡村工作。社区属城乡接合部，原为二塘镇，后改为社区。社区常驻居民一万余名，流动人口两千多名，面积十四平方公里。社区党委书记常常说：“我们的辖区比钓鱼岛还大呢。”

辖区面积大，人多事杂，加上工作人员少，经费不足，基础设施比较滞后，很多地方达不到美丽乡村的要求，工作人员压力非常大。社区在城区党委政府和工作队支持下，申请到惠民资金，完成电路建设，并充分发动群众开展清洁乡村工作，应该说，还算有些成效。

市财政有专项惠民资金二十万元，用于近年来的民生工程。社区党委书记说：“去年我们申报健身设备、篮球场、文化室等建设项目，没有得到批准，说不规范。”此事据石头后来调查得知，所谓的健身设备、篮球场、文化室是一个公益机构捐赠的，不用财政支出。社区又拿不出需要惠民资金的相关证明材料，于是准备一些无关单据上交财政部门。现在财政支出规范，监管严格，惠民资金没有批下来。社区拿不出好的项目，一晃惠民资金躺着睡了两年。当年申请不到，使用指标自动取消，第二年需重新申请。

美丽乡村建设需要钱。为这事，石头建议以社区党委的名义给工作队写申请惠民资金的报告，恳请队长同城区领导协调。队长是省厅的纪委书记，一米八的个子，讲话声音洪亮、一板一眼。他说：“在完善清洁乡村基础设施，组建保洁队伍方面，财政方面是有一些资金安排的。如果把这些再列入惠民资金项目，财政是否允许？”石头说：“我已同社区党委沟通过，大家的意见是统一的，希望今年的惠民资金以支持美丽乡村建设的形式支付。另外，我还和城区美丽办、财政局的同志进行了沟通，他们的意见是先打申请报告，至于是否可行，要看领导的意见。”队长想了一会儿，说：“这样吧，我在报告上面做个批示，你拿这个找城区马书记。你要写明意见，表明社区党委是打报告给工作队的。作为驻村队员，你把这件事上交工作队处理。凡事都要讲程序，守规矩，没有规矩不成方圆。至于能不能申请到惠民资金，要充分尊重地方的意见。作为队员，凡事多征求他们的意见。具体工作时，你既要积极主动宣传党的路线、方针、政策，更要冲在第一线。”

美丽乡村建设事无巨细，比如村里不能散养鸡，要圈养。怎么判定是散养还是圈养呢？一个标准就是看路上有没有鸡粪。散养家畜项的考核总分为1分，没有加分项。发现一坨鸡粪要扣0.1分，两坨鸡粪扣0.2分，要是三坨，那就要扣0.4分，有四坨，那就对不住了，1分全扣完。城区各乡镇评比，分分追得很紧，有时仅差一点点，一坨鸡粪可能会要走一头猪。去年城区开展“美丽乡村送大肥猪”活动，考核前十名的村屯，每屯奖励一头大肥猪。因第十名是并列的，而猪只有十头，没办法搞平衡，只好复查。两个十名分数追得很紧，可关键时刻一个村屯偏偏跑出来几只鸡，路上散落着几坨鸡粪，最后很遗憾地没有吃上猪肉。

村子里的红旗屯巷道没有硬化。因为是土路，天气好时，无论怎么扫，路面都是坑坑洼洼的，灰尘满天飞；到了下雨天，路面积水成渊，进出村，往往一身“水泥”。市里的检查组到红旗屯检查，对城区周边竟然还有村屯巷道没有硬化感到非常吃惊。因为巷道是土路，不好打扫，社区没少被市、城区检查组点名，而每次检查红旗屯都必检且被通报，这也算在市检查组那儿挂了号，“红旗”变“白旗”了。为摆脱被动局面，社区向城区政府申请了屯路硬化三公里项目，总投资七十万元，村民需自筹资金二十六万元。按财政规定，屯路硬化项目既需要财政资金，还需要村民筹资，共分两块。整理好路面，属村民自筹的部分；施工队进驻，水泥硬化，这笔费用财政出。村民听说修路，投工投劳很积极，特别是有个在外做生意的村民，一下子捐出二十万元，解决了大问题。后来，因为美丽乡村工作做得好，红旗屯还得到城区表扬呢。通过这件事，他深刻体会到，祸和福往往是相对的，所谓“祸兮福所倚，福兮祸所伏”。

平凡中有感悟，也有感动。

每个村都有示范点，二塘社区精心打造红旗屯。红旗屯是水库移民新村，村前有很大的鱼塘。有一次，塘里放水捕鱼，鱼多、肥大、鲜美。搞了一上午，大家收工。他碰到一个村民抱着孩子提着两条鱼回家，随口说道：“这鱼真好，花了多少钱？”村民回答说：“这还用花钱吗，他们承包村里的塘，我是村里的干部，当干部的不吃，谁还吃！”言之凿凿，理直气壮。他愕然，自语道：“果真是村里的干部吗？也许是开的玩笑吧。”

还有一次，红旗屯集中搞清洁工作，由于动员充分，屯里男女老少都出动，那可真是全民齐动手。人群中，他看到有个老人，花白的头发，瘦小的身子，也夹杂在扫地的人群中。他很过意不去，赶紧走过去请老人休息一下。老人执意不肯，说：“这都是我们自己的活，农村人习惯了，闲不住。”这时周围的人说：“老奶奶已经一百多岁了，孙子六十多了。你看，她身体很好。”人们又介绍石头：“这是我们社区美丽乡村工作队的指导员，北方来的。”老人听后，伸出布满斑斑点点的手，紧紧握住他，说道：“我活了这么大，还从来没想过，共产党会派干部来给我们扫地啊。”

他想，扫去了灰尘，紧紧握住的，可不就是温暖的鱼水情吗？

从北方老家到南方，火车走了三十多个小时。想起刚回家看到孩子时，他心中充满期待，伸出手，想抱抱，可孩子认生，不让他抱。在家待了几天，父女俩才算熟悉，也让他抱了。孩子虽然不太会说话，认人还不准，但对图像已有模糊意识。

待了没几天又要离开。离家前，他抱起孩子，爱人问孩子：“爸爸呢？”

孩子小手胖胖的，煞是可爱，一指——那是放在桌子上的全家福里面的“爸爸”……

“到站了！”一个声音打断了他。现在，车内只有他一个人。

下了车，公交转头开回去了。

这里是丁字路口。一条路通往东山县城，另一条路通往附近村落，而向前去的路则被两根水泥柱子封住，中间只留两米左右的空隙，仅供小车通过。往前不远处就是光明石桥了，河水默默地流着，周围非常安静，没有什么人和车辆来往。

在这前不着村后不着店的地方等了一会儿，有皮卡路过，石头摆手示意其停下，问：“师傅，去玉屏吗？ 能不能捎我一段？”

司机是一个年轻小伙儿，回答说：“可以啊，从这里走的车都去玉屏。”

向前走是石桥，桥面坑坑洼洼，一侧已经封住了。一路走来，满眼尽是绿油油的南瓜地，司机问石头：“你是做什么的？”

“我是扶贫工作队的，要到那美村去。”

“那你不用到玉屏，中途下车就可以。到了我会告诉你。”司机热情地说道。

车子行驶了大概三十分钟，在一个烈士墓园前停下。墓园内有纪念碑，绿树红花掩映着，庄严肃穆。

墓园旁边有一条屯路。

司机说："从这儿往里走，再走八公里就是。我有别的事，要不送你进去。村里经常有车进出，你等一会儿吧。"

石头说："没关系，谢谢你。"

皮卡远去。

墓园有台阶可上，汉白玉做的栏杆绕在四周，里面有高大的松、柏、榛、红木棉。环绕墓园的紫荆花在风中摇曳着，鲜红的、深紫的朱槿花开正浓。纪念碑旁有一个小亭，可做休息之用。纪念碑正中间的八个金色大字"革命烈士永垂不朽"熠熠生辉，下有竖写的碑文，上书：

> 玉屏是一片热土。玉屏人民勤劳勇敢，有着光荣的革命传统。一批热血青年为新中国的建立前赴后继，英勇奋斗，报效国家，其中有十九位烈士长眠在这片土地，他们的英雄事迹永远铭刻在人们的心中。

想不到十九位为新中国建立而英勇捐躯的革命烈士中，有两位是那美村人。他们牺牲的时候，大多二三十岁，非常年轻，但是，他们的英名和英雄事迹，将世世代代流传下去。

路上不时有小车呼啸而过，这座纪念碑却静悄悄的。她，在守望吗？

路旁有一个硕大的广告牌，上面有几个大字"希里桉树"，下面有一行小字"中国桉树出南方，南方桉树看希里"。

等了一会儿，有摩托车驶过。招手示意其停下，石头说："师傅，我要去村里，你能带我一段吗？"

司机下车，嗅了嗅石头身上的味道。

他纳闷，这是不是当地的待人之道啊？据说有些地方的人用鼻子嗅他人来表示友好之意，莫非此地也有这等风俗？

司机看出他的困惑，说："带你进去可以。我这人有'几不拉'，喝酒的不拉，老人不拉，妇女儿童不拉。山高路远，有几处转盘山路不好走。这'几不拉'，是为了安全。"

原来如此。

一路驶来，看到的尽是整整齐齐的树，遍布山野。有的地方正在烧山，露出黑黢黢的山脊，山脊上残留着的火苗正在升腾着。

石头问："为什么烧山啊？"

司机回答说："种树，种的都是速生桉，我们这儿全部是水源林，以前直径两三米的林木到处是。现在通了路，老树被砍掉了。"

"除了桉树，有没有种过别的？"

"有啊。以前我们种过板栗、竹子、木薯、香蕉、水稻、八角，都不理想。种桉树来钱快，这里有个风气，看啥赚钱，跟风。"

车子不快不慢。

转过山头，下面是几段转盘山路，有六七道陡峭的弯。高高的山峰映入眼帘，山腰闪出一座小屯子来，四周尽是梯田。屯前有一条河，似绿色玉带绕过。河上有桥，桥边密布竹林、芭蕉、板栗等。

漫山翠绿，尽收眼底。在这翠绿的海中，远远地看到一棵赫然凸起的榕树，很特别。

转过弯，路过竹林，有几只小猴子静静地蹲在路边，警惕地观望着。

石头说："师傅，麻烦停一下，我想看看小猴子。"

司机停车。

"这些小猴子，是猕猴吧？"石头问。

司机说："是啊，玉屏常驻居民三万多，其中猴丁一万八，人丁一万六，早先猴子只有三千，现在猴比人多。这里的猴群，据说分八大猴族，它们经常争斗。猴子是保护动物，我们拿它们没办法，猴子多了，保护区管不过来，有的就跑出来到村里祸害庄稼。这不，你看它们又跑出来了。"

还真是这样，他远远地望见一只小猴子嘴里叼着玉米跑，那小猴子还边跑边往后看呢。

"这座山叫龙虎山，是西大明山北部山脉的一支。从古至今，我们这里一直流传着侬智高的传说。"司机自豪地说道。

石头说："侬智高？是在昆仑关被狄青征讨的那个侬智高吗？"

他说道：“是啊。其实，侬智高智勇双全，起兵反宋，杀富济贫，是壮民族的大英雄。后来宋朝大将狄青前来打他，侬智高吃了败仗，于是就骑着白马带领几名亲信往深山老林方向逃跑，到此地后惊奇地发现一个大岩洞，于是他们钻进了岩洞。这个洞有储存阳光的仙石，叫作‘黑白两重天’，传说半边黑夜半边白天。白天，阳光透过山顶小孔照进来，照到仙石后被储存起来，到了晚上仙石发光，洞里的花果得以生长，山洞成了世外桃源。侬智高在这里隐居，以种田捕鱼为生。狄青知道侬智高藏在洞中，于是派人入洞捉拿。不料士兵入洞没有几米，就听到嘎嘎的怪声，黑暗中只见几条黑影上蹿下跳，士兵以为撞到了什么鬼怪，吓得扭头就跑。狄青派人把洞口围住，过了一段时间，狄青寻思着，侬智高在里面应该饿死了吧，于是就收兵回朝复命了，谁知侬智高竟然靠着洞中的鱼、果躲过了劫难。

“猴子的来历也很有趣，据说是侬智高逃亡时带的猴子繁衍生息而来，现在已经发展到一万多只。龙虎山从此成为猴子的乐园，据说是中国四大猴山之首。”

石头说：“猴子怎么偷吃玉米？”

“山里的食物不够猴子吃嘛，保护区会给一些补偿。往年这儿生态环境好，自从种了树以后，猴子的生活环境发生很大变化，它们开始走出山林。”

远远的山上，从山脚到山顶，都已布满整齐的树。不用说，那是速生桉。

猴子不怕人。石头靠前，一只小猴子蹿到他肩上，把他吓了一跳。

小时候，石头见过猴子。那是在马戏团，他远远地看小猴子做一些滑稽的动作，感觉很好玩。后来，在动物园又看到那些大大小小的猴子向人们讨一些花生、零食什么的，觉得猴子其实挺可怜。有这样一则寓言，爸爸和孩子一起到动物园，爸爸对孩子说：“猴子这种动物很笨，却自以为是。你看，我把零食抛到空中，它就会来接，很有趣。”爸爸把零食抛向空中，猴子果然跃起，接过零食。孩子高兴地说：“爸爸你真聪明。”猴爸爸对小猴子说：“人，其实很笨，看似聪明，却自以为是。你看，我做一个跳跃的动作，他们就会给我们东西吃。”果然，猴爸爸做了一个跳跃动作后，零食就扔了过来。小猴子高兴地说：“爸爸你真聪明。”

这可真是白马非马、鱼乐之辩。人不是猴子，怎么知道猴子想什么；猴子不是人，又怎么知道人想什么。

“人猿相揖别，只几个石头磨过……”隔阂，带来的是偏见。

人要探寻自己何去何从，猴呢？这大山深处曾经是它们栖身的唯一家园。但是，家园已非昨日家园。

看路边的小猴子，它们又将何去何从？

走过竹林，就是桥。

司机说：“这座桥长三十多米，石拱结构，二十世纪七十年代建造的，四十多年了，现在还在用着。邻村也有一座这样的老桥，比这座还老，五十年代建的。交通局来勘测，说桥太老了要建新桥。施工队说要把老桥拆了在原址建。村民说可别这样做，要建新桥，请选新址，这老桥不能拆。老桥六十多年了，还好好的，要建了新桥可能二三十年后又要重建，老桥给留着吧。后来施工方选新址建新桥，老桥没拆。”

石头说：“这样好啊。”

司机说：“现在的工程，哎，让人不放心啊。”

石头不知道说什么好。

这座建在二十世纪七十年代的石拱桥，下有四个“敞肩拱”，既增大了河水通道，又增强了桥自身的稳定性，结构原理与北方赵州桥如出一辙。尽管桥上的栏杆已经变成灰褐色，布满岁月的尘埃，有的地方脱落下来，不得已加固了几块木板，桥面坑坑洼洼，还存有积水，但它仍然是村民进出山的主要通道。

桥下就是河，河水墨绿墨绿的，和着此起彼伏的远山，令人感觉惬意。“江作青罗带，山如碧玉簪”，以后漫步老桥看看风景，应别有一番风味。

司机说：“这座桥年初被评为危桥。交通局测过几次，一直没有大修。这是村里人进出的必经之桥，一到收获季节，运送木薯、甘蔗、木材的大货车都要通过桥面，感觉很危险。”

尽管年代久远，这座坑坑洼洼的石拱老桥，仍然顽强地支撑着。

河边有大榕树，叶子密密的，树干粗壮，需四五人合抱。枝上有松鼠，上下跳跃。

司机说："大榕树是村里的保护神，少说也有一百多岁了。"

说话的工夫已到村委。别过司机，见支书在等。

支书高高的、瘦瘦的，脸黑黑的，姓孟，村民多称他"孟主任"，很少称"孟支书"。在村里，他既是村民委员会的主任，又是村党支部的书记，一肩挑。在村民看来，他们与村民委员会打交道多，所以，一般都称呼他为"孟主任"。

村委会又称村部，还有村民戏称"村公所"。村委会办公楼侧面有一棵高高的龙眼树，树干嶙峋，需三四人合抱。正是四月花开时节，无数蜜蜂萦绕在龙眼树上，空气中弥漫着嗡嗡声和浓烈的花香气息。后面种有秋枫、红木棉、榛树等粗大乔木，乔木密密的，直径均有三四十厘米，大的一米见方，却只留有光光的树干，树冠早被砍掉了。树干上长出不少叶子，枯木出新芽，村委会办公楼后面成了一片密密的小树林。支书说这些风景木是外地老板从越南拉来存放在村里的，等到元气恢复好后还要拉出去卖呢。这几年风景木不值钱，卖不上价，这些高大乔木就搁在村里了。

住的房间已安排好，在村委会办公楼的二楼。村委会所在的地方原是村里的小学，后来学生越来越少，小学被合并掉，现在四村八里的学生都集中到乡中心小学去了，原来的村小学改为村委会办公场所。对面是幸福院，中间是操场。这几年，每个贫困村屯都建有幸福院，又名五保村。村里的五保户无儿无女，住着破旧的土坯房，经济基础薄弱，没有能力建新房子，政府就统一在每个贫困村建五保村，聘请专人负责老人起居，统一供养。

五保村空空的，看样子，没有人居住。

房间非常杂乱，收拾了好一阵子。锅碗瓢盆，还有书桌、椅子、柜子、床等布满厚厚的灰尘，特别是床，颜色黑黑的，已经看不出底色了。

石头收拾好床铺，突然发现床头的横梁上隐隐约约闪出黑灰泛白的两行字，仔细一看，竟然是"玉屏公社，知青专用"。前阵子开会时，石头见过周副市长，听说他驻点扶贫，周副市长专门送他一本《知识青年下乡亲历记》，嘱咐他到农村后好好工作，要扎根生活，等等。书非常厚实，他没有读完。

来之前，他顺手带上它。看到床头“知青专用”几个字，好像有什么东西在他脑海闪过，他倒也没有多想什么。

收拾妥当，石头同支书沿河查看村情。

河边有木棉树，高二三十米，树干粗大，树身上长有钉子般的“木疙瘩”。上面挂一木板，贴一告示，标题是“冠斑犀鸟（飞机鸟）是国家重点保护动物，严禁猎杀及破坏其生活环境”。告示中间的黑框里面有两个白底黑色的犀鸟图案，左下侧标注大大的“冠斑犀鸟”几个字，较醒目。黑框下方是告示正文：“5 到 7 月是犀鸟繁殖期，如发现犀鸟巢，请勿破坏，马上通知保护区，经核实后立即发放奖金三千元。联系人 ×××。有效期 2014 年 4 月到 2014 年 7 月。”

石头问：“支书，你见过犀鸟吗？”

支书说：“见过，早年的时候，我们这里是原始林，犀鸟随处可见，一群几十只，多的有上百只呢。”

石头问：“犀鸟好看吗？据说，现在我国境内的野生犀鸟不到五十只。”

支书没有正面回答，只是淡淡地说道：“犀鸟这种鸟比较笨，长得很大，飞得又不快，很容易被人捕杀。雄鸟被捕杀了，育雏的雌鸟也活不了，捕杀一只雄鸟，等于杀死犀鸟一家。我已经十多年没有看见它们了。”

仅仅十多年，犀鸟已远去。想当初，犀鸟成群结队飞过河谷的上空，那场面是何等壮观！犀鸟可是传说中的爱情鸟呢。

看着浅浅的河水，石头问道：“河里有鱼吗？河水这么浅，鱼儿能长大吗？”

支书说：“有啊，还特别多。村里人抓不过来，就用电来搞。说起来也怪，这鱼越电越多。再说了，你不电，到了下游还是有人会电，这鱼终究要被人吃的。要不是用电，人怎能抓得住它们？山里的水特清，鱼可机灵呢。”

这可真奇了怪了。鱼怎么会越电越多？再机灵的鱼，能逃得过电网吗？

河边的芭蕉四五米高。石头问：“这是什么蕉？怎么长得这么高？”

支书说：“它叫西贡蕉。去年村里种了一些，原先还种过香蕉，冬天山里寒冷，香蕉熬不过，一遇霜冻都死掉了。去年有几家试着种了一些西贡蕉，发现还真行，它能抗霜冻，有一些收成。西贡蕉每株挂果二十斤左右，多的六七十斤，肥料跟不上，每株也有十几斤的产量，而且管理方便，现在市面上批发每斤就两元，每株纯利润三十元以上。全村种植规模六七千株，不少人打算扩大种植规模。”

这些高大、浓密的西贡蕉，说不定是村里新的经济增长点呢，石头想。

河边有一个风景木林，林下种满像姜一样的植物，是不是生姜？

支书看出石头的困惑，笑笑说：“你看，这东西长得像生姜，但它不是姜而是砂仁。村里种砂仁有年头了，原先家家种，产量还特别高，有的五分地就收获鲜果四五百斤，一年村里能收获鲜果八九千斤。以前我们这里没有路，出不了山，砂仁价格又便宜，为了填饱肚子，把大树砍掉改种玉米、木薯、稻谷和速生桉。现在一斤砂仁鲜果五十多元，价格特别稳定，我们都没有想到砂仁价格竟然涨得这么高。现在有人开始种风景木，下面种些砂仁，一是改良生态环境，二是希望得些收成。”

边走边聊，眼看天色已晚，二人返回村里。在村口，看到一个农妇背着硕大的芭蕉藤从山上下来，她后面跟着一个小女孩，怯怯的，不说话。农妇满脸漆黑，头发散乱，她穿着破旧的迷彩服，上面打着几个补丁。小女孩身上也脏脏的，看得出脸好久没有洗过。

打过招呼，农妇和孩子进村。

石头问：“她是谁啊？”

支书说：“老林家的韦大嫂，全村最穷的一户人家。她有两个儿子，大儿子外出打工，几年不回家。小儿子娶了媳妇，那媳妇生完孩子就跑了，人联系不上。留在家里的这个儿子，脾气不好，精神状态比较差。老林今年七十多，体弱多病，他从榨糖厂退休，有点退休金，还不够治病的。一年到头，他们家剩不下几个钱。这不，家里老老少少全靠韦大嫂一人支撑，现在孩子已经两岁多，一直由奶奶带着。”

“她拿芭蕉藤做什么？”

“这是野芭蕉，又叫土芭蕉，主要用来喂鸭子，也能做菜，味道很好。这东西浪费了可惜，拿到家里是要发挥它的效用，变废为宝啊。在山里，野芭蕉到处都是。”

看着老人和孩子远去的身影，石头想，如果村民不砍树、不烧山，也许，村里不会贫穷吧。当然，贫穷的原因是多方面的。

2. 三老

村子里有三个九十岁以上的老人，村民尊为“三老”。

军烈属

第一次见支书时，他说村里有位军烈属，九十四岁，住在银山屯。

石头决定进山看望老人家。

第二天一大早，天上飘着毛毛细雨，远山、甘蔗林、木薯地、稻田已模糊起来。他吃了一块压缩饼干，喝点水，简单收拾下，拿把伞就进山了。

路上尽是红泥巴，极不容易走，好在穿的塑料凉鞋不怕“水泥”。

小雨淅淅沥沥，空气非常清新；轰隆隆的巨响传来，是河水的声音。前面有岔路，一条跨过河上石桥，通往小水屯；一条通往银山屯。

他沿着通往银山屯的曲曲折折的山路攀行。路的一侧是山坡，厚厚的茅草垂下，成了一道绿墙；另一侧是河谷，水的声音很响。路已悬在半山中，边上长有茂密的艾草。石头以前见过艾草，节日里将其挂在门上，用来祈福辟邪，但野生艾草很少见到，更想不到路边的艾草这么多，密密麻麻。他摘下一片叶子，闻了闻，有种淡淡的草药清香。

路上有或深或浅的车轮痕迹，里面积了水，水里有条小蛇，肚皮翻滚。小蛇已经被车子轧过，死掉了。

路上有多处积水，比较泥泞。不一会儿，石头脚上沾满泥巴，好在前面不远处有一个小水池，正好涮脚，洗就奢侈了，仅仅把泥巴冲掉而已。

之后，继续赶路。

走了二三十分钟，气喘吁吁，毕竟山路非常陡峭。石头不大锻炼，没想到身体这么糟糕。好在细雨蒙蒙，空气温润，尽管有些许潮热，但吹来的山风却是清凉的。手机已没有信号，走了这么久，一个人也没见到，他自个儿有点害怕。

对面高山传来一长一短的鸟叫声，他不知道那是什么鸟。他担心路边猛地蹿出毒蛇或者猛兽，身上不由得起了疙瘩，也感觉不到累了。路边有段枯了的竹子，一米多长，把叶子去掉，正好做拐杖。这样一手拿伞，一手拿拐杖，要真有毒蛇或者什么怪物的话，拐杖还可以当防身武器呢。这样想着，又继续上路了。

在路上碰到毒蛇猛兽怎么办？他止不住地想这个问题。是拿棍子打，还是拔腿就跑？比如遇到眼镜蛇，即使你斗得过它，也不见得能够全身而退。况且和眼镜蛇斗，有什么意义？你还是要赶路的。听村里人讲，蛇怕人，除非它感觉受到威胁，一般不会主动攻击人。还有山猪，特别是带仔的母山猪，要是碰到它，它会把鬃毛竖立，这时千万不要惹它，要悄悄地向后退，不要跑。你要是跑，它就会追，人怎能跑得过山猪？况且，山猪的獠牙非常厉害。这可真是“人不惹猪猪不惹人，人若惹猪猪必惹人”啊！尽管山里的动物温顺，但最好不要惹它们，惹不起还躲不起嘛。

其实，头天傍晚，石头曾见到一条蛇。天气闷热，吃完饭，他在操场来回走动。往前走三十多米，往后倒走三十多米，这样反反复复二三十分钟，倒也觉得有趣。倒走到操场中间时，突然听到后面有清脆的响声，什么东西？转过身，哎呀，一条蛇正急速地向他爬过来，距离他不到一米！虽然几近黄昏，看不清楚是什么蛇，但那墨绿墨绿的小眼睛却闪闪发亮。当时他啥都没有想，撒丫子就跑。待一溜烟儿跑回房间，定了定神，想想蛇没有那么可怕吧。他拿了手电筒，又回到操场，哪儿还有蛇的影子！不过，这给了他一个启示，那就是人要向前走，不要倒着走。要不，眼睛干什么用？

提起眼镜蛇，石头想起南方宾馆的那个小姑娘。

这一晃，有五六年了吧，不知道小姑娘还在不在那里做服务员。那几年，石头被机关选派到省里的“两会”做简报秘书工作，主要负责整理记录委员们的会议发言。一次小组讨论结束委员们走后，负责倒水的那个服务员走到石头面前，说：“领导，我要向你反映问题。”她脸很红，有些气促，看得出鼓了很大勇气。石头说：“我不是领导，有问题尽管讲。”她说：“我来自西大明山区，我们那儿一到夏天毒蛇特别多，每年都有人被毒蛇咬。因为没有血清，有的人就死掉了。”说到这儿，小姑娘声音哽咽，禁不住流下泪水。她继续说道：“希望领导帮帮我们，帮我们山区的人弄一些血清，这样被蛇咬的人就不会死了。我们村里的人都会感谢你的。”说完，小姑娘竟然呜呜哭了起来。石头安慰她说：“谢谢你对我的信任。你反映的情况很重要，我会及时向上面报告。近期我们曾向有关部门报送了关于毒蛇咬人致死的信息，我想政府部门会介入此事。我们也会关注此事，请你放心。”

不知怎的，此时此刻想起了那个小姑娘，如果没有弄错的话，这里应该就是她说的西大明山区。这么多年过去，她是否已嫁人，为人妻母？她是否还记得在南方宾馆鼓起勇气为家乡的父老反映毒蛇咬人的事情？其实，石头非常赞赏小姑娘的勇气。她不是为自己，而是为家乡父老，为逝去的人。委员们关心人民疾苦的言行也许深深地打动了她。尽管她在为大家倒水，可倒水时，她在听。

继续往前走，雨停了。对面青山裹着一层淡淡的云，树木已有些模糊，空气却愈加清新，还是没有看到人。或许走错路了吧，再走十分钟，还不见人，干脆回去算了。

走了几分钟，对面来了一位大嫂，戴着斗笠，穿着雨衣。石头说：“大嫂，请问这里是银山屯吧？”

她回答道：“是啊。”她看石头的眼神怪怪的，不过倒也没有多问，她还要上山劳作呢。

石头不知道军烈属家在哪儿。但是，既然到银山了，在这个小小的屯子里，找人应该不成什么问题。

银山屯坐落在一个凸出的山坡上，二十户八九十人。房子有新有旧。新房子是近年来外出打工的人建的，砖瓦结构，建在山坡上，显得特别高大、气派。屯里还有几座用黏土建造的土房子，据说当年建房子时，用的是糯米水和红泥，这样墙的硬度就非常大。所以土房子尽管已建成三四十年，昏暗、潮湿，住了几代人，但是现在仍然非常结实耐用。土房子有两层，正门挂着镜子，大概是用来辟邪的。上层两米多高，做卧室用，还要用来堆放粮食；下层则用来养牲畜，真是一举多得。但是，这几年鼠患严重，房子尽管防水，却防不了鼠。一些外出打工的人家，屋子常年没有人居住，墙角被老鼠挖了不少洞，祸害得厉害。

一间黑黑矮矮的土房子里传来电视的声音。石头敲门，问道："家里有人吗？"

等了一会儿，主人出来。看到石头，主人显出很戒备的样子，说："你是做什么的？"

石头说："我是扶贫工作队的。"

"哦，指导员啊。"主人热情起来。

"你贵姓？"

"我姓林。"

"林大哥，今天我过来主要是想看看屯里的老军烈属。你知道她家在哪儿吗？"

"她老人家住在屯下的山坡上，我带你过去，等一下啊，我换换衣服。"

二人穿过屯内窄窄的小巷，再走过密密的竹林，前面闪出一座土房子，那就是老人的家了。土房子前面种满了芭蕉，青翠欲滴；旁边有棵柚子树，已经挂了密密麻麻的果，数都数不清；旁边还有棵不知道叫什么名字的树，叶子小小的。

"这是梨树吧？"石头问道。

"这不是梨树，是板栗树。"

"哦，搞错了。看叶子有点像。"看到林大哥的笑容，石头一哂。

"是有点像。"林大哥好像不经意地说着，并一再让石头注意脚下。

老人家的房子建在半山腰，下去要经过斜斜的小道，刚下过雨，小道比较湿滑，好在二人没有滑倒。

房子走廊上面挂着两个草帽，下面放着玉米打粉机。打粉机很大，全身布满机油，上面还有高高的弯弯的排气筒，看得出经常使用。原来，这里的玉米面粉都是自产自打自己吃的。

土房子的正门上挂着“光荣之家”的牌匾。看得出，房子有些年份。

老人弓着腰，正站在门前静静地看着对面的山林。她双手各拄一根弯弯的竹棍，算是拐杖吧；灰色的裤子上面有几块补丁，裤脚卷起，露出细细的小腿；脚上的解放塑胶鞋已经破损了，露出没有袜子包裹的脚趾；后背的淡青衣服上打着一大块白色补丁，较为显眼。老人家头发花白，几缕白发轻轻拂过刻满深深皱纹的脸庞，好似阅尽岁月沧桑。

林大哥介绍说：“这位是指导员，他今天专门过来看望您老人家。”

老人说了句话，石头听不懂，全赖林大哥翻译。林大哥说：“她说谢谢您。”

石头说：“不用谢，我应该做的。今天过来主要是想了解老人的情况，特别是她老伴的事迹，也好为下一步开展帮扶活动积累材料。”

老人说了几句，林大哥翻译，说她老伴以前曾经做过县农会主席，后来加入了解放军，在扶绥剿匪战斗中牺牲，是1950年前后。

石头问：“有没有烈士的照片？”

林大哥翻译：“没有，但她老人家有军烈属证。”

石头问：“我能不能看看？”

林大哥转述了石头的话，老人带二人走进土房子里。房间干净整洁，是典型的土木混合结构。客厅四周被木板隔开，左侧是卧室，右侧是杂物房，后面是厨房，厨房旁边应是老人的卧室。客厅上方是天井，外面的光线透进来，室内亮了许多。客厅正前方有一个相框，里面有一张年轻的解放军战士的相片。

林大哥介绍说：“这是老人的孙子，现在部队服役。”

老人从卧室里面颤巍巍地拿出一个红布包。打开包，露出一个本本，颜色已脱落，分不清是红还是紫，但上面隐约可见“烈属”等字样。

老人说了几句，林大哥翻译道：“她说天气潮湿，本子发了霉。”

好在里面字迹清楚，内文是“××同志经批准享受定期抚恤金，特发给此证”。落款发证机关章是“东山县民政局”，落款时间是“二〇〇三年九月五日”。备注栏注明“补助标准195元”。

石头拿出一百块钱，放到老人手里，老人愣了一下。

石头说：“这是我的一点心意，请您老收下。”

林大哥用白话说给老人听，又翻译道：“她说不用了，谢谢你。”

石头说：“请告诉老人家，这是我的一点心意，作为工作队队员，早就该来看望她了，请老人家收下。”

林大哥翻译石头的话。老人犹豫一刻，收下钱。

客厅后面是老人家的厨房。厨房地面漆黑，好似沾满油，亮晶晶的。墙角炉子旁边堆了些木柴，餐桌距炉子有两米多，上面放着一个罩子。空气闷闷的，好像能拧出水来，又刚下过雨，苍蝇特别多，嗡嗡叫。

石头问林大哥：“老人怎么生活，谁给她做饭啊？”

林大哥说：“大部分时间自己做饭。家里白天没人，孩子上山做工，一大早会给她煮好粥，吃得不讲究。”

告别老人，林大哥找了一辆摩托车送石头到村委。

一路驶来，两人身上沾满了“水泥”。

王老爷

第二天放晴，空气却是闷闷的。上午召集几个小组长开会讨论修路的事。县里精准扶贫会议上说今年改革，让每个贫困村上报通屯公路计划。石头和支书、村里的定工半定工忙活一阵子，设计出通屯公路图表，交由交通员报乡政府。会后，大家各自散去。

石头和支书巡查环屯路。土路泥泞，不少地方积了水，还有车子轧过的痕迹。远远地看到大榕树下坐着一位老人家，他穿着拖鞋，最便宜的塑料的那种。他的裤腿翻卷着，身上却穿着长袖衫，头上还戴着个大棉帽子，在这炎热的盛夏里，让人感觉怪怪的。老人端坐小板凳，远远地望着河。

支书走过去说了句什么，然后用白话说：“这是新来的指导员。”

老人家转过头，看看石头，也说了一句话，石头听不懂，支书说：“他说十几年了，驻村干部一茬又一茬。”

石头说：“这话怎讲？”

“掐着指头算一算、数一数，到你这一茬已经是九任驻村指导员了。可路呢，还是不得。”支书说道。

石头说：“只要努力，路就一定会修好。”

老人家说了句话，支书说道：“刚才老人家提起一件事，去年小水屯的一位老人得急病出不了山，大家轮流把他抬出来，那时正赶上下雨，因为山路太泥泞了，人没出来就死在半路上。”

石头说：“哦，有这事！”

支书说：“刚才有人对我说，年年盼修路，盼了这么多年还不得，现在，我们看新来的这位怎么样。”

石头想说什么，又不知道说什么好，于是，岔开话题说：“老人家精神很好，今年高寿？”

王老爷用不是很标准的普通话说道：“95 岁。”

石头诧异，说：“老人家会说普通话啊。”

“何止他会说，现在人人都会说。”支书神情自豪。

告别老人，二人沿环屯土路继续走。

石头问支书：“现在他怎么生活？”

支书说：“自己做饭，一天做两天的饭。”

“一天做两天的饭？”

“就是吃一顿当两顿。年纪大了，没有那么多心思做饭。”

“没有人帮他做饭吗？”

“老人手脚利索，劈柴生火做饭，能够照顾自己。前年老人得了一场病，邻居把他送到医院。医生说，准备后事吧，没救了。我们通知村里买好棺材，可是回来之后，老人竟然醒了。一晃两年多，棺材还放着呢。”

支书接着说道：“王老爷还有三大怪呢。”

石头问：“哪三大怪？”

“一大怪是作息有规律。”支书介绍说。

“村里的生活很散漫，老人家的生活却很有规律。他每天早早起床，然后沿河散步。十点左右，要回房再睡一觉。起来，已是十一点左右。之后，做些农活，种点菜，但大部分时间都坐在院子里。

“二大怪是生活特俭朴。村里的人生活向来非常俭朴。所谓勤俭持家，在村里得到很好的解释。村民一大早上山劳作，或种植芭蕉、木薯、玉米、稻谷，或给桉树施肥、整理砂仁。山路漫漫，来回要一两个小时。于是，村民发明了简便易行的方法——准备玉米稀饭。把玉米熬稀，冷却了，放在桶里带上山。村民中午不下山，玉米粥就对付了。只有日落西山时，才能回家。算来，村民一天只能够吃上两顿饭，如果有午餐的话，那就是玉米粥了。不知道这是传统，还是生活所迫，习惯成自然。总之，一到中午，村里总是静悄悄的，看不见人影。老人的俭朴却令人不可思议。他一天到晚吃稀粥，菜很简单，没有蛋，只有青菜，还是自己种的。偶尔会有点肉，那是最便宜的五花肉，从走村的肉贩那里买的。商贩熟悉他了，往往会留一些好的里脊肉，价格却按便宜的五花肉算。老人每月一百块高龄补贴，林地已不种了，承包给别人，能得一些收入，尽管不是很多，但在自给自足的乡村，生活还算过得去。农村年长为尊，村民敬重他，觉得有他在，村里有福。但他节俭出了名，向来不舍得花钱。

“三大怪是一只眼睛看世界。年轻时，老人眼睛好好的，后来回村，一身伤疤，眼睛还瞎了一只。据说，他外出谋生做过几年学徒，认得几个字，后来当了兵。当时村里家家有枪，但那是土枪，也叫鸟铳，打猎用。老人却有把正宗的驳壳枪，是从外边带回来的。这把驳壳枪还立过大功呢。据说日本人盘踞大明山那几年，老人曾带领附近几个村的猎人击毙日军小头目，把鬼子赶出去。这驳壳枪可比鸟枪好使多了，后来却不知到哪儿去了。老人还有个宝贝，那就是他的小箱子，灰色的，半平方米见方，上面有把铜锁。前几年老人从土房子里面搬出时，紧紧抱着那个小灰箱子，对锅碗瓢盆却并不在意。大家很好奇，都在想，那里面到底有啥好东西。特别是那把铜锁，锈迹斑斑，一看就知道很有年份，只是不知道铜锁还能不能打开。不过好奇归好奇，老人不让看也就算了。谁没个宝贝，谁又没个秘密？以前村里四五百人，村民进山打猎，一去就要好几天。现在村里人口增加一倍，大家一天到晚地忙着种树种草药，忙活着自己的生计。自己都忙活不过来，哪有心思关心别人的事。渐渐地，看老人也习惯了，平常了，不奇怪了。”

石头心想，古人讲“思无邪”，就是思想要纯正，不要有邪念。邪恶的人，即使两只眼睛好好的，看的世界也是邪恶的。思想纯正、心地善良的人，即使只有一只眼睛，看到的世界也是充满爱的。

二人沿着屯子边走边聊，又转回到大榕树下。老人家仍然坐在树下似睡非睡，也许，他是在听河水的声音吧。

“天色不早了，回去吧。”支书说道。

老人哦了一声，又似睡非睡地点点头。

石头拿起板凳，和支书送老人回家。

从村委办公楼沿河走一百多米，是一条小巷。转过小巷，就是老人的家。

门前有两棵桂圆树，看那树的主干，都有小轿车的轮胎般粗，估计树龄几十年。左面一棵，主干已空空如也，边上竟然斜长出一根碗口般的枝，叶子密密的，上面稀稀地挂着一些果，这斜发的枝竟自然成树，颇让人称奇。枝斜斜的，由几根木棍绑在一块形成简单的架子支撑着，好像随时倒掉的样子。右面一棵主干倒没有枯，上面挂满密密的桂圆果，叶子却是稀少。由于没有叶子陪衬，这些桂圆干瘪瘪的，唯有枝上布满的青苔，让人感觉到一丝生气。看来好花需要绿叶衬托，更不要说桂圆果了。尽管龙眼树的叶子稀疏，它的枝丫却坚强挺立着，直指云天。

房子是新建的，砖瓦结构。房前整齐地排放着两垛砖，砖上布满青苔，青苔里长出两颗青青小白菜，一拃多长，让人不由感叹生命的顽强。房子没盖完，也许盖两层吧，可能现在没有钱，只能盖一层，至于下一层什么时候盖，那要看什么时候有钱。毕竟，先要有个地方住。也许，老人年纪大，有个遮风挡雨的地方，足矣。

室内墙是一色红砖，还没有刷腻子粉，地面坑坑洼洼，昏暗、潮湿。正堂上方挂着牌位，竖写两行字。一侧是“祖宗功德”，几个字尚且能辨认；另一侧，字迹已模糊。桌子上放着老人的照片，红底。据说是县里统一给九十岁以上老人照的，谓之曰“寿星照”。正堂靠门处左侧有一个竹椅，右侧是床，都已磨得铮亮，看得出老人经常在客厅休息。正堂下方有侧门，上面落有许多灰尘。桌上放一罩，悄悄打开，里面是一盘猪肉，已发黑，有馊味。

转过正堂是厨房。厨房有两个“门”，一个由几片木板简单拼凑而成，外面的光线漏了进来，落在地上，斑斑驳驳；另一处是还没有装门的“门”，里面应是卧室吧。说是厨房，其实只是勉强算得上。半米长、二十厘米宽的案板紧紧靠着楼梯，上面摆放一碗一碟一筷、几小瓶佐料而已。铁皮做的炉子上面架着锅，旁边积着粉白的煤球灰。楼梯用水泥红砖铺建，已被烟熏得浓黑，上面结了一层厚厚的废弃的蜘蛛网，摇摇晃晃，一不小心，会掉进锅里。炉和锅都是黑乎乎的。打开漆黑锅盖，里面却是白白的大米稀饭。也许，这是老人的中餐吧。粥不能马上吃，要等凉好以后。天气炎热，村里往往吃半热半冷的粥饭。

老人说：“吃粥。”

支书不客气，舀了一碗，先给老人，接着又舀一碗，递给石头。

石头说：“我肠胃不好，不能吃凉饭。”

支书笑着说道：“指导员，入乡随俗，见外了吧。粥是热的。”

石头说：“真不能吃，不用客气。”

支书没有再谦让，端了一碗自己来吃。

吃完粥，老人从身上拿出一件东西，说：“我参加过援越筑路，这是纪念章。”

石头看到，上面刻着“抗美援越纪念”几个字。

石头说：“老人家去过越南筑路？”

老人点头说：“去过。”

支书说：“王老爷是上上届的支书，那时候县里组织援越筑路队，他是小组长。这个抗美援越的纪念章，是老人的宝贝，不离身。”

“王老爷，您老给指导员讲讲援越筑路的故事吧。”

老人看了石头一下，接着说道："我是民工大队的小组负责人，村里的十几号人马归我管，主要任务是运输建筑材料。我们是在越南北部山区筑路。黄连山是越南北部最高峰，人烟稀少，蚊虫、蚂蟥、毒蛇随处可见。那时候，我们不怕苦不怕难，一心想着修路。修路的地方到处是丛林、蒿草和藤本植物，人寸步难行，我们就手持砍柴刀一路砍伐，在密林中劈出小道。密林湿热，长期在闷热湿气中生活和施工，衣服晾不干，经常穿湿衣服施工，不少人得了关节炎。现在一到阴雨天，我的腿还疼。算起来，几十年了。"

石头说："当年你们住哪里？"

老人说："走哪儿住哪儿，到处是家。大树下、峭壁边，平一块地，用硬草做房架，插上几片苇竹做墙，割上蒿草做顶棚，就是住处了。棚内用树桩、竹片拼接起来，就是睡床。尽管环境恶劣，但我们斗志昂扬。在悬崖峭壁上筑路是家常便饭。记得有处特别高的悬崖陡壁，八九十米，下面是奔腾的河流，河流发出的阵阵吼声擦壁而过，惊心动魄。这些不算，美国鬼子空袭最麻烦。但我们不怕，白天敌人把公路炸烂了，晚上我们接着修，就这样，我们终于在百米高的悬崖峭壁上开凿出数百米的山路。"

支书说："老一辈人修的是和平路。"

老人家说："崇山峻岭中，我们冒着敌人的炮火抢修一千多公里。当年胡伯伯说，中国人帮我们修了一千公里路，可中越情谊，胜过了千万公里。"

支书对石头说："现在国家和平了，再也用不着担心飞机轰炸。可盼了几十年，村里还有十几公里泥巴路，指导员，帮我们想想办法吧。"

"老一辈是我们的榜样，这条路，一定会修好的。"

石头说完，站起来打量还没有完工的"住房"。转过"厨房"，是卧室。墙角是床。厚厚的蚊帐，几个竹竿支撑着。床下有一个小皮箱，难道是传说中老人的"宝贝"？卧室门口堆放着许多木柴，柴离厨房有一米多远，可能是为了烧火做饭方便。这是卧房、柴房，抑或厨房？说不上。因为，房间之间的"门"，是没有的。

推开"厨房"的"板门"，就是后院了。碧绿油菜、金黄菜花，更有豆角、黄瓜、西红柿，青青翠竹，高高的龙眼树、红木棉，密密的芭蕉林，和着远山，一派生机盎然。

原来，后院是老人家的菜园啊。

养鸡的老奶奶

傍晚，支书和石头沿河散步，转过长满树胡子的大榕树，迎面看见一座破旧老房子。那是什么样的房子啊？墙是红土建的，上面裂了几个缝隙，大的地方可以把手放进去。房前的走廊由几根木棍支撑着，歪歪斜斜，好像一不小心，房子就要倒掉似的。门，如果说还能称得上“门”的话，这门由两扇一米高的栅栏木片组成。门上面空着，难道这儿时兴安半个门？门口的青石板磨得闪闪发亮，看得出这房子已有年份。唯有门上的电表，表明这个房子还有一点现代气息。电表下面是几只由竹子扎成的鸡笼子，笼子里有鸡，咕咕叫不停。房子左侧凌乱地摆放着许多木柴。正房右侧是厢房，屋顶已塌了，露出房梁和门板，门板斜斜地靠在墙上。经过多年雨水的冲刷，墙上裸露出红泥。

石头问：“房子里面住着谁啊？”

支书说：“这房子不住人哦。”

房子这么老旧，确实不能住人，拿来做古董还不错。这，可不就是村子的历史吗？不过，笼子里面的鸡又是怎么回事？尽管有些许疑问，但他也没多说，拿出手机，顺手拍了一张照片。

第二天早晨，他沿着环屯土路独自散步，穿过密密的芭蕉林，高高的红木棉、大榕树，再迈过几条小溪，当路过头天看到的老房子时，他简直不敢相信自己的眼睛。

只见一位头发花白的老奶奶正在喂鸡。老人打着赤脚，卷起裤腿。她的腰弯得厉害，好像永远直不起来；淡青上衣后面有一块白白的大补丁，很显眼。老人喂鸡后，转身，吱的清脆一声，推开半扇“栅栏门”去了房子里。大概两分钟后，“栅栏门”又吱一声打开了。老人弯着腰，白发飘飘，端着一碗水出来了。她走到鸡笼前，把水倒在水槽里，之后转身回屋。她那么专注，以至于有人在门口都没有注意到。

石头愣了片刻，待回过神来，飞快地拿出手机不停地连拍。喂鸡的背影、打赤脚的蹒跚、端水的专注都清晰地记录在十几张照片里。

老人进屋后，石头追了过去。外面阳光很烈，让人目眩，但屋内暗暗的，有一股子清凉。他没敢到房子里去，只是站在门口，远远地看到屋内桌面上摆放着的“寿星照”以及凌乱的农具、板凳、床。

还是不要打扰老人了吧。

石头找到支书，问：“刚才看到河边老房子里有老人家喂鸡，这是怎么回事啊？”

支书支支吾吾的，说：“也住着人的。”

石头继续问道：“住着谁呀？”

“老禹，和他老母亲。”

“哦，老禹是谁啊？”

“一个五保户。他无儿无女，也没老婆。”

“他母亲是五保户吗？”

“他母亲不是五保户，因为她有儿子，有儿子就不能算五保户。老人今年 94 岁，有高龄补贴。老人很勤快，年龄那么大还自己种菜。前天我们看到的河边的菜园，就是老人家自己种的。河边摆放的整齐的石头，是老人家自己从河里捞出来整理的。她是个勤劳的人。”

“这样啊，老禹住进五保村，他老母亲住哪儿呢？”

支书支吾着：“老禹身体不好，有残疾，干不了农活。照顾九十多岁的老娘，真难为他了。”

老禹，石头见过。他每天牵一头老牛上山，一待就是一天。有一次老禹见到石头，很激动，说：“指导员，我要向政府反映问题。”

“什么问题？”

“我今年六十三了，也有一些林地。前年我的腰被牛抵了，现在还有内伤，干不了重活。邻居就把我的林地占去种上速生桉。”

“那你有没有向村委反映？”

“我反映了，他们不听我的。现在只能牵着老牛上山，我没有办法啊。”

“我问问支书，你不要着急。你现在年龄大了，不要上火。家里还有老母亲需要照顾，不要怄气。”

老禹没说什么，又牵着他那头老牛上山了。

看着人和牛离去的背影，石头想，多老实的人啊！

石头把拍的老人家喂鸡的一组照片发到自己的空间里，名字就叫《喂鸡的老奶奶》。很快，有朋友留言：“没想到西部大山里的住房竟然是这样子，简直和东部的发展相差几十年啊。”

石头回复：“何止几十年？希望大家都来关爱西部大山里的老人。”

3. 返乡

二林和韦晓返乡了，他们是堂兄弟。

二林今年 39 岁，和石头同龄。先前他参军做了两期士官，转业后到广东打工，在当地讨了老婆。去年回村，把老婆也带来了。韦晓 29 岁，参军两年，退伍后被推荐到职业学院学习，掌握一门修车技术，毕业后在城里换了几个工作，除去水电费、房租、电话费、上网费、应酬费，所剩无几，据说还谈过一个女朋友，二人分分合合，在城里生活不开心，想想回家吧，家里说不定有新的希望呢。

正如《再别康桥》所云：“悄悄的我走了，正如我悄悄的来，我挥一挥衣袖，不带走一片云彩。”

返乡，是这几年的一个潮流。

说起返乡，可分为几类，一类是二林、韦晓式的返乡。当年家里穷，他们渴望走出大山去看看外面的世界。十几岁走出山林，在外面一晃荡二十多年过去了。有些经验技术，也有一点本钱，返回老家开始新的生活，对他们来说未尝不是一个适当的选择。

还有一类潜在的返乡。那就是在城里已经扎下根，年纪大了，要回乡。城市本已接纳了他们，但他们的心留在了家乡，魂牵梦绕，念念在兹，比如小树屯的云大哥。云大哥先前做过村小学的教师，因为有文化，被公社领导看中做了文书，后来做了干部，后来又做到县委常委、副县长，现在退居二线，到县政协做了调研员。石头同他交流过，云大哥是个有涵养的人。他说，先前他是配枪的，直到二十世纪九十年代才把枪收回去。石头很奇怪，问为什么这里的文职干部还要配枪。云大哥说，不是所有干部都配枪，这儿是民族地区，又是原始山林，一些土匪藏在大山深处，一晃多年，给干部配枪，主要是为了剿匪，当然也防身。一些土匪穷凶极恶，对干部报复残酷，有时影响到家人。再加上这里山高路远，民风彪悍，没有枪镇不住。最近几年好多了，法治建设比较规范，文职干部没有必要配枪了，枪就被收上去了。

云大哥对家乡建设很关注。前几年他资助村里贫困户一些钱，让他们种上板栗，有五十多亩林地呢，起了个好头。一开始有不少收成，还带动许多村民一起种。但不知怎么回事，也许是气候、土质、技术等原因，总之这几年挂果不理想。退居二线了，云大哥经常回家看看，家里还有八十多岁的老母亲。有一次，大概在五一节吧，石头想，节假日里可能会调查到更翔实的情况。恰逢云大哥回乡，他很热情，说想不到省里的干部五一节还在工作，还在调研。石头下午坐云大哥的车返回县城时已近晚上八点，他非得要送石头回省城。石头怎好让他开车送自己回省城，好说歹说，自己坐长途车回到家中，已近晚上十一点。

云大哥的老母亲住的土房子，是传统的土木混合结构，四五十年了。也许，叶落归根，云大哥终究是要返乡的。

进城，是个潮流；返乡，同样是个潮流。

二林种了一些西贡蕉。韦晓打算养鹌鹑，用通俗的话讲，叫养鸟。

石头到了二林的蕉林。附近山坡上西贡蕉绿油油的，在四月的春天里随风摇曳。一般香蕉植株两三米，这西贡蕉可不同，要比普通的香蕉高出一两米。蕉林高大，里面阴凉。二林的蕉林旁边有大棚，棚内育有密密的蕉苗，一棵棵幼苗排列得整整齐齐，又翠绿欲滴。

二林正在给蕉苗浇水，石头问道："二林哥，你种了多少？"

二林说："两千棵。村里种过香蕉，香蕉不耐冻，一到冬天就死掉了。西贡蕉不一样，它长得特别高，耐寒，去年我试着种了几百棵，用塑料薄膜覆盖住，这些幼苗在薄膜的保护下安全过冬后挺过来了，长得还很好。现在是四月，挺过冬天的这几百棵蕉苗到八月就有收成了。"

石头问："西贡蕉对环境有特殊要求吗？"

二林说："目前看，红土最好，山坡较佳，河滩不行。河滩那地方水太充足，蕉会烂根。去年山坡有红土的地方种得好，我打算今年扩种四千株，西贡蕉目前收购价格比较稳定，我估摸着，今年能赚点钱。"

石头问："种西贡蕉需要技术吧？"

二林说："需要技术。技术不复杂，只要用心，一学就会，现在我还学着育苗呢。自己育苗成本每株八毛钱，放两个月，市场价格一块八，这就有差价了。节前天气寒冷，蕉苗价格比较便宜，供应商要花费成本培育蕉苗，那时买会便宜些。现在是种芭蕉的旺季，蕉苗价上去了。这个大棚半亩多，都是买别人培育过的小苗来种，大棚成了过渡的育苗基地。放两个月后，几千块钱的差价不就出来了。现在春节刚过，很多地方开始种西贡蕉，大家抢着买苗，赶晚了不一定买得上，我这是未雨绸缪，精打细算。

"西贡蕉种植有讲究。比如挖的坑要六十厘米深，挖这么深原因在于种蕉前要在坑底铺牛粪。这样一来养分充足，有利于后期成长，而且果实很甜。一株蕉连续收割五年，五年后再种新的蕉苗，就不能在原址种了，需重新挖坑，这是防止烂心得'芭蕉癌症'的关键，也可以说是诀窍。有人不懂，在老苗处种后芭蕉烂心，不知道什么病因。其实问题就在这里，换个地方就行，这是我多年的经验。"

二林爽朗地笑着，说："我原先在海上帮老板打鱼，挣了些本钱，现在对市场有一些想法。俗话说工字不出头，前几年总觉得给别人打工，不是自己的事业。现在你看我们这儿，通了水、电、网络，和城里有啥区别。喝的山泉水，这种水要比水店里卖的水还好呢，人饮工程让我们受益几十年，不花钱，节省很大一笔生活开支。如果再种上芭蕉，到时成立一个产销合作社，扩大销路，赚钱不成问题。这可比在外面打工强多了，我为什么不回来？”

是啊，应该回来。这几年，东山县大力发展香蕉种植产业，并制定优惠政策，吸引了福建、安徽、广东以及中国台湾等地的资本。特别是那东，几万亩，甚至几十万亩的土地被连片承包。农民不出家门，就有土地承包收益，有的到香蕉地里做工，还可另外获得一部分收益。比如，你的土地被老板承包了，一亩地每年一千元，一百亩地可不就是十万元吗。把土地承包给老板，农民收益很大。现在农民还可以反过来再承包老板的香蕉林地。假如二十亩香蕉由当地农民承包经营，浇水、施肥、除草等日常工作由承包农民来做，每天可获得一百元左右的收入。待香蕉有收成了，还可分红。这就给农民带来双份收入。那东地多人少，有的人家土地可达上百亩，租地收益非常可观，而且近年来地租价格呈直线上涨趋势。早在十几年前，那东就盖上一式的别墅建筑，家家买车。他们仅靠承包土地，就过上非常富足的生活。

玉屏地处深山，和那东没有可比性，有的地方手机还没有信号。东山很多地方种香蕉，芭蕉很少。如果玉屏芭蕉种好了，说不定是个脱贫致富的好路子呢。俗话说得好，早起的鸟儿有虫吃。市场，要看谁做得特、好、巧。

石头看到韦晓时，他正在建“鸟巢”。鸟巢一百多平方米，坐落在山脊上。在山脊可俯瞰村落，屯里有云升腾，难道紫气东来？

鸟儿还没有到。

韦晓说：“仅平整这片山坡建鸟舍就花了五万块，我打算养一万三千只鹌鹑。”

石头问：“销路怎样？”

韦晓说：“孵化场负责回购鹌鹑蛋。他们在那东有回购点。我可以送过去，如果多的话，他们会来拉，已经签合同了。”

石头说：“后续环节你想到吗？比如说饲料、防疫、鹌鹑蛋的运送等等，有没有资金的要求？”

韦晓说：“有啊。养鹌鹑对技术有要求，比如温度不能太低，温度低了鹌鹑产蛋率不高，场内也不能闷，太闷鹌鹑容易得病，得了瘟疫很麻烦。现在我随时准备好消毒液，这是基本的防疫要求。鹌鹑送过来以后，要准备充足的饲料，饲料也有讲究，鹌鹑光吃饲料不行，我特意准备了豆脂、饼粉，到时掺杂着饲料一起喂。这对于提高蛋的品级，增加蛋的营养成分有好处。当然这是孵化场突击培训的，很多东西都要从头学起。

“我定了一万三千只苗，每只苗八毛，买苗大概一万多。其实买苗用不了多少钱，主要在于后期的饲料、人工。我们这里有个好处，成本低，地是自己的，水接上来花不了多少钱，这样省掉很大部分成本。人工，家里人能过来帮衬下，这不是主要问题。主要问题还是饲料。产蛋时鹌鹑吃得很多，花费会大一些，不过也没什么，只要产蛋量稳定，每天会有一些收益，能平衡过来。下周，苗就会送到了。”

韦晓很乐观。在绵延起伏的群山深处，这些即将“飞”来的小小鸟，说不定是些会下蛋的金鸡呢。

4. 少了一根

吃过午饭，支书和石头在河湾边散步。湾上有棵大榕树，垂下的树胡子已有水桶般粗，遍布榕树四周，乍一看还以为是片小树林。树枝上系着几片红布条，下面像小燕子的尾巴，尖尖的。布条上写着两行规则的字，像藏文，有韵味。具体什么内容不清楚，可能寓意着吉祥吧。树下砌了一圈水泥砖墙，二十几米长。砖墙可供农人休息。墙的正前方有案台，台上留有烧香的痕迹。

石头问：“这棵大榕树多少年了？”

“我不清楚。很小时候，这棵树就有了。”支书回答道。

“四个人能不能合抱过来？”

“差不多吧。”

“你们供奉榕树吧？”

“是啊，过节的时候，大家会聚过来向树神烧香请愿，祈求平安啊，早生贵子啊。老榕树可是我们的保护神。”

榕树直插云霄，树干上站好几个人，还绰绰有余。以前看科幻电影大片《阿凡达》，里面的树特别高大、特别美，但那毕竟是科幻电影。现在，这棵大榕树让石头觉得幻想的东西也是源于现实的。万物有灵，村里供奉榕树，这应是一种崇拜自然的传统习俗和原生文化。

榕树底下坐着一个衣服邋遢、头发老长的人。那头发，估计几个月没洗了，脸上沾着泥巴，脏脏的。他直勾勾看着两人，忽然用手指着他们说：“死！死！你们都得死！”

支书大声说：“小金，不要闹！”

看到支书生气，这个叫“小金”的人安静了下来。支书还能拿得住他，石头可有点怵。

石头问：“这个人怎么回事啊？”

“少了一根。”支书用手指着脑袋，说，“这里，少了一根。”

“有没有采取医疗措施，比如药物治疗、强制送进精神病院什么的？我印象中，对精神病人好像可以强制治疗。”

“他可是几进几出县精神病院。老病号，医院不收。”

“为什么会这样？”

“家里穷呗。医院说床位很紧张，放不下他。医院倒是提供药，有些免费，有些收费。小金家里穷，拿不出钱给他治疗。现在家里买药给他服用，缓解病情。前几年他闹腾得厉害，这几年吃了药，有些好转，但除不了根。村里还有两人，也是精神有问题。”

“真想不到，村里还有这事。”

“以前人们对优生优育不重视。所以生下的孩子，有的会有这样那样的毛病，还有的先天残疾。现在好多了，政府在优生优育方面做得很到位，人们也重视了，这几年村里生的小孩很健康。”

“另外两人什么情况？”

“有一个前几年一天到晚地闹。她家就在前面的斜坡上，男人原先外出打工能挣得一些钱，后来为了照顾她，就回乡了。这几年他们种些甘蔗、玉米、木薯，虽说不上富裕，但饿不着肚子，今年我们给他们申请了危旧房改造项目。另外一人现在住精神病院，是个老病号。”

“精神病发病的原因是什么？”

“这很难讲，有的是先天遗传，还有的受后天环境影响。我说不好，总之就这两个原因吧。小金家里情况特殊，他有个哥哥先天聋哑，前几年打工时学会了开钩机，现在深圳一家砖厂打工，技术很熟练。要是哪台机子有了毛病，只要转上一圈看两眼，他就知道问题出在哪儿，这还真奇怪。砖厂的老板对他非常照顾，每月开给他六千多块的工钱。过年的时候，他总要回村，每次刚到家两天，深圳那边电话就打过来催他快回去，砖厂离不开他。你看看，这兄弟俩可真是不一样啊。”支书拉长腔调说道。

石头想起去年在兴隆县二塘社区建垃圾焚烧炉时碰到的事。

六月的天，烈日炎炎。石头和工人一起和泥垒砖，挥汗如雨。将近中午，远远地来了个流浪汉，大声说：“死啊！都要死！”他用手指着工人，工人不理他，继续干活，好像这个流浪汉并不存在。见大家不理他，那流浪汉就继续往前赶路，边走边高声喊：“死！……”

声音远去，工人哈哈大笑。

有工人说：“指导员，你看这人有病吧。动不动就说死啊死啊的。”

石头说：“这人说不定是个哲学家。很多哲学家搞了一辈子，也没弄清楚什么是死。这生和死的事，谁敢随便说啊。他可是说出一个很深奥的哲学问题啊。”

有一段时间，那流浪汉的影子经常在石头眼前晃荡。现在这个叫小金的人也这样说，难道能说出这样深奥的问题的人都不是常人？如尼采。

尼采描述了一个疯子的故事：

一个疯子大白天打着灯笼，在市场上不停地叫喊“我要找上帝”，正好那里聚集着许多不信上帝的人。于是，这个疯子闯入了人群中。“上帝去哪儿了？”他大声喊道，“我要对你们说！我们已经杀死了他——你们和我！我们都是谋杀犯！但我们是如何做到这一点的呢？我们如何能将海水吸干？谁给了我们海绵去擦拭整个地平线？我们究竟做了什么才使大地脱离了它的太阳？……一切神都腐烂了！上帝死了！上帝殉难了！我们已经杀死他！作为最大的谋杀犯，我们将如何宽慰自己？迄今为止最神圣、最万能的他已经倒在我们的刀下——谁能清洗我们身上的血迹？用什么样的水才能清洗我们自身？”

尼采喊出：“上帝死了！是你，是我，是我们一起杀死了他。”

上帝却说：“尼采发疯了。”

谁死了？谁又疯了？也许是公案吧。

已近黄昏，支书、小金和一个头发花白的老人家来到石头的房间。老人家在支书的后面，胡子拉碴，穿着很旧的T恤衫，看那衣服，估计一个礼拜没洗。小金定定的，沉默着。

支书先说话：“这位是小金的父亲。他已经70岁，听说指导员到村里，写了份申请，希望你能帮点忙。”

石头说：“什么申请？”

支书说：“儿子经常闯祸，他年纪又大，管不了。希望你能帮他们申请些资助。”

石头问：“要我怎么帮？”

小金父亲说：“砌一间水泥房，把他关起来。”

小金眼睛直直地看着石头，不说话。

石头说：“关起来，病就能好吗？”

小金父亲说：“就当我没这个儿子。”

石头说：“还是要治疗的。如果买药，我看能不能申请点钱。医院不能去吗？”

小金父亲说：“没用，都去过好多次了，花了好多钱，就是不见效果，治不好。”

支书说："难为他们了。"

小金父亲说："指导员，你能不能帮我申请一些钱？我就要把他关起来，只给他吃的。"

石头有点为难，说："这样吧，你把申请放我这里，看看能否帮上忙。"

小金傻傻地笑着。也许，多沟通、多交流、不歧视，他病情会好转吧。记得心理学家说过，烦恼就是脑子抓住某种东西，紧紧不放。对这样的人，同他争执没有用。最好的办法，就是转移他的注意力，培养他新的爱好。也许，所谓的精神病患者，过于专注某些问题了。他们考虑的问题太深刻，一般人很难理解，既然不能理解，那不就另类了吗？弗洛伊德分析了病理性和机理性因素对精神疾病的影响，特别研究了"无意识"。"无意识"是人心理结构的核心。精神病的成因，既与个人幼年成长环境有关，更重要的也许在于社会环境，这集中体现为人的"无意识"。不知小金这种情况，是先天的，还是后天的。要治病，首先还是要找病因的，所谓"对症下药"，要先找到他的"无意识"。

几个人把申请书放下走了，申请书是打印好的。石头听支书说过，乡里打印社打出这份材料，要二十多块钱呢。看来，老金没少下功夫。

请求书

东山县人民政府：

我系东山县玉屏乡那美村人。今年已70岁。长男海大金，40岁，是先天性聋哑人，残疾人证一级。次男海小金，37岁，患精神残疾，残疾人证二级。今有我次男海小金，于2002年患精神病，经医院鉴定为"精神分裂症"，属二级残，而后到东山县残联办好了残疾证。

自患病以来，病情逐年恶化，日夜暴躁，乱打乱骂，做了不少坏事，触犯到国家法律。

一、放火，2012年到自家林地开荒种植松树，乱点火引发森林火灾，烧了自家松林地和同村村民自留山的速生桉。受害者状告后，经鉴定过火面积6公顷，后拘役四个月。释放回家后又出现二重犯，有一天路上放火，幸得多人扑救。三重犯在甘蔗地里乱点火，在场人扑救及时，否则成片甘蔗地将被烧。

二、盗窃，流窜别地偷汽车电瓶、电视机、放映机、音响、电饭煲、衣物、摩托车、钩机油、煤气瓶，偷本村村民的砂仁，经到其舍查看称有33斤干货。一个接一个整天连夜闹，万一触电的油桶、气瓶爆炸（会）造成失火事故致人伤亡。

三、伤害他人，用刀器、锄头、铁锹伤害亲人。曾用砖头打得父亲嘴唇上下裂开，牙关上下崩掉，两次突然用柴刀砍父亲头部多处，经医院治疗尚幸存。一次与邻居相互殴打，他一言不发突然用木棍打人头部，致人当场倒地，流血昏迷半个钟头。邻居的父母见昏迷过久，以为人救不了，泣不成声。

海小金的犯罪事实，使全家的生产生活与邻居的安宁受到威胁，造成全屯恐慌，危害到人民生命安全，损害到国家与人民财产（安全）。

中国共产党是中国人民的领导核心，了解群众困难期盼，满怀热情为困难群众办事。按《中华人民共和国刑法》第一百一十五条，海小金应处十年有期徒刑、无期徒刑或者死刑。

他造成全家多次流血事件，每当警察过来，都说精神病人犯法无条件抓捕，我觉得这是制度漏洞，他犯这么大的过错，政府还不采取对策，国家财产与人民损失简直不可估量。

我今年已经70岁，已无能力再监护，今我特向村支部、乡人民政府、县人民政府提出书面申请，向政府提出两点请求：

一、请求政府将他送进精神病院监督服药，视（看）病情有（能）否健康（好转）；

二、如果不能送进精神病院，请求政府拨救济款5000元，砌一间水泥舍，有自来水送进，有照明、卫生间，外有铁门。

以上两点请求，采用哪条都好，务求解决，及时处理。

看后，石头颇有感触。这病，老金也是有责任的。精神疾病问题，看来还是一个社会问题，不容忽视啊。

5. 记住乡愁

支书的姐姐和姐夫要回去了，他们来村里探亲没多久。

姐姐早年参军，是铁道兵，她丈夫也是铁道部队的一名普通士兵，结婚后他们转战南北，总是聚少离多，后来铁道部队转制成企业，总算稳定下来。他们在东北安了家，姐姐前年退休，明年丈夫也要退了。他们之所以赶回村，支书说主要回来看看老父亲，老人家身体不好，转到医院住了一段时间，前几天刚出院，嘴里念叨着看看女儿。这不，前几天他们匆匆从东北赶来，之所以又急着赶回去，是因为家里那边也有老人需要照顾，他们唯一的儿子已经上大学，家里倒没有什么大的事情了。

姐夫说话不多，偶尔提一下铁路的事，这几年主要是修高铁，天南海北去过不少地方，但很少回家。

姐姐对石头说："上次来的时候是六年前，那时还是窄窄的土路呢。"

石头问："你怎么进村啊？"

她说："找摩托带进来。这几年村里变化太大了，简直天翻地覆，我怎么都没有想到变化会这么大。以前当兵的时候，村里住的是土房子，也没有什么街道，一晃四十年。现在可好，你看，巷道干净，村里盖起砖瓦房，不少人买起轿车，电器很普遍。那年出去的时候，蹚几条河，进出村过细细的藤桥，藤桥半米多宽，晃晃悠悠。那时候，哪有什么巷道啊。"

石头说："现在我们不仅建巷道，还要规划建设环屯路，发展漂流旅游项目，争取把我们村打造成一个绿色的生态乡村。"

她说："指导员，我提个建议，要是建环屯路碰到大树、老房子的话，尽量保持原貌。还有村里建了不少砖瓦房，感觉特色不明显，希望在庭前院后留一些空地，也好种些菜什么的。我们喝河水长大，现在感觉河水不大能喝了，而且河水浅了许多。”

石头说：“大树肯定会留下，今年我们进行生态乡村建设，就是要留住老树，让人记住乡愁。”

其实，所谓“记住乡愁”，不仅要保护好村里的古风老树，更要留住山村那种淳朴乡情。在偏远的小山村里，尽管有上百户人家，却更像一个大家庭。要是谁家有个事什么的，村里的男男女女都会出来帮衬。在他们看来，别人的事，就是自己的事，今天帮了别人，以后自己要有什么事，也会得到大家帮助。有来有往，联系多了，就成了家，一个温馨的大家庭。大山深处小山村的这种温馨、淳朴和亲情，是他们走到哪儿都忘不了的“美丽乡愁”。

以前村民喝河水，那时候的水特别甘甜，后来不甜了。再后来喝人饮工程接下的山泉水，据说用山泉水做的米饭特别香。现在烧掉水源林地种上速生桉树，山上流下的泉水不那么甜了。村子的命运往往和树的命运紧密相连，邻村十几年前为盖房子把村里的百年老树都砍掉，这么多年他们村里很少出大学生，在外面做生意、打工也是多有不顺。老树像村里的守护神，不能随便砍掉。

村前这棵百年大榕树，长得多么旺盛啊。大榕树很高，二十多米，须茎很长，垂了下来，密密的，要是你身手矫捷的话，说不定就像小猴子那样直溜溜爬上去呢。树身上还密布着像野生石斛般毛茸茸的蕨类植物，这些蕨类植物完全靠吸收老树皮里面的营养生长，叶子细细的，非常对称，别有一番趣味。令人称奇的是，树干上居然长出了不少野生火龙果，村民说这是土火龙果，酸酸的，不好吃。三、四月时节，榕树上的浑身长满刺的藤蔓会开出朵朵小花，然后就变成细细的红红的土火龙果了。树上面为什么长出藤蔓，又结出这么多土火龙果？石头曾经问过多位老人，大家都说不清楚，但每逢重大节日，如春节、三月三，都会摆上香烛、案台，都要给大榕树供上五色饭。村民崇尚万物有灵，这棵大榕树早已融进他们的血脉，成为他们的精神家园。

记得有一次上面来检查生态乡村建设，那个做调停工作的乡司法所王所长眼尖，路过大榕树时，他一抬头，说道："你们看看，上面有一段枯木，多危险啊。"大家随着他说的方向往上一看，果然有一段三米多长、二十多厘米粗的枯木横在密密的榕树枝上。他说："抓紧时间请个钩机把它搞下来。赶上台风或者暴雨什么的，谁要从树下走过被砸到，又是个事故。"他做调停工作，走哪儿都能发现问题，对任何事情都要防患于未然。

大榕树，每每让石头想起小时候在家里做的"摸坝"游戏。这游戏大都是男孩子玩，胆大的女孩子也可以加入。什么叫"摸坝"呢？就是邀上三五个小伙伴，都爬上村里最高大的那棵大梨树，其中一个人蒙上眼睛，其余人就在树上躲藏，规则是不允许下来，下来就出局了。活动开始，蒙着眼睛的人开始在树上摸索着抓，其余人就躲，抓到后，一局结束。被抓的人蒙上眼睛继续抓，下一局开始，如此往复。其实，当石头看到这棵大榕树的时候，就觉得这可真是个"摸坝"的好去处啊。只是大榕树太高，危险性系数要比北方的大梨树高出许多。

还有那杏花村。

小时候，石头特别喜欢听奶奶讲梁山脚下杏花村的故事。奶奶瘦小，但手脚利索，人机灵。她说那年日本人打到梁山脚下，村里男女老少躲到山上去，远处不时传来机关枪的嗒嗒声，像鞭炮响。奶奶很大胆，竟然同村里的男孩子们跑到半山腰，爬到山间那高高的大杏树上，远远地听八路军冲杀敌人的呐喊声，家里老人因这事还说过她。后来，每当奶奶向石头讲起小时候爬到杏树上去观看"梁山战斗"的故事，总有一种自豪涌上心头。

1939 年 8 月，梁山战斗中全歼日军一个大队，击毙日本天皇的亲戚。抗战初期，日军鼓吹"三个月灭亡中国"，曾经叫嚣 1 个大队完全能够对付中国军队的 1 个师，并以此作为双方战力对比计算的常规定律。然而，这一定律却被八路军 115 师东进支队的一场出色歼灭战彻底打破，它就是梁山战斗。作为继平型关战役后，在兵力同等和装备劣势的情况下全歼日军成建制大队的出色战例，梁山战斗被八路军总部嘉誉为"模范的歼灭战"，并且写进八路军战史，不仅在中国革命史上写下辉煌一页，更为后人留下一笔巨大的精神财富。历史是铁，是凝固的，不能忘记，更不容否认。改革开放之初，石头的老家是贫困县，很穷，那时候日本皇室成员多次前往梁山祭拜，他们多次提出以无偿支援款项的方式修建天皇皇叔的皇亲庙，均被拒绝，后来日本人再也没有前去。

前不久，老家说建成“梁山战斗纪念馆”，在纪念抗战胜利 70 周年阅兵式上，当年从井冈山革命根据地走来，在中国工农红军二万五千里长征途中作为先锋连队逢山开路、遇水搭桥，胜利到达陕北后又挥师东进抗击日寇的“梁山战斗英雄连”，还阔步走过了天安门广场呢。

他想，等到将来有机会，要去瞻仰梁山战斗遗址。

那时候，他做了一个梦，只见那白茫茫大地上，雪花漫天飞舞……

第二章　要紧的事

6. 希望的田野

清晨，推开窗户，鸟儿欢快地鸣叫着，淡淡的云裹着对面的青山，好似薄薄的纱，和着朝霞，空气中回荡着草的清新。

又是崭新的一天。

石头打算到对面山上看看。

沿着曲曲折折的河岸逆流而上，满眼尽是野芭蕉、红木棉、木薯、玉米、稻谷，还有不少风景木，下面种着许多砂仁，再就是桉树了。河边小道是刚开辟的，还留有车轮的清晰痕迹，可能为了方便运送木材、肥料、工具吧。小道上有坨牛粪，上面竟然长出几朵蘑菇，颜色娇艳。

岭南的春天，小雨特别多。

刚下过一场雨，路极不好走，坑坑洼洼，比较泥泞，不一会儿，脚上沾满泥巴。

路边有棵大榕树，叶子稀稀疏疏，躯干却粗壮、挺拔，展现了很强的生命力。附近山坡上已全部种满速生桉树，所以这棵高高的大榕树显得突兀、特别。不知怎的，石头想起电影《刘三姐》里的场景，里面也有一棵大榕树。刘三姐是不屈的，她坚定地反抗强权，争取自由，为自己，也为家人。

前面隐约传来歌声：

我们的家乡
在希望的田野上
炊烟在新建的住房上飘荡
小河在美丽的村庄旁流淌
……

哦，是《在希望的田野上》。越往前走，歌声越嘹亮；希望的歌声萦绕在河谷上空，让人感觉特别清新。

“指导员，你去哪里？”说话的是正在种树的阿能，村里的治保委员。他停下手上的活，把身边录音机的音量调小了些。

阿能是有工作的，就是每天开一辆尾号为“568”的小型面包车接送村民从村里到乡里，再从乡里到村里，每人次五块钱，算是村里经营“乡村巴士专线”的专职司机吧。上次石头到乡里办事，坐的就是阿能的面包车。石头给他五块钱，阿能说什么都不要，后来硬把钱塞给他。

“我来看看，这些树是你的吗？”石头问。

“是啊，已经种下去三个月了。你看，长这么高了。要想让这种树长得快，施肥才行。”阿能指着半人多高的按树苗说道。

“你种了多少？”

“八千多棵吧。每亩八十棵左右，共有一百多亩，都是我自己的山林。”阿能自豪地说道。

对岸冒起滚滚浓烟。

石头问：“那是怎么回事？”

阿能说：“哦，那是在烧山，打算种树的。已烧了几天，村里把集体山林承包给老板，有一千多亩。村里没有钱，就和老板合伙种树，收割后，利润三七分成。”

“你有山林被承包吗？”

“我的地少，没有让老板承包。”

“前面那么多树，也是你们村的？”

“是啊，有的人家山林多，一下子种了四百多亩。今年得钱了，五十多万呢。我们村里有个风气，看谁家做什么得钱，马上跟风。现在山上处处都是速生桉，前几年直径两米多的乔木随处可见，乔木下面种的都是砂仁。有一段时间种砂仁不得钱，就被烧掉种树了，现在没有不种树的。我们一大早从家里出来，到山上要一个多小时，太阳落山后才能回家，中午回不去。这不，你看桶里盛的都是玉米粥，现在得抓紧时间施肥、除草。过两个月台风就来，如果桉树苗根浅，到时候顶不住。”

他接着说道：“我们靠天吃饭，要是种树得了钱，就请大家喝碗酒；得少了，自己吃碗粥。”

看到阿能满头大汗地种树，石头挥挥手，继续赶路。不一会儿，浑身已经湿透。

村里的百姓向来勤劳，他们用自己的双手创造财富，追求幸福美好的生活。桉树不是不能种，关键是在哪儿种，怎么种。现在种的这种桉树，又叫“速生桉”。“速”顾名思义，要比自然的桉树生长快，之所以快，还在于外力作用，施加肥料、打了农药，桉树种植就成为一种生物产业。其实早在五六十年代，东山县本地的百姓就已经开始种桉树，不过，那时种的桉树和现在的“速生桉”是很不同的。那时候，村民除种树，还要把桉树叶收集起来炼油，要是叶子直接落到地里，会带来污染，更不要说这些施过化肥、农药的速生桉了。而且，桉树下面往往会流出硫黄般的浑黄水，尽管没有异味，但颜色会让人想起造纸厂的废水。

在深山里，一亩山林种八十棵树苗，多还是少，没有人能够说清楚。其实桉树本身没有什么问题，也许是经营方式出了问题吧。据说，桉树引进到中国已经一百多年了，原产澳洲，还是一种叫考拉的小动物的主食呢。

但是，村民种的是希望吗？这个问题始终萦绕在石头的脑海。尽管平时人们经常谈起希望，但什么是希望，如果细细研究起来，还真是一个很难的问题。当然，有人才有希望，人如果走了，灰飞烟灭，就没有了希望，或者说他的希望已终止。但是，作为群体，人的希望始终存在，一如雨果在《九三年》中说：“我们必须永远朝着黎明、青春和生命的方向看。倒下去的正在鼓励站起来的，一棵老树的破裂就是对新生的树的召唤。后退是没有出路的。”

向前看，才有希望。破裂老树对新生树召唤的，可不就是希望吗？一七九三年法国大革命，曾经深刻地影响了人类的历史进程。在二十多年前的一九九三年，石头曾用淡蓝色的钢笔把这句话记在书的扉页，字迹已模糊了。当时石头在一所外贸学校读书，英语是必修课。他特喜欢新概念英语，说来有趣，学外语主要是因为里面的中文故事有哲理，爱屋及乌吧，慢慢对英语开始感兴趣。英语不好懂，比较难，又没有老师指导，全靠自学。为了学习第四册，他买来前三册，一本一本啃，仅磁带就有三十多盒。回味参加工作那几年，挣的工资大都用来买书。现在很多书已不知去哪儿了，只有这本第四册《新概念英语》，还有扉页上雨果的话，始终陪伴着他，像老朋友。

打开扉页，两年前用碳素笔写的一段话清晰可见："现在是二十年后了。我不知道以后的二十年是什么样子。但是，对二十年前，无知无畏的精神，至今记忆犹新，不能忘怀。路在脚下，心在远山，努力前行。"

希望，始终与人相伴。石头边走边想，他要探寻希望，更要探索人。

人是什么？通过希腊神话斯芬克斯之谜可觅踪迹。

斯芬克斯是一个长着狮子躯干、女人头面的有翼怪兽。她"一半是天使，一半是野兽"。在忒拜城附近的悬崖上，她向过路人出了一个谜语："什么东西早晨用四条腿走路，中午用两条腿走路，晚上用三条腿走路？"如果路人猜错，就会被害死。俄狄浦斯猜中了谜底：人。斯芬克斯羞惭跳崖而死。俄狄浦斯的命运很曲折，"杀父""娶母"，在可怕的"预言"的支配下演绎一连串命中注定的悲剧。但是，他并没有退缩和认命，而是勇敢地背起自己的命运：他用别在母亲兼妻子伊俄卡斯忒胸前的金别针戳瞎了自己的双眼，放逐自己。俄狄浦斯用"慧眼"取代"肉眼"，实现了个体"赎罪"和"拯救"。希腊神话的神是世俗社会的写照，神就是人，人就是神。俄狄浦斯认识了自己，书写了大写的"人"。正如德尔斐阿波罗神庙镌刻的两句箴言"人啊，认识你自己""不要过分"，既是神话的，更是世俗社会必须遵守的规则。人，要有自知之明，谦虚谨慎，量力而行，不要贪婪。

人，始终是哲人直面的核心问题。

在苏格拉底看来，人既是神，更是法律正义。法律被视作希腊城邦安全的基础，是城邦真正的保护神。在神灵的保护下，古希腊的城邦按法律治理，任何人的地位都不得高于法律。城邦法律是公民共同制定的，应该严格执行，只有遵守法律，才能使公民同心协力，使城邦强大无比。严守法律是公民幸福、城邦强大的保证，其价值要远远高于个人生命。

苏格拉底热爱城邦，不容许法律信仰被亵渎丝毫。他放弃生的机会毅然选择死亡，并非不珍惜自己的生命，他更注重自己的灵魂，这就是神，神是人的化身。他把自己看作神赐给雅典人的一个礼物、一只牛虻，他主张“自知无知”。

苏格拉底的死，是西方文化史上的重大事件。它仿佛是一则寓言、一个谜，给后人留下一道人文领域的“哥德巴赫猜想”。

老子提出道的思想。人法自然，是原生态的东方智慧。道是万物的本源，人是万物之灵。“有物混成，先天地生。寂兮寥兮，独立不改。周行而不殆，可以为天下地母。吾不知其名，强字之曰道。”人本身是个谜，道也是如此。由于不能确定人是什么，人的本性是什么，老子把这个问题归结为“道”。

道为万物之本原。“道生一，一生二，二生三，三生万物”“万物负阴而抱阳，冲气以为和”。万物不断生成着，始终运动着。在老子看来，“一”是精神的范畴而不是量的概念，相当于“有”“无”。天下万物并不是统一于物质，而是统一于精神。“道”和“一”同样属于理念范畴。“道”能生“一”，“天下万物生于有，有生于无”，阴阳二气相交，往者过，来者续，无一息之停，最终达到“和”。

人是“道”的产物，“和”是中国传统文化的本体论基础。《国语·郑语》说：“夫和实生物，同则不继。以他平他谓之和，故能丰长而物归之；若以同稗同，尽乃弃矣。”“和”是性质上的差异，是事物发展的内在依据；“同”是具体的，事物只有数量的增加而没有性质的变化，是事物发展外在的、非本质的因素。“声一无听，物一无文，味一无果，物一不讲。”万物相和相生，若单一无变化就会停滞不前。正如声音单调不好听，颜色单一无色彩，一种味道就没有滋味。这就是“和而不同”。

“和而不同”承认差异，求同存异，主张包容、对话、交流、谦和，它早已融进了中华民族的血脉，铸就了自强不息、厚德载物的民族精神。东方文化中，“和”是做人的理想标准，人就是“和”。

康德开创了一个时代。

在康德那里，人是自由，是道德。他提出“什么是启蒙”，把人从天国拉回人间。理性、道德在康德思想体系中居于首位，而信仰、宗教次之。他说，天上的星空和心中的道德律，在他的心灵中不断地引起景仰和敬畏之情。这两个对象分别是他的理论哲学和实践哲学的主题。人既要敬畏自然，更要敬畏真理。人是软弱的，为实现皈依，人要信仰“救赎”和“恩宠”，但是人不能放弃道德努力而消极地等待上帝恩宠。他反对“代赎”“补赎”“恩宠前定”等教义。康德坦言他关心的问题只是“人是什么”。具体来说就是，人能够知道什么？人应当做什么？人可以希望什么？在康德看来，人的希望表现于审美判断和合目的判断。希望是自由的，是道德的实践。希望的目的不是别的，正是人自己。没有人，全部的创造将是一片荒蛮。

康德是座桥。在哲学这条道路上，一个思想家，不管他来自何方和走向何处，都必须通过这一座桥。

黑格尔跨过了这座桥。他认为，人就是绝对精神，是神自在地在大地上行走。康德提出四组二律背反、四组矛盾。黑格尔进一步提出矛盾是辩证的，无处不在，始终发展，而不是只有四组矛盾。要是黑格尔早生两千年，可能会将老子引为同道吧。但是，黑格尔的“绝对精神”只是精神范畴的。

黑格尔千年王国的图腾破灭了，成为幻想。

幻想的破灭，能浇灭希望之火吗？希望是什么？石头一边走，一边想这个问题。大概过了半个小时，到了山坡上的一片松树林。松树四五十厘米粗，十几米高；松涛阵阵，似千军万马。向前看，远远的小河像一条玉带绕过山脚，而对面高山离这儿似乎并不很远。满眼尽是梯田，梯田好似一块块绿色的毯子，铺在半山。

梯田周围是密密麻麻的野芭蕉。这些野芭蕉长得特别高大，果实很小，里面的种子却特别大、多，不好吃。所以这些遍布山野的野芭蕉不受村里人待见，经常被砍掉，随便扔在 边；理想的状况也是被砍倒，把芭蕉藤里面的茎取出来，回去剁碎喂鸭子，更嫩的拿来做菜吃。在村民看来，这已经是废物利用，变废为宝了。这不，远处山坡上大片大片的野芭蕉已经被砍倒改种速生桉树，而残留着的野芭蕉竟然顽强地长出小苗，在强大的桉树林下面喘息着。大自然鬼斧神工，任何一种生物都是它的杰作，无所谓“废”不“废”的。想当初袁隆平院士找到了野稻种，经过杂交后的水稻，竟然解决了十几亿人口的吃饭问题。如果没有野稻子，他老人家靠什么来试验，杂交水稻试验能成功吗？石头不懂杂交水稻等先进科技的奥秘。但是，不久的将来，如果这些野芭蕉不存在了，说不准还真是个问题。这漫山遍野的野芭蕉，说不定会是下一个野稻子，里面同样蕴含着新科技变革的希望呢。

希望是什么？他一边走一边想。

希望是心灵的叩问。人之为人靠什么？要靠人性。何为人性？人性就是人之为人的本性，它的本质在于否定、批判、创造、超越，人总是要不断超越自己的。超越的本性源于人的社会性，“人的本质不是单个人所固有的抽象物，在其现实性上，它是一切社会关系的总和”，这种社会性的人的本质属性决定了发展的目的是促进“人的全面而自由发展”。为实现这个目标，人就要不断发挥智慧的潜能，充分利用自身和大自然的力量。人走不若马，力不若牛，而牛马为用，为什么呢？这是因为人能“群”。“群”是社会性，因为人懂得分工、合作，“合则一，一则多力；多力则强，强则胜物”。人，总要打开两个结。一是总结，总结就是学习。学习，不会让人绝望。学习的过程，就是希望生成的过程。希望始终与人相伴，始终在路上。另一个结，就是团结。团结就是合作，要学会同别人共事。心往一处想，劲往一处使，汗往一处流，人就会无往而不胜。人是强大的，因为人打开了这两个“结”；人又是脆弱的，往往会被这两个“结”束缚住。而希望是火，尽管微弱，但它能融化掉世上众多有形无形的“结”，人性就丰富起来。强也好，弱也罢，皆源于人性。

人性是善，还是恶？哲学家可是争论了多个世纪。就好比希望之火，火大了，可能招致灾祸，这就要“中”，弘扬“善”遏制“恶”。“中”，是中道平衡，是“和”。通俗地讲就是各美其美，美人之美，美美与共，即为“大同”。正所谓善恶一念间，给人希望，自己也会有希望，赠人玫瑰，手留余香，凡事都要留有余地。

希望是人之生存的本体论基础，它不是一般的心理体验，而是人最基本的生存状态，是促使人不断行动的内在结构。希望展开时，可能成功，也会失败，但是并不存在真正的失败，因为人总要不断选择，这是人之为人的前提。

唯有选择,才有希望,希望作为人之生存的本体论结构已经深深烙进人的历史。尼采发出“上帝死了”的惊世之言，唤醒了追求自由的人性。现代科技的发展，尽管带来便利，但是启蒙、理性并不能确证人的本性。希望，还在路上。萨特从“上帝之不存在”这一理论前提出发，阐述了“人是绝望之中的希望”，世界如此绝望，但人不能绝望。因为上帝之不存在，人是自由的，人不得不自由。自由就是不断选择，不选择也是选择。选择，就有希望。布洛赫用“尚未”作为希望哲学的基本范畴。“尚未”存在，并不是不存在，现在不存在，将来会存在，人要始终面向未来，对未来充满信心。“尚未”，就是希望。

希望是人的精神家园。世界是新奇的，这种新奇，激发了人内在的超越现实、挑战极限、不断创造、指向未来、实现价值的激情。希望是人之为人最本真的存在状态。

人是希望的主体，希望则把人推向未来，推向未知世界。

7. 筑路（一）

工作队队长是中共南方省委机关选派的一名女干部。石头听她讲过几次话，简明扼要，很有水平。

几天前队长打电话了解村里的情况。她问石头：“村里做了哪些项目？”

石头说：“去年我们筹了十万块用于五户贫困户危旧房改造，目前四户已完工，一户还在建。”

队长很奇怪。“县里不是有专门的危旧房改造扶贫资金吗？”

石头说：“是的，县里有专门资金，但并不全覆盖。不能覆盖的困难户，我们就帮一点。比如，有的家庭比较贫困，可由于种种原因，得不到危旧房改造的帮扶资金。我了解到一个困难户的情况是，父母七十多了，老婆生完孩子后跑了，一去两年多，没有消息。孩子两个月大，由爷爷奶奶带。他没有钱，又没门路，只能靠种植木薯、玉米过活，只能算是糊口。他们住的是土房子，几十年了，属危房。本来按他的情况，危旧房改造专项资金是可以给的，村里打了报告，政府却没有批准。问题在于他们生孩子前，领了结婚证没有办准生证，违反了计划生育政策。他借钱盖房子，有几万块的债务。当然，政府不批准自有其道理。这种情况下，我们打算资助一些钱帮他们建房子。”

队长说：“这样啊，今年基础设施建设方面做了哪些？”

石头说：“我们的总体工作思路是配合地方党委政府工作。去年在建设人饮工程、文化设施等方面投了一点钱。今年我们申请到了财政安排给村里4.8公里的屯路建设指标，投入财政专项资金一百五十万元。另外，还申请到一事一议的政策扶持，按规定每个贫困村十万，乡里给了我们八万五。加上我们再资助一点，村民筹资一点，总投资有一百六十万。现在，村民正在投资投劳平整路面。”

“4.8公里！”队长很吃惊，“石头，你怎么回事？县里就那么点扶贫资金，怎么都跑到你村里了？你认识县长吗？”

石头此时却很平静，他没做亏心事，再说，这都是为村里的群众做事。他说道：“我不认识县长。前段时间在精准扶贫培训会上，县扶贫办专门强调，今年进行财政资金使用方式改革，不再采用‘大水漫灌’，而是‘滴灌’式扶贫。在修路方面要求各驻村队员及时把需要建设的屯路规划好，并在5月31日之前把材料交至县扶贫办。我们专门在村里进行测算，严格按照扶贫精神及时把材料提交上去。我们按照要求做的。

“其实，我也没想到会批给这么多！原先想，能安排村里1公里屯路指标，就心满意足了。没想到最终给了4.8公里。这说明，国家对我们村的扶贫力度是非常大的。不过，尽管我不认识县长，但是村里有人在县里任职，我只是听说过，不认识。我们是按县里的规定做事的。当然，你交不交材料是不一样的，交了，可能申请到指标，也有可能申请不到。但不交，申请到的希望就不大。为这事，还有人提出反对意见呢，但是他们没有按照县里的要求提交材料啊。”

“哦，这样啊。近期县里事情比较多，改天我专门去村里看看你。”队长的话有些许缓和。

那次谈话后，石头给队长留下什么印象，不得而知。但是，后来的一些事情，如争取产业扶贫政策、屯路建设，队长很关注。想想，还真是不打不相识。但是队长有好长时间没到村里来。其间，石头倒是有机会和队长交流了几次。

一次，是在全县生态乡村建设动员会后，队长专门召集工作队队员吃饭。

队长把队员聚在一起，吃的是自助餐。自从中央八项规定出台后，县里对会议工作用餐做了严格规定：县直等单位派驻人员一律不得到会议驻地用餐，会议用餐自己解决；偏远山区乡镇、村干部，省市派驻干部可在会议驻地用餐。

石头非常赞同这个规定。迎来送往，耽误时间，浪费精力，少了应酬，吃饭可不就回归本来面目了吗？

尽管这样，用餐时大家的讨论还是很热烈。其间，吴佳说起村里养鸡的事，大家筹了五万元买一万只鸡苗，可是由于不懂养鸡技术，头一天死了七百多只，第二天死了三百多只，两天损失一千多只，感觉压力很大，好像花钱没有办好事。吴佳是石头在省社会主义学院的同班同学，他曾经是一个地级市市长的秘书，后调到市局工作。去年，他到上马县任美丽乡村建设第一书记，石头则派驻兴隆县做清洁乡村工作队队员。

听了他们的谈话，石头心里一颤，心想，幸亏没有坚持养鸡，原打算给村里再筹一部分资金支持一些有能力的农户养鸡的。说起养鸡，真是一言难尽。去年曾提供两万元扶贫款帮扶农户养鸡，为这事，石头来的那个月，机关内部刊物、网站做了宣传，认为做了件实事、好事。但到村里后，哪儿还有鸡的影子？也许刚卖了吧，他想。

吴佳是建造垃圾焚烧炉的专家，知名度很高。据说去年省委副书记还专门做出批示，推广简易焚烧炉的经验。石头去年和社区党委一班人曾去过上马县参观这种简易垃圾处理设施。当时感觉处理效果不理想，主要是烟尘处理不彻底。原本是要清洁乡村的，忙活大半天却有可能带来新污染。当时社区在资金非常紧张的情况下，东挪西凑八千块建了一个，后来被镇党委书记直接给否定了。镇书记原是市环保局的骨干，对环保比较了解。看到建好的小土垃圾焚烧炉，说要是城区都建这么多，那省城可就要浓烟滚滚，垃圾围城了，还建什么绿城、水城、生态之城。现在，汽车尾气排放让环保部门头大，更不要说再增加这么多小土焚烧炉，这个项目论证后才能推广。

想想去年社区的焚烧炉项目，那可真是“上马”变“下马”。

吴佳去年生了一场病。由于吴佳的清洁乡村工作做得好，不少地方派人到上马县学习先进经验。一次市里领导到上马县视察，吴佳现场汇报工作时，当场昏倒。待众人把他送到医院，初步诊断说是脑瘤，后又专门请北京专家会诊，确诊为恶性脑瘤，手术前景不容乐观，北京专家不敢轻易动手术。也许吉人自有天助，有个专治脑瘤的专家了解情况后，特地从国外赶赴省城为吴佳做手术。手术很成功。村里的父老挂念吴佳，自发筹集几万块钱，还带了一些土特产，委派十多名代表到医院看望。吴佳对爱人说：“大家都不富裕，钱退回去，乡亲的心意咱们领了。”这样休养了一年多，病情逐渐好转。前不久，石头到家里探望老朋友。看到石头，吴佳说：“石头，你看我特别吗？”石头认真地看了看他，说：“没有什么特别，你很正常啊。”吴佳说：“你看看我的头。”石头这才发现上面有隐隐的手术痕迹。吴佳说：“尽管手术成功，但医生说乐观的话，最多几年的活头。”石头安慰他说：“老伙计，千万不要想多了，保重身体。”吴佳是家中独子，他有一个男孩，五岁，上幼儿园。没想到的是，吴佳身体刚刚恢复，又主动报名参加驻村扶贫工作。

吴佳接着说：“现在村里资金比较少，聘请保洁员月工资三百五十元。”

石头说：“你们三百五十元，我们那里每户一个月收取八毛，全村二百多户，各屯自己解决。五个保洁员，每月最多开一百块。前不久，乡里到村里检查，有个领导大发脾气，说每月给一百块钱，竟然做成这个样子。当时，我抬头看那个干部，村委的人低头不语。后来，那个领导干部有点窘，感觉不好意思了，直接走人。”

队长说：“一百块是少了点。”

石头说：“所以说，我们做这项工作，要更多地从精神上鼓励他们。村保洁员发扬风格，工作勤恳负责，不在乎钱多钱少，认为这是为大伙做事。以前路没有修好，做起来困难，现在正在修路，路修好后，我想清洁乡村工作会好做一些。”

队长说：“现在国家扶贫攻坚力度之大，大家可能想象不到。就拿修路来说吧，总书记曾说过，在贫困地区，改一条溜索、修一段公路就能给群众打开一扇脱贫致富的大门，这话说得多好啊。自打来东山工作，每天起床后，我做的第一件事就是先想想这句话，我努力地把这句话记下来，记在自己的脑子里。‘全面奔小康，关键在农村；农村奔小康，基础在交通’也是我常念叨的话，我经常用这些话鼓励自己，激励自己。只有路修通了，别的才好说嘛。

“大家要积极配合地方工作，加强村两委的领导，提高基层党组织战斗力。要精心组织帮扶工作，正视美丽乡村建设过程中出现的困难和问题，充分发挥自身优势，积累做好工作的经验，多为群众办一些实事好事。我感觉大家不会宣传自己，默默无闻，做了很多工作，可是地方却不知道。大家做工作后要及时上报信息，尽量宣传自己。也好让地方看到，我们工作队的同志确确实实干了许多事情，而且做得很好。今年大家要按照整村推进的要求，在屯路建设、水利、文化设施、产业发展等方面，多想办法，多谋点子，千方百计提高群众的生活水平。

“现在扶贫政策的出发点，是让贫困村勤劳的人、有头脑的人富起来。先富帮后富，走一条共同富裕的道路。以前是‘大水漫灌’式的扶贫模式，现在是‘滴灌’式的精准扶贫模式。因此大家首先要搞清楚贫困的原因是什么。贫困的原因很多，有自然条件恶劣导致的，也有的是自身造成的，比如村里那些好吃懒做，得了钱就要赌的人，怎么能富裕？所以，我们要认认真真做好入户调研，特别是做好精准扶贫、建档立卡工作。对那些自然条件差，不适合人生存的村屯，就整村搬迁，搬到好的地方去，这就叫‘挪穷窝’。现在政府拿出很大一笔资金给贫困户起房子，盖商铺，就是让他们在新的环境下能够生活下去，原先的村子则要退耕还林。这个政策适合农村的实际情况，非常到位，多好啊。当然，有些农户一时不能理解，舍不得离开原先居住的地方。这就需要大家多动动脑筋，多做动员工作。当然，对于那些因自己懒惰、好喝、好赌而贫困的人，政策是无法全面覆盖的。

“明年是‘十二五’整村推进的最后一年，有些村还没有通水、通电、通路，有的地方居住条件非常差，我们的任务非常重，很艰巨，也很光荣。同志们回到各自驻地后，要安心工作，有什么困难及时与我联系，我会尽最大努力做好服务工作。”

8. 筑路（二）

屯路建设有条不紊。

4.8 公里的屯路硬化指标分三个标段。大树屯 1 公里标段，小树屯 1 公里标段，银山屯 2.8 公里标段。县里统一招拍挂后，中标单位方可进场施工。在这之前，石头他们要协助县规划部门、交通部门做好道路勘测、路面平整等工作。屯路建设的路面要求是二级砂石路，路基扎实。土路达不到标准，而村里好多待建路段是土路，这还真是棘手问题。

一天上午，石头正要出门。村委来了辆工程车，是规划局的路面勘测车。村干部已去县里培训，工程人员不知道屯路的具体位置。石头说：“我和你们一起去吧，我熟悉这些路段。”

工程车绕过村委，跨过石桥，到了岔路口，转上去银山屯的路开始工作。山路弯曲，车里有两个小伙子，一脸稚气，看样子刚刚大学毕业。司机是规划局的老同志，他不断读出数字：“右，56；前，712；前，453……”石头不懂他们的交通术语，感觉他们非常专业。小伙子画的图纸清晰、规范。一条弯弯曲曲的主线上面，密密麻麻写满数字。但在石头看来并不觉得杂乱，反而有些艺术感。司机每报出一个数字，小伙子就在图纸上标注下，另外一个则负责审核。这比起石头他们画的图纸可强多了。

石头说：“我们画的比例图没法比啊，那简直不叫图纸。”

司机哈哈大笑，说道："我们吃这碗饭的。"

石头说："什么时候施工啊？"

司机说："要等县里统一招拍挂。现在都是格式化处理，我们收集数据，今天勘测的银山 2.8 公里指标已经联网了，现在得到的数据已经上星了。"

石头说："这么先进了？"

小伙子笑笑，说："现在我们是与卫星同步工作，今天的卫星信号很清晰。"

工程车到了银山屯村口，只有 2.5 公里。司机有些困惑，说："不是说 2.8 公里吗，怎么只有 2.5 公里？"

石头说："还有环屯路，环屯路也要 300 多米呢。"

于是工程车又开始沿银山勘测。但是，所谓的环屯路实在太糟糕，又刚下过雨，而银山建在一座山坡上，路起伏非常大，有一段路堆放着村民的杂物，好在不多。这样转过山坡，300 米的路标，齐了。

勘测好银山的路标，下一步是去大树屯和小树屯。大树屯还好，900 多米屯路差 100 米不够指标。石头与司机商量，说剩下的 100 米延伸做一些巷道，要不指标就浪费了。

司机同意。

小树屯问题较为复杂，可以说没有路。早先小树屯建房子时没有规划，六十多户依山而建，房子星罗棋布，显得任性。

工程车沿着所谓的屯路驶过，结果令人吃惊，500 米！

司机说："怎么办呢？数据已经联了网。"

石头说："这样行不行？我们重新开一条新环屯路。小树屯的数据你先不要报上去，待我们规划、平整好，你们再勘测。"

司机说："得。我尽量协调，不能等太久。县里要这些数据，有期限。"

晚上，支书从县里学习后回村。石头召集村干部开会通报白天工程车勘测的情况，主要研究小树屯屯路的规划。

石头说："小树屯屯路的现状与建设要求差距很大。今天测量只有 500 米屯路，我想，在原先的基础上重新规划，充分利用剩余的 500 米指标。"

支书说：“要的。小树屯是老问题了，以前谁会想到，政府会给我们修屯路啊。”

石头说：“我们现在就要规划小树屯未来三十年的发展，老屯子先不动，争取建设一个新小树，路是关键。规划可能涉及村民的一些利益，碰了谁家地、谁家院子什么的，希望大家想想办法，多做群众的工作。今天修好这条环屯路，要管两代人，我们这一代、下一代都会受益，希望大家向群众讲清楚。”

支书说：“指导员放心，群众的工作我来做。”

石头说：“我们还要成立平整路面委员会。委员会主要负责平整路面的工作，发动在外工作的人关心家乡建设。委员会设立一个总机构，由村委负责；三个分支，大树屯、小树屯、银山屯的组长具体负责。委员会的工作，如成员分工、收支状况等，都要公示，自觉接受群众监督。大家有没有意见？”

小树屯的组长说：“小树屯的情况比较复杂，规划时再周密些。现在主要问题是资金紧张，砌石墙，需要石料、管道，都是花费。人工不讲了，我们投工投劳，但是买料要花钱，请钩机做工，赶进度需要四台。现在每台大钩机每小时二百块，小勾机要一百五。加班加点做，一天要两千多块。算下来，请钩机要四五万块钱。这个钱怎么办？村里的收入低，一百多人，每人二百，加上外出做工的，能有三万左右，还有两万资金缺口。”

石头想了一下，说道：“这样吧，可能的话，我再争取一些帮扶资金。”

会后，大家开始紧张地平整路面工作。小树屯进展比较顺利，在原先500百米的基础上，又向屯外延伸500百米，规划了休闲广场、文化室、绿地、停车场等。

勘测车重新勘测一回，把数据上报联网。

银山屯更是积极。尽管人口不多，除自己捐款外，还积极投工投劳，开山辟路，人心很齐。可是不知怎么回事，甲午年是个水年，雨一场接着一场下，还有随之而来的塌方、泥石流、山体滑坡等自然灾害，搞得原先做好的路基被冲垮多次。一回冲垮，请钩机填平；再冲垮，再填平。算来，多花了两万块钱。

大树屯村委路基较为扎实，没大的波折。

一切准备就绪。

石头接到银山屯组长的电话，说：“指导员，十二月二十九日农历初八是个好日子，屯里的父老请你去剪彩。”

石头说：“现在有‘八项规定’，不搞形式的东西，修路重要。”

组长说：“不是你说的那种剪彩，是请你过来，讨个好的彩头。”

石头想想，那就去看看吧。

组长派了一辆摩托，把石头接了进去。

屯里的乡亲，军烈属、林大哥、老周等许许多多的人都在等。这儿人心很齐，也许是人少，又生活在大山里面的缘故吧。

看到石头来了，大家点起地上的鞭炮，噼里啪啦，响彻上空，在这大山深处，声音显得那么清脆。青烟腾起，又渐渐消失在竹林里。

这就是组长所说的剪彩吧。

组长说：“我们都盼望着这一天，指导员，要不是你的到来，这路不知猴年马月才能修好。”

石头说：“早就该修了。明年是‘十二五’最后一年，村村通公路。希望大家加把劲，心往一处想，劲往一处使，保质保量修好路。路修好后，你们打算做什么呀？”

有个叫大山的小伙子说：“我打算种西贡蕉。以前种过西贡蕉，收了很多运不出去，都坏在地里了。因为走山路，运到乡里的收购点后皮就坏了，芭蕉皮一坏很快就会变黑，卖相不好。现在马上修通路，明年打算多种一些。”

石头问：“现在种多少？”

大山说：“三百棵。每棵得果三十斤左右，每棵最低收入有三十块。靠种西贡蕉，今年至少能赚一万块。”

石头说：“明年打算种多少？”

大山说：“一千棵，山里土地肥沃，就是太少了。我们这里种什么都行，就怕跟风。在我们这里，你种好了，别人也跟着种，可能会压价格。”

石头说：“有这种情况？跟风不见得是坏事。如果路子对，大家跟风，说不定是好事。比如说你种西贡蕉，路通了，大家都来种，形成规模，客商直接到村里收购。那时你赚钱了，村里人也赚钱，大家一起来赚钱，不更好吗？这不存在压不压价格的问题。以前会有压价的现象，但是我想，这个路通了，致富的路子会更广些。所以说，修好了这段公路，是为我们银山的父老乡亲打开了一扇脱贫致富的大门。”

大山有点囧。

石头说：“我听说银山屯有些纠纷。今天是个喜庆的日子，希望大家放弃心中的成见，多想想未来，多想想怎样发展生产，提高收入水平。我们的屯子不大，能有多大的事？现在大家就要齐心协力，把公路修好。”

9. 筑路（三）

施工队很快进驻。

料场安在河边，这样一来，用水用电运料都很方便。工人在村委的操场支起帐篷，接通水管，安上灯，架起锅，这就是营地了。但是天公不作美，总是下雨。大树屯、小树屯好说，屯路不是很长，十几天可完工，关键是银山屯。进银山屯的路有多处上坡，路面又泥泞，不得已停工好几天。因工期紧，必须在十二月底前完工，所以工人要赶进度，必须在三十天内完工。如果完不了工，他们不能结算工程款。

县乡开了几次会，都是关于屯路建设的，上面要求的工期很紧。今年是水年，雨特别多。往年进入十一月，基本上没什么雨了。可今年不同，十一月里连续下了半个月，严重耽搁工程进度。已到十二月，一连十几天小雨下个不停，真是让人发愁。

好在雨终于停了。

料场的搅拌机又发出轰鸣声，汽车开始穿梭运料。

石头决定到现场查看施工情况。

走到岔路口，石头想，路面上都是来来回回的工程车，不安全。趁此机会，从河里过去吧，还能顺便看看河边的种植情况。前几次从山上看对面，距离远，河谷的情况看不清楚。

他转下桥，迤逦前行。河里的拐弯处有多处巨石，水流急，不停地冲击岸边悬崖，发出轰隆隆的巨响。河滩的石头非常漂亮，大的小的红的白的紫的灰的褐的，应有尽有。有的石头布满漂亮的花纹，听说村子以前是金矿，莫非这些五颜六色的石头是金矿石？

十二月的北方，早已冰天雪地。可在南国，松、杉、桉、栗、榛、红木棉遍布山野，到处郁郁葱葱，尤其是在大山深处，尽管微寒，但走一段路，身上却是热乎乎的。石头穿双运动鞋，选择从河谷里走，有点失策。在河谷里走，很多时候要过河，一道湾接一道湾，无路可绕，只能脱掉鞋子过河，然后把脚晾干净，穿上袜子，再穿上鞋。如此反反复复五六次之多。

河谷被高高的乔木遮住，下面种了许多砂仁，极目四望，遍布山野。砂仁两三米，密密的。有的地方排放着整齐的大石头，应是“石桥”吧。原先村民运送货物进出山，应是有路的，这些残存的石桥，是他们的必经之路吧。路的痕迹已模糊了，更多的地方却没有石桥。往前走，有的地方水流很急，有的平缓，石头脱掉鞋子，赤脚过河，这样走走停停，倒有不少发现。

山谷确实适合种砂仁。沧海桑田，原先这里的路，已经移到山顶上去了，河谷却复归平静，恰好适合砂仁生长。当然，在这广袤的大山里，除草、施肥、打理不是容易的事，需要尽心尽力，花费很多人工才行。看漫山遍野的砂仁，估计上百亩。如果种好了，对银山这样经济薄弱的小屯子来讲，说不定是个增收的好路子呢。

山顶不时传来呼呼的声音，那是运料的汽车在来回穿梭。从河谷到山顶，应有七八十米高吧。要是从这里爬到山顶，山峭、树密、草深，简直不可能。

终于到了一片开阔的河谷地带，这里能够看到悬在半山的屯路，也能看见汽车驶过。开阔的河谷残留着宽宽的水槽，应是废弃的水利设施。河谷有棵大榕树，垂下细细长长的树胡子，直溜溜的，非常结实。这些树胡子要拿来做绳子用。用力拉，树胡子弹性很大，没拉动。他有点累了，在榕树下找了块平坦的水槽，脱下外套，把衣服卷了卷做枕头，用袖子蒙住眼睛，假寐一会儿。

待休息好，他看到河谷对面有一条小道，也许可以通到山上去？不管怎样，这河里的“路”太难走了，可以想见早前住在大山里的人出去谈何容易。小孩子到山外上学不仅要背着书，还要背五斤米，到学校后还要自己生火做饭。那时家家要靠马运送物资进出山，翻山越岭，跨沟过河，离不开马。石头在北方平原长大，对“马帮”这些听起来非常浪漫的东西，感觉特别陌生。

河边不能走下去了，快两个小时了，银山屯还没见踪迹，还是要走山上的路。走山路要到对面的小道去，半山间若隐若现一些巨石，河里也不少，三四米见方。前段时间泥石流严重，想不到把这么多大块的巨石卷下了山。两个小时的急雨使河水暴涨三米，没过下游石桥，村民记忆中还没有过这样的事呢。

踏上巨石，又跳到几块放倒的枯木上。还好，平安到达对岸。有溪漫过小道，道边的草很密，溢满水，一不小心，鞋子湿了。他顾不了这么多，只有一个想法——尽快到上面的山路上去。这密密的草丛里面说不定有蛇什么的。据说，蛇一般藏在有石头、草、水的地方。

好在有惊无险，走了二十几分钟，远处传来机器的轰鸣声。

石头赶到银山。

村口，林大哥正在改他的下水管道，他说：“原先的水管太细，这不硬化路面了吗，要换个大的，不然以后坏了会麻烦。”

石头同他说过几句话，就赶到施工现场。

屯里的组长在现场协调，工人做工很积极。由于是山路，不能会车，每次只能一辆车进山。三辆车不停地工作，每小时能运进三辆车的料。每辆车拉的料大概能修 4 米左右。路的规格为宽 3.5 米，厚 0.18 米。水泥砂石已经在山路上颠了 20 多分钟，送到施工现场后，有一些沉淀，结了块。工人拿来铁锹、锄头，爬上车厢用力地拔，费时费力。司机不了解后面的情况，往前开车，工人差点掉下来。虚惊一场。后来，大家有经验了，用搅拌器直接往车厢拱。这方法好使，整个车厢里结块的水泥砂石全部掉下来，不再那么费劲了。

卸下料，工人开始忙活。

组长说：“指导员，路修好后，屯里要给你们立碑。”

石头说：“不要给我们立碑。要立，就给共产党立。”

“还是共产党好啊。”组长自言自语地说。

石头问：“你是共产党员吗？”

组长说：“我不是党员，但我们是共产党领导的。没有共产党，哪有我们这条路。”

石头点头说道：“这条路什么时候完工啊？”

组长说：“不下雨的话，十二月底能完工。赶上下雨，会耽搁些日子。”

石头说：“不管怎样，既要保证工程进度，更要保证路的质量，我们要为施工做好服务工作。”

10. 五保村

村委对面的五保村，空空的，还没有人居住。

五保村十五个床位，原先住过两个五保户，他们先后逝去了。后来的五保户不大乐意住，说风水不好，如果入住，下一个走的就是自己了。

尽管五保村里有专人负责老人的饮食起居，但是，逝去的阴影让村里的五保户望而却步。

并不是所有的人都有资格住五保村。只有村里六十岁以上、无儿无女的五保户才有资格，村里适合居住的，只有五户。

也许，农村老人居家养老会是更好的选择。在自己的庭前院后，辟一个小菜园，种些青菜，听鸡犬之声，与邻里相望，还挺有乐趣呢。另一个选择，就是到五保村集中供养，便于村里照顾老人的起居，也许，这是政策设计的初衷吧。除散养和集中供养，还有没有别的选择？

无论哪种选择，人终究要面对变老这个无法回避的现实。特别是农村的养老问题，也许更为紧迫。

为实施精准扶贫，石头在村里做了调查。村里常住人口 814 人，他针对人口分布建立了数据库，特别是 60 岁以上老人的数据库。全村 60 岁以上户籍人口共 127 人，约占到全村总人口的 15.6%。其中 80—90 岁的有 15 人，90 岁以上 3 人。从人口分布看，已初步进入老龄社会。据第六次全国人口普查统计显示，我国 60 岁及以上人口占总人口的 13.26%，社会养老服务体系建设的任务早已提上议事日程。仅就数量看，十个床位远远不够村里的养老需求。

问题是，70—80 岁的一些人每天还要劳作，他们上山种木薯、砍柴、种树；60—70 岁的人更不用说了。农村老人没有“退休”一说，终其一生，总忙碌着。他们不愿意拖累儿女，总想着自食其力，只有到了不能动的那一天，才开始“休息”。这真是，可怜天下父母心啊。

如养鸡的 90 多岁的老婆婆，原有三个儿子。农村情况复杂，原先分家时几个儿子的养老分工已定好。大儿子负责赡养父亲，父亲已走，义务算是尽完，况且大儿子也不在村里住，到城里看孙子了；二儿子已逝去，他负责赡养奶奶；三儿老禹，负责赡养母亲，老禹今年 60 多岁，没有结婚无儿无女，属五保户，他可以住五保村，但他老母亲不行。老母亲有儿子，不能算五保户，只能住在破旧的土房子里，尽管已经 90 多岁了。大儿子接母亲到城里住，老人家说啥都不愿意离开小山村。

老人家的生活半径不超过 200 米。每天她很早就起床，跨过窄窄的小溪，走到对面坡上种一些空心菜、韭菜、蒜苗、白菜。她把溪边的鹅卵石捡来，整整齐齐地码在小小菜园的边上。时间一久，溪边的石头几乎让她捡光了。现在鹅卵石堆成了一个小小的堤坝，坝上则是她开辟的小小菜园。

尽管歪歪斜斜的老房子已经住过几代人，而且有随时倒塌的危险，她仍然不愿离开。在这刻满岁月印记的老房子里，有她的牵挂；溪边的小小菜园，是她的精神家园。人过七十不远游，何况 90 多岁的老人。

石头想，如果老禹住进五保村，谁来照看他的老母亲？他能安心在五保村里住下吗？政策是刚性的，当初制定这个养老政策，建设这个五保村时，可能没想到还会有这样的个案吧。

还有王老爷，尽管已经 96 岁，独居，也不能住五保村，因为他有养子，也是有儿子的人。他每天都在村口的大榕树下静静地坐着。对他来说，住不住五保村并不重要，他有自己的精神家园，就是那个“箱子”。

远离村委，在银山独自居住的老军烈属，也是有儿子的，尽管五保村不能住，但是她也有自己的精神依托。

村里的五保户不愿住，更多的老人又不是五保户，不符合居住的刚性条件。这样一来，五保村空空的。

今年五月，石头随南方社科院组织的“城市养老专题研究”课题组到上海、广州、深圳等地调研。一路走来，感觉养老问题早应提上议事日程了，特别是养老机构建设远远跟不上旺盛的养老需求，很多地方都是“一床难求”啊。令石头印象深刻的是在上海社会福利院见到的一位老人。她在福利院里已经住了十几年，从 60 岁到 70 多岁，生活滋润，精神状态很好。白天有老伙伴相陪，下下棋，弹弹琴，写写书画，到了晚上，还有人与她聊天。一天下来，她总是忙碌着。老人的精神世界，被这种“忙”充实着。

福利院干净、整洁，住在里面的老人开心、快乐，让人感到温馨。

石头同福利院院长进行过交流，收获颇多。院长是个健谈的女同志，有上海人特有的精明和干练。

石头问：“现在很多地方的养老机构出现‘一床难求’的现象，你们怎样处埋这个问题？”

她说：“社会政策要托底。目前只有很少一部分老人能够住进福利院，有很多老人已经排队等了十几年。我们不可能大规模地建设公立的养老福利机构，所以就探索走社会化养老的路子，鼓励民营资本进入养老行业，弥补公办养老机构在社会覆盖面方面的不足。”

石头问院长：“院里有的老人住了很长时间，从某种意义上讲，这些人占了公共社会资源，可是还有很多人在排队，福利院却已经没有床位，‘一床难求’问题很突出。你们有没有相应的退出机制以便实现床位良性循环，比如硬性规定住多少年后退出床位，好让年龄更大的、更需要照顾的老人住。毕竟这是公共的社会福利，要照顾大多数，关照到更困难的群众，这才是政策设计的本来意义吧。”

院长说：“在退出机制方面我们还在探索。老人住了很长时间，这种情况有，但只是个案。福利院里也需要一些相对年轻的老人调节气氛，如果暮气沉沉，对老人身心健康不好。”

她继续说道：“上海是全国第一个进入老龄化社会的城市，是目前全国人口老龄化程度最高的特大型城市。‘十二五’期间，上海进入人口老龄化加速发展期。预计到2015年全市户籍60岁及以上老年人口将为435万人，占总人口的30%。这对我们来说是非常大的压力。近年来，我们探索提出并发展完善了‘9073’养老服务格局，即90%由家庭自我照顾，7%接受社区居家养老服务，3%入住机构养老。到2015年，我们将基本建立以居家养老为基础、社区养老为依托、机构养老为补充的社会养老服务体系。”

村里也有老龄化问题。60岁及以上户籍人口所占比例比全国平均水平高两个点，这和上海没有可比性，但有些经验可资借鉴，当然不能照抄。其实贫困地区农村的老龄人口很多，养老问题更为严峻。石头想，怎样才能让贫困农村的老人过一种有尊严的、体面的晚年生活，而不是在生存线上挣扎？怎样才能让贫困农村的老人过一种经常性精神愉悦、内心丰富的晚年生活，而不仅仅是逢年过节才被想起、被关注？保障农村养老的五保村，需要有形的，更需要无形的。

农村养老问题更需要组织专门研究。

居家养老，既照顾到了老人的需求，又考虑到了农村邻里关系密切的实际，也许不失为一种政策选择。

家门口建的五保村，对于老人们来说，也许就是某一种希望吧。

希望无处不在，人，要始终心存希望，拒绝绝望。

老军属有希望，她的希望，也许浓缩在那本泛白的，已经看不出底色的“红本本”里；王老爷有自己的希望，他的希望，也许寄托在那个宝贝“箱子”里；养鸡老奶奶也有希望，她的希望，也许洒落在那个养育几代人的土房子前的青青菜园，“无客问生死，有竹报平安”。

人，应像一条江河，开始很小，穿过草地、密林、峡谷，然后热情奔放地冲过巨石，飞下山崖。河面变宽，河岸后退，河流变得平缓，江河最后汇入大海，毫无痛苦地失去自己。人生如舞，总会谢幕，一如落日余晖，尽管短暂，但留下的精彩瞬间，却是永恒的。对老人们来讲，偶然回味昨日时光，怡然自得，未尝不是件幸运的事。闲看庭前花开花落，漫随天外云卷云舒，始终以平静的心态向前看，人生如是，夫复何求。

五保村静悄悄的，还没有人住。现在，有的老人还住在大山深处破败的土房子里，有的老人还在五保村口徘徊、观望着……但是，不久的将来，会有更多的老人来住。这里有希望，这是他们的家园。

五保村，不就是希望吗？希望在前方，后退没有出路。

11. 云的呼唤

中午，石头正在房间休息，窗外忽然传来刺耳的摇滚声，吵得不行，睡不下去。

“怎么回事啊？”他推开窗户，声音更大了。摇滚声停了，喇叭里却传出：“最后一次机会了，买手机赠话费，送宽带，最后一天，机会难得！抓紧办理！”摇滚声又响起，再停，喇叭声响起，如此反复。原来是卖手机的流动车。

天气还好，白云朵朵，挂在半山。不如到对面山上看看，反正也睡不着了。

他准备好水，拿了一把镰刀做开路之用，收拾妥当，就出发了。

已是下午两点钟，天气正热。尽管云彩挡住太阳，但阳光转眼又会照过来，山坡上已是斑斑点点。

走到半山，身上已湿透。

摇滚声远去。

半山有巨石，他坐下休息。这儿视野开阔，可以俯瞰山村全貌。村子原来坐落在一个小山坡上，一面靠山，三面环水。风水学上讲，这叫依山傍水。山，主人；水，主财富。就是说，这地方，主有钱又有人。想必人们建村的时候请过风水先生的。那美村这地方，位置选得好。

山上大部分地方已经种上桉树，林子整齐。还有一些松、栗、榛、红木棉等。红木棉高高的，傲然挺立在空旷的山谷中。松树应是多年生的老林，十几亩，微风吹过，传来阵阵松涛声。还有一些板栗，一簇簇的，像一个个毛茸茸的大刺猬头，散落半山中。据说这几年板栗挂果不理想，很多村民砍掉栗，改种桉，板栗剩下不多了。

村子四周就是田了。河谷种满甘蔗、木薯、玉米、稻子，还有风景木；半山腰尽是一块块梯田，绿油油的，闪着亮光。远处有几座高高的山峰，朵朵白云绕过。

但是，这儿的森林正以惊人的速度退化着。因为科技，人征服自然的能力无限增强了。这是一场战争，是战争就没有赢家，也许人与自然和解，才是唯一的出路。“战争皆起源于人之思想，故务须于人之思想中筑起保卫和平之屏障。”如果没有思想，就没有战争。有了思想，也不一定没有战争。所以说什么样的思想会引起战争，应当好好研究一番。

思想是人产生的，“人是自己的观念、思想等等的生产者，但这里所说的人们是现实的、从事活动的人们，他们受自己的生产力和与之相适应的交往的一定发展……”。思想并不具有“独立性的外观”，它是同语言和物质生产活动交织在一起的，是人的历史发展的产物。人在江湖，往往会有这样那样的纷争，“林子一大，什么鸟都有”，有人的地方就有江湖，也许，有点纠纷很正常。

缺少人文精神的科技不能确证人的本质，由于思想缺位，它反而成为束缚、压抑人的外在力量。人本应是丰富、感性、全面的，但是，因为科技的发展，人开始被整合到生产流程中去，成为生产的一个环节、零件、程序，人开始异化。

这种异化主要表现为思想异化，而思想异化根源于劳动异化。劳动异化有两个层次，即内在异化和外在异化。劳动产品的异化是“物的异化”，这是异化的外在表现形式。人本应从劳动中体会到快乐，劳动产品应让人感到愉悦。由于资本的介入，现实中的人并不能享受自己生产的劳动产品，劳动产品并不能让劳动者得到快乐，它已经异化为人外部的东西。劳动成为外在于人的强制性的活动，劳动者不能自由支配自己的劳动；工人在劳动中不是感到幸福，而是感到不幸。

劳动是人区别于动物的本质，是人的“自由自觉”的活动。人的价值是通过劳动这种改造对象世界和自然界，进而创造物质产品的“自由自觉”的活动得到确证的。而异化劳动使人丧失了人之为人的基本价值维度，人成为劳动过程中的一个环节、零件、附属品。因此，劳动产品的异化导致的直接结果是人与人相异化，人与人之间的关系变得对立起来，这是人的“自我异化”，是内在深层次异化。正如萨特所言，“他人即地狱”。

人的解放，首先是从摆脱异化劳动开始的。

浓烟滚滚，那是在烧山；电锯声声，那是在伐树。依靠科技的力量，人昼夜不停地把直径一两米的参天大树砍掉推下山，改种大片速生桉，人不停地挥舞着科技大刀砍向为数不多的原始水源林，不知这样的劳动还是不是“自由自觉”的？

回答是否定的。

这种非“自由自觉”的劳动，已经内化为人的性格结构和心理机制，成为人的“物化”结构。人认同这种物化结构，思想上缺少超越物化结构的倾向，人之为人的根本的批判和超越价值维度随之丧失。人在自然、科技面前，变成一个符号、环节、工具，成了“单面的人”。而人的本性，应是立体、多面、丰富的；人应是否定、批判、超越的。

文化的本质是个性、艺术、审美、创造、自由，它是多层而非单面的，正如“一木不成林，百花方为春”。音乐、舞蹈、美术、文学等文化形式，是人把握世界的方式。这些方式，源于思想；思想，让人活得精彩。

摇滚、流行音乐、搞笑剧、玄幻动画片这些充斥着浓浓商业气息的大众音乐文化是艺术吗？大众文化除了带来感官的愉悦，抑或利益外，会让人思考吗？它会让人活得精彩吗？

大众音乐是批量生产的产品，单一、平面化，缺少个性。而音乐艺术，体现自由、创造，它鼓励人们向善、向真、向美。大众音乐被整合进生产过程，成了生产的一个环节、零件、程序。结果就是，一方面，当代艺术家很少能够创作出有个性和思想深度的真正艺术品；另一方面，即使真正有思想深度的艺术品，也是曲高和寡，很少有人能够懂得欣赏。人们不愿欣赏那些高雅的、有思想深度的严肃的艺术品，相反，却热衷于那些平庸、无个性的文化。动画片、搞笑剧、流行音乐、无厘头喜剧会让人欢笑，过一种轻松的生活。但是，它们会让人思考吗？

人认同现实，丧失了批判和超越的维度，这就是物化。

物化是异化的表现形式。

物化的直接结果是文化的平面化。文化平面化导致思想的缺失、匮乏、贫穷。这就需要解放思想。

思想为什么要解放？思想不是天马行空的吗？它还需要解放吗？

回答是肯定的。

思想当然需要解放。异化的思想没有独立性，被遮蔽，已不是真正的思想了。它不仅需要解放，更需要解救。思想是“现实的、从事活动的人们”的产物，是“生产力和与之相适应的交往的一定发展”的交往方式的产物。由于异化劳动，解放思想不仅成为可能，而且成为必要。

解放思想，不仅要改变思维方式，还要改变生活方式，重塑人与人、人与自然、人与自己的伦理之美。伦理之美，体现文化。

文化是本真、价值、自觉、丰富、超越，是人追求自由的伦理之美。

大众文化是虚假、欺骗、控制、单一、平面。

艺术要独创，才是美的文化。现在森林转向树林，大自然的鬼斧神工附着了资本的鬼蜮，还是艺术吗？一如文化趋向平庸，像“单面人”。

他继续向上攀行。

越往上走，风景越美。云彩已在脚下。北面是山峰，视野开阔，附近只有树，还有近在咫尺的山峰。他试了几条路，草都太密，杂木丛生，砍不得。贸然上山，断然不行，他望山兴叹。

远处起伏着大大小小的山峰，若隐若现。

这可真是“会当凌绝顶，一览众山小”。尽管没有登上山顶，同四周的山峰相比，这儿也是最高的了。

有种想呐喊的冲动！

“啊！啊！啊！——”

向西向东向南，连续呐喊！这儿没有人烟，只有他自己！

“啊！啊！啊！——”

不一会儿，彩云之巅传来回声，余音袅袅。

大山无言，只有回声。

待他转向北方，想继续呐喊时，愣住了——

只见一位戴草帽的老人家，一手拿镰刀，一手拿水桶，正静静地看着他。

老人家挥挥手，下山去了。

第三章　守望

12. 威马逊

进入七月，台风频繁造访，都已经来好几拨了。

这不，据说超强台风“威马逊”又要光临南方。

村里，备战台风的气氛有些紧张。

石头一天收到多条关于台风“威马逊”的短信。

上午10：30，第一则，是移动公司代发的气象局的短信。

台风红色预警：今年第9号超强台风“威马逊”将登陆我市，市区将出现九级以上大风，请市民关好门窗，做好防御台风的准备。（气象局代发）

中午12：10，第二则，东山基层办发布信息。

紧急通知：7月18日超强台风“威马逊”将影响我县，各驻村队员要坚守岗位，积极配合村委做好防御工作，确保人民生命财产安全。如不坚守岗位，必将严厉问责。

中午13：28，第三则，东山基层办又发布信息。

紧急通知：接县委常委会紧急会议通知，所有第一书记、工作队员马上到岗到位开展台风“威马逊”防御工作，牲畜一律圈养，人员一律转移到安全地方，危旧房屋一律不许住人。请大家高度重视，积极采取措施，确保人民生命财产安全，不出问题，不遭问责。如果出现问题，必将严肃追究责任人，一查到底。

下午17：20，第四则，东山基层办再发布信息。

紧急通知：接县领导最新指示，所有工作队员今晚要驻村到位，外出县域队员要马上赶回，此次台风来势很猛，破坏性强，请各位队员高度重视。县委将组织专门检查，如有不到位者将进行最严厉问责。

下午17：30，第五则，玉屏乡政府办发布信息。

紧急通知：各位工作队员，请务必驻村开展超强台风“威马逊”防御工作，乡党政办将组织专人检查，如有不到岗到位者，乡党政办将上报进行问责。请各位队员高度重视，确保台风过境期间人民生命财产安全。

上午，村委召开紧急会议。会开得不长，十几分钟，支书对大树屯村委的防御工作做动员，落实分工，责任到人。支书、石头一组，负责全面督查，查缺补漏。团支书、二林负责五保户等老人的安全，并把他们接到五保村。副支书、韦晓负责宣传动员工作，把通知要求落实到户，各家各户要自觉做好台风防御工作，牲畜等一律圈养，房前屋后杂物收集好，车辆要停到安全地带等。同时，组建突击抢险组。村里所有青壮年劳力一律参加突击抢险组，如遇突发问题，需在第一时间到位，并保持联络畅通。组建后勤保障组，负责转移到五保村人员的生活保障、卫生医疗等。

支书打电话通知较远的几个村屯，要求他们按县里的要求统一部署，责任到人，认真做好防御工作。

按照村里的要求，各组分头行动。截止到中午，两个五保户——禹老太太、王老爷都已接到五保村。后勤保障组已准备好热水、米、油、面、蔬菜等，还为老人准备了必备药品。

宣传动员组挨家挨户动员，多年不用的锣也用上了。村里很是热闹，像赶庙会，完全看不出是史上最强的台风来临前的景象。

中午，雨开始下。到了下午，雨骤然变大，很快转成暴雨。暴雨如注。

风特别急，呼呼叫。门、窗需用很大的力气才能打开。

晚上，雨大，风急。

到了午夜，雨减弱。河水上涨很猛，直接漫过河，逼近村委、五保村。一楼已进水。好在大家住在二楼。

凌晨三点，雨势减弱。

天亮了，雨停了。但，洪水暴涨。

整整一天村里出不去人，村子已成“孤岛”。

乡里打电话了解情况，好在沟通比较畅通。支书向乡里总结汇报：没有人员财产损失，但山上的桉树受损严重；洪水很大，漫过石桥，已出不去；转盘山路是否有塌方现象，路上是否有泥石流，情况不明。其余各屯均已汇报情况，没有人员伤亡。

待下午雨势减弱，突击抢险组分几个小组开始巡查。总体看，路损比较严重，根据汇报的情况，有五处出现泥石流，三处公路塌方。

石头和支书一组，转到后山石桥查看。洪水汹汹，已看不到石桥。上面散落着些许桉树、枯木，还有一棵二十厘米粗的大树，露出树根，缓缓移动着，这应是从山上原始林里冲下来的大树吧。

石桥旁的山坡塌方很严重，泥石流漫过整个山体，冲毁路面。

支书说：“这是风化石，山体很松软，蓄不住水。没想到今年雨水这么多，已超过正常水位两三米，我记忆中还没有这么大的洪水。”

石头问：“洪水和山林有关系吗？”

支书说：“说不好。往年我们这里都是老林，直径两米的林木到处可见，现在烧掉大树改种桉树，这种树是外来物种，原先山上没有过，它的根浅。”

四面山上的速生桉树横七竖八，倒掉很多，有的横在路中间，应是两年多的木材。

支书说：“看来今年种桉树的损失大，这种树我看不能再种。”

石头说："就没有一个办法，引导村里发展别的。"

支书说："这么多年来我们试了很多法子。先前为了填饱肚子，把大树砍掉种玉米。后来为了增加收入，又种甘蔗、木薯、竹子、板栗。种木薯能赚一些钱，可赚的都是辛苦钱。现在木薯每吨500块，我们这里土地非常好，一亩有几吨的产量，现在木薯还是主要农作物呢。种这东西，只够温饱。后来县里指导我们种竹子，收割竹笋来卖，挣了一些钱。本来竹笋产业发展势头不错，后来，也就是四五年前吧，引进一些速生桉，这东西更适合这里的环境。桉树还是从金山屯引种来的。金山屯的小组长原先种木瓜，木瓜产量高，一年有好几吨的产量，以前没通公路，赶上下雨运不出去，烂在地里，那年他赔了。一气之下，他把木瓜树全部砍掉改种速生桉树，有两万多棵，每棵桉树最少也要挣二十块钱吧。这一下子就翻过身了，赚了五十多万呢。你想，村民手里没钱，却守着这金山银山，能不急眼吗？在农村没钱可要命啊，现在样样离不开钱。看到种桉树得钱快，这几年村里一窝蜂种，我们挡也挡不住，劝也劝不了，但愿这台风让村民警醒吧。"

石头说："上次县领导专门到村里调研，强调不能种桉树。这里是水源林，政府已有规划在河上游建设水库。要引导大家改变种植结构，转变发展观念，找出一条新路子。"

支书说："台风来之前，县水利局还专门到村里就规划建设的玉屏水库进行测量。玉屏水库早在二十世纪六十年代就规划建，后来不知因什么原因下移几十公里，这次要建的据说是二期工程，还是财政专门支持的项目。市水利局、县政府已列入规划了，仅工程预算就有八千八百万。前不久，县里还请了两个专家到我们这里调查呢。"

石头说："玉屏水库建设项目为什么迟迟批不下来？"

支书说："上次县水利局里的人说，生态考评不过关，受了影响。水库选址要充分考虑周围水源林的保护状况，现在山上种了其他树，能不能在这里建水库很难讲的。要是真建成，比如说建一般的水库，也就建四十多米的拦水坝，对我们影响不会太大。建水电站的话，那就要建七十米的拦水坝，这样的话，需要整体移民搬迁，不用我们讲，县里早就应该动迁。现在没动静，估计建水电站的可能性不大。”

石头说：“看来，保护好水源林很紧迫啊。”

二人返回村委，各组分别汇报情况。进村的转盘山路塌方非常严重，屯路已经悬在半空成了“空中之桥”，如不尽快修复会很危险，需马上报请县交通部门。另外有多处泥石流漫过路面，需马上报请上级有关部门，协调惠民资金清理，需请钩机清理，由机械作业，人工一时半会儿没法干。桉树受损非常严重，估计有几千亩受灾，农户损失很大。

根据各组反馈的信息，村委马上向上级汇报受损情况。上面非常重视，第一时间将村里的情况反映上去。

第二天，钩机开进，通路是最重要的。转盘山路塌方地段比较麻烦，没有好的办法，只好先竖立两块木板，上书“危险路段，注意安全”。白底红字，较为醒目。

一周后，施工人员进驻。在泥石流冲毁的路基下面，全部砌好石方，努力修复被泥石流冲毁的路段。

忙碌半个多月，又恢复正常通行。

七月的山区，中午闷热一阵子，傍晚气温下降许多，令人感觉舒适。

石头喜欢在傍晚散步。过石桥，往前走，转到河边，坐下休息一会儿，然后回来。这不，已成习惯了。

也许是台风刚过去的缘故吧，桥上还有大量的木头，大多直径二十厘米，两三米长，散散地堆积在桥面上。更有四十厘米粗的大树，斜在桥边。想不到参天大树会被冲下来。

经过几天沉淀，河水恢复往日的清澈。

走过石桥，漫步河滩。

河滩好似被刮过一层，露出各种各样的石头，大的两米见方，估计一吨重，大都已没有了棱角，给人一种劫后余生的感觉。

看来，山洪发起飙来，威力挺大的。“水善利万物而不争”，但水蕴含的力量却是巨大的，天下之至柔，驰骋天下之至坚；看似柔弱，实则强大。

河水潺潺流过，水中石头五彩斑斓：有的洁白如玉，浑身透明；有的金黄如豆，落日余晖洒在河面，相映成趣，该不会是金矿石吧；有的墨绿如黛，周身布满水藻，拿起来仔细观看，里面却是亮晶晶的；还有浅紫色的，上面布满细细的红丝线，像人的脉。石头间不时闪过成群的小鱼儿，它们欢畅地游着。

早先这里是金矿，加上宽阔的河滩，可不就是金沙滩吗？

返回房间，呆坐一会儿。台风要告诉我们什么？想了一会儿，他奋笔疾书，写了速生桉的一些情况。

我是派驻东山县那美村的工作队队员。今天写信，主要反映水源林地速生桉树的种植情况。

我所驻村屯，地处西大明山腹地，占地两万五千余亩，其中桉树种植八千余亩，砂仁种植四千余亩，西贡蕉种植一百余亩，玉米、木薯、甘蔗、稻谷等农作物一千亩左右。其余一万余亩为原始林。整个村子原先是水源林保护区，水质的好坏关系下游城市的用水安全。但是，现在水源林地带，速生桉树已经达到八千多亩。今年台风、雨水特别多，带来泥石流、山体滑坡、山洪等自然灾害。特别是超强台风“威马逊”过境期间，水位竟然上涨近三米，漫过石桥，阻塞交通。村里老人讲，活了这么大，还从来没有见过这么大的台风。暴雨过后，村里的自来水变得浑黄，群众已经喝了几天“黄泥汤”。我想，这或许与桉树大面积种植、山体蓄水能力减弱有关系，所以向领导反映这个问题，希望得到重视。

我来南方已八年。前几年主要从事参政议政工作，曾就速生桉树种植问题以提案的形式向省、市有关部门反映。但让我没想到的是，这么多年过去了，速生桉树不仅遍布南方，而且地处西大明山深处的水源林地也种满了。我很困惑，这对南方的长远发展来讲，是好还是坏？

在村里，我曾做过问卷调查。问卷调查有一项——种植速生桉树有哪些危害？A 影响土壤安全，对以后发展生产危害大；B 影响水质安全，对人畜有危害；C影响生态安全，会带来自然灾害。发放问卷调查表二百份，绝大多数村民填了A和B。可能大家对“生态”还是不太理解。我又专门走访村民，问一位大嫂：“你知不知道种植桉树有危害？”她回答：“知道，怎么不知道？要影响二十年，收割后这片土地几乎不长什么。”“那种什么？”我问。她说：“种油松，只有油松才能恢复地力，但要等三十年。”也就是说，种下桉树，这块地就废弃了，要想再利用，那可是五十年后的事了。通过调查，我深有感触：群众什么情况都知道，他们最有发言权。

其实，桉树不是不能种，关键是在哪儿种、怎么种。现在南方种的这种桉树，别名“速生桉”。“速”，顾名思义，要比自然树生长快。之所以“快”，还在于外力作用，施加肥料、打了农药，种桉树就成了一种生物产业。我想，这是我们要提倡的一种发展模式吗？每天起床，看到漫山遍野的速生桉树，看到山谷里不时燃起的烧山砍树的浓烟，我在思考。

我曾努力改变这种单一的种植结构，我也结合今年暴雨带来的泥石流、公路塌方、山洪等灾害，向村民宣讲不要种植桉树。但村民说：“指导员，你不让我种桉树，你让我种啥？”

其实有很多选择，可以种中草药等经济作物。原先村里种了上万亩中草药，由于以前草药价格不高，村民为了填饱肚子，把大树砍掉，种上了玉米。但是，没想到这几年草药价格较高，还很稳定。现在村里有四千亩砂仁，年产值可达二百万元，人均收入两万元以上。他们坚持了三十年，他们坚持下来了，走出了一条依靠种植中草药脱贫致富的道路。但是，这四千亩砂仁周围已经遍布速生桉树。继续烧山毁林，把原始水源林搞掉，种上速生桉树，依靠现在发达的科技，是很容易的事。但是，要想再恢复原先的生态环境，将经过漫长的过程。

前段时间，县委书记、县长、工作队队长专门到我所驻村屯，就水源林保护、中草药产业保护性发展问题进行调研，并指示：“这里是水源林，以后不能种桉树，现在国家有政策。”但是，效果不彰。

前段时间还发生一件事情——东山县大明水库发生严重的水源污染事件。县城居民的自来水变得浑黄，似造纸厂的污水，水源污染已影响到城市用水安全。事件发生后，全县发动机关干部上山动员村民砍树。水库上游水源林里，桉树至少有五万亩，其中与水源污染有直接关联的五千亩速生桉林必须全部砍伐，每亩补偿六百元，这对一个贫困县来讲是不小的负担。现在动员工作进展不顺利，县里只好分配指标到各机关单位，动员工作任务非常重。据我了解到的最新消息，为保障县城居民用水安全，近期东山县在右江上游启动新的水库建设项目，而受污染的大明水库将列入备用。所以说，保护好生态环境，保护好水源林，真是任重而道远啊。

我所驻村屯也有类似情况。村里用的水，都是上游水源林的山泉水。上游水源林地归另外一个村，他们在村里的水源林地种上桉树。村里已召开几次紧急会议。大家群情激奋，纷纷要找邻村说说，还向我要文件，要同他们讲法、讲情、讲理。大家说，不能再种桉树，会影响饮水安全、影响子孙后代等。那时我想到大明水库，当自己吃水安全受到威胁时，要同别人讨说法，而自己种那么多桉树，又当如何？

结果只有一个，找政府。殊不知，如果我们现在不在这十几万公顷的水源林里种植速生桉树，如果我们转变一下发展方式，走人与自然和谐发展的路子，比如种植中草药，既能保护环境，又能提高村民收入。也许，多年以后不会出现吃水的问题。

我想，口袋里有钱就富裕吗？口袋里没钱就贫穷吗？也许，精神的富有，坚定的信念，才是我们更需要的。探寻这种高于物资层面的东西，是我驻村过程中的重要工作。

因此，提以下建议。

建议对南方桉树种植情况做一次全面深入的调查研究。“民为邦本，本固邦宁”，而三农问题为重中之重。建设和谐乡村、生态乡村，走人与自然和谐发展之路，我们应高度重视生态问题。现在速生桉树的种植，已深入水源林地带，形势堪忧。因此建议收集整理翔实和令人信服的与速生桉相关的数据作为科学决策的依据，并采取切实可行的措施。

我们既要发展，更要生态优美。

13. 恰同学少年

石头接到韩山川的电话，说要和陈兴两家人去村里看看。

韩山川是水利专家、南方大学农学院教授、省政协委员，明年退休。农村耕地保护研究、生态经济发展等课题的调研报告都是韩山川主笔完成的。石头经常向他讨教一些问题，他对石头关爱有加。现在韩山川还兼着南方黄埔同学会后代联谊会名誉会长的头衔，算是发挥余热吧。韩山川的父亲不是等闲之人，曾是国民党中将军官，新中国成立前从香港回到内地。韩山川的儿女亲家陈兴，曾经在部队工作，去年退休了。至于陈兴做什么，韩山川从不具体讲，只说在部队上工作，比他年轻，做战略研究的，要保密，等等。

上午，阳光明媚，天上飘着几朵白云，蓝得清澈，四周青山婆娑，和风习习。

韩山川一行到村里。

石头一下子愣了，他向支书介绍说："这位是山川老师，还有韩老师的亲家，另外两位是阿姨。"

支书幽默，说："阿姨好。"

陈阿姨很有意思，说："支书啊，我要比你年轻哦。"

陈兴说道："你是石头吧？支书是老朋友，打插队时就认识，那时他是个小屁孩。"

"啊，你们认识？"石头说。

韩山川说："早就认识了。"

陈兴说："今年我退休了，山川，这一转眼，咱们离开村里已经四十多年了吧？"

韩山川说："是啊。"

陈兴说："石头，今天来了四个老知青。当年我们在东山县插队两年，被分配到新光农场后，又被派到这里修水利、开山路、种甘蔗，一待多半年。"

韩山川说："当年炸过鱼，还偷过鸡呢。往事可真是历历在目啊。"

石头说："怪不得。我的床还有'知青专用'字样。"

"哦，待会儿我们一定要看看去，"韩山川说，"说不定是我们当年睡过的床呢。"

陈兴说道："话又说回来，以前怎能和现在比。以前村里一穷二白，我们住的都是茅草房，茅草房自己动手建。遇上狂风暴雨，里面的东西全部湿透，屋顶被掀起。吃得简单，红薯叶、木薯、玉米是我们的主菜，大米很少，饭菜也没有什么油水，还要经常进行一些劳动大会战。当年知青干在山头，吃在山头，睡在山头；还要经常进行开荒、榨糖、采矿、修环山路、建水库等劳动。好在以前年轻，身上有使不完的劲。石头，你是身在福中。"

石头说："现在社会上对上山下乡有许多不同的声音，有说好的，还有说荒废了一代青年的。"

陈兴说："这很正常。对于有心人来说，越困难的地方，越能磨炼意志，锻炼品格。年轻人到农村去，接近群众，有什么不好？正是知青的艰苦生活，让我认识到，做什么事都要实事求是，心胸开阔，乐观对待困难和问题。四十多年的军旅生涯中，我常常下连队，走基层，从来没有感觉到苦和累，这就是实事求是的力量。相反，那些意志薄弱、怕苦怕累的人，只要遇到不顺心的事，就会抱怨。这不，知青生活中碰到的挫折，成了他们的阴影。"

光阴荏苒，岁月如歌。昨天稚气未脱的中学生，现已退休了。尽管知青生活短暂，但是很多人从中学会了坚持、面对，这是一笔宝贵的精神财富。"文王拘而演《周易》；仲尼厄而作《春秋》；屈原放逐，乃赋《离骚》；左丘失明，厥有《国语》"，困厄往往是圣贤志士前行的动力。意大利共产党创始人葛兰西被关进监狱时，法西斯当局判处他 20 年 4 个月零 5 天的徒刑，并扬言“我们必须让这颗头脑停止工作20年”。葛兰西没有屈服，他的头脑一刻也没有停止过工作，他忍住巨大的病痛，在狱中写出著名的《狱中札记》，为西方发达国家的无产阶级设计了独特的“文化革命”战略，并阐述了著名的实践哲学构想。面对困境和苦难，你可以选择逃避，但是葛兰西没有，他选择面对。这是选择，是一种人生态度。

葛兰西是一名战士，更是一只翱翔长空的雄鹰，尽管有时会飞得很低。

几个人开心地聊着往事。也许，热爱生活，用心发现，才会感到过去的一切是那么美好。

支书说：“今天是个好日子。三能给家里的小孩做百日酒，请各位领导到他家里去。人越多越热闹，来者都是客。今天，你们大老远来，大家很高兴。三能托我请几位赴宴。”

既然盛情邀请，不好拒绝。

三能很热情，午餐丰盛，气氛热烈。

吃完饭，支书、石头陪韩山川、陈兴几人沿河散步，大家边走边聊。

陈兴说：“知青是个特殊的群体。对我来说，插队期间的经历改造了自己的人生观、价值观和世界观，也锻炼了自己独立生活的能力，磨炼了意志和吃苦耐劳的精神。

“当年我17岁，高中还没毕业。那时大家积极响应国家‘知识青年上山下乡’的号召，怀着激动的心情匆匆忙忙告别城市的父母，被几辆军用大卡车拉到新光农场开始插队生活。当时我被分配到三连一队，山川在二队吧。一队是挖金矿的，二队是修水利的。平时大家很难见面，只有碰到劳动大会战时，才能见上一面。刚来的时候感觉很兴奋，时间一久变得平淡。当年都是些毛头小青年，有很多鬼点子，总会搞出一些动静，场里头疼，他们又总会找出办法让我们闲不住。

“那几年物质缺乏，场里要求连队既搞好主业，还要多种经营。特意要求我们种一些蔬菜。到山上采矿，接触重金属，不吃蔬菜可不行，蔬菜能排毒。一队就在河谷开二十多亩荒地种甘蔗，没想到当年得了个大丰收，位置应该在那里吧。”

他指着前面的河谷。河滩上种着许多甘蔗、西贡蕉。绿油油的，长势喜人。西贡蕉高高的，有的四五米，要比普通香蕉高许多。这种蕉抗寒，已经试验了两年，成果不错，现在村里不少农户在种。大树屯种的甘蔗都是拿来榨糖的，这种甘蔗不像市场上卖的水果蔗，皮是灰绿色的，又硬又细，不好吃，但含糖量很高，所以又叫“榨糖蔗”。大树屯种甘蔗有年份了，这几年榨糖厂效益不好，甘蔗价格持续走低，每吨价格仅四百多块钱，农民种甘蔗不挣钱。为了保证县里的榨糖厂正常运转，前不久乡里下达了甘蔗种植指标，规定村里种多少亩。有人说了，现在是市场经济，政府要农民种什么，引导还行，强制农民种作物，村民会抵触。当然，至于甘蔗以后能不能种，种多种少，政府更要引导，在没有找到更好的替代作物之前，甘蔗还是村里的主要收入来源。

陈兴继续说：“为把这批甘蔗榨成糖，连队联系了下游的布业村，还专门请了榨糖师傅。他们有甘蔗榨汁机和煮蔗汁的炉。榨糖的作坊就在河边。一队有条船，可载七八百斤重物，用船运很方便。准备就绪，连队发动大家抢收甘蔗。收了直接搬到河边装船，再顺流而下运送到作坊旁边堆起来。记得那是个阴天，还下着小雨。船在航行中涌进了一些水。当时船行到一个拐弯处，水势较平缓，刚好是风口，风又很大，船涌进好多水。要是一用力撑，船就摇晃，进水更厉害。我们只好将船撑入岸边的芦苇丛里。雨越来越大，大家冷得瑟瑟发抖。

“船虽然停下，河水却不断涌进船里。很危险！我当时观察周围环境，想出一个办法。我对大家说，听我指挥，我站在船头分开芦苇丛，你们几个人站在船的两边，一前一后，用手扯拉着芦苇叶往后，船慢慢向前进。这个办法果然好使，船一路沿着岸边慢慢前进，最后运到作坊。”

韩山川说：“对那天印象深刻。”

陈兴哈哈一笑，说：“岸上队长正等我们，我将情况简单说一下，他听了后连声说好。队长是退伍兵，后来他动员我入团。再后来，我穿上军装入伍，一晃四十多年。”

韩山川说：“队长安排你带着几个工友配合师傅榨糖，对你很重视。”

陈兴说："我们在作坊连续干了好几天。作坊只有一台甘蔗榨汁机，是柴油机带动的。那个煮蔗汁的炉子，长方形，上面有八个直径约六十厘米的锅头，一字排开。倒进蔗汁，加热煮滚，再放少量石灰粉做凝固剂，搞匀后将这些糖浆倒进模格里，凝固冷却后就成糖砖了。火候要控制得好，过火，有焦味；不够火候，又很难凝固，相当讲究。"

石头问："糖砖是什么样的？"

支书说："一般长三十六厘米，厚四厘米，宽六厘米。"

石头说："比现在超市的糖砖大多了。"

陈兴继续说："在作坊里，我们分工合作，各司其职。拉木柴、加柴火、放甘蔗、搬运蔗渣、过滤蔗汁，还有专人搞后勤，给大家做饭。总之是停不下来，每天睡觉不到两小时，只能躺在蔗渣上眯一会儿，马上又要起来工作。队长隔天来一次，还带来酒肉款待师傅和我们。我们却一点也不想吃东西，只想睡。这样干了四天，灰头土脸。真不知当时怎样熬过来的。连队特批我们休息两天，回来蒙头就睡。

"我们每人分四块糖砖。大家都很高兴。我留下拿回家过年，自己没舍得吃。现在还记得糖砖，偶尔还会买一些。"

大家谈得很开心，真有把酒话当年的感觉。

可这里没有酒，只有大山，默默无言。

一行人在河边停了下来。

这儿是河水的转弯处，周围是峡谷，视野开阔。一根粗大的树干横跨河面，是桥吧，应该叫独木桥，村民上山要从这座木桥上过的。

支书说："休息一会儿吧。"

韩山川说："好啊。"

陈兴他们脱了鞋子，坐在跨在河面的树干上，水很清凉。也许，四十年前，他们也曾这样坐在河边吧。韩山川不下水，他的腿有风湿，不能沾水。石头在河边大石头上坐了一会儿，石头太凉，冰得屁股疼，坐不住。好在河里的石头很多，他忙着捡石头，算是有事干。

这里是大明山腹地。远处有几座高高的山峰，白云低低的，一簇簇，一团团，绕在半山。阳光透过朵朵白云，把影子印在绿色山坡，像毯子般，缓缓移动着。

石头说："老师，听说这儿是金矿，以前怎样开采金矿？"

韩山川说："这活可不容易干。首先要找到金矿，河里有金砂，大明山上也有金矿。河里、山上都能采。我们分了两个组，每个组十几人。我归山上这一组。河里还有一组。这儿应该有金矿，你看这石头，应该就是。"

石头说："什么样的石头有金子？"

韩山川在河边来回走了走，寻了一块白白的水晶石，说："像这样的白石头可能有，含量可能在千分之零点几。河边这一带，应该有黄金。从这儿的水晶石可以看出来。当然，储存量说不好。要把这些矿石开采来，打碎，萃取，剩下的就是金子了。以前没有机器，河里这组用铁锹把河沙挖走。直挖到岩石层，然后才开始淘金。大家每天就是不停地挖呀挖呀。挖完后，要用麻布片吸金，还要用专门工具不停地淘，劳动强度非常大。得金也很不容易，运气好的话，每天能出几克。记得有一次，也就是在前面一二百米的地方，河里这组一天得了三百克黄金，可把大家乐坏了。这可是从来没有过的事。"

陈兴说："以前没有，以后也没有。黄金这东西，藏得比较隐秘。后来大家知道这里有黄金，知青来开采，附近村民也来。"

石头说："这段时间地质队三三两两来勘测，不知是不是来探金的。据说他们曾探到金脉，政府没有批准开采。什么是金脉啊？"

韩山川说："金脉有大有小。大的长几百米，小的就几米。"

韩山川指指带有细细的金色纹路的水晶石，说："金脉不容易发现。有时候，发现金脉，它还会跑呢。今天找到了，明天再来，就不一定有。"

石头说："有那么神奇吗？"

"有。"韩山川一本正经地说，"找到金脉不能轻易动，那可是宝贝。那年我随几个技术员上山，其中有个技术员，二十出头，是场里的技术骨干。他既会唱歌，组织大家搞些文娱活动，活跃气氛，还懂技术，真是不可多得的人才。他在山上发现几块矿石，经现场检测，含金量很高。大家说，这里肯定有金矿。可他不同意这种观点，说根据地质结构、山脉走向、黄金生成规律，矿石开采的地点应该在山对面。大家争论不休，又感觉他说的有些道理。但金脉肯定就在附近，具体地点确定不了。不像现在，拿来先进仪器，几百米以下的矿石结构一清二楚。用大型钩机到河里采砂，虽然可以减少很多人力，但是对环境的影响是毁灭性的。政府不批准开采金矿，自有其道理。”

石头问：“金矿后来怎样？”

韩山川说：“场部组织力量在山前山后两个点专门勘探，那个技术员的判断是正确的。但是他很可惜。有一次上山，他内急，跑到一处树荫下小解，谁曾想，附近草丛中有条金环蛇，他看到蛇后，竟然鬼使神差地想去抓住它，没想到却被那条金环蛇咬了一口。当时缺医少药，当天那个技术员就不行了。蛇是神，本地人敬畏蛇。见了金环蛇，人们都要躲着走。”

石头看到，远远的半山间有两排废弃的房子。听村民讲，那是以前开采金矿的工人住的，封了已有七八年。周围的树木已经烧焦，黑乎乎的。

陈兴说：“那片山被炼过。”

韩山川问石头：“他们炼山做什么？”

石头说：“我听阿能说，村里打算在那片山坡上种速生桉。”

韩山川说：“我说呢，过两天水利局安排我到村里做技术测量，打算再做一个新的人饮工程。取水点就选在那片山坡上，要是种了速生桉再做人饮工程，不知道会不会有影响。”

石头说：“影响肯定有，以前都是用河水，后来县里统一给每家每户做了水柜。我在韦大嫂家见过那种水柜，已经废弃多年不用，现在村里吃从后山人饮工程接下的自来水。老师，你们现在要在前山做人饮工程？”

韩山川说：“是的，这是中央的财政转移支付支持的工程。下周安排我和水利局的人过来实地测量。”

石头说：“原来如此。”

水流很急，哗哗的，响彻山谷。偶尔一条巴掌大小的鱼儿跃出，啪的一声，打在水面。河边的石头非常漂亮，大的如磐石，光滑明亮，小的五颜六色。

陈兴说：“以前在这里炸过鱼。炸药是从二队山上那组搞到的，一下子就炸几十斤。河面上，白花花一片。”

韩山川说："那时你就喜欢弄出一些动静来。炸鱼的响声太大，感觉整个山谷都在动。还惊动了村里的民兵。民兵营营长气冲冲地带了许多人过来。不过，那个人不错，一看是知青搞的事，挥挥手让那些民兵回去，说没事没事，你们回去。他还亲自帮我们收鱼。幸亏我们是知青，本地居民就不行，非得没收你的鱼不可，说不定把你抓起来。不过就那一次，后来再没有炸过。"

艾草密密麻麻，草的清香不时飘过。

支书说："以前青黄不接的时候，知青没有青菜，有一阵子靠吃艾草度过困难时期。艾草吃起来，你别看苦，要是放在嘴里咀嚼，很清新。它是一种中草药，以前吃得不好，艾草帮了大忙，这种草药有利于消化。"

转眼已近黄昏，大家返回村子。

路上碰到王老爷。老人家静静地坐在大榕树下，望着河。

石头说："这老人家很奇怪。那天我到他家，还看到小箱子，像宝贝似的。他还有把驳壳枪，听说他杀过鬼子。"

韩山川说："要是这样，改天我再拜访老人家。"

14. 脉

脉为何物？动脉，关系生死；命脉，极其重要之事。脉，就是命。

这真是块风水宝地。河中有沙金，山上有脉金。河中金砂易找难淘，山上寻脉金更非易事。山上采金，首先要找到金脉，找到金脉还要人工挖，打碎，用水淘。

金脉如龙，来无影去无踪，让人把握不住。

黄昏，石头漫步河畔，远远地看见韦三能收工回家。

为什么叫韦三能呢？听韦晓说，三能是他的外号，他在村里最早种砂仁，最早种桉树，最早买汽车，还最早盖起两层楼。渐渐地，村里就称他为三能，他原来的名字就很少被人提及了。石头想，如果这样的话，应该叫四能吧。三能六十多岁，胖胖的脸，小小的眼睛，稀稀的头发，说话的音调很高。

石头说："听说你们这里有金脉。"

三能说："是啊，你看那两排房子。"

顺着他手指的方向看，山黑乎乎的，好像烧过一般，绿色点点夹杂其中。

三能说："那是以前采金工人住的，附近就有金脉。我们这里二十世纪七八十年代开采，算来已有三四十年。那个金矿采了二十多年，早已废弃。以前我们山上采，山下也采，男女老少都来采。十多公里的河床，全部翻一遍。以前这里金子多，运气好，能捡到拇指大小的金块，但那时金子不值钱，没挣多少。"

石头问："沙金怎么挖，挖得深不深？"

三能说："有深有浅。深的地方两米多，浅的一米多。以前全部靠人工挖，把河里的泥沙全部淘了一遍。挖完之后露出岩石层，那时就会看到沙金，这时就要拿麻片来过滤。"

石头问："麻片是什么？为什么要用这东西来过滤？"

三能说："把麻袋剪成一片片的，就是麻片，麻能够把金子粘住。把麻片放在河水流过的地方，因为是岩石层，这时沙金会自动沾到麻片上。我们一天到晚很累的，只有到了晚上，看到淘到的那些大大小小的金粒，才感觉再苦再累都值。"

三能说到这儿，眼睛笑成一条线。

他说："当时全村男女老少，还有外地的工人都来淘。最多的时候，一天能得到二十多克，那时黄金一克一百八十多块钱，一天能挣四千多块。当时老师一个月工资才一二百块钱。"

石头问："河流这么长，你们挖了多久？"

"挖了八年多，二十世纪九十年代就不挖了。河里翻个遍，金子挖得差不多了。挖完河里，再采山上，关键是要找到金脉。"

"金脉是什么？"

"金脉有大有小，大的金脉长几百米甚至上千米。如果能找到这样的金脉就好了。你看前面的半山腰上，就有金脉。后山也有，都开采过。以前这里树木茂盛，有很多参天大树。说来也怪，自从开采金矿后，东西不长了。”

远远的山坡上有两排房子，石头问：“房子还有人住吗？”

三能说：“早就没人住了。前段时间地质队来探测，说探测到了金脉。但是政府没批准开采，要是政府批准开采，现在科技这么发达，单就钩机挖，就会对这里的生态环境造成巨大破坏。”

那两排小房子坐落在半山中，孤零零的。

三能继续说：“我们这里是政府林，全部都是原始林。只要不搞事，政府不管。三十多年前，村里家家种砂仁，那时砂仁结得密密麻麻，脚都伸不进去。人一蹲下来，前后左右稍微捡捡就有十几斤，一亩地至少有七八百斤的产量。那时晾晒砂仁，就像现在晾晒玉米一样。有的一年能收获八九千斤鲜果。要是按现在的价格，一年可赚三四十万呢。以前砂仁价格低，后来就改种玉米了。你看小水屯的老李，他的产量是三百多斤，远远赶不上当年。”

“要是你们不砍原始林，可不就大发了，现在砂仁价格这么高。”

“人没有前后眼，谁能想得到啊？先要吃饱肚子，尽管砂仁金贵，但是不能管肚皮啊。以前我们这里出去很艰难，由于没有路，有了好东西也卖不出去。原先这里的树可高了，三四十米的树到处是，有的直径就有两米多。你看看，现在变化多大啊，大树被砍了，生态环境改变大，已经没有办法种砂仁。”

“那片风景木林是你的吗？”

“是啊，明年林子下面的砂仁就挂果了，会有点收入。我有六十多亩的风景木林空着，打算明年全部种上去。”

“这样也好，把原先被破坏掉的生态恢复过来。但是，要恢复到以前一亩地七八百斤的产量，难度有点大。”

“尽管七八百斤难度大，但这东西长久。只要我们方法适当，砂仁产量也能上去。在村里我是最早种砂仁的，技术扎实。等到村里都种上砂仁，我们就再也不会做砍树炼山的事了。满山草药，可不就是金脉吗？”三能说到这儿，静静地看向前面风景木林下面的茂盛的砂仁，好像在想什么。

还真是这样。

其实，脉，就在自己手里。

15. 一个老兵

韩山川再次到村里时，王老爷正在客厅的竹椅子上小憩。他专门买了水桶、面条、米。买水桶是石头说起的。石头说："从村里出去一趟不容易，弯弯的山路，年轻人还好，九十多岁的老人就不方便。老人的生活用具不多，仅有的水桶坏了，提水不方便，好在能盛水，权当个盆子用着。买结实的水桶，可以洗菜，可以洗衣服，一举多得，比较实用。给老人钱，无处可花，买一些生活用品，会好一些。"

前门没有开。石头说："可能在睡觉？往常这个时候他都要睡觉。你们等等，我去后院看看。"

透过后院的篱笆门，看到老人家果然在睡觉。

石头转到前门，说："看这样子，估计二十分钟后才能醒。先等等吧。"

韩山川把水桶等生活用品放在前门，趁此机会，石头向韩山川介绍王老爷的"三大怪"。

未几，老人打开门。

见到石头，老人很高兴。

石头说："这位是韩老师，黄埔同学会后代联谊会名誉会长，现在退休了，主要做一些公益事业。"

韩山川说："我们今天专程拜访您，主要是想了解您的一些经历。听石头说，您是个抗战英雄，参加过昆仑关战役。"

老人说："我十五岁当学徒，后来参军。参加昆仑关战役时，我是排长。

我所在的部队号称中国的‘铁军’。我们和日本号称‘钢军’的第五师团干了一场硬仗，国家兴亡，匹夫有责，那时所有战士置生死于度外，全力以赴，一心想着杀敌。很多战友牺牲了。因为眼睛受伤，我被抬下战场。”

石头说：“老人家，老师的父亲是一位老将军，曾率部参加过昆仑关战役。”

老人身子颤动一下。

“此次老师专程到村里来，就是要寻访抗战老兵。”石头继续说。

韩山川说：“现在有关爱抗战老兵的志愿者，主要收集老兵的英雄事迹，让他们的事迹代代相传。国家建有专门的纪念馆。我们今天来，主要是想了解您的英雄事迹。”

老人沉默一会儿，站起来，拄着拐杖，慢慢地走到后面。许久，从后面拉出一个灰色皮箱子，应是传说中的宝贝。

老人说：“这个箱子我珍藏几十年，你的父亲参加过昆仑关战役，把这个东西交给你吧，我老了。”

韩山川接过箱子，感觉沉甸甸的。

箱子布满灰尘，已经老旧。箱子上的锁已锈透，或许是年代久远的缘故，或许是山区潮湿的缘故，钥匙不知在何处。

开锁费了好大劲。

箱子的夹层，有一个钢盔、一个牛皮镜盒、一个小包裹。钢盔锈迹斑斑，帽檐上有锈蚀过的小洞。牛皮镜盒里有一个双筒望远镜，布满岁月的印记，用布轻轻拭去灰尘，露出镜筒的金黄本色。镜筒前的两行德文表明这是抗战期间从德国进口的产品。镜盒外表有少许磨损，掉了一些漆。盒里面配有背带、挂带、目镜盖、滤镜等。小包用泛白的布包裹着，看不出底色。

包裹里有一双布鞋和牛皮纸。两个鞋底里，一个绣着“杀敌”，另一个绣着“报国”。鞋面有些水渍，鞋底沾了些尘土。解开裹得严严的牛皮纸，有一个纪念章，还有一本书《抗战时代》。纪念章铜质金色，十二个齿轮少了两个，一个齿轮弯曲得厉害，两个有被焊的印记，其余齿轮弯曲不全。正面镌刻“陆军第五军昆仑关战役纪念章”字样，中间图案由士兵、树、庙宇、山脉组成。背面镌刻“军长杜聿明赠”和编号“04085”。《抗战时代》十六开，封面白底、黄色框架。“抗战时代”几个字是横写的，中间两字为繁体，下书“一卷八期”的字样。封面中间是白底竖写的字，有“要目”“评论”“要文”等栏目。纸张已泛黄、发脆。小心地掀开封面，里面分两栏，上栏为“发稿简则”，下栏竖印着“抗战时代月刊”，并列着出版社、印刷者、总经销、分售处等内容。总店是“重庆”，分店有赣州、昆明、雅安、平凉、天水、老河口等，共四十四个。左下侧为“本刊定价表”，注明零售一册“四角”，国内邮资“三分”、香港澳门邮资“一角二分”、国外“三角”；预定半年六册“二元二角”，邮资“免”；预定一年十二册“四元四角”，邮资“免”等字样。

老人家说：“因眼睛被日本人的毒气所伤，身上又被弹片击中，民众把我抬下火线，转到后方。这个箱子是我住院期间，团长亲自送给我的。团长说，现在部队要开拔了，这里有书、钢盔、望远镜，还有些饼干、牛肉罐头等，让我安心养病，养好后，记得去找部队。”

“我不想离开部队。但是腿走不动，眼睛一时也好不了。我舍不得，团长说，大家都等着我归队。

“箱子里有留给我的一把驳壳枪，一百发子弹。我明白，他是让我继续杀鬼子，因为我们还没有把鬼子赶走。

“伤好后，我到云南找部队，听说部队改编为中国远征军，开拔到缅甸了。我历尽千辛万苦找到部队留守处，他们安排军用运输机把我空投到缅甸。那几年，旧伤复发。”

老人家沉默片刻，说：“我也识得几个字，眼睛不好使，这些书没看完。”

韩山川说：“箱子里的这些东西，都是文物，很珍贵。特别是这些文章，写得非常好。”

王老爷说：“今天你们能来，了结我多年的心愿了。”

尽管过去七十多年，文章中那些朴实无华的文字仍然让人仿佛置身于弥漫着硝烟的战争中，深感和平珍贵。

良久，老人坚定地说道：“我要去看看牺牲的战友们。”

书中有曲谱。印着曲谱的纸张已经泛黄，但字迹清晰。打开一看，啊，竟然是《义勇军进行曲》！在那战火纷飞的年代，这一时代最强音，曾经响彻中华大地！

看到曲谱，王老爷竟然甩掉拐杖，站起来轻轻唱着；韩山川、石头跟着起来，和着。

起来！
不愿做奴隶的人们！
把我们的血肉，筑成我们新的长城！
中华民族到了最危险的时候，
每个人被迫着发出最后的吼声。
……

金色旋律，在大明山上回响。

16. 热点话题

打开手机，是一条新闻："政协委员呼吁加强速生桉种植管理得到积极回应。"

快速浏览后，石头打电话给韩山川，他说："我看到你在政协大会的发言了。新闻在多家媒体播出，这是当前的热点问题。"

韩山川说："那是我在做《我省"十三五"要加快发展生态产业》的发言时提及的，当时省里几个主要领导对此事做出积极回应。大家提出速生桉问题不能一概而论，这是个复杂的问题。速生桉对南方老百姓的创收有明显的帮助，目前，南方的农民收入主要靠三个方面：外出打工、种甘蔗，还有就是种速生桉。尽管速生桉对耕地、水源有一定影响，现实中也确实有这种现象，但是由于问题比较复杂，现在要做的就是对速生桉种植结构进行调整，现在老百姓不仅在山上种植速生桉，在田地里、水源边也种植，这个要进行调整。

“速生桉对生态环境确实有影响。当然，对这个问题目前学术界有分歧，政府部门领导之间的意见不统一。还有人讲了一次出差时遇到的事，说是有两个部门领导为了速生桉问题吵起来。一个领导说种植速生桉，百姓盖起楼房。另一个领导说速生桉树底下寸草不生。所以说，这个问题比较复杂。

“听说对水源林地的速生桉种植已有政策，你那里情况怎样啊？”

石头说：“就我所在村的情况来看，很不乐观。去年出台政策，25 度以上的山坡、水源林、水源涵养林严禁种植速生桉树等经济作物。附近几县已经开始启动水源林保护措施，有计划地在水源林地带启动退出速生桉树种植程序。但是执行不好，现在不要说 25 度以上的山坡，60 度、70 度的山坡甚至山顶上都已经种满。我们这里都是水源林，已经列入保护规划。村里很怪，政府不让做，可他们就是种，个中缘由复杂。为什么提出的这个问题得到广泛关注，说明这个问题重要，说到大家心里去了。前段时间我到附近水库查看，发现水库周围种满速生桉，水体黑黑的。种速生桉让村民普遍盖起三四层的楼房，收入水平提高，但从长远来看，说不上它是好还是坏。”

韩山川说：“其实桉树本身没有什么危害，是经营模式、发展理念有问题。当前，对速生桉要有一个全面的认识。现在对水源林地种植争议这么大，说明里面肯定有问题，我们不可能等到问题集中出现了再处理，所以说啊，在两会上我就提出了对速生桉加强科学管理的建议。”

石头说：“老师，这个建议很重要，能不能整理成一篇社情民意信息，我们再向有关部门反映反映。”

韩山川说：“好啊。建议中我谈了三个问题，一是发展规划不完善，缺乏相应的配套政策措施。目前虽已制定出台《全国土地利用总体规划纲要(2006−2020)》，但对生态农业如何发展，发展到什么程度，以及发展的具体策略与措施是什么，有待进一步探究。二是没有充分发挥好利用好‘山清水秀生态美’的优势，尚未开发出具有地方特色的生态产业体系。三是缺乏生态产业发展的制度保障。

“针对这些问题我提出三点建议，一是要完善生态产业发展规划。在《全国土地利用总体规划纲要（2006−2020）》基础上，制定相关的配套政策，就今后生态产业发展理念、发展目标以及发展的具体策略与步骤等内容，进一步深化完善，同时要做好促进生态农业、生态工业和生态服务业发展的具体规划，并加强对规划实施的约束。二是要依托优势构建独具特色的生态产业体系。构建健康养生体系、特色农林业产业体系，发挥烟叶、中药材、热带水果等方面的优势，打造特色生态农业，结合旅游业发展，打造养生生态体系。三是以经济生态化、生态经济化为取向，建立有利于经济转型升级的体制机制，为发展生态经济提供制度保障。结合发展生态农业，出台《工业转型升级鼓励产业产品导向目录》《工业布局指导意见》，指导或引导资金投向生态农业产业项目，同时建立实施差异化的区域开发和环境管理机制。根据区域经济社会发展特征和生态环境要素、生态环境敏感性、生态服务功能空间分布规律，着力创新主体功能区的政策管理机制，努力发展生态产业集中区。”

石头说：“太好了，村里有四千亩砂仁，搞得好，完全可以发展生态产业集中区。”

几天后，韩山川通过微信把他的发言稿和社情民意信息传过来。

韩山川在微信中还说，发展生态农业、建设“美丽乡村”是“十三五”时期的重要工作，但是，生态经济发展规划、生态产业体系、制度保障等方面还需明确。当前速生桉种植普遍，对这个问题要好好研究。

第二天，石头打开韩山川发来的附件。

关于科学管理速生桉的建议

现状：

南方桉树种植面积3000多万亩，占全国种植面积一半以上，带来巨大的经济效益。但是，在大力发展速生桉树的过程中出现以下不容忽视的问题：一是原有生态公益林大面积缩小，取而代之的是大面积的商品用材林，生态森林覆盖率逐年下降；二是湿地面积急剧减少，水土流失不断，很多水库的储水量逐年减少；三是森林生态系统平衡被打破，生态环境受到不同程度的影响，生物多样性减少。

原因：

一是发展速生桉树丰产林过程中的经营种植方式、管理方法不当。从经营方式看，以“炼山”（烧山毁林）和机耕全垦（大片翻耕）的方式进行种植。根据水利部门提供的资料，近年来周边水库库容存水量大幅度下降，与水库周边涵养林地大面积砍伐原有生态林植被，改种速生桉树有很大关系。

二是森林结构不合理，生态公益林在森林面积中所占比例太低，生态补偿机制严重滞后，公益林建设与商品林发展矛盾突出。

三是发展模式片面化。刻意追逐经济效益，缺失保护环境、人与自然和谐相处的发展理念。

建议：

一是科学规划，加强水源林地保护工作。要正确认识速生桉树，既不可全盘否定，也不可不加限制盲目发展。速生桉树人工林种植必须严格控制在国家划定的商品用材林区内，加强对重要生态区域、生态公益林区水源林、水源涵养林地，特别是水库周边水源涵养林地的立法保护工作。

二是科学种植速生桉。科学选址种植速生桉树，应以宜林荒山、采伐迹地、低效林地为宜；严禁单一树种以大面积连片方式种植，种植密度必须合理，避免出现区域内生物多样性链条断裂、地力衰退现象。

三是改善种植整地方式。在种植方式上要严禁炼山、机耕全垦等不合理方式，提倡拔桩列土的机耕带垦和人工挖穴的整地方式。

四是运用测土施肥技术，制定科学合理配方施肥的方案。通过科学施肥，保证速生桉树林地土壤肥力养分的平衡。

第四章　苦参子

17. 说干就干

2015 年，东山县倡导种植铁皮石斛、苦参子等中草药。特别是苦参子，连续两年组织几批农村致富能人到石城市学习，据介绍说苦参子治疗癌症、抗疟疾，市场前景好。不少参观学习的人买了种子育苗，一斤种子价格不便宜，二百多块。还有不少人买了苗木，苗木价格不等，要看植株大小、公母等。现在，河岸边的山坡上，已经种下一大片苦参子，村里人说，那是韦晓的。

说起抗疟疾，不得不提青蒿素。屠呦呦在疟疾研究前沿工作 50 年发现青蒿素，据说，研究成果挽救了数百万人的生命。屠呦呦还因此获得 2015 年度诺贝尔生理学或医学奖，让传统中医药名扬海内外。其实，两千年前的《诗经·小雅》就提到："呦呦鹿鸣，食野之蒿。我有嘉宾，德音孔昭。"两千年后，青蒿素和"呦呦"又联系在一起，还获得诺贝尔奖，真是让人称奇。

高山仰止，景行行止。"呦呦"是一座高山，吾虽不能至，然心向往之。

以前在深山区，特别是像石城这样的偏远山区，治疗疟疾没有西洋药，只能靠土法子。把苦参子和桂圆等混在一起口服，就管用。药书上说"苦参子果仁十粒，入桂圆肉内吞服，日三次，第三日后减半量，连五日"，可治疟疾。现在，每逢石城中草药节，药商都会大量采购深山里的苦参子。

现在村里都说苦参子不仅抗疟疾，还能够治疗癌症，不少人已经种下。其中，就有返乡青年韦晓。

韦晓的眼圈常常是暗暗的，似有心事。村里一些没有成家的年轻小伙子不是喝得醉醺醺的，就是玩网游，休息不好。

韦晓常年一身迷彩服，也许还不愿脱下那身"绿"吧。他开起摩托车总是很猛，常常看到他在山上的转盘路上快速地转来转去，让人着实捏一把汗。

听村支书讲，他处过女朋友，没有登记结婚，也没有摆酒，但生下一个女孩，后来女方把孩子带走，一晃多年。支书发愁地说：“留在村里的年轻人能找上对象就好了。讨到媳妇的，好喝酒，搞得家里不和谐；讨不到媳妇的，心思不在村里，外出打工了。现在发展缺少后劲。这种情况不改变，多年以后会不会变成另外一个‘麻风村’，还真说不准。”

也许，娶不上媳妇或者娶上媳妇留不住都与贫困有关吧。世间的事错综复杂，但归根结底来说，还是人最大，人的因素最重要。古人讲：“有恒产者有恒心，无恒产者无恒心。”小山村的“恒产”，应是家。没有成家，父母放心不下，自己的那颗“恒心”在村里待不住。家，不仅能够遮风挡雨，还是心灵的港湾。在偏远乡村，给孩子成家是父母一生中特别重大的事，只有孩子成家自立了，父母的任务才算完成。

要成家，先立业。“业”，既可以是小微的，如特色养殖、中草药种植等，还可以到外地打工学习技术，积累经验，开阔眼界，以后回乡也好在一起做些产业什么的。总之，立业是根本，没有叫得响拿出手的“产业”，成家很困难。现在村里谈论最多的是“产业”两个字，这说明村民对创业有一种炽热的渴望，路在何方，大家都在探索。

韦晓善于学习，他不仅养鸟，还尝试着多种经营。石头刚到村那会儿，曾经给韦晓联系过种植火龙果的资助项目。紫心火龙果要甜一些，价格要贵许多。正如香蕉和芭蕉，香蕉长得大，好看，可是在香蕉产地，探亲访友带的往往是芭蕉。芭蕉小小的，看似不起眼，但是甜，口感好。

韦晓对石头说：“我联系省农科院的专家了，上次‘三下乡’时他来过村里，我陪他看了地，他让我先整好地。我为整这块地，请钩机花了好几百块钱，后来给他打电话说起这事时，他一直说很忙。我是个打工仔，对方是个大专家，后来就再也没有联系。”

石头想，做人要以诚信为本。既要扶真贫，更要真扶贫，不搞花瓶弄样子糊弄人，做不到的就不要答应人家。

他安慰韦晓说：“你不要着急，我再联系看看，实在不行的话，看有没有别的好项目。前不久我从报纸上看到附近的石城现在大力发展苦参子产业，效益很好。有个返乡青年，前年回家种植将近两千亩的苦参子，去年挣了三百多万，还成立合作社，带动周围群众一起种。据说石城现在种了几万亩，年产值已经达到两亿多元。你们这里土地资源丰富，种植草药具有优势。我们先搞起来，要是搞好，说不定是条路子。”

年前的一天，韦晓神秘地对石头说：“指导员，我打算搞一种东西，是一个很大的产业，什么产业现在还不能告诉你。因为投资很大，我都放到深山老林里去了，总共有四五百亩。”

石头说：“别卖关子了，到底是什么东西？”

他还是神秘地说：“现在先不告诉你，到时候就知道了。”

现在知道了。

韦晓说：“苦参子每棵苗八块，已经种了几万棵。仅苗就五十万，分片种。路边这块地，有八千棵。后山两块地，分别种一万两千棵和九千棵。还有上游两块地，一块地种了两万棵，另一块地已经整理出来，打算再种上一万五千棵，苗已经订好。先把这些地整理出来，那些地原先种桉树。”

石头问：“你哪来这么多钱？”

韦晓说：“和朋友合伙经营的。有战友提出搞草药经营，我出地，他们出钱，这不就搞起来了。以后，我还要带动村里的年轻人一起来种植苦参子。这里适合种草药，十年前省药科院的专家曾到过村里，他们打算利用村里的山林做中草药种植基地，但最终项目没有谈下来。”

石头问：“为什么没谈下来？”

韦晓说：“村里几个队不同意，他们都不愿意把地承包给别人。现在想想，人家给的政策已经很优厚了。林地是你的，只是租十年二十年，村民还可以分红。而且不用离开家乡就可以上山做工，又能获得一笔收入。那时候项目要是谈成功，我估计现在村里早就盖上别墅了，你就不会到我们村里扶什么贫。”

石头说：“后来联系过药科院吗？”

韦晓说：“联系过。前年药科院来人看，说是原始林已经没有多少，再发展原生态的中草药不可能，这事不了了之。我现在种的苦参子，别的地方也能种，优势显不出来，只能说是劳动密集型产业。当然，村里的地好，要是精打细算的话，发展前景不会差。现在每天用工三十多人，还要用车从团结村接来，一来一往一天的花费四千多，人工费可不低。”

石头说：“为什么舍近求远从团结村接人，村里没有人做工吗？”

他说：“最初打算找村里人帮干活的。这个说要种木薯，那个说要给玉米除草，没空。感觉以后管理起来还比较麻烦。”

石头说：“你带动邻村就业啊。”

他苦笑着说：“我也不想舍近求远。我们村里的自然条件好，本来应该有一个很好的发展前景。之所以走到今天，主要原因还是村里不团结，没有说话算数的，浪费掉很多机会。现在村里贫富差距悬殊，有轿车，家里拿得出几百万的有；讨不上老婆，日子过得叮当响的也大有人在。现在让有钱人分钱给穷人，难啊。再想走大规模合作经营的路子，把林地集中起来不现实。要是有门路的话，自己先搞起来，自己把事情做好，挣钱了，说话才算数。”

石头说：“路边为什么安铁丝网？我记得你说过，村里民风特别淳朴，从来就没有偷盗的事。”

韦晓说：“话是那样说，主要是投入太大，不放心。现在每棵苗八块，仅这些苗的投入就有五十多万。现在种了四百多亩，投入很大。弄好还行，弄不好这个债务可够我喝几壶的。其实我也不愿意安铁丝网，主要起一个警示作用。有人真想搞破坏，偷你的苗，这些铁丝网起不到作用。前几天大山偷树苗，我让他吊杠。”

石头说：“大山告诉我种了三千多棵，还育了一亩多的苗。他怎么会偷你的苗，不可能吧？”

韦晓说：“怎么不可能？这人什么事情都能干出来的。现在人家为什么不让他过路，不能全怪别人啊。难道大家都错，就你对？就从他偷苗来看，我觉得这人人品不好。好的时候，和你特黏糊，要是感觉你没有利用价值，他会马上翻脸。”

生活中总有“结”。对小事斤斤计较，互不相让，固执于一端解不开成了“结”。也许，做人老实、做事踏实，“铁丝网”“玻璃门”这些“结”才会被打破吧。

年前石头在一个网站看到一篇博士的回乡笔记，笔记记录了回乡的所见所闻，并提出“社会撕裂”一词。石头在留言中说“所谓撕裂一说，其实是个伪命题”,不少网友点赞。但是很快有网友回复,说其实撕裂一词用得很贴切。大多数网友留言对文章表示赞同，不少网友还发表了洋洋数百言表示认同“社会撕裂”的观点，而“所谓撕裂一说，其实是个伪命题”的留言很快消失在无边的网络里。

现实中确实有很多不尽如人意的地方。拿贫富差距来说吧，村里有非常有钱的人家，也有穷得揭不开锅的人家不得已外出打工，寻找一条生路。一次石头进村搭坐了小山的轿车，小山这几年外出做生意挣了一点钱，现在回家搞生产。轿车是新买的，办齐十万。一路攀谈，感觉这人视野开阔，思想活，路子广，讲话和气。小山说以前在外面什么生意都做，攒了点钱，这几年生意不好做，就回家了。现在承包附近九千多亩的山林种桉树，还开了一家木材加工厂，桉树已经种下四五年，去年已收割一季。他每天的工作就是接送一对双胞胎孩子到乡中心小学上学，然后到木材加工厂转一转，之后隔三差五地到承包的林地看一看，那九千亩林地请了不少人打理。看到小山做得这么好，石头很吃惊，问小山：“你这么有思路，为什么不到村委带领大家一起致富呢？”小山说，其实乡里找过他，他太忙，腾不出时间做事。

支书要面对村里的大小事，还要参加县乡经常召集开的会。小山承包那么多林地，又开了几家木材加工厂，产销一条龙，忙得团团转。他盖起两层楼房，院子里专门建有两个车库，标上车牌号，现在家里除原先的两辆中巴外，又新增了两辆皮卡，车位紧张起来。让他出山挑大梁，带动群众一起脱贫致富，看来要做很多工作。

村里也有很穷的人家。比如老林家，是村里最穷的一户人家，他年前盖起了房子，但是欠下不少钱，石头打算提供一部分资金帮助他。老林每月有退休金一千多块，就这事，村里引起一些风波。老林这一点固定收入，让村民很羡慕。老林也没有想到自己退休后，还能每月领取固定退休金。以前在榨糖厂做工，收入低，家里全靠韦大嫂维持。他的户口转为非农，家里的林地不多，退休后仅有的收入就是每月一千多块钱。而且，这一千多块退休金是补交五万块养老保险后前年开始领取的，那五万块的养老保险，还是东挪西凑借的。

老林的退休金在村里引起的风波，或许就是村里“撕裂”的表现吧。作为驻村干部，应做的工作是弥补这种“裂痕”，这就是扶危济困，帮助那些最需要帮助的人，还要维护村里的稳定与和谐。这就需要下功夫细心调查、了解民情。不扎扎实实驻村，怎能知道谁是最需要帮助的人？二手信息是不可靠的。看似平常事，说起来简单，做起来最难。

帮助最困难的人，雪中送炭会让人记住。扶贫要精准、建档立卡、公示，这都有道理，那就是要让那些最需要帮助的人得到资助。石头不止一次听村民说，谁谁家领取了低保，每人每月八十，一家五口，每月四百，一年五千，有肉吃了。每每听到这些话，他的心里总是沉甸甸的。

这种锦上添花式的“帮扶”，要慎重才行。要帮的话，就帮那些最困难、最贫穷、最需要帮助的人。其实，按现在的扶贫攻坚力度，多年后村里将没有绝对意义上的“穷人”。村民喝的是山上流下的泉水，不用花钱，节省了很大的生活成本。近几年投入大量资金建人饮工程，既有国家的财政资金，又有帮扶单位多方筹措，四处“化缘”的资金。大家只是一个想法，早日摆脱贫困奔小康。村里的土地肥沃，多少用点心思，种上草药、玉米、甘蔗、稻谷、竹子、板栗什么的，就能走在大家前面。脑子不是很灵活的，只要勤快，学着别人做，也饿不着，庭前院后辟一菜园，就解决了蔬菜问题。可以说这里的人们只要稍微勤劳一些，生活一般没问题。

现在，环屯路在修着，年底就会竣工；开通的网络，把偏远山村和外面的世界联在一起。相信用不了多少年，村里会大变样的，那时“隔阂”“撕裂”等说法，在时代的滚滚大潮面前，将不复存在。

支书有一辆卡车，他一大早要到隔壁团结村接人，说是隔壁，也要走二十几公里的山路，来回一个多小时。

团结村石漠化程度深，山上只有黑魆魆的石头，没法种庄稼。荒草倒是不少，近年来很多人养山羊。后来，山羊多了，石山无法承载，慢慢地不养黑山羊了。现在团结村的青壮年大多外出打工，老弱妇孺则留在村里，偶尔附近有工，就会组团去做，挣点辛苦钱补贴家用。

每天早晨六点，天不亮支书就开车出去接人，回到村委已近八点。到晚上六点送回，待他回村时，星星已在闪烁。

看到车停在村委，团结村的大妈大叔下车。石头问支书："接这么多人，是要给韦晓平整山地吗？"

"是啊。"

"到山里要多久？"

"步行要一个多小时。"

"做一天工有多少钱？"

"一天八十，中午不回家，喝点玉米粥对付下。"

"玉米粥能吃饱吗？上山干活，天气热，出汗又多，身体吃得消吗？"

"习惯了。"

"接一次多少钱？"

支书笑笑说："没有多少。"

看来，村支书现在开始给团支书打工。两人说话的工夫，大家已经下车。这些大妈大叔级的人物，腰间都别着一大瓶玉米粥，穿着长衫长裤，头被围巾紧紧围住，裹得严实，只露出脸庞，每人都背着草帽，拿着镰刀锄头。

山上蚊虫特别多，特别是有种虫子，看似不大，但要是被它咬一口，身上立马就是一个大包，既疼痛又瘙痒，好长时间才会消下去。

天气还好，阴阴的。韦晓从石城拉来六千棵苗，他要抓紧时间把山地平整出来。待几天下雨，苗容易成活，几个月后能看到果。

收拾妥当，准备上山。

石头对领头的老刘说："我和你们一起上山可以吗？"

"好啊，只是路太远，你可以吗？"

"我经常进山，没问题。"

"那好吧。我们先走，你赶过来就得。"

石头回房间简单收拾下，追上队伍。

穿过小河，爬上山坡，迎面走来小金。他的头发不脏了，却梳了长长的刘海，像一个小姑娘。他背着喷雾器，看样子刚打完农药。看到大家进山，小金开心地同大家挥挥手，他笑得灿烂。其实，只要不哭不闹，小金脸上大部分时间都挂着笑容，看不出有病。

大家同小金挥挥手，继续赶路。

大家边说话，边赶路。

这样走了半个小时，就到了悬崖边。崖下的山谷中是密密麻麻的硕大的野芭蕉，望不到头。路，已悬在中间，极窄。队伍只好慢慢前移。转过山坡，前面是下坡。对面传来砍树的声音，清脆的声音响彻山谷。附近几座山上有不少黑乎乎的杂木东倒西歪，看来刚烧过没多久。草丛中有扑腾腾的响声，接着窜出一只硕大的褐色山鸡，好似受了惊吓，噗的一声飞到对面的树丛中，消失了。

路边有几棵野杏树，野杏黄了，熟透了，掉到地下许多，铺满小径、草丛，有的已烂掉。路边生长着密密麻麻的杏树小苗，这地方好长时间没人来过。八角树很多，布满附近几个山头，并且直直地长在陡峭的山坡上，估计几百亩。树上开满粉紫色的小花，挂满青青的果，空气中弥漫着淡淡清香。树干布满星星点点的东西，像白桦。八角树高，又长在山上，采摘起来危险。去年团结村的村民上山采摘，一不小心，从树上摔下，没有抢救过来。

远远地，不时传来砍伐原始林木的电锯声音，不远处还冒出滚滚浓烟。

队伍继续前行，又走了十几分钟，终于到达山坡，已是九点多。

大家分头行动。

山脚下有六千棵苦参子苗，是支书昨天拉来的，已经种下去不少。从开始炼山整地到把苗种下去，前前后后已有一个多月。

这些苦参子苗要种在山脊上，山上留有烧过的痕迹。

石头问：“今天种多少？”

领头的老刘说：“说不好，得抓紧时间种，现在是阴天，天气好。明后天晴了，太阳烈，水分蒸发厉害，苦参子不容易成活。”老刘六十多岁，皮肤黝黑，这些人都是他从团结村召集来的，算得上农村经纪人吧。

石头问道："你们都是团结村的吗？"

"是啊。要是这事整好了，也能得一些收入。我们年纪大，上有老下有小，出不去。再说，干这些农活，早就习惯了。"

"你们怎么吃饭，就喝玉米粥吗？"

"中午回不去，只能喝些玉米粥。"

"光喝玉米粥身体撑得住吗？"

"大米硬，不容易消化，玉米粥容易消化。我们那边全部是石山，那才叫山呢，这里称不得山。"

"不叫山，那叫啥？"

"应该叫岭。这是土山，能种庄稼、草药。我们那里的山上尽是石头，除了荒草和杂木，不长东西。"

"要是你们那里种上草药就好了。"

"希望是这样，但是不得啊。除了玉米，种什么都不得。"

言谈间，老刘他们不由地流露出羡慕的神情。自己的地是石漠化荒山，要是能有一块这样的土山，那该多好啊。

土地是农民的命根子。

山脊很陡。在山脊上挖坑种草药不容易，首先要保持身体平衡。河水冲击的声音很响，有惊涛拍岸的感觉。山脊下面是四五十米的陡峭悬崖。

山坡还残留着炼山的痕迹，树干散落山坡，更多的却是厚厚的草灰。

石头问："怎么种？"

老刘介绍说："种苗很有讲究。先要使苗根部沾满红泥，然后泡上生根粉。停一两分钟，感觉差不多了再种下去。苦参子苗根部比较娇嫩，种下后，只能轻轻用土培好。切记不能用脚踩苗周围的土。要是用脚踩，根部的皮一下子就伤了，准死。这些方法都是反反复复交代给工人。一棵苗八块钱，韦晓没少花钱，首先要保证种活。我们干活都是干良心活。"

工人挥汗如雨。

石头借了村民的镬头刨坑。山脊上除了厚厚的草灰，就是软软的灰褐色杂土，这种土不仅松软，还肥沃。石头问正在刨坑的大妈们是否知道怎样种苦参子。别看这些人干起活来很猛，可是说起话来却很拘谨，她们用好奇的眼光默默地看着他，许久才幽幽地说：“老板，我们不懂怎么种。”

她们把石头当老板了。其实把苗种下去，对这些常年在山里做工的人来说并不是难事。老刘不停地给她们讲解，技术不是难题，主要还是劳动强度比较大，这些邻村大妈平时爬山爬惯了，挖坑种苗，一教就会，效率还很高。

上午种了一千多棵，十几亩，平均下来每人四五十棵。种下苗后要到河里提水来浇灌。尽管今天是阴天，但是并不能保证明后天会下雨，她们下山挑水，一来一往半个多小时，挑两桶水能浇五六棵。

谈话间，韦晓与二林走过来。

石头问道：“苗这么贵，你有没有想过育苗？”

韦晓说：“有啊，村里有一些人买种子来育苗。种子每斤 130 元，好的 200 多元。但是育苗要时间，我买这些苗，到年底就有收成。”

石头问：“要不要技术培训？”

韦晓说：“其实种很简单，挖个坑种下去就可以。关键是苗和种的技巧，苗的根部不受伤才容易活。”

石头说：“你种这么多，投资这么大，资金从哪里来？”

韦晓说：“找人合伙啊。我联系了几个战友。我出地，他们出资金，股份制经营，收成时分红。这阵子苗木价格涨幅很大，年前订的苗涨到二十多块钱一棵。”

18. 牛粪的婚姻

说话间，支书用卡车拉过来五千棵苗，卸下。大家寒暄一番。末了，支书顺手拿起两棵甘蔗般粗的苦参子苗扔到驾驶室，笑笑，转身开车走了。韦晓装着什么都没看到。

卸下的苗有大有小，不均匀。卸下后，工人要从山上下来背，一个来回要半个钟头。

工人还没有下山。

二林说："打电话让山上的人下来把苗背上去，今天要把苗种下去。前几天一直晴天，好不容易赶上连阴天，得抓紧时间种。"

韦晓打完电话，二林说："你看韦晓，一表人才，还没讨到老婆，怎样带动村里的青年人？只有我敢这样说他，换别人我还不说呢。"

韦晓低头不语，也许他在想心事。

山谷中传来汩汩的溪流声，只闻水声，却看不到溪。

高大的野芭蕉低下头，蕉林里面很阴凉，远处还有杂木、藤蔓、八角以及成片的速生桉树。

二林取下背上的水壶，喝了一口水。水壶是军用的，掉下不少漆，看得出用了许久。擦擦汗，他对石头说："现在村里还有不少单身汉，不是找不到媳妇，就是找到媳妇留不住。这样下去，村里发展没有后劲，没有人啊。"

石头说："我了解到村里有个媳妇，生了孩子就跑了。"

二林说："这就造成资源浪费。最后孩子谁来养啊，还是爷爷奶奶来养。你知道牛粪怎么带动 GDP 的吗？"

石头说："听说过，有不少版本，今天你说个版本听听。"

二林说："说是有两个经济学家在马路上散步时讨论经济问题。甲经济学家看见一堆牛粪，思索着对乙经济学家说：'你吃这堆牛粪吧，我给你 100 万。'乙经济学家犹豫了一会儿，还是经受不住诱惑，吃了那堆牛粪。甲经济学家给他 100 万。过一会儿，乙经济学家也看见一堆牛粪，就对甲经济学家说：'你吃这堆牛粪吧，我也给你 100 万。'甲经济学家犹豫了一会儿，经受不住诱惑，吃了那堆牛粪。乙经济学家把甲给他的 100 万还回去。走着走着，乙经济学家忽然缓过神来，对甲说：'不对啊，我们谁也没有挣到钱，却吃了两堆牛粪。'甲也缓过神了，思考一会儿说：'可是我们创造了 200 万的 GDP。'"

二林接着说："这就让我们思考很多问题，比如财富是怎么生成的，人与人应如何相处，生活到底是什么。这就好比你娶媳妇，名义上是成婚了，有 GDP。但是实际上媳妇跑了，你啥都没有。更要紧的是，把孩子留在家里，尽管有名义上的 GDP，但实际上生产没有发挥效益。”

石头说：“看不出二林对经济学颇有研究。”

韦晓说：“二林是预备役部队的教官，有时给部队轮训的校官授课。”

石头说：“婚姻感情、生孩子的事不能和经济效益简单挂钩。婚姻不能当牛粪。”

二林说：“我专门说给他。”

说完，他用手指指韦晓，给石头使眼色。

韦晓低头不语。

二林说：“只有我敢说他，激发他的斗志。现在姑娘选对象，不是说你有房子就行，房子里面要有家具，还要有车，能舒适地生活。现在尽管村里盖起漂亮的楼房，可那只是外表，里面有啥？我去过广东，别看人家房子外表不怎么样，可是里面电器、家具一应俱全，住得很舒服，那才叫生活。你现在只有空房子，别想套住老婆。你只有混出个人样来，多挣些钱，人家才觉得跟着你有奔头。你用脚踢她都不走，才说明你混出来了，做对了。”

石头说：“我们那边定亲时，除了要有房子、车子以外，还要有六斤六两。冰箱彩电空调更是必备的。”

二林说：“六斤六两是啥？”

石头说：“就是一百元的人民币，大概有十几万吧。现在情况是，男方没钱娶不起媳妇，女方没钱还不好出嫁呢。”

二林说：“所以说一定要做好。老弟你做好了，在村里说话分量就重，以后村支书就是你的。”

石头说：“现在讲‘全面’，意思是不让任何一个方面落伍。成不了家，那是不全面。就凭这一点，韦晓当不了支书。”

韦晓抬起头说：“我就没想过当支书。”

二林说：“当不当支书是不一样的。人的位置不同，想法就不一样。现在种苦参子，为什么不少人找你合伙？我年前来的时候是个什么情况，你还记得吗？谁的地都不给你。他们看不到希望啊，以前只是听说，具体怎样心里没底啊。我们种下去，大家看到有效益。现在不是找谁用谁的地，而是他们来入股，这就是示范效应。”

韦晓说：“听说江州现在发展绿桐种植，这个项目怎么样？”

石头说：“那天我看电视，看到了‘第一书记’栏目，嘉宾是我的一个朋友，他在江州做驻村第一书记。节目中出现了绿桐，当时感觉价格太贵，用处说了很多，以后会怎样，很难讲。”

韦晓说：“我打电话问过，一棵绿桐苗六十块钱。我说要的量很大，他们说就这个价。”

二林说：“这个东西不好说，都是做市场。现在是市场开发初期，当然要做广告宣传，这需要投入，这就是造势。大家都知道有这回事了，而且还很挣钱，名声出去，那时候再挣钱。开拓市场阶段是赔钱阶段，比如我们现在请这么多人工，这都算在成本里面，这是先期投入。尽管绿桐被说得很好，能用于做板材、炼油、搞绿化等，但是有市场吗？现在尽管宣传得很好，但花大价钱买进苗，两三年过去，该你卖时可能就很不一样，这就是市场。你放心，做市场的，绝对不会在挣钱的时候投钱做广告，做广告都是在市场前期、低迷期，也就是开发期。等散户进入市场，开拓市场的那些先行者已经把钱挣得差不多了。那时就会发现，不是宣传的那样子啊。做产业闯市场，大都这样。其实，当进入这个市场的时候，你已经处于市场开发周期的后期。”

石头说：“为什么种苦参子？”

二林说：“种苦参子这几年有钱赚啊，什么挣钱我们做什么。以后价格怎样，说不好。我估计四十几块还能持续一两年。等明年正常收果，即使是降到二三十块，还有得赚。我现在买的苗都是年前订好的大苗，这些苗挑选过，母苗占到 70% 以上。苦参子有公有母。要是不懂行情买公的，会赔死。”

石头说：“怎么判断公母？”

二林说：“看开的花呀。公的花比较长。我要苗，一定要等它长到一定程度开出花，能够分出公母后再拉来。现在这些苗很不均衡。粗的，像这样三厘米粗的，一棵没有二十块拿不下来。我要的量大，而且定的早，老板不敢乱来。都是八块，不管大苗小苗。几捆小苗，那是送的。现在买苗，还没开出花，分不出公母。”

石头说：“我同农科院专家联系过，他们的苗不管大小都是二十块钱一棵，后来为了节省开支，我从网上订了一千六百棵。据说东山已经卖到十几块钱一棵了，苗还不大。这东西前几年几块钱一棵，想不到涨得这么快。”

二林说：“苦参子的价格确实有炒作成分。但这种东西有用，特别是对治疗癌症有帮助，再炒作也有市场。从它里面提炼出的一种东西已开始广泛应用于各种抗癌药物，具体是什么我说不清楚，反正对治疗癌症很有效果，已经申请专利，市场需求量会越来越大，社会效益和经济价值很好。发展苦参子产业，这里的条件得天独厚，特别是山地盆地小气候非常适合苦参子生长。我们种的是大叶苦参子，果实粒大、饱满、含油量高，容易销售。我估算着，按照目前市场收购价四十多块钱计算，丰产期每亩收益毛利就在万元以上。现在已经种了四百多亩，你算算能挣多少？”

说完，二林看着石头，继续说：“同别的中草药相比，苦参子投入小、收益大，还不易招致病虫害，种植所需劳动量小，不需要施肥，仅仅适当修剪即可。要知道苦参子是中药材，中药材药效主要在于野性，吸收天地精华。如果不懂药性施了肥，反倒不好。现在很多人种铁皮石斛，你知道怎样种铁皮石斛吗？我告诉你，铁皮石斛是附生植物，要找附主，附主有参天大树，也有常年阴暗潮湿的岩石。特别是野生的铁皮石斛，它要生长在山地半阴湿的岩石或者高大乔木阴湿的树干上，只有吸收自然的养分，才有药效。要是培植，也就是人工养殖，药效不大。现在铁皮石斛价格那么高，主要高在它的野性上面。好的野生铁皮石斛，每公斤干果要数千元。这么多人工培植的铁皮石斛，药效会怎样，不好说，至于过两年行情怎样，更难讲啊。”

石头说：“东山作为金融扶贫改革试点县，重点支持铁皮石斛和苦参子产业。特别是铁皮石斛，每户给予3500元的金融扶贫贷款。发展铁皮石斛产业费用很高，那个铁皮棚子要几万。当然，棚子有大有小，成本多少不等。”

二林说：“要说人工培育的铁皮石斛一点药效都没有，也不尽然。它至少有点药的味道，但培植的同野生的绝对没法比。野生的生长周期长，长得不是很好，但药效好啊。比如说野山猪和人工养殖的山猪口感不一样，而且还有药用价值呢。”

说着，二林站起来，走了走，在附近折了一段长长的藤，说：“就说这个藤吧，它其实是个药材。叫什么名字我记不清。你要是口干了，嚼一小段，口里马上就清新，它能生津。还有……”

他又转了一圈，折来两段毛茸茸的草茎，说：“你看这东西和普通的草没什么区别吧，它其实能止血，要是你的牙齿不好，经常嚼一嚼，牙龈就不会出血了。晒干后，每天切一段泡茶对牙齿也有效用。我们周围很多东西其实都是中药材。野猪是杂食动物，山里的鱼腥草、救心菜、野草莓，甚至是蚯蚓，它都吃。要是生了病，野猪还知道去哪里找东西治疗，比如它肚子痛了就知道去找砂仁什么的，这还真怪了。山里到处是宝。你想吃这些东西长大的野山猪，浑身可不都是宝。”

他把长藤递给石头，石头把藤放在嘴里嚼，有一股麻麻的清爽感觉。

韦晓说：“山里不仅有野生草药，还有很多野蛇。前几年我和几个工友上山，忽然看到河里有什么东西在游来游去，我说肯定是鱼。于是我们跑过去准备抓。大家一看，哎呀我的妈呀，竟然是条大蟒蛇，碗口粗，五六米长，吓得我们突突跑了。这东西，一口能吞下一头小牛犊。”

韦晓两只手比画着。

石头说：“这么吓人，这里除了蟒蛇，还有什么蛇？昨天我看到一条小黑蛇，有筷子般大小，从路边草丛蹭蹭窜出，又唰唰地爬到桉树林里去了。”

二林说：“小蛇毒性更大。山里其实有很多蛇，银环蛇、眼镜蛇、五步蛇等。有的伪装得很好，就像一根树干挂在上面，要是有昆虫、青蛙什么的，它就会掉下来，一口把猎物咬死。人要是路过，它也会掉下来，要是掉地上咬到腿还好说，有时间救啊。要是掉脖子上，咬一口人可就完了。脖子里血管多，通神经，咬了这地方可不得了。”

他用手指指脖子。

石头说：“看来以后进山要小心了，要戴草帽才行。听说山里以前有小老虎，非常凶猛。现在还有没有？”

韦晓说："不仅有小老虎，这里还有熊啊，狼啊什么的。小老虎狼狗般大小，很凶猛。说来也怪，只要小老虎出现在附近的任何一座山头，村里的狗就狂叫不已。待到小老虎走进村里，那些叫得发狂的狗都乖乖的，不敢叫了，任由小老虎随便叼一只狗走。小老虎就像森林王，一物降一物，这是它的领地。狗能闻出它的气味，有灵性。"

二林说："这几年山里的生态被破坏得很严重，动物跑到了深山里面，已没有以前那么恐怖。其实动物怕人，即使是蟒蛇，也不会轻易攻击人，除非认为你侵犯了它的领地。"

石头说："你怎么知道那么多？"

二林说："我是特种部队的士官，经常在野外拉练，对野外求生知识有一些了解。转业后在武装部工作，是预备役部队的军官，属二线部队。你知道什么叫二线部队吗？"

石头摇摇头，二林说："如果正规部队打仗打不赢，就招呼我们说：'兄弟们，你们上。'"

石头说："没那么夸张吧，你士官待了几期？"

二林说："两期。那时老人生病，大哥又是业务骨干，照顾不上家里。我转业时，战友们都舍不得。但是情况特殊，老人没人照顾，我就回来了。"

说完，他低下头，似有心事。

二林说："其实当年当兵很艰难，因为我外祖父是国民党部队军部的机要翻译，他英语非常好。当时中国和美国是盟友，军部的很多机要文件都是经我外祖父的手翻译。新中国成立后，国民党要把他接到台湾去，因为他掌握很多机密文件。都快上船了，他偷偷跑下船，没有去。新中国成立后，政府安排外祖父做了县中学的英文教师，还给他发了证书。外祖父的英语非常棒，毫不夸张地讲是东山最早的英语教师。'文革'时被关押十年，现在九十多岁。外祖父从不让提自己曾在国民党部队的事，人经过一些事情，往往变得小心谨慎。前不久香港的什么志愿者来看他，提出看看家里那个证书，没让他们看。外祖父说：'他们看的不是我这个人，其实看的是证书。'当年我当兵费好大劲，就是因为家里成分不好。"

石头一听，心里想，说不定二林的外祖父还是名抗战老兵。他问道：“老人家身体怎样？改天方便的时候我们去看看他，现在我们有一个关爱老兵的项目。”

二林说：“外祖父躺床上已有两年，精神状态很好。你知道怎样才能长寿吗？”

石头说：“心态平和吧。”

二林说：“是啊，凡事不要钻牛角尖。要看大方向，不要纠缠于鸡毛蒜皮的烂事。人要是钻牛角尖，一保准能被憋死。我发现遇事想不开的，和自己过不去的，没有一个长寿的。外祖父曾是国民党军军部的机要秘书。国民党行军打仗，他都是跟随长官坐车。你知道吗，那时候行军打仗，团长都要步行。我外祖父为什么能坐车呢？因为他是军部的机要人员。我看过他年轻时的照片，非常英俊。尽管经历苦难，他现在仍然非常乐观。”

石头说：“我们去年举行了关爱抗战老兵的活动，确认的抗战老兵每人每月补助六百块。从你刚才说的情况来看，还有一些老兵没有找到，他过去在哪个部队？”

二林说：“我不清楚，他从不提及。我们偶尔提及，他也是沉默不语，还会默默流泪，可能老人家在想以前的战友和往事。他曾经讲过一件事，说是有一次战斗前，七十多名战士吃了早饭，到中午只剩下四个。”

石头说：“什么战斗？”

二林说：“他没说，我们也不敢问，就是听他断断续续地讲。他愿意讲我们就听，从来不主动问。”

石头说：“我看过《中国远征军》，里面的英雄团长抗战后回家做了一名教师。”

二林说：“电视电影不正是对生活的反映吗？他们这些人看透了生和死，想把人生感悟传给下一代，这个感悟就是要捍卫和平和梦想。我现在就想圆一个那美村之梦。”

石头说：“什么梦？”

二林说：“你的梦，我的梦，大家的梦。韦晓你说说，自从我们开始种苦参子，少喝了多少酒？酒风太盛。你说昨天喝到几点？”

韦晓苦笑着说：“喝到凌晨四点，现在还没醒。”

二林说：“现在你就要从根本上转变这种情况。一喝酒，就容易犯浑。人家广东人一大早喝茶，越喝越清醒，干事就不糊涂。一个香港带动深圳，一个深圳带动广州，一个广州带动整个广东，这大概跟喝茶有点关系。我们这里喝酒，喝酒干什么，什么都会干出来，而且干的都是糊涂事。”

石头说：“不仅误事，还会要命呢。前不久邻市一位副乡长新上任，乡里的干部们给他接风。干部们你劝我陪，喝了不少酒，有人竟然给喝死了。这是严重违反中央八项规定的事。”

二林说：“村里有四十多个单干户，都是喝酒喝的。这个问题解决了，才有村之梦实现之日。”

农村“剩男”问题确实比较严重，石头向几个队友调查过，大家普遍反映“剩男”问题不解决，农村脱贫问题解决得就不彻底。但这是社会问题，市长估计也不方便过问。曾有“剩男”向市长写信请求帮助解决家庭问题，市长回信建议该“剩男”多交友，终究会找到有缘的那一半。其实，农村“剩男”问题还和社会意识、生育政策有关系，比如在玉屏这样的偏远农村，家里没有男丁，在村里往往感觉抬不起头来。所以，家里一定要有个男孩子，这不仅是传宗接代的问题，还与劳动力有关。本来按照人口出生规律，男的就要比女的多一些，再加上非法鉴定胎儿性别等人为因素，贫困农村的男女比例失调，这客观上造成了“剩男”问题的出现。况且，一般来说，越是贫困地区的女孩越能干，她们好学上进，很多人都出去打工，再就是外出求学，往往在山外面就找到了另一半，这让农村“剩男”问题雪上加霜。所以，生育政策要调整。其实，2013 年 5 月，石头曾就所驻二塘社区的情况进行调查并提出“尽快实施单独二胎政策，完善计划生育国策”的建议。通过镇计生站的阿丽姐手中的一些数据，石头了解到，兴隆县绝大部分公职人员家庭只生育一个子女，有些失独家庭很是不幸。完善我国生育政策的主要聚焦方向已从“双独二胎”转向“单独二胎”。“双独二胎”政策在全国 31 个省区已实施，并没有带来人口的激增，反而促进人口结构的优化，进一步缓解了“四二一”家庭结构带来的养老等诸多社会问题。考虑到绝大部分家庭既不是双独生子女家庭，也不是单独子女组成的家庭，审慎实施“单独二胎”政策，对提高出生人口素质，逐步完善生育政策，促进人口长期均等发展具有重要意义。中共十八届三中全会通过的“决定”明确提出“坚持计划生育的基本国策，启动实施一方是独生子女的夫妇可生育两个孩子的政策，逐步调整完善生育政策，促进人口长期均衡发展”。

石头说：“看不出来，二林是有梦想和希望的人。你们抓紧把苦参子这个架子支起来，把这事先干起来。经营如果有什么困难，我向工作队申请支持。苦参子产业是东山重点扶植的项目，你们很有想法，思路特别清晰。”

远远望去，前几天烧过的山坡上的杂木、野芭蕉东倒西歪，有一种劫后重生的感觉。

19. 打火锅

石头争取到八千块钱买苦参子苗和乒乓球台。钱不多，如果到东山买，现在一棵已经涨到十几块，买不了多少。原打算从韦晓那里协调一些苗转发给村民，他订了六万多棵，协调一千多棵应该没问题。可是韦晓有些顾虑，顾虑什么呢？他支支吾吾地说，如果村里其他人种的苗和他的都一样，万一其他人种多了他的少了，分不清是不是从他那里偷的。石头感觉疑惑，说村里民风淳朴，应该没有小偷小摸的事吧。他说也是有的。后来石头理解了他，说实在不行自己想办法解决苗的问题，买小一点的，和他的苗不一样，这样就容易区分了。

问了几家苗场，二十块十几块价格不等，钱又不多，只有不到一万块，怎么办？

石头想到互联网。这几年网上购物很方便，在家就可以购买到自己理想的商品，逐步进入“互联网 +”时代。“互联网 +”是一种新的经济形态，“+”本身就象征着无限想象和可能。“互联网 +”农民等新事物层出不穷，说不定能造就出一批“农村电商”呢。

石头浏览网页，先找乒乓球台。卖乒乓球台的网店很多，外省网店有的就卖 500 多块钱，本市有一个店卖 850 块并赠送球拍和八个小球。

他选了市内的网店，通过小窗同对方联系。

石头问：“请问室外乒乓球台 MLC 送到本市桃源路多少钱？”

“本市自提 850 元，送货 950 元。”回答说。

“开发票多少钱？”

“发票加 5 个点，40 元。”

“要是由你们送到龙虎山，运费多少？”

“路有多远？”

“平时开车要两个小时，一百多公里。”

“要问司机，这里是实体店。自提的话，可以到动物园，那里有仓库。”

等了一会儿，小窗亮了。对方说：“运费要 750 元。可否直接运往东山物流点，这样就可以省很大一笔费用。”

石头说：“从县城到村里还有一个小时的路程，是山路。你把球台送到桃源路。今天拍下来，明天能送到吗？”

对方说：“没问题。同城物流，当天到。”

石头说：“不着急，明后天送吧。到时候再联系。”

他在网上用银行卡支付 950 元。

搞定一件事，再搞另外一件。

买苦参子有点麻烦，因为石头对很多情况不了解，分不清公母。网上购物，小心为好。

网上卖苦参子苗的店铺不多，只有几家。看来这还真是个新兴事物呢。他选了一家本市的店铺，五元到七元不等。按对方在网上提供的号码打过去，交谈了一番。实体店离机关不是很远，石头要到店里看看。

下午四点，石头驱车前往。二十多分钟车程，路上不是很堵。

实体店在一个物流中心。来来往往的车很多，里面有不少房间，不知哪间是他的。电话联系过，等了一会儿，有一个黑瘦小伙子走来。他的店就在三楼，说是实体店其实就是间办公室，上面写着“业务洽谈室”几个字。他自我介绍说姓韦，还说现在只有五块钱的苗，如果要三块钱的苗，需提前预订。

五块钱的苗有小拇指般大小。

石头问：“三块钱的苗是什么样的？”

他说：“像烤肉串的铁丝。这样的要长半年以上，五块钱的长一年才行，先付定金。”

石头说：“网上买东西还要定金吗？”

他说：“是啊，就是把钱打到支付宝。”

石头说：“这样吧，我明后天再和你联系。”

回去后，石头通过小窗同他联系。货定好后，下一步就是送货。

办公室门口有一个门卫，很瘦。石头径直走过去问道：“请问师傅，有没有熟悉的货车司机？”

门卫说：“你要拉什么东西，到哪里去？”

石头说：“拉一个乒乓球台，还有两大包苦参子苗，到东山去。”

门卫说：“远不远？”

石头说：“不远，一百多公里。开车要两个小时，有一段是转盘山路。”

门卫说：“我老婆正好开货车，你看让她拉好不好？”

石头说：“好啊，还真是巧了。你留下她的电话吧，我和她联系。你贵姓？”

门卫说：“姓农。我老婆姓韦，这样吧，我写下来，你和她联系看看。”

门卫把他老婆的电话写下，送给石头。

这可真是踏破铁鞋无觅处，得来全不费工夫啊。

石头联系韦姐，约好隔天中午十二点见面。

后天一早，送苦参子苗的老板开车到机关。

卸下车，打开包，里面苗的叶子青青的，包内散发出苦涩的浓烈气息，看得出这些苗挖出没有多久。

老板非常抱歉地说：“实在对不住。你要的大苗不够，不得已挖了一些小苗。另外赠给你们 40 棵，一共 1640 棵。”

石头说：“没关系。我还要整理培训资料，你在这里，麻烦指点指点。”

他说：“没问题。这些苦参子尽快种下去才行，种后两三天要浇一次水。种的时候撒一些草灰，拌一些红泥。坑要挖二三十厘米深。现在天气太热，要早晚淋一次水，保持苗木的湿润。”

石头说：“今天拉过去，晚上要淋水吗？”

小老板说：“是啊。这些苗是一年以上的苗。花期在夏季，结果期在 8—10 月，各地开花结果日期不一致。苗可以嫁接，因为它有公母。公的不结果，需要授粉。如果公的苗比较多，就要适当嫁接。苦参子还可以插种，即使是没有根，也可以插活的。”

石头问：“怎样插种？”

小老板说：“我也不会。每次都是我父亲把苦参子树枝插活的，这种树苗很容易活的，一般来说要长十年。一棵树今年能结几两，明后年如果料理得好结果就稳定了，三四斤，连续产几年。现在每斤十几块钱，干果要四十多块。每亩一般种植二百棵左右，亩产值一万左右，效益还是不错的。

“前几年对苦参子不重视，以为它是一般的中草药，只能治疗痢疾。研究发现苦参子还能治疗癌症后，它的价格涨得很快。前两年一斤鲜果五六块，一棵苗也就是一两块，三四块顶天了。现在可好，每棵苗要十几块。我们那里有几家种苦参子的，现在挣大发了。”

石头想，里面有没有炒作的成分不一定。但是，这东西价格涨得快是不争的事实。送些苦参子苗给群众，每户不多，二十棵，按照他们的说法，有一百多斤的产量，每年每户可以增收一千多块钱呢。当然，送东西不是目的，主要在于引导群众思考怎样脱贫。如果村民感觉种苦参子可行，那就达到了“三下乡”目的。

结清账，送走司机，一看时间，已经快九点。不知道那个送乒乓球台的司机到了哪里。他打电话过去，对方说正要出发。石头说别忘了还有球拍和乒乓球。

对方说："球拍和乒乓球不在我这里，我是从仓库直接送到你那里去的，球拍和球你问老板吧。"

石头拨通店主的电话。对方说："昨天已经发了快递。估计今天上午能到，要不你等等看。"

石头说："我十点去东山，乒乓球台十点前要准时送到。至于球拍和球，我让另外一个同事签收。"

店主说："我安排司机十二点前送到。"

既然是十二点，那就耐心等吧。

十二点，送乒乓球台的司机准时到了。

乒乓球台很重，卸下，司机走了。

联系韦姐，一刻钟工夫，开车过来。

韦姐说话声音比较粗，长得文静，个子小小的。

一路上石头很少说话，都是韦姐在絮絮叨叨地说。

她说原先谈过一个朋友，是那宾村下萝屯的。石头想，这真是奇了怪了，有些事怎么就那么巧啊。

石头说："怎么没谈成呢？要是你们谈成，你可就是龙虎山的常驻居民了。"

她说："当时我和朋友到了村里。他们那里不通路，人出不去。特别让我难以忍受的是，人住的地方下面竟然住着牲畜，味道特别难闻。这哪是人住的地方啊，一看这种情况我再也不敢去了。"

石头说："你说的是三卡吧？"

她说："我不清楚，有十几年了吧。当时那宾到处是土房子，村里污水遍地，还没有路。人住这种地方啥时候能出去啊？吃水麻烦，需要挖井。山上到处是石头，哪有水啊。"

石头说："你现在找的农哥是哪里人？他在我们那里做保安，人不错。"

她说："昆仑镇的，没出息，也没什么本事。"

石头说："你可别这样说农哥。昆仑镇我去过，去年我在兴隆驻村时，有个队友驻昆仑镇。昆仑镇靠近城市，发展要比这里快许多。”

两人一路说着话，转过山岗，看到满山尽是翠绿色。

韦姐说：“景色真美。”

石头说：“是啊。”

她说：“已经十几年没来过了。”

说着话已到村委。

卸下乒乓球台和两大包苦参子苗，和韦姐算清路费，她返回。

不一会儿，支书和老李、小树屯的组长到了。组长说：“你怎么进来的？”

石头说：“我请了小货车拉过来的。”

组长说：“刚才我看到有个女的把车停在路边摘野菜，是你说的那个司机吗？”

石头说：“应该是吧。她不是摘野菜是摘花吧，十几年前她谈了一个朋友，那宾村的，没有谈成。”

组长说：“要是她谈成嫁到我们这里，就开不了车了。”

石头说：“也不一定。”

装好乒乓球台后，几个人很高兴，来来回回打了几个回合。

四月时节，龙眼花开得很盛。蜜蜂特别多，嗡嗡地萦绕在树冠上。树干很粗，需两三人合抱，村委后面也有不少需两人合抱的大树，那是风景木。

趁着打球的空隙，石头问：“后面的树是秋枫吧。”

回答说：“是啊。”

石头说：“我听人说这些树是从越南挖过来的。”

回答说：“别听他们乱讲，这些树是前两年炼山时从深山里挖出来的。老板看上了，一棵两三万都不止。这棵龙眼树已经一百多年了，前年有老板出两万，没卖，它至少能卖三四万。”

石头说：“这树不能挖。百年老树，挖了多可惜。”

中午大家休息了一会儿。

石头想，去乡里买几只鸡，晚上请大家吃饭，也好安排第二天的活动。

石头找到韦晓，说：“明天举行‘三下乡’活动，今晚请大家来吃饭。

我到乡里买两只鸡，待会儿搭接人的车回来。”

韦晓每天请司机把人送到团结村。

搭车到玉屏市场后，石头下车。他买了两只鸡、一条鲤鱼，还买了一些菜蔬、豆腐。

鸡没有切好，在城市里买鸡，都是切好的。他找来案板和菜刀自己切。乒乒乓乓，搞了半个小时，身上溅了不少鸡血。顾不了这么多，留两只鸡腿放冰箱里，改天自己吃，又买了一些肉。

韦晓买了米酒，米酒往往要泡大米。尽管有淡淡煳味，喝起来却非常香甜。石头向村民介绍喝米酒的方法时，村民很诧异，能喝上米酒就不错了，再拿大米泡酒，剩下的倒掉喂鸡，这简直是罪过。村里人一天吃两顿饭，中午只喝玉米粥，大米可是稀罕东西。现在城里竟然拿煮熟的大米泡酒喝，简直不可思议。

以前石头不理解村民的想法，时间久了，接触多了，慢慢明白了。深山中，种点大米很不容易，大米金贵。

晚上，石头约韦晓、二林、小培，还有树海到村委一起喝酒。

韦晓过了好一会儿才到。他打来电话说，要先给家里的奶奶做好饭。老人家八十多，自己做不得。树海常年在附近做工，挣不了多少钱。一听说石头买了两只五斤重的鸡，很吃惊地说：“怎么能吃得了？”

韦晓说：“今天可能是指导员的什么节日，他不说罢了。”

石头说：“没什么节日。就是请大家聚聚，谈谈心。明天是周末，不上班，我们搞一个‘三下乡’活动，到时候大家都来啊。”

小培说：“我们没有节假日。有事就做工，没事就休息，全凭自己来掌握。”

小培是村篮球队队长。前几年曾到越南打工。因他有技术，工资高，每月有一万多块的收入。前年越南局势不稳定，大批从国内去的打工仔回来了。因他是骨干，老板青睐，坚持很久才回国。回来后深有感触地说，以后不出国打工了，不容易。

他 1977 年生，比石头小两岁。本来是懂技术的，不去做工的原因是身体不好。他有高血压，平时完全靠中药来调养，家里有一个男孩，十多岁了，上四年级。他申请了救济，每月有一些低保，不多，三百多块。由于生活困难，又出不去，在家里闲来无事，一身本事用不上。

小培低声说："上个月老板打电话让我到云南，每月开一万五，我去不了。身体不行，不能干重活。老板说不用干重活，给工人做指导就行。我说做指导也不行，现在只能喝点药茶，跑不动。"

石头说："喝不喝酒不打紧，喝点鸡汤吧。能过来我就很高兴，好久不聚了，今天难得聚一回。"

天气闷热。

晚餐有鸡、鱼，还有不少青菜，较为丰富，做法简单。把电磁炉打开，放上锅，把鸡、肉、鱼用清水煮开，再放上盐巴、酱油就可以吃。吃完肉再吃青菜，这就叫打火锅。喝的也很简单，只有冰镇的啤酒加米酒。

人多吃饭香。

二林说："我家里有免费的 WiFi，指导员可以接过去。年前电信说必须十户以上才能开通网络。我发动了几个人，但还是不够。我一口气交了五户的钱，现在是信息时代，不开通网络，对外界信息不了解，以后怎样发展？"

石头说："我是用流量的，今天可真是踏破铁鞋无觅处，有免费网络使用，看来今天这客请得值。"

韦晓说："村里还有群呢？"

石头说："村里还有群？叫什么名字，我加加看。"

韦晓说："那美蓝。"

"那美蓝？"

"是啊，我们就是以'那美蓝'为名建的群。"

石头加了那美村的青年群。70 多人，里面很热闹。这些可都是村里的青年骨干，尽管分散各地，网络把他们联系在一起。

二林说："我主张建立一个青年精英会。韦晓，你来当这个会长。现在，我只看好两个年轻人，一是韦晓，再就是小培。小培情况特殊，很难担这个大任。韦晓你来挑头，有什么问题，哥支持你！"

韦晓说："我哪有空啊。现在种苦参子忙得团团转，没有时间搞。"

二林说："我要年轻十岁，绝对不让你做会长。少喝酒，把年轻人组织起来。你现在忙啥呢，种苦参子为了啥？你看我们成立的群，里面都谈什么啊，竟是些稀奇古怪的花花事，谈论的话题大多离不开女人，哪个鸡婆好啊，哪里的妞靓啊，简直没有正经事。你要利用这个群搞生产，把村里年轻人带动起来，那多好啊。现在群已成了乌七八糟的地方，这种局面要改变。我从不发言，就看你们聊什么。通过你们的话，我就知道你们是啥样的人，在村里我就看好你和小培了。"

农村大龄男青年的婚姻问题确实与贫困有关，既是"因"又是"果"。没有家，不仅心没有寄托，更重要的是还会带来社会问题。对有些问题，"堵"不是办法，要"疏"，把他们的精力疏导到正确的地方去。城市也有大龄青年，不过大多是"剩女"。

现在坐长途大巴到东山，随车电视的广告不断地宣传防艾知识，路边还有不少宣传防艾的标语，村宣传栏里面则是翔实的科普知识，可以说防艾已经做到了全覆盖。村卫生防疫站专门做了个木箱子挂在村委门前，免费发放安全套。

二林红着眼睛说："韦晓抓紧时间成个家，用我的网络，我不收你钱，免费。但你也不要整天泡在网络里，要把精力用在正事上面，再不成家，我可要在五保村给你订一个房间。"

石头说："订两间，一间不够，两间！"

众人哈哈大笑。

大家喝着，谈着，笑着。鸡太肥，煮的时间太久，鸡汤变成了鸡油，特腻。削了一个角瓜，先放一半到里面去，然后又放了生菜、香菜、豆腐。电磁炉哧哧响，冒着烟。外面很黑。两只狗，一黄，一黑，瞪着亮亮的眼睛来来回回在厨房门口徘徊。那狗，是二林家的。

二林说："我特别看好树海的地，他那块地比较适合种植九节风。"

石头说："九节风是什么？"

二林说："就是草珊瑚。树海的地很好，农科所专门做过配土测方，适合种九节风。树海这样好不好，咱俩合作种九节风。你只出地，我给你五五分成。不！四六分成，我四你六，我们签十年合同。到时你挣钱，地还是你的，我什么都不要，那些九节风就算是送给你的。你那块地有七八十亩，现在只种玉米，多可惜。”

树海只顾喝酒，很少说话，听了二林的话，他说：“我再考虑考虑。”

其实，农村合作经营不一定非得要有什么形式的东西，关键在于有合作共事互帮互助的思想，所谓强扭的瓜不甜。

小培先离开。几个人散散地谈了村里的一些事，看看夜色已晚，就各自撤了。

20.“三下乡”

第二天开展“三下乡”活动。今年“三下乡”活动的主题是“博爱·牵手困难群众”和“同心·生态产业”。

操场聚集了很多人。石头招呼大家摆四排椅子，一排八张。有人不理解，说：“摆什么椅子，我们习惯站。”石头说：“村里有年长的人，不能让他们站着吧。”说完，他转身回会议室搬了两张椅子，摆在操场上。大家看他这样做，也纷纷到厨房、会议室、办公室搬来椅子，摆好。

说起摆椅子，这是去年“三下乡”活动的经验教训。

去年做科技培训、医疗卫生、法律帮扶“三下乡”扶贫活动，当时操场的人那可是满满的。开始已经做好预案，科技培训方面，对种养火龙果、黑山羊、鹌鹑进行技术指导；医疗卫生方面，来的人分三个组，四人一组在村委“同心·整村推进”技术培训点“练摊”，两人一组到较远的小水、银山、金山、大水四屯给不方便出来的老人看病，两人一组在大树屯巡回看病，治疗对象是八十岁以上、行走不便的老人；法律帮扶方面，在图书室“练摊”。所谓“练摊”，就是村民就法律问题一对一请教。还有一组机动，由参加活动的支部代表“认领”贫困户结对帮扶，这样的帮扶对象有六户。

预案做好，人员各就各位。

按照预案，石头陪同大树屯巡回医疗组看望老禹的老母亲、王老爷，还有几个八十岁以上的老人。

巡回医疗组的两位医生是来自省红会医院的主治医师，技术精湛。大家先是看望了王老爷。医生拿出听诊器仔细探听老人的心肝部位，说：“身体没大碍。”但是老人家眼睛不好，同行的人问：“眼睛还能治吗？”医生说：“他年纪太大。这个年龄治疗眼睛，危险性太大，建议不治。好在他有另外一只，对生活影响也不大。而且，他的身体很硬朗啊，不要轻易动手术。”

之后看望老禹的母亲。老人家坐在堂屋，身穿淡青色花布衫，上面有一块大大的白色补丁。她是打赤脚的，手、脚已经完全变形走样。老人的手臂、腿尽管很细，上面还有老人斑，但看得出很结实。医生给老人家检查身体，说：“主要器官没大碍。”又摸摸手说：“已经严重钙化了。”有人问：“还能治疗吗？”回答说：“她年龄太大，手脚已经完全钙化，很难治疗。”

石头说：“为什么不穿鞋啊？”

医生说：“她习惯了，穿鞋对她反倒不好。”

这时，老人说了几句，大家听不懂，同行的人翻译道：“老人家说她不想活了。”

医生诧异，紧紧握住老人的手，说：“为什么不想活了？”

老人家说：“活得太久，太累。”言罢，脸上露出无奈的神情。

医生说：“老人家不要想太多，好好地活着啊。”

老人使劲地点点头。

石头说：“她手、脚变形这么厉害，能买些药吗？”

医生说：“只能买一些钙片，老人孩子都能吃的那种。她这个年龄，不能随便吃药。老人家的身体硬朗，这个年龄有这样好的身体，主要是因为经常劳动。”

说罢，医生给石头留了张纸条，纸条上写明要买的药，还有自己的电话，并嘱托有问题可以随时和她联系。

去年“三下乡”，村里来了许多农科、医疗、法律方面的专家，三辆中巴车都坐满了。操场上汇集了很多人。石头陪巡回组回到操场时，呆住了，当时场面比较乱。“同心·整村推进”技术培训点前，有老人竟然坐在地上排队等‘叫号’；龙眼树、篮球架下和戏台上三三两两的人走动着；人们还从村委办公室进进出出。为什么会这样？

原来，办公室里面有厕所，他们是上厕所的。

后来想想，如果在操场摆一些椅子就好了，细节很重要。后来再搞活动时，石头就安排村委的人打开五保村的房间，多留几间厕所，操场上尽量放一些椅子。

活动年年搞，今年有经验。首先要摆好椅子，让老人、妇女、孩子先坐下。做好这些后，发短信给乡里的挂点干部罗文。罗文说上面很重视这件事，专门安排乡人大王主席过来。石头说不用麻烦乡领导了，这是一个小活动，挂点的同志过来就行。回答说，乡里重视这件事，特别安排的，人大主席一行上午十点到。

既然这样，石头很快编了个短信，设计了“活动日程安排”发给罗文。“活动日程安排：一、10：00王主席讲话（2分钟），二、10：03罗文培训活动（10分钟）；三、10：15捐赠活动（3分钟）。支书主持。可否？请报至王主席。”罗文回信表示同意。

末了，罗文打电话过来说：“需要我怎么培训？”

石头说：“资料已准备好，你主要给大家介绍一下里面的内容。如果村民有疑问，你视情况解答就可以。”

罗文回复同意。

上午十点整，王主席一行赶到村委，活动由支书主持。王主席先讲话，他说：“首先感谢指导员，他尽了自己的努力，给我们送来1640棵苦参子苗。尽管不是很多，但礼轻情意重，人要学会感恩，吃水不忘挖井人。这几年，村里的变化大家有目共睹，没有后盾单位的帮助，没有他的努力，村里能有这么大的变化吗？我们感谢他。

“我要说的第二个意思呢，是现在大家都看到了，在这里种桉树是没有出路的。桉树对土、水有没有危害，我想每个人心里都有数。我们这里是水源林，省里已启动水源林地的桉树退出政策，到2020年，水源林的桉树都要退出，改种乡土树种。你算算，到2020年还有几年？现在广东已经实施桉树退出机制，我们附近几个县也开始实施退出政策。你要是再种，政府有办法，它不批给你砍伐证，你种那么多树，到时不能砍不能卖，这和种杂草有什么区别？现在速生桉树不能种，那种什么？我们这里自然环境好，适合种草药。苦参子就是这样一种中药材，它能治疗癌症。人患了癌症，花费很多，苦参子是治疗癌症的，你说它有没有市场？

“第三个意思，帮扶单位不可能把我们村里的大事小事都包揽下来，脱贫最终还是靠自己。扶贫扶贫，什么叫‘扶’？‘扶’不是‘背’。你不能总想着让别人‘背’着你脱贫。要是让别人‘背’着，永远脱不了贫。‘扶’是引导。指导员给我们送来1640棵苦参子，主要在于一个抛砖引玉的作用，引导大家来种。现在团支书韦晓，还有其他一些人已经种苦参子了，他们思想活、眼界宽，及时转变了观念，大家都要向他们学习，首先要在思想上脱贫……”

人大主席杂七杂八讲了一阵子，远远超过预定的两分钟。

下一项议程是培训授课。准备了200份《中草药材苦参子种植培训资料》，正反两面，有形态特征、种植技术、药理作用、致富案例四节。背面还印有苦参子图一幅，尽量做到图文并茂、简洁生动、容易理解。

发了100多份，剩下的留给没有来听课的，以备不时之需。

罗文简要介绍了苦参子的形态、药理，还有致富案例。她重点讲了第二节“种植技术”：“种苦参子的时候需要少量草灰加红泥，沾水，湿润树苗根部。坑要挖20−30cm深，40−45cm长。前半个月两至三天浇一次水，保持地的湿润。栽种1−2年，每年除草2次，追肥2次。春、夏季施氮肥，秋季施堆肥、过磷酸钙等。幼苗成活后，每穴留雌株1株，田块内适当留雄株，以供授粉用，需要适当摘心，促进分枝，早春或冬季进行修剪。成活后，雄株要嫁接。”

有些术语不需过多解释，如嫁接，村民已经懂得。这么多年来，政府加大对农村科技投入的力度，村民的科学素质已有很大提高。前几天，石头到河岸边看到碗口粗的板栗已经被砍掉了，剩下的树墩被薄膜罩住，里面嫁接的新枝已经冒出新芽。嫁接过的新芽还能再挂果十年，枯木新枝，最大化地发挥老树的效用。

有些术语不容易解释，这就需要感悟。比如说扶贫的“扶”字，人大主席是从比较的角度来解释的，既形象又生动。如果从“扶”的本来意义上讲，它是指帮扶、扶持。为什么要帮扶、扶持呢？谁又来帮扶、扶持呢？什么样的人需要帮扶、扶持呢？细细想来，很有学问。帮扶、扶持涉及给予帮扶对象的主动方和接受帮扶的被动方两方面，解决问题的关键在于被动方。幸福的家庭是一样的，不幸的家庭各有不同。尽管贫困的原因千差万别，但产生的原因无外乎经济和意识两方面：经济方面，主要在于生产落后、自然条件恶劣，一方水土养不起一方人等客观因素，如果“扶”的方法得当，生产生活等物质状况能够在较短时间内发生改变；而改变观念则是漫长的过程，扶贫攻坚的“最难啃的硬骨头”在于思想意识等主观方面。现在国家扶贫攻坚力度非常大，为了建设生态乡村，大家千方百计帮助村里修公路改危房，绿化巷道，建人饮工程让村民喝上免费的山泉水。勤快的村民种点菜蔬可以节省很大的生活开支，村里不少人买了汽车，住上崭新楼房，用上现代化电器，这是实实在在的硬件。单从物质上讲，现在贫困地区的生产生活已有很大改观，但政府、社会等多方力量帮扶这么多年都没有让他们摆脱贫困，可能还在于观念认识问题。人的思想脱贫更为重要。其实，不仅贫困地区，即使发达地区的不少人也面临思想贫穷的问题，而有的贫穷地区，很多人的思想却不穷，“人穷志不穷”。这个问题比较复杂，不能一概而论。

培训之后，免费向村民发放苦参子苗木。村里男女老少都很高兴，800多人，一人2棵，一家能分到10棵左右。

第五章　一村一品

21. 阿凡达

石头打算进山看看传说中的“小豆蔻”——砂仁。

原计划流转村委到小水沿河的1000余亩林地做砂仁种植基地，沿河走过，他感觉条件不理想。附近山头大都被削平，只露出尖尖的秃脑袋，而新近种下的速生桉树刚刚吐绿。加之今年台风带来的雨水特别多，山体滑坡非常严重，有的滑坡竟然达到一百多米，整个山的侧面均被掩埋，就像刀削面那样贴在山脊上。砂仁是阴生植物，生物授粉对提高挂果率有较大帮助，周围最好能种一些果树，有花的环境会好些。现在大山深处种满了速生桉，生态环境变化非常大，砂仁种上去发展前景会怎样，不好说。目前，砂仁种植方面的技术研究还没有大的突破，总体产量不高，好在价格高位运行。

路遇一个村民大哥，非常热情，得知石头要翻山去最远的屯子，说什么也要亲自送一程。从银山到小水原有一条山路，但好久没有人走过，现在早已布满了一人多高的荒草，他担心石头迷路。

两人蹚过弯弯的几条河，河水潺潺，清澈见底。放眼望去，上游留有小水电站的痕迹，已荒废了，只留有一段残墙。沿着崎岖山路走了十多分钟，往前，路上长满荒草，已经看不到了原先的路，不得已，村民大哥只好用镰刀开路。

又送一程。

估计前面石头不会迷路了，村民大哥在周围砍了一根竹子，给他削好做“拐杖”，还做开路之用。

就此别过。

石头独自前往。

山上竹子密密的，竹林下面的山沟里面种了许多砂仁，砂仁长得非常茂盛。沿途茅草丛生，一人多高，密不透风，只能凭着感觉向上走。路被遮住了，如果不用竹棍开路，断然走不动。这样走着，不一会儿身上就沾满草刺，刺得皮肤痛。

浑身早已湿透，但他不敢久留，周围的树木实在太密，这地方好久没人来过。手机已没有信号，如果被毒虫什么的亲上一口，说不定会有麻烦，只好忍住痛，向前走。

继续向上攀行。

二十多分钟后，终于可以在一片松林里停下歇息。石头用手努力拍打身上的草刺，草刺太多，密密地粘在衣服上，用手拔不干净。不得已，只好胡乱拔一些，继续赶路。

待扒开密密的草丛看到一条砂石路时，他长吁一口气。一看时间，又过去十多分钟。这条砂石路，是去年县里到小水屯调研砂仁产业发展情况时，因下了雨从山里出不去，后专门协调财政部门拨几万块钱买石子铺垫的，权作应急吧。从村委到这儿，步行要一个多小时。

离小水屯还很远，但毕竟是主路了，倒没有什么担心的了。

前面是一座土房子，上面还留有“伟大的领袖、伟大的……”等模糊字样，下面几个字不是很清楚。据说，这儿以前曾经榨过糖。房子前面坐着一位老奶奶，她戴着高高的黑色帽子，拄着拐杖，应是瑶民吧。石头同她讲话，互相听不懂。没办法，挥挥手，继续前行。

中午赶到小水屯。有村民正在建房子，工人不少，主人热情地招呼石头。他说明要到山里看看砂仁的来意。村民表示，如果不是家里事情多，就会带他一起进山。然后，村民热情地指点了方向。

告别老乡，离开村屯，沿着河谷往前走。水缓缓流着，河床尽是鹅卵石，河边小道有车轮轧过的痕迹。河谷平坦宽阔，里面种了许多木薯、玉米，风景木也不少，长势正好。

远处树林尽收眼底，下面是密密的砂仁。

高高的野芭蕉树傲然挺立在河边，树下停放着两辆摩托车，车主人早已进山了。

弯弯的河上有些许大大的石头，算是石桥吧。河里的石头五颜六色，非常美丽，有红的、白的、褐的，还有金黄的、墨绿的、深紫的，成群的鱼儿箭一般游过，让人心旷神怡。这儿曾经是金矿，先前村里人靠淘金过活。据说以前有人在河里捡到金疙瘩，可这种情况不多见，再说捡到的金疙瘩是不是自己的不好说，弄不好吃官司。但他们更多时候要在河里辛苦淘沙，到山上努力寻找金矿石。从山上找到矿石后，用机器打碎，用麻布片萃取，一年下来赚不到多少钱。如果找到金脉就不同了，河底下说不定会有金脉呢。

沿着隐约可见的林荫小道和河流前行，蹚过一条条溪，跨过一道道湾，前面的树更密了。

砂仁有两三米高，漫山遍野，伴着周围二三十米高的乔木，让人想起恐龙时代。

“真壮观！”他感叹道。

这里已没有人烟，没有信号，没有人世间的烦恼。这漫山遍野高大的蕨类植物，让他仿佛置身另外一个世界，是远古时代吗？如果此时出现几只恐龙，他不会感到惊奇，这里应是属于它们的世界。

砂仁又名小豆蔻，名字很美，对老人、孩子的脾胃很好。砂仁果实不大，有草莓大小，粉红色，密密麻麻地散落地上，像一个个精灵，煞是可爱。他用手机拍了一些照片，不错，非常清楚。“草莓”中间有一些鹅蛋大小火红的果实，这大大的果实，让人想起菩萨，也许是一种智慧之果。远远地传来不知名的鸟儿清脆的叫声，脉脉河水、高大乔木、路边小花，更有漫山遍野的小豆蔻、色彩斑斓的石头，它们共同组成一幅风景优美的自然画卷。

前面是宽宽的湾，上面没有石头，周围的路又寻不着，只好脱下鞋子赤脚过河，河水很清凉。看到真正的美景，也许只能说“壮观”“太美了”“太好了”，而心中那份感动，却是无法用语言来形容的。所以，极为深刻的思想往往很难被大众接受，所谓“文以载道”，尽管把握了形式，却未必能让人悟“道”。

河边有野芭蕉，四五米高，叶子宽宽的，非常厚实。芭蕉却很小，上面还有些许水滴，别有一番“雨打芭蕉”的意味。也许是洪荒时代留下的吧，在一个被遗忘的角落。

这更显人自身力量的强大。如果不是人把高大乔木下面的草除掉，并三三两两地种上草药，也许又是另外一番景观呢。经过坚持不懈地辛勤劳作，现在高大乔木的下面尽是小豆蔻。在这个亚热带的原始森林里，早已深深镌刻上人类智慧的印记。

电影《阿凡达》里的景很美，他想，这儿还要美。

继续往前走，路遇两个猎人，背着鸟铳。看到石头，很奇怪，问他从哪里来，是做什么的。深深密林，看到人要比看到动物稀罕啊。石头说自己从山外来，迷路了。他不好讲自己是来扶贫的，这里有壮美的山川、河流、草药，还需要扶贫吗？

猎人却不信，不过也没再问，他们还要进山打猎呢。

待要继续往前赶路时，后面有一辆摩托追了过来，车上是小水屯的村民。他说："指导员，屯里安排我接你出去，你要再往前走，可要迷路了。"石头一看时间，可不，已经进山三四个小时了。

出山用了半个多小时，摩托开得很猛，跨沟过河，两人的衣服都被河水溅湿了。

石头把照片发给队长。队长回复说很好。之前，石头向队长汇报过砂仁的事情。为此，石头整理了有关砂仁产业发展情况的汇报材料，趁着开会休息时交给队长。汇报材料的主要内容有两项。一是建议充分利用国家扶贫政策，大力推广砂仁种植，打造全省砂仁种植基地。全村砂仁种植面积四千亩，是东山最大的砂仁种植产地，可以起到示范带动作用。东山正在全力发展中草药产业，许多地方适合种植，推广砂仁，很有必要。二是建议县扶贫部门对砂仁产业进行资金、技术、项目扶持。村里发展砂仁产业的基础扎实，前景广阔，急需政府加大支持力度。

但是，队长一直没能来。石头给队长打电话，说："今天我到了最远的屯。以前我只是看了个别产地，没有一个全面的概念。这次到了砂仁的主产区，感触很深，大开眼界。一百多人的小村屯，年收益近二百万元，人均年收入两万多元，家家盖起了欧式复式楼，买了小轿车，这不是虚的。砂仁漫山遍野，让人好像回到了远古时代，感觉自然景观要比九寨沟还好。因为它还没有开发，要是组织工作队的同志到这儿参观，我想大家还会愿意来第二次，这儿已经是大明山的腹地。但是，我也发现一些问题。到深山老林里后，我看到了很多空地，有些地方种了桉树，可是不能成活，对他们来说，还是好事呢。如果把空地充分利用起来，我估计有效种植面积不止四千亩，还要更多。另外，如果能请一些技术专家做指导，我估计明后年的产量、效益都会大幅度增加。”

队长比较高兴，说：“看来这段时间你很有收获啊。如果他们人工不够，我们可以帮他们申请贴息贷款，这是非常实在的政策。但是，你要告诉大家，这是贷款，不是捐款。种植面积大的，可以就近雇工，既解决了种植问题，还增加了附近村民的收入。今年县里有一笔产业资金，主要是用于发展中草药产业的，而且只限于铁皮石斛、苦参子等中草药，现在砂仁还没列入补贴范围。市里已经把东山县作为金融扶贫试点。现在，国家对扶贫的支持力度非常大，今年安排的产业扶贫资金达到两千万元，在以前是不敢想象的。近期，你和县扶贫办的同志先行对接。首先，你要拿出一个实施方案。这是一个很好的机会，希望你能抓住。另外，技术方面，我可以帮你联系市科技局的张副局长，方便时你再和张局沟通，看看对于发展砂仁产业有什么好的技术支持。”

石头说：“目前我们村是全县最大的砂仁产地。屯里有技术，他们已经种了三四十年，但是要想有一个质的突破，还离不开方方面面的支持。他们也有效益，人均收入已突破两万元，是玉屏乡收入水平最高的村屯。但是，他们面临着一个保护性发展的问题，近年来附近几个村烧山毁林严重，砂仁产地很受局限。如果我们做好了这件事情，其实是给东山县保住了一份中草药产业。”

队长说：“好，常委会上我提提这件事。”

一天早晨，队长打电话说要调研砂仁产业，从县里到村里大概要一个半钟。石头打了几个电话。村支书、两个副支书去县里参加低保政策培训。

团支书去乡里买菜，半个多钟后能到。治保委员阿能要上山，但还没出门。妇女主任在山上，她说：“指导员，我正在收芭蕉，要是下山，至少要一个小时，我能不能不到村委了？”“好吧。”石头放下电话，农忙时节不好打搅村民种田。石头拨通邻村雨曦的电话，说：“队长一个小时后就要到了，有可能到隔壁村去，你通知驻玉屏的队友先过来汇合吧。”

“啊？这么快。”雨曦说。

雨曦是省厅下派的女干部。她曾经多次独自步行到玉屏最偏远、最贫穷的村屯——三卡，往返要四个多小时。去年中国国家画院的画家们提出要到玉屏最穷的一个村屯开展春节慰问活动，雨曦联系了三卡这个点。当画家们到了屯里后，对村民的贫困状态感到非常震惊。他们当场提出要给屯里建房子，并规划整村搬迁，这段时间雨曦正在为建设三卡新村的事情忙活着。

玉屏地广人稀，派驻人员来自省、市、县各个部门。乡里住房紧张，所以只能安排女队员暂时住在乡政府的集体宿舍，农村“剩男”多，这样做也是为了保障女同志的安全。石头等男劳力则被安排在村里住，要踏踏实实驻村的。有时他搞不清楚到底是怎样的“驻”法，但自己在村里确实是“住”下了。

队长在十一点钟到了小水屯，队友们已到。小水屯的组长老李负责介绍。队长问得很仔细：“亩产多少斤？”

回答说：“一般三百多斤，有大年和小年，小年可能只有几十斤，还可能不结果。”

队长问：“每斤多少钱？”

回答说：“今年价格不高，鲜果四十五元，去年这个时候五十多块钱，但是价格稳定。干果要贵点，每斤二百多元，二斤鲜果晒得一斤干果。”

队长问：“砂仁对环境有要求吗？”

回答说：“有要求。一般要种在大树下，有水、通风、肥沃的地方，比如山沟里比较合适。往年我们这儿杂木比较多，砂仁产量很高，有一年五分地能收获鲜果四百斤。现在山上很多地方的原始林木已经被砍掉，适合种的地方不多。”

队长转过头对石头说："看来，这东西也不是哪儿都能种的。"

石头说："就全省来说，我们这儿算是硕果仅存，要说保护性发展可能更为确切。目前国内砂仁的总体产量不是很高，需求量又很大，价格一直居高不下。"

老李说："以前砂仁的产量高，但是价格低，大家不挣钱，就纷纷砍掉人树改种速生桉。没想到这几年中草药价格涨得那么高，而且稳定。如果村里不烧山、不砍树，大面积种植砂仁还真行。你看我们的小水屯，没有烧山，靠种砂仁成了全乡收入水平最高的地方。前几年周围的几个山沟里可全都是砂仁，现在已经种上经济林木，再种砂仁就不行。"

队长说："你们能坚持到今天，真不容易。希望你们好好发展生产，提高收入，祝愿你们的生活越过越好。"

之后，队长对现场的队员做了总结讲话：

"看到工作队的同志非常团结，大家互相交流信息，沟通情况，我很欣慰。今年县里全力打造中草药产业，已经把发展中草药产业列入金融扶贫支持的范围。产业扶贫项目目前只列入铁皮石斛、苦参子两种中草药，还没有养殖这一块。希望同志们拓展工作思路，有了好办法、好点子，互相交流，共同推进工作开展。下一步我们要积极培育致富能人，通过他们转变群众的观念，带动群众共同脱贫致富。去年，省里选派八万多名干部下乡驻村开展美丽乡村工作，今年是三万多，人数少了些，但是更精干。其实省里一直很担心，派出这么多干部下乡驻村，群众怎么看，我们能不能发挥应有的带动作用，可以说很多眼睛都在看着我们呢，省里对我们的期望是非常大的。玉屏地处偏远，交通不便，有的地方还没有通水、通电、通路，条件非常艰苦。但是，越困难的地方，越能锻炼干部，越能考验干部。现在大家驻村已经半年多，看到你们那么年轻，朝气蓬勃，精神状态很好，我非常高兴。在此，希望同志们在玉屏工作顺利，既要对得住大家的重托、后盾单位的期望，更要对得住自己，努力交出一份合格的答卷。"

队长专门找石头谈了砂仁的问题。队长说："前几天，我在县委常委会已经做了汇报，还把你发的照片转给县长，他非常支持我们。这项工作要加紧推进。下月初我协调市扶贫办领导以及省直有关部门、金融机构人员到东山开展实地调研，你要做好相应的准备工作，别的地方种砂仁，缺少这方面的基础，你们村做这么多年，应该说基础是有的。我想，如果外面帮扶一把，你们村明年收成会有所增加。当前国家把资金、项目、政策、技术大量投放到贫困地区，扶贫攻坚力度非常大。当然，我会努力帮助你们申请产业扶贫资金，你要好好把握。村民富裕了，收入确实提高了，金融扶贫政策才算真正落到实处。工作部署了，有没有成效，最终还要看你们这些工作在第一线的人员的具体落实情况。

“要根本改变乡村面貌，需要努力做好村民的思想转变工作。只有切实转变他们等、靠的思想，我们的工作才好开展，所以必须充分认识到培养致富带头人的重要性。要让群众转变观念，知道靠自己勤劳种植，确实能致富，而且确实有人通过种植草药致富。榜样的力量是无穷的。通过培养致富能人，积极打造全县，乃至全省的生态产业示范区，做好这些事，村里人会记住你的。这项工作很艰巨，也很紧迫，你要抓紧时间推进啊。”

22. 致富能人

按照队长的指示，石头重点培养了两类致富能人，一类是种植方面的，如小水屯种砂仁的老李、大树屯种西贡蕉的二林；另一类是养殖方面的，如“养鸟”的韦晓。总体工作思路是既靠种，又靠养，两手抓。

上次进山，只是自己看，看个“热闹”，没看出什么“门道”。一些专业的问题，如砂仁的生长周期和施肥、授粉、挂果、采摘、加工等的具体情况还不清楚。石头决定再次进山，为此，他叫上雨曦。雨曦正在为金融扶贫的事情忙活着，对砂仁亦有所耳闻，和石头商定第二天进山。

走到半路，因车子底盘低，山路崎岖，车子被刮擦了一下，开不进去。

不得已，车停靠路边，二人下车步行。沿河大概走了四十多分钟，看到老李开越野车过来。

车开了大概二十分钟，十二点钟赶到小水屯。小水屯有十几户人家，两排欧式别墅建筑，一律二层复式，外有空调，房顶用红的、蓝的琉璃瓦建造，外墙一律贴乳白墙砖，红砖绿瓦，色彩柔和，搭配错落有致——乍一看到这既整齐又美观大方的农民“别墅群”，让人简直不敢相信正身处在一个遥远偏僻的小山村。

老李五十多岁，个子不高，但人很精神。他在县城买了块地皮盖起房子，两个孩子都住城里，小水屯的这座欧式建筑常年只有他和老伴。他说：“最早建房子的是我，已经十多年了，当时建这个房子可没少花钱。以前是土路，运送建材、砖等花费很大，那时候还赶上下雨，汽车上不了坡，只好把建房子的砖拿来铺路，那是2000年的事了，花了我将近二十万呢。再后来屯里种砂仁赚钱了，起房子时，我说要起就起最好的，统一规划。我还专门请了市里的设计师。你们看，这些建筑全部是欧式风格，又考虑到农村实际，美观实用，而我建的这个房子，现在已经落伍。”

雨曦说：“拿出几十万建这么漂亮的房子，你们可都是土豪。”

参观了屯里的农民“别墅群”，石头说：“进山看看砂仁吧，我们这位大才女早就想过来看看你们的砂仁。”

跨过一道道湾，又蹚过一条条河，沿着窄窄的山间小道前行，大家就徜徉在草药的神奇世界了。

雨曦非常开心，也许她和上次石头进山一样，感觉非常新奇吧。

石头问：“老李，你们怎么想起种砂仁呢？”

老李说：“当年我从师范学校毕业后在一所学校教书，是代课老师，工资很低，难以养家糊口。为了维持一家人的生计，我上山采过药，还下河淘过金，收入都不稳定。三十年前，我们这里是远近有名的穷乡僻壤，不通路、电，种的木薯、玉米、稻谷卖不出去，没有办法，大家只能出去打工找生路。那时候，我也同村里的人一样到广东打过工。当时，我发现广东一公斤砂仁干货居然能卖到一百多元。一琢磨这事，发现一公斤砂仁能顶自家几十公斤的稻谷。我想还是回家种砂仁吧，老一辈种过砂仁，产量很高，只是不通路，销路不好，一直没有什么明显的效益，用现在的话说，叫作‘想说爱你不容易，想说恨你也恨不起来’。我坚信好东西不怕没市场，砂仁一定会好起来的。我没有盲目回家，而是在广东的药材市场上转悠了好长时间。你知道为什么吗？”

石头说：“为什么啊？”

老李笑着说：“我向他们学习啊，最后还买他们的种子带回来。那是正宗的春砂仁，春砂品种好，我花了很多钱买种子，身上只剩下路费。”

雨曦说：“听说你们村的砂仁有几十年种植历史了，你为什么还要买别人的种子啊？”

老李说：“改良品种啊。我们这里的自然条件和广东相似，那时我们种的品种不好，卖不上价，但是产量高。要是春砂仁在我们这里试种成功，说不定是个脱贫致富的路子。原先村里一亩地至少有三四百斤的产量，一到收获季节，密密麻麻，脚都伸不进去。因为没有路，好东西卖不出去。”

说到这儿，他低下了头。

雨曦说：“种植砂仁对技术有要求吗？”

老李说：“对技术没有特殊要求，但对自然环境要求特别高。那时候，金山屯有位老人家的砂仁种植技术好，我买的这些种子，还是在他老人家的指点下种的呢。砂仁不仅可以用种子种，还可以用苗繁殖，很容易成活。一棵苗种下去，不久周围就会长出许多小苗。刚开始种的时候很艰难，我每天一大早上山，带着玉米粥，拿着镰刀进山砍草，整理土地。当时，这里的原始山林很茂密，到处是大树和蒺藜草，整块地非常不容易，每天要很晚才回家。你们现在看到的，都是我几年起早贪黑干出来的。

“砂仁这种中草药材，对环境要求高，在有水、荫的大树下才行，而且三年后才开始结果。那时屯里人都说：‘老李，春砂行吗？我们以前没有种过，你又有没有经验，费那么大劲，要是不行可不就是白费功夫。’我说：‘行不行，种后才知道，不种怎么知道不行。’第二年春砂开始在我们这里挂果，第三年结果非常多，曾经有块林地，五分地收了四百多斤鲜果，十多亩地我一共收了六千多斤。我一看，感觉我们这儿种春砂还真行。当时，春砂的价格不是很高，但种春砂要比出去打工强得多。当年春砂每斤二十多块钱，我一下子得了十几万块。赚这么多钱，感觉啊……”

老李顿了一下，笑着说：“路子还真走对了。”

石头对雨曦说：“老李有个优点，致富不忘乡亲，自己富裕了，还带动村里人一起种，他们走出一条依靠种植中草药脱贫致富的路子。”

老李说：“我们这地方啊，人本来就不多。你做好了，大家都会跟着做。别人一看你赚钱，发了，肯定问啊，学啊。再说又是乡里乡亲，大家都富裕，不更好吗？所以，我的苗和种子免费供应，不收钱。后来不仅我们屯种上，其余的几个村屯也大面积种，收成还特别好。再后来山外的几个村屯不知为什么大面积种速生桉树。我一琢磨这事吧，觉得应该是种桉树来钱快。外面的村屯烧山毁林，砂仁很少了。早前他们种的比我们多，产量和质量比我们好，但是我们坚持下来了。”

砂仁又名小豆蔻，多年生草本，是我国四大南药之一，历来被视为“医林珍品”，在医药市场上享有盛誉。历代药书均有关于砂仁的记载，以砂仁为主要原料的中成药有开胃健脾丸、香砂理中丸、腹痛止泻丸、山楂内消丸等。此外，砂仁还是一种有较高经济价值的热带作物，作为主要原料广泛用于食品、香料、保健品等领域。目前砂仁每年的市场需求量为1500—2000吨，但是年产量只有1200吨左右，市场潜力很大。

远处的山谷传来咕咕的鸟叫声。潺潺的河水、遍布山野的砂仁、高大的阔叶乔木、路边的小花，周围的一切让这个亚热带的原始密林显得静谧而灵动。看来，今年又是春砂丰收的好年景啊。

石头问：“当年砂仁是怎么卖的？拉出去卖，还是像现在这样，别人来收购？”

老李说：“以前这儿只有弯弯曲曲的山路，运点东西出山很困难，到乡里七八个小时。那时几乎家家养两匹马，有的人家养得更多。农闲时候，我们还会把马聚集起来，外出帮别人跑运输，挣些草料钱。”

石头说：“想不到你们村还有‘马帮’啊。”

雨曦说："你们以前养马，现在开始养车。"

老李说："变化可真大。以前我们把砂仁卖给东山县的药材商，当时大家不懂市场，批发商说我们的药材成色不好，药效不足，给的收购价钱低，一公斤四十块钱。我想，一年到头，辛辛苦苦收了这么多砂仁就值这些钱？我不服。有一年大家给我集了点钱，推举我到广州找销路。我们的砂仁可是正宗的春砂仁，品种很好。我带了二十多公斤干果去广州找药材老板，我说：'我们那里产春砂仁，这是样品，你要觉得合适，以后全部交给你经销。'他不信，说：'你们那儿会有春砂仁？'我说：'不信你到我们那里看看。'他不敢来，怕我是骗子。他不相信别的地方会产春砂仁。我说：'你不信，这些干果全送给你，你看看这药材成色怎样？绝对不比你们本地的差。'老板专门检测了我带去的干果。后来对我连说：'不错不错，不比广东本地的春砂仁差多少。'他说的是不比广东本地的砂仁差多少，我寻思着，是比他们的还好。"

老李说到这儿，顿了一下，自豪地说："第二年那个广东老板专门到屯里驻点，一待三个多月。后来，我们的销路就打开了。每年他都来收购，我卖的价格不是很高，他也不曾亏待我们，每公斤给的价格是七十块钱。这样一来，本地药商的中间差价不就省下了吗？大家互利互赢，现在成朋友了。今年那个广东老板还专门在我们县里租了一百亩林地种苦参子，他是看上我们这里的环境了。"

石头说："还有政策，今年县里提出要全力发展中草药产业。商人对市场反应很机敏。"

老李说："我们对种好春砂仁充满信心。现在，指导员你来帮助我们，我们心里更有底。"

石头说："金融扶贫重点在于发挥资金支持的优势，有了这个贴息贷款，可以集中人力、财力、物力，推动大家努力学习好的技术，提高砂仁产量和质量，增加效益。"

三人走走停停，一晃已经下午两点多了。大家找了个水流平缓的地方坐下休息，随便吃些东西。

潺潺溪流里面的石头五彩斑斓，岸边有砂仁、蒲葵、杂木、小草，还有大片大片的蕨类植物。四周非常安静，只隐约听到远远传来的或高或低的鸟儿鸣叫声。

雨曦问：“水这么浅，鱼儿能长大吗？”

老李说：“十几年前，这里的鱼能长到二三斤。但是这几年鱼长不大，捕得太多，而且用电网来搞。”

过了一会儿，有蜜蜂飞来，在头顶盘绕。雨曦走来走去，想摆脱它们。老李却纹丝不动，这些飞来飞去的小东西，可是他的宝贝。

老李说：“指导员，下一步我们想成立专业的养蜂合作社。”

石头说：“好啊，你们打算怎么合作？”

老李说：“我打算和那东的养蜂专业户组成合作社。他们现在有四百多箱蜂，我们有二百多箱。我是这样想的，我们这儿草药种植面积大，一到开花期，二百多箱蜂是不够用的，必须引进外来蜂。我们养的蜂是意蜂，意蜂已经没有了蜜蜂原有的野性，很多器官都已退化，比如视觉差，飞行速度慢，花源少它们就无法找到，而且懒惰，自身消耗大。由于我们这里花源多，蜂蜜的产量大，全年产量有一千多斤，但是质量不好，卖不上价，挣不了多少钱。他们养的是中蜂，中蜂为我们本地蜂种，既耐寒又耐热，抵抗力强，产蜜量相对意蜂少，但中蜂蜜质量好，如果合在一块儿，蜂蜜的质量就会上去。所以我想，能不能两家合伙，在开花期中蜂和意蜂一同饲养，可能会互相促动，既提高蜂蜜产量，又改良意蜂品种。”

石头说：“合作经营的路子非常好。我现在正考虑砂仁产业化问题。我们可以把养蜂放到砂仁产业合作经营的思路下来进行，产、供、销都可以合作经营。合作思路大方向不变，具体经营方式可灵活掌握。如果条件成熟，说不定我们会再成立一个蜂蜜加工厂，名字叫什么好呢？”

老李说：“我上网查了很多材料，也看了相关书籍。砂仁本身是名贵中草药，用它的花蜜酿的蜂蜜营养价值高。今年，我拿了一些蜂蜜送朋友。大家赞不绝口，说有野蜂的味道。我觉得，如果合作成功，我可以打造出一个品牌，叫‘砂仁蜂蜜’。”

雨曦说："听起来像'杀人蜂蜜'，谁还敢吃？"

老李说："前几年我们这儿砂仁产量高，县里专门成立公司生产饮料，名字叫'砂仁可乐'。"

雨曦说："还生产'砂仁可乐'？"

老李说："不仅生产砂仁可乐，还生产砂仁酒呢。这种酒口感好，比泡的人参酒还好。本地市场还行，外地的人一听这些名字，不敢喝，后来那个公司倒闭了。"

石头说："名字起得不好。"

雨曦说："名字要好好考虑，起啥名好呢？"

老李说："你们有文化，还得请你们起个好名字啊。"

雨曦扮了个鬼脸，神秘地说："话说从前有个砂仁村，村民全靠砂仁来赚钱。以前他们靠砂仁来养马，现在靠砂仁盖起了别墅，养起了宝马。村里还生产砂仁蜂蜜。现在，砂仁村欢迎您来到恐龙世界，请品尝一下砂仁蜂吧。"

石头说："身上都起鸡皮疙瘩了，还以为是杀人。"

起名要认真琢磨琢磨，一时也想不起啥好名字。

远远地看到一段残墙，雨曦问道："那是什么？"

老李说："那是水电站，已经好多年不用了。先前我们这儿是靠水能发电的，家家都有小水电站。后来县里给我们通了电，这些小水电站就渐渐地不用了。现在银山屯还有一家在用水电站发的电。"

石头问："为什么？不是统一用电网吗？"

雨曦说："这还不懂，用水电站发的电不要钱，用电业局的电要花钱呗。"

老李说："不过那家也不全用水电站发的电，电网的电也用。哎呀，说起当年接通电网的电，还有一段故事呢。当时我们这儿和山外的主线路联网，要架线杆。可是大树屯的几个队说什么也不让我们接，说当时他们架电线杆时，我们到哪里去了。想接线路、架线杆可以，必须交两万块的接通费。我们不能理解，尽管我们种砂仁赚了钱，但是，这笔钱出得不明不白啊。大家推举我到县里理论。县电业局的人说，这事我们要自己协调，两万块钱是多了，看看能不能少给一点，两三千总可以吧。但是，大树屯的几个队说什么都不退让，非得两万块不可。我又找到乡里，乡里说，我们又不差那点钱，给他们吧。我觉得这钱出得冤枉，有人说算了，干脆我们还是用水电站发的电吧。我就劝他们，从长远看还是要用国家电网的电，用水电站发电，一年到头不便宜。特别是水电站里面的轴承，我也不是很清楚，就是比较关键的那个轴，常年浸泡在水里，很容易坏。正常情况下每季度要换两个轴，每个轴二十多块，一年下来不少花钱。两万就两万，给他们算了。”

石头说：“按理说，国家给村里通电，不应该收接入费，还是村里情况特殊。”

老李说：“最后钱给了他们，电通了。”

雨曦说：“现在通水、通电、通网络，和城市已经没有多少差别了。”

老李说：“以前这儿只有姑娘往外嫁，小伙很少从外面娶。因为比较闭塞，很多年轻人外出打工，只剩下我们这些老家伙。”

石头说：“现在一些外出打工的年轻人不是回来了吗？在外面打工毕竟不是长久之计，回家创业，做一份事业，不更好吗？像你，在这边远的深山里不照样闯出了一条脱贫致富的路子。现在国家对贫困地区的扶贫攻坚力度非常大，老李，你可要起一个好的带动示范作用啊。”

石头对雨曦说：“我们的老李，是个名人。到网上搜索，关于他的信息很多。下一步，我打算利用产业扶贫的政策，把砂仁产业做大做强，争取把这个中草药产业做成全县乃至全省的示范产业。上次县领导专门来考察，对我们有很高的期望。”

石头说：“国内的其他产区由于环境限制等因素，砂仁产量不是很高。别的地方尽管也种，但药材品质不好，价格卖不上去，而这儿种的砂仁价格一直居高不下，原因就在于这里的春砂品种好。这是个很好的机遇。首先要搞好生产，把产量提高上去，再提高药材品级，这样收入不就增加了吗？这也是制定金融扶贫政策的出发点，当然最终目的还是提高群众的收入水平。这样一来，贴息贷款就达到了政策设计的目的。现在市里的金融扶贫还处于试点探索阶段，各项政策还在制定中。今年县里已经确定几个金融扶贫试点，我争取把砂仁项目列入试点项目。”

蜜蜂嗡嗡叫，越来越多。一只飞到石头的手上，用手拍打不及，竟然被它狠狠地蜇了小指，小指很快红肿起来。老李说：“你不要拍打它。你拍打它，它就会蜇你。”

老李送二人出山。远远地看见雨曦停在路边的车，后面已停有好几辆拉木材的货车。路窄，货车过不去，大家不知前面的车是谁的，只好等。问司机，已经等了一个多小时。二人过意不去，忙把车开走。

老李返回小水屯。

23. 金融试点

通过两次考察砂仁产区，石头感觉发展中草药产业有前景。他召集村委成员、村屯小组长开会研讨砂仁产业发展问题。议题有两项，一是成立种养协会，二是土地流转问题。

石头说：“今年市里把东山作为金融扶贫试点县。政策的要点是，在种植中草药方面，今年每户可贷款3500元，属财政贴息贷款。目前，具体实施方案还没有出来。前几天，工作队领导专门指示我近期同扶贫、金融部门对接。因此，我们要尽快拿出金融支持砂仁产业发展的实施方案。把大家召集来，主要是讨论这件事。今天的两个议题，一是合作经营的事，二是土地流转的事。我先谈一下看法。

“关于合作经营问题，应该说，合作经营是符合当前国家的发展方向的，这个思路不要轻易改变，但是具体实施办法可以灵活一些。如果成立砂仁种植协会，它的性质是啥，怎样经营，收益怎么处理，我们都要有一个统一的意见。把大家召集来，首先我们要统一认识，只有在座的各位统一认识，才能有效做好群众工作。对于这个协会，首先，要明确它的性质。既然是合作经营，那么它的性质就是集体的，产权属于参加合作经营的村民共同所有。二是明确如何经营。经营既包括生产，还包括销售，也就是产销结合。生产是主要的，这是关键环节，如果砂仁的产量上不去，说啥都没有意义。”

老李说：“我测算过，可以流转从村委到小水沿河的一千多亩林地，发动大家平整林地，这块地很可观。”

石头说：“做好土地流转工作是发展砂仁产业必须面对的重要问题。话又说回来，既然合作经营，那么大家都有收益权。怎样确定村民的收益呢，我想还是根据个人在里面的股份，大家是自愿入社，退股自由。当然，具体细则再讨论。入股不要群众交钱，也不要群众的林地。成立的协会完全是服务性质的。比如，群众发展生产要购买肥料，他可能不懂要什么样的肥料，那我们可以给他提供技术咨询服务，这块资金就靠金融扶贫的贷款来解决。销售时大家不要压价，到时全村统一定价。鲜果还可以再加工，三斤鲜果得一斤干果，鲜果今年的价格是每斤四十五元，三斤是一百多元，如果晒成干果每斤可得二百元，通过组织专人进行晾晒，还可以增加一笔利润。如果在原料加工、运输、营销等方面发掘潜力，就能够增加大家的收入。当然，合作经营的路子是否合适，还要征求群众的意见。

“关于土地流转，按照市、县有关精神，要走集约化规模化经营、大农业的路子。我们先流转一千多亩搞试点，河上游有几个点都可以搞。上游生态环境好，我们现在发展中草药产业，要站在全县的角度去考虑，争取做示范产业，走一条人与自然和谐发展的新路子。现在村里种了四千多亩砂仁，是全县种植面积最大的，去年已经写进政府工作报告。别的地方种植不多，那东也有一点，但发展赶不上我们。所以，如果我们这儿搞不好，全县的砂仁产业发展都会受影响。现在东山大力打造铁皮石斛、栀子花、苦参子等中草药产业，我们可以大胆地去试，去种。当然，我听到一些不同意见，比如种植铁皮石斛投入成本很大，有七八万元，而且当年并不能有收益，要等两三年。现在你看铁皮石斛价格很高，预期收益也很可观，但是两三年之后的市场怎样，还有没有这么高的价格，很难说。这其实告诉我们，闯市场，要有风险意识。有些东西，别人做挣钱，你做就不一定挣钱，这很正常。闯市场有很多技术甚至是运气的因素在里面。现在我们有自己的中草药产业，有技术，有基础，还有效益。那么，为什么不优先发展好自己熟悉的产业呢？当然做任何事，都不要违背群众的意愿。另外还要搞清楚这四千亩砂仁的种植结构，高产区有多少，低产区有多少；连片种植的有多少，分散的有多少；可供利用的土地还有多少；等等。这都需要大家做艰苦细致的调查工作。只有把这些问题调查清楚，我们才能制定切实可行的实施方案。

“土地流转后，就要试点建立生产基地。我建议先搞几个砂仁种植示范基地，基地的位置要优先考虑河谷，选树木比较茂盛，生态还没有遭到破坏的地方。目前，由于受速生桉树的影响，村里适合种砂仁的地方不是很多了。前天我上山，看到两处种砂仁的地方，一处是在桉树林下面，长得很不好，叶子发黄，有的地方叶子都焦了；另一处是在荔枝树、风景木下面，长得还算可以，但因为周围种上了桉树，生态环境变化很大。这说明，以前山沟里种过不少砂仁，现在再种，周围环境就不允许。当然，选哪些地方还要征求大家的意见，我只是提出个思路供大家参考。”

大家讨论得很热烈。最后形成了《推动砂仁产业发展的实施方案（征求意见稿）》，让各个组长带回去和群众商议。

推动砂仁产业发展的实施方案
（征求意见稿）

一、重要意义

通过深入贯彻实施县委县政府大力发展中草药产业的精神，加强“一村一品”建设，达到稳步提高村民收入水平，同心协力奔小康的目的。

二、有利条件

我们村砂仁种植已有三四十年历史，种植面积四千亩，为东山县最大的产地。砂仁正常年份亩产三百多斤，价格每斤四十五元左右，近年来比较稳定。2014年小水屯砂仁产值近二百万元，人均年收入超过两万元，还不算是最理想的年份。目前，产区仍有很多可供用地用于种植砂仁，加之我省产地比较少，如果政策得当，支持得力，砂仁产业很有可能发展为全县，乃至全省的中草药示范产业，前景很好。

三、具体措施

1. 拟申请贴息贷款二百万元，用于优化种苗品种、聘请人工、购买肥料、扩大种植规模等。

2. 以合作方式统一经营，村民入股自愿，退社自由。

3. 根据村民意愿成立合作经营的管理机构，主要负责资金的管理、使用，以及砂仁产业发展的规划、管理。

四，贷款资金的管理和使用

专款专用，专人负责，不得挪作他用，确保按期还款。同时要聘请金融部门有关人员参与管理。

石头接到县财政局温副局长的电话。

温局是省农行的中层干部，今年被推荐到东山县财政局挂职，二人认识已有七八年，前几年机关曾邀请他参加重大决策课题调研工作。今年市里把东山县列为金融扶贫试点，具体的工作实施方案还是他负责起草的。石头来东山前就知道他在财政局挂职，但一直没得空聚，这一晃几个月，没想到老朋友竟然打电话过来。

温局说："队长说你驻村扶贫？"

石头说："已有好几个月。"

温局说："昨天市里召开金融扶贫试点协调会，队长在会上提了砂仁的事，砂仁到底是个什么情况啊？"

石头说："前几天队长到村里调研砂仁的情况，介绍说目前县里只把铁皮石斛、苦参子项目列入金融扶贫试点项目，只有种植这两种中草药的农户才能得到金融扶贫的政策支持，每户有3500元的金融贴息贷款。砂仁还没有列入，我向队长提交过一份关于砂仁产业发展的报告。"

温局说："这次全市金融扶贫试点协调会在东山县召开，周副市长莅会，几个月来这已经是她第三次到东山。东山是全市金融扶贫改革试点县，现在各项政策都在制定之中。对于砂仁产业能否列入金融扶贫试点，现在还没有定论。”

石头问：“周副市长来东山了？”

温局说：“是啊，她负责文化和经济两块，经常加班加点工作。”

石头说：“会上有哪些意见？”

温局说：“主要问题在扶贫和金融部门，总之他们说了很多反对理由。”

石头问：“有哪些反对理由？”

温局说：“具体情况我不是很清楚，反正他们说了一大堆。有人还提了那段路，说太难走，又特别远。”

石头说：“这和路有什么关系？”

温局说：“当然和路有关系。既然是试点，总得让领导看吧，你那段路那么难走，即使有成绩和效益，领导也不容易看到。”

石头说：“我好像明白了一些。”

温局说：“其实啊，有人还在会上提出把乌龟养殖列入金融扶贫试点呢。”

石头说：“什么？乌龟养殖也能列入金融扶贫试点。上次队长说东山金融扶贫试点的项目只限于中草药产业，市里早已下发文件了，大家都是知道的，而且只提到铁皮石斛和苦参子两种草药，只有‘种’没有‘养’啊。”

温局说：“所以说嘛，这是改革的试点。大家都没经验，还在探索。”

石头说：“小水屯的砂仁种植面积已达四千多亩，是东山县种植面积最大的产地。他们种的品种好，是阳春砂仁。尽管这几年产量不是很高，但是总体还算比较稳定,加上这几年中草药的价格比较高,他们的收入一直很稳定，效益非常好。目前屯里人均年收入已达两万元，有的农户家庭纯收入就达到二十多万元，是整个玉屏乡收入最高的村屯。现在家家盖起了欧式的复式楼，很多人还买起了汽车。我想，既然是金融扶贫贷款，首先要保证贷款回收吧。我现在可以向你保证，你把这个贴息贷款放到我们村，资金是能产生效益的，我们能保证按期还款。”

温局说：“我们也很担心，如果养龟，农户又不熟悉，到时放出的贷款收不回来怎么办。作为金融部门，我们首先要考虑的是资金的安全和效益。

如果不能产生效益，或者说到时本金都不能回收，金融扶贫改革就很难达到效果。尽管改革允许失败，但是我们金融部门一投就是几百万、几千万，这可是一笔不小的数目啊。”

石头说：“今年你们能投多少扶贫贷款？”

温局说：“市里已做了两年规划，拟投入四千万产业资金。今年两千万的产业扶贫资金已经到位。作为配套政策，我正在制定资金分配方案，资金要分配到各个银行。其中我所在的农行分配到的金融贷款额度是七百万。年底要把一百万的财政贴息下拨到东山县，明年要把六百万的财政贴息拨下去。这已经没有几个月了，时间很紧。”

石头说：“要是这样，改天欢迎你到我们村里看看，也好帮我们指点指点。耳听为虚，眼见为实。村里人讲了好多次砂仁的情况，但给我的印象都不深刻。前段时间，我独自到了他们的砂仁主产区，真是大开眼界，人均年收入超过两万元，绝不是虚的。”

温局说：“好啊，改天一定去看看你。”

“要是领导关注的话，金融扶贫试点有可能放在你们那里。”温局最后又好像不经意地说了一句，石头没在意。

之后几天一直下雨，其间，温局又去加拿大和英国考察了几个月，他去小水的事就耽搁下来。

一晃就到了十二月，山区始终阴雨连绵。这不，下了十几天的雨，一直没停。

好在天终于放晴，山路很泥泞，特别是通往小水屯的那段上坡路。

一大早，石头在村委等温局他们。

温局开了辆轿车，同行的还有南方草药批发市场的龙老板和省农科院的任博士。南方草药批发市场是华南最大的草药批发市场，据说在国内很有名气。龙老板做草药批发生意已有三十年，个子不高，胖胖的，小平头，五十多岁，人很精明。任博士是植物学专家，这次温局专门邀请他来，目的是希望专家在砂仁种植技术方面支一些招。

到了村委，因连续几天的雨刚停，轿车底盘低，进不去山里，只有越野车才能进去，所以要老李的车来接。

路上存有不少积水，非常泥泞。特别是几处上坡的路非常湿滑，越野车费了好大劲才开上去。

好在一路有惊无险，终于到达小水屯。

老李家的院墙上摆放着许多蜂箱。温局说：“我老家也养蜂。现在家里还养了几箱，主要是自己吃蜜，现在市场上买的口感不好。”说完，他摇摇头。

老李说：“你说的那种蜂蜜可能是‘白糖蜂蜜’，是经过蜜蜂‘加工’过的。”

“白糖蜂蜜？”石头很奇怪。

老李说：“给蜜蜂喂白糖，经过蜜蜂消化系统过滤后产生的蜂蜜就是白糖蜂蜜。因为现在花源少了，有的养殖户就给蜜蜂喂白糖。这是另一种类的蜂蜜。”

石头说：“这种也叫蜂蜜？”

老李说：“说是蜂蜜，其实是蜜蜂‘加工’过的白糖，只是有点蜜蜂的味道罢了。在市场上买的蜂蜜，有的会有一些蜜蜂的味道，但不见得是蜜，而是带着蜜蜂味道的白糖。”

温局说：“看来，这造假的功夫，到家了。”

老李说：“我们这里的蜂蜜，是正宗的砂仁蜜。再过两个月就到了砂仁的花期，那时这几十箱蜂还不够用呢，我们现在打算和那东合作经营，我们养的这些蜂是意蜂，他们的是中蜂，两家合在一块儿，有利于提高蜂蜜的质量和产量。”

温局说：“你们养的是意蜂？这种蜂好，我家养的也是这种蜂。”

老李说：“看不出温局对意蜂比较了解。”

温局说：“小时候家里就养蜂。现在家里老人闲来没事，养几箱蜂，是个乐趣。”

大家边走边聊。

砂仁漫山遍野。大树下还有三三两两的蜂箱，那是蜜蜂的家。

老李说："这几年砂仁产量不高，也搞不懂是怎么回事。我曾经专门找了一块地做实验，施加了肥料，并及时打理，尽管产量增加了些，但效果不明显。听农科院专家说，生物授粉对提高砂仁的结果率有好处，所以今年我们打算养蜂，看能不能提高产量。"

任博士说："人工草药和自然草药的药效差距是非常大的。比如这个砂仁，施肥和不施肥产量会不一样，施肥的药效和不施肥的药效就有些差距。长得好的，药效不见得好；长得不好的，药效不见得差。"

石头说："山里有很多野生山药。野生的和种养的就是不一样，野生的小，结实；种养的大、肥，口感赶不上野生的。"

老李说："这野山药和砂仁还真类似啊，野生山药口感好，营养价值高。"

任博士说："山药是中草药，现代人注重养生，很多草药已经进入平常人家的生活，成为饮食中不可缺少的一部分。话又说回来，种植中草药，不能轻易施肥，要是施了肥，说不定会减少它的药效成分。种植中草药时，要遵循它的自然生长规律，尽量做到原生态。通过蜜蜂授粉提高砂仁的结果率和产量，这是一个很好的选择。"

几个人跨过弯弯的小河，停在一片砂仁前。

老李说："今年我打算申请金融扶贫贷款，买些管子，这样就能把水送到山上去灌溉了。就像中国台湾的精细化农业，通过优化基础设施，提高砂仁的单位产量。"

温局说："金融扶贫是近年来政府实施精准扶贫的一项重要举措，可以说这是'滴灌式'扶贫，原先我们实行的是'大水漫灌式'的扶贫模式。经过这几年摸索，感觉效果不理想。这次金融扶贫改革试点工作的两个基准点就在于既要发挥资金的杠杆作用，又要发挥农村致富能人的带动示范作用，政策方面我可以帮你协调。当然，种植是基础。要在确保砂仁产量的基础上提高效益，还在于营销，要想办法延长它的产业链。砂仁现在销售得怎么样啊？"

老李说："这几年砂仁产量不高，需求却一直很旺盛。一到收获季节，不少药材批发市场的老板就打电话过来，有的还提出先打三十万元到我的账号上，有多少要多少。还有的直接到山里收购，可以说产量远远跟不上需求。”

龙老板说：“我也是做药材生意的。根据你刚才的介绍，可以说在整个产业链中，你处于最低端，好产品没有卖出好价格，大部分利润都被中间商赚取了。如果适当延伸产业链，至少可以增加一半的利润。你卖的是鲜果，每斤鲜果五十块。如果晒成干果，每斤干果二百多，三斤鲜果得一斤干果，而且晒成干果并不需要多大的成本。六七月天气好，稍微晒一晒，就可多得一笔利润。俗话说无利不起早，人家为什么要一下子打三十万元给你，说明他能赚到更多的钱。所以说，你不仅要搞好生产，还要转变观念，看能不能延伸产业链，在营销上下点功夫。到那时，我相信你们的收入会增加很多。要是合适的话，经营方面，我们可以互通一些信息。”

老李说：“上次指导员专门召集我们开会研究成立合作社的问题，还制定了实施方案。要是有个专业合作社的话，销售就好办。”

石头说：“我们再想办法做做村里群众的思想工作，争取先把砂仁种植合作社搞起来。”

温局说：“合作社只是一个初级形式，关键要有合作经营的思想。想实现弯道超车，跨越发展，就要有大手笔、大气魄才行。我前不久去了西江市春砂仁的主产区，耳目一新，大开眼界。到饭馆吃饭，一碟鱼肉放上一粒半粒砂仁清蒸，芳香溢满酒楼。他们还开发出砂仁肉、春砂鸡、春砂鱼、春砂上汤等食谱，风味非凡。西江人还以砂仁为主要原料，生产出春砂酒、春砂蜜、春砂糖果、春砂蜜饯，令人回味无穷。砂仁的花、叶、茎、根也没有浪费掉，竟然开发出一种砂仁茶，味道较之一般清茶更为芳香可口。到西江假如没有喝上一杯春砂酒、春砂茶，那真是一大遗憾呢。可以说，西江砂仁的产业链已经很完备，而我们还处于起步阶段。

“近年来由于种种原因，砂仁产地面积减少很多。西江人居安思危，把发展砂仁产业上升到南药兴市的战略高度。首先是科技先行，在砂仁产学研一体化方面投入大量资金；其次是项目落地，招商引资力度非常大。现在春砂仁产业已发展成为西江市重要的经济支柱产业。我这次去，不仅带来了一些立项的课题目录，还带来了他们招商引资的一些材料。”

说着，温局拿出几份材料。其中一份是《西江市高等院校实施科技计划项目》，计有十六项：

1.《砂仁等5种中药材规范化生产关键技术研究》：国家重点科技攻关计划“国家中药现代化研究与产业化开发”的重点项目子课题（50万元）

2.《砂仁高产优质新品种的选育研究》：国家科技支撑计划项目（50万元）

3.《春砂仁种质资源的保护与利用研究》：省科技计划项目（10万元）

4.《砂仁等10种岭南药材规范化种植（养殖）关键技术研究》：科技计划项目（30万元）

5.《砂仁等5种中药材规范化种植研究》：国家重点科技攻关计划“国家中药现代化研究与产业化开发”的重点项目子课题（75万元）

6.《阳春砂仁综合利用开发研究》：省科技计划项目（4万元）

7.《南药标准化种植与基地建设》：省科技计划项目（140万元）

8.……

另外两份是《西江市春砂仁特色种植基地合作项目意向书》。
其中一个项目涉及“西江市春砂仁中药村GAP产业化示范基地”：

项目概述：西江春砂仁是我国著名的“四大南药”之一，主要作为药用原料，具有健脾胃、行气、安胎、消食之功效。产品驰名中外，是我市农业品牌之一，有良好的种植基础和栽培技术。我市土壤肥沃，气候适宜，全市现有春砂仁种植面积6万多亩，春砂仁种植面积、年产量均为全省之最，素有“中国春砂仁之乡”的美誉。

合作年限：50年。

投资总额：3800万元人民币。

预期投资回收期：5年。

建设项目选址：西江市龙潭村村委会。

项目引资地可提供的基础设施情况：提供通水、通电、通信等相关的基础设施。

项目材料情况：有项目简介材料、规划方案。

该项目属于国家哪一类项目：鼓励型。

附：中方基本情况

在“十三五”规划期间，西江市春砂仁种植面积发展到16万亩，努力把西江市建设成为全省最大的春砂仁生产基地，实现“南药强市”目标。目前西江市政府与中山大学药学院充分利用春砂仁等地方资源，重点对春砂仁的种植、研发、生产、销售等环节的产业化发展进行了整体规划，并达成长期合作意向。

另外一个项目涉及“西江市春砂仁种植及产品加工”：

项目概述：春砂仁是南国名药，具有驱寒、健胃、醒脾、益气、安胎等重要作用，中国古代医学家李时珍在《本草纲目》中有记载。春砂仁喜温暖湿润的气候，因而西江市龙潭村最适宜其种植生长，此地盛产的春砂仁药效甚佳，远近驰名，精选西江龙潭土地6000亩为春砂仁种植基地。春砂仁可加工成蜜饯、糖果、浸膏、片剂、冲剂、胶囊及食品等。目前西江利用春砂仁加工产品的企业规模小，加工深度不够，满足不了市场需求。

合作方式：合资合作。

合作年限：30年。

投资总额：2480万美元。

中方投资及构成：土地、厂房、技术（折605万美元）。

外方投资及构成：现汇1875万美元。

预期投资回收期：8年。

建设项目选址：西江春砂仁种植基地选在龙潭村。

项目引资地可提供基础设施情况：交通、通信便利，水电到位。

项目材料情况：有项目简介、提供概念性规划。

该项目属于国家哪一类项目：鼓励类。

附：中方基本情况

企业现有技术和经营情况：种植基地为有悠久种植春砂仁历史的龙潭村；产品加工合作单位已有现代化加工春砂仁的经验，技术成熟，市场正是成长期，合作后产生经济效益快。

看来，“中国春砂仁之乡”果然不是浪得虚名啊。

24. 合作经营（一）

砂仁的合作经营应提上日程。

金山、小水、大水三个屯，砂仁种植面积4000多亩，如果这个路子对头，对以后的产业发展是有好处的。同样一块地，不同的人去耕种，结果大不一样。现在是信息化时代，新知识新观念更新很快，日新月异，如果不及时地放眼看看外面的世界，调整思路，早晚会被抛在后面。为什么同样种砂仁，而且某种程度上自己种的品级高，别人已经“飞”了，而自己却还在地上“蹒跚”？在村里，守着这么好的自然资源，还需要政府、社会等方方面面的力量“推”着走，即使组织一个最初级的产销合作社都困难重重，缘由让人深思。

摆脱贫困的路子千万条，关键还在人，在于人的认识和行动。自然条件不是最重要的，例如地处沙漠的以色列，尽管自然资源非常匮乏，却是世界上数一数二的国家，关键就在于人。“橘生淮南则为橘，生于淮北则为枳。”

学习要因地制宜，结合自身实际。认识要在观念上实现主观与客观的统一，从而正确地认识世界；实践要在行动中实现主观与客观的统一，从而能动地改造世界。认识和实践的关系问题，是现实生活和实际工作中的根本问题。就帮扶而言，首先要“帮”，驻村不是走过场，而是要身体力行，脚踏实地，你做的任何一件事，无论大小，群众都是看在眼里记在心里的；更要“扶”，扶就是扶“智”，解决认识问题，补足精神上的“钙”，润物无声，思想的影响往往是潜移默化的。跳出“小我”，成就“大我”，才能摆脱贫困。

前不久，县里提出扶贫的两个思路。一是走教育扶贫的路子，要斩“穷根”，加大教育投入力度，把教育搞好，提高贫困地区学生的就业能力，绝不能让贫困代代相传。这是“知”问题。另一个思路就是合作经营。大石山区自然条件恶劣，靠农民单打独斗脱贫实非易事，这就要发挥合力，把大家的力量拧成一股绳，这是“实践”问题，属于“行”的范畴。处理好这两个问题是摆脱贫困的不二法门。

看来，扶贫总体上还是要走合作经营的路子，只是现在不清楚群众怎么看这事，要先摸清农民的想法才行，尽管操作起来会有很多不可预测的因素。

第二天一大早，石头就进山了，听说金山屯的老韦前几个月买了二十头黄牛，颇有规模，不如先去看看。

正是隆冬季节，大山里却仿佛停在秋天。天蓝蓝的，非常晴朗。路在半山，河水的声音很响。附近山谷中不少地方冒起滚滚浓烟，还有此起彼伏的电锯伐木的刺耳声。电锯声停，远远地传来大树倒掉的啪啪声，清脆的响声在山谷中回荡，就像人的骨头被打折的感觉。极目四望，山头到山脚，满山遍野已经种上速生桉树了，有的地方郁郁葱葱，但大多数地方只是冒出一些小圆点点，山坡留有炼山的痕迹，黑魆魆的，种下没多久。

再往前走，有座土桥。跨过土桥有两条路，一条主路，往前走是一段悬崖，路从悬崖中间凿出，蜿蜒向远方。还有一条小路，沿小路走过就是养牛场了。小路边的山坡上种满木薯，叶子已经变得金黄，今年木薯长势不错。石头经常听村民讲起种木薯不赚钱的事，每年三四月要把苗种下去，等到来年一二月才能收割，十多个月，很辛苦。尽管木薯不赚钱，但如果不种，村民的生计还真是个问题。平平淡淡是真，看似不赚钱的东西，离开它还真不行。

老韦的养牛场在一处悬崖对过。

未得进场先闻一通狗叫。听得狗叫声，老韦出门查看，石头同他打招呼。

养牛场建在山坡上，靠近河边。人和牛共同生活在这山谷中，凉风习习，四周翠绿，倒也十分惬意，只是牛骚味太重。

老韦住的是用砖简单垒砌的小房子，里面有冰箱、电磁炉、矮矮的小桌子、椅子。墙角是床，上面散散地放着一床被子，被子没折，揉成一团，乱乱的。小房子紧邻牛棚，站在牛棚边，隔河对过就是悬在崖中间的通屯“水泥”路。牛棚是用一些水泥柱子做架子撑起来的，上面扎上铁皮棚子，四周透风。牛棚四周是水槽，里面有十几头牛。一头小牛伸出头，好奇地看着石头。有头壮实的公牛窜过来，用角顶着栅栏，好像不欢迎他似的，其余的很安详，不时喷着气，发出哞哞的声音。

牛棚一侧堆放着不少牛粪。简易房旁堆放着不少饲料，还有一个简易铡草机，被塑料薄膜罩住，看得出好久不用。房前有四个大桶，桶有一米多高，上面罩着薄膜，里面白白的东西已经鼓起，掀起塑料薄膜，一股浓浓的酒糟气息扑面而来。

老韦介绍说：“这些牛粪可以用来种西贡蕉，能卖钱，价格还不便宜。牛饲料这段时间涨不少，养牛成本很大，我存些木薯，打碎后发酵喂牛吃，桶里装的是木薯粉。”

石头说：“这些牛花了多少钱？”

老韦说：“平均每头牛一万块，小的便宜点，有六七千。这二十几头牛花了将近二十万。”

石头问：“都买什么样的牛啊，自己育种不行吗？”

老韦说：“那样会很慢，我都是买瘦的、小的，养肥了再卖，这样做的行话叫育肥，能节省不少成本。这个瘦的，在山里放养一段时间，几个月就能出栏，半大的牛，多吃一些豆制品、发酵的木薯粉，长得快。要是让我来育种，从配种养大要两三年，成本太高了。白天还要联系购买饲料、卫生防疫什么的，没时间料理它们，只好雇两个人帮忙照看。”

石头说：“这样成本增加不少吧？没想到养牛讲究快进快出。”

老韦说：“养牛要尽量缩短周期，买那些小的、瘦的，能很快育肥。防疫、饲料、人工都是不小的开支，我是小本生意，经受不起价格的大起大落。这些饲料是养殖基地统一供应的。牛是反刍动物，要不停地吃草，不吃草很容易得病。我买的这些饲料是豆制品，还有发酵的木薯粉，掺在一块喂。以我多年的经验，这些东西不利于反刍，但对快速育肥有帮助。原先山上有很多草，现在种上了树，尽管也有草，但桉树打了农药，就不敢给牛吃了。要是有个意外，一头牛一万多块，谁敢冒这个风险啊。有时实在没办法了，也只能冒冒险把牛赶到山上去。”

老韦的脸黑黑的，布满络腮胡子。同他谈话，石头感觉他对市场有所了解，要不然，这种“快进快出”的生意也不会做几年。严格来讲，这不叫养牛，这只是他所说的给牛“育肥”而已。

末了，老韦笑着说：“我希望市场大起，谁叫我养的是牛呢，现在可是‘牛市’啊。”

他也懂炒股，这让石头很诧异。老韦却不以为然，说自己闯荡市场多年，除了违法事，什么都干。他买了几只股票一直放着，没想到这段时间股市疯涨，比养牛还挣钱。想不到，这“牛倌”还在股海搏击“牛市”呢。

说起“牛市”，这阵子真是热词。近几个月股市疯涨，已经连续飘红，股市造富神话层出不穷，“牛市”无疑。但是中国的股市往往存在很严重的跟风现象，有人戏称中国的股市是扫地阿姨、退休大妈们推动的。想想看，实体经济不振，虚拟经济能好到哪里去。今天所谓的“牛市”，是对过去七八年“熊市”的终结吗，抑或是昙花一现？2008 年基金大涨时，石头也买过一只，但投资一万元的基金，一年过后连本带利只剩下六千多。后来他赶紧清仓，并得出一个结论：天上不会掉馅饼，天上只会设陷阱。上周监管层警示风险和降准的余音还未散去，新股发行节奏加快的消息又突然袭来。虚虚实实，就是市场吧。

当然，做市场既要心有猛牛，更要细嗅蔷薇。华尔街的标志性雕塑就是

“牛”，上海的外滩也有硕大的金牛，撅着屁股，一副舍我其谁的样子。既然进入这个场域，无论实体的，还是虚拟的，都要平常对待。既要拿得起，更要放得下；有舍就有得，胜败平常事。

石头对牛很有感情。小时候家里养牛，那时去市场上买牛是家里的头等大事。为了买牛，家里要省吃俭用攒钱，东拼西借，合计很久。小时候他和父亲一起去市场买牛，为了省钱，买的是头小牛。牛主人牵了一头小牛，还有一头老牛，应该是牛妈妈吧。待商量好，付了钱，要牵小牛走时，小牛可能意识到了要分别，哞哞叫，说什么都不愿意离开老牛。老牛也是发了疯似的不停地踢地，试图挣脱它的缰绳，几个人都拦不住。他那时还小，想去牵小牛，竟然被它给顶倒在地。他一下昏了过去。好在有医生，说没什么大碍，掐掐人中就好。忙了一通，众人费了好大劲才把两头牛分开。他和父亲把小牛牵回家。

土地是农民的命根子，小时候家里养牛是为了增加一个劳力。下田犁地，拉车干活，它总是勤勤恳恳。北方冬天寒冷，家里烧不起煤，他就住牛棚。牛棚可不是四处漏风的，那可是人住的厢房。牛相当于家里的一个正式成员，在家里有地位。也许是牛身体能发散热量的缘故，小时候和牛同居一室，竟然熬过几个寒冷的冬天。三十多年过去，那头忠厚而调皮的牛儿，早已走出他的生活，尽管印象模糊许多，有时还会梦见它。

石头说：“水从哪里接过来的？这二十几头牛用水量也不少啊。我小时候家里也养过牛。我记得家里那头牛一口气就能喝一大桶水，还要加点盐、棒子面什么的。”

“棒子面是什么？”

“就是玉米面，北方叫棒子面。”

“哦，是这样啊，这可是同风不同俗。我这里用的水是从山上接过来的。现在山上种满了速生桉树，只能从一些山沟里接上水，再引下来，要用很长的管子才行。原先屋后面有溪水，用不着管子，自从山上面种上桉树后，溪水已经很少了，只有到了下雨的时候才会有水冲下来，而且水量很大，像发大水似的，蓄不住。平时溪里没有水，前几年倒是有一些，但是水红红的，不敢喝。这几年连红的水也没有了。”

“养牛成本这么高，你想没想过走合作经营的路子？”

“想是想过，但是搭伙的生意不好做，有很多好朋友因为生意上的事反目成仇。自己能搞就搞了，不能搞的话就算了。据说县里有养牛项目，走的是合作经营的路子，但是他们养的是奶牛，我养的是黄牛，不一样。再说我是小本生意，没想过和谁合伙。”老韦说。

石头说：“这个合作经营还不是合伙那么简单的事，比如说种植砂仁就可以走合作经营的路子，你有砂仁吗？”

老韦说：“我有一百多亩，都是在山里种的。附近已经不能种了，去年产量不是很高，收了四万多块钱的果。我们村子小，很多人都是亲戚。以前，我们这里到处都是砂仁，现在种上速生桉，再种砂仁就难了。深山里我还有一百多亩砂仁，能有一些收成，不是很多。为了养家糊口，我又拿出多年积蓄养牛，家里有孩子，要盖房子，单单靠种砂仁不够。砂仁这东西也分地域，同样是一片山，这片山上种行那片山可能就不行。老李那些林地好，适合种。我们屯里种也行，产量赶不上他们。闯市场也不容易，养牛成本高不说，还特别费力气，要是再赶上出栏时价格卖不上去，两年就白干了。”

石头说：“要是合作经营，你不就有精力专心搞养殖吗？这就可以发挥你的特长了。砂仁可以交给老李他们管理，合作社有收益了还可以分红。”

老韦说：“我听说有人不同意。”

石头说：“大家不一样。你是致富能手，又是组长，走南闯北见多识广。今天我先和你谈谈，待会儿去里面两个屯。”

老韦说：“好啊。只要不把我的林地收回去，合作经营我没意见。”

石头说：“不收林地。现在林地确权，不仅不收，还要颁证让你长期经营呢。”

老韦说：“这几年靠天吃饭，砂仁收益不好。你说的金融扶贫是真的？天上真会有掉馅饼的好事？其实我不明白，一定要成立合作社吗？成立了合作社，尽管说得很好，帮你销售、请工，到时有分红，有收成，能实现吗？”

石头说：“走一步看一步吧。”

告别老韦，石头继续向金山方向走，一路上，脑子里总浮现出“知行合一”几个字。

25. 合作经营（二）

五月豆蔻花开后，就开始收果了。

六月的一个早晨，石头在村委搭乘皮卡车进小水。

这阵子到小水收果的车进进出出，都是外地客商的车。订金早已打给老李他们。

屯里的组长陪大家一起收果，还雇了附近一些村民，每天工钱是九十块。

推开密密的草丛，砂仁长得茂盛，有两米多高。砂仁收成今年特别理想，密密麻麻，像紫色精灵散落在地上。

看到这些“草莓”果，组长自言自语地说：“今年发了！长成这样，一亩至少四五百斤，光这块地就有三十多亩。发了！发了！”

他们种的砂仁，都是东一块西一块，哪块山林树木多，有水，就把哪块林地下面的杂草砍掉，种上砂仁。经年累月，已经三十四年了。四千亩一说，其实只是个大概数字。如果改善浇灌等基础设施，再充分利用没有水源的山地，耕种面积不止这个数。屯里只有一百多人，这广袤大山的物产，已经让他们非常富庶。

当然，即使情况如组长所言，就整个砂仁产业链来讲，也只是挣了点小钱。这东西，稍微晒晒，就增加了30%的利润，更不要说搞些包装盒，打个品牌。现在的问题是，砂仁还没出山，收购药材的客商已经进村了。

关于金融扶贫，年前石头曾和扶贫办接触过，答复说只要是中草药，都可以列入金融扶贫的扶持范围。政府已经大大简化手续了，只要把材料交给金融部门，金融部门审批合格就放款，政府贴息。现在政府扶贫部门的职责是最大化地向贫困山区的群众提供服务，方便办事，每户贷款额度十万，力度非常大。后来老李他们把贷款申请递交上去，金融部门告知说要有商品房抵押等。老李他们不理解，对石头说："算了，太麻烦，要抵押还要七七八八，我们文化层次低，搞不懂到底要什么。这钱实在不行就不贷了，我们也不差那点钱。"

对老李他们来说，走合作经营之路，钱并不是最重要的问题，组建合作社也不是非常紧迫。他们已经走出来，走出了一条实实在在的脱贫致富的路子，尽管这种脱贫还处于初级阶段。他们勤劳，也懂得合作，这是思想上的合作。当然，这种合作方式非常朴素。合作经营有多种方式，广袤大山里的每一户、每一屯、每一村所走的路都是不同的，只有从历史传承、自然禀赋、生产条件以及每村每屯的具体情况着手，因地制宜地选择生产方式才有用，这也是另一种形式的"精准"。

生活中很多事情，努力去做，可能没有结果；但是没有结果也要努力去做，只有做过才会明白事情的原委，这是一个探索的过程。做过了，会少走弯路。一年来，在推动小水合作经营方面，石头用了很大力气，又是做方案，又是找大家谈话，绞尽了脑汁。为什么难以推动呢？后来他明白一些道理。现在思想上的这种合作生产方式已经让小水富庶了，正处于"守成"时期。也许自己太注重形式了，合作不一定非要组织合作社，村民生活中互相照应、互相谦让，生产中互相帮助，就很好了。特别是小水，不仅在整个玉屏收入水平最高，而且村容村貌干净整洁、乡风朴实，屯里很少有人因琐事吵闹，他们的生活很安定，这就是实实在在的"合作经营"。贸然让山外的几个村屯去分小水砂仁产业的"一杯羹"，他们很难接受。所谓"有"就是"无"，"无"就是"有"，以前没有认识到这一层。当然，要是有个正式的合作组织，大家集中起来经营，收益会翻好几倍，也许早就"飞"了。只是这个过程还很漫长，前面的路怎样走还要好好地琢磨。

改革向来艰难，涉及自身利益时，更是难上加难，但难也要做。唯其难，才显得更珍贵。两根筷子容易折断，十根不易折，这就是团结的力量。当然，两根筷子能夹菜，有用，十根筷子放一块呢，估计夹不了菜，起不了什么实际作用。所以，合作经营也要讲究方式。不同的地方有不同的方法，小水已经找到了自己的路。同小水相比，无论内容还是形式，大树、小树以及银山等几个屯的“合作经营”还在探索着。

苦参子应是一个突破口。这是政府重点扶持的中草药产业。市里规定东山金融扶贫的款项要用于中草药种植，苦参子的出现正当其时。再说，这种草药的价格现在处于上升时期，利润空间比较大，种植技术要求不高，一年中总有八九个月的时间开花结果，产量比较稳定，算得上是投资比较少收益比较大的项目，符合实际。

种植苦参子也不能一哄而上，经营要适度。所谓过犹不及，要是过多地种植苦参子，价格会有波动，大的种植户能抗风险，小的就难说了。未雨绸缪，要找一些替代草药，如草珊瑚、金钱草、牛大力、田七、八角什么的，分散农业风险，毕竟这是周期长、投资大的产业，八九个月后的行情会怎样，谁也说不准。所以闯市场又有搏市场一说，而梦想更多的时候是需要“搏”的。

梦想的实现，离不开土地以及切合实际的经营方式。

这些刚刚吐出新芽的苦参子，承载着村里的希望和梦想。

26. 合作经营（三）

晚上，对面五保村二楼亮起几盏灯。莫非已有五保户住进去了？

一大早，石头在操场来回走动锻炼身体。电饭煲里已蒸上从家里带来的馒头。辣椒切好，拌上鸡蛋，用油一煎，鸡蛋煎辣椒就做好了，喝点开水，这就是早餐。他每次一住一二十天，以前吃压缩饼干，后来买米来做，之后买上许多馒头存放在冰箱，再炒点青菜，从走村小贩那里买些肉和骨头，慢慢生活习惯了。

五保村的一个门打开了，里面走出一个人。石头同他打过招呼，他自称艾工，是大明水库库区人，这几年主要做一些技术工程，昨天刚到村里，是做铁皮石斛大棚子的。

前几天，队长告诉石头，今年村里安排了两个铁皮石斛生产项目，一个大树屯，一个小树屯，生态产业扶贫的项目落地了。

石头问：“你每天都起这么早吗？”

艾工说：“是啊。中午太热了，没法干活，早起天气凉爽一些，能够多干活。”

石头说：“我看看你们怎样做工，可以吧？”

艾工说：“好啊，正好等几个工友一起去。”

收拾妥当后，工友陆陆续续下楼。几个人边走边聊，石头对艾工说：“看你头发白了不少，有五十多岁了吧？”

“五十九。我做铁棚子这类工程有十几年了，靠技术吃饭。今年东山县铁皮石斛项目计划建25000平方米，安排到玉屏8000多平方米。大树有两个项目，大树屯是1480平方米，小树屯570平方米。扶贫力度非常大。”

“棚子成本高不高？”

“每平方米二百块以上，这两个项目投入扶贫资金四十万。”

近年来，东山县采取“公司＋基地＋农户”的运作模式，引导贫困村民利用房前屋后的空地种植铁皮石斛，统一规划、供种、管理、销售，还免费提供种苗，免费培训帮助农户掌握铁皮石斛种植技术，特别是对接种、施肥、灌溉、除害、摘取、加工等环节提供全程技术咨询和指导。

几个人沿河边走边聊。场地即将扎起铁架子搭建大棚，旁边有厨房，要干一个月。艾工说：“种植铁皮石斛讲究技术要求，不仅要搭建铁棚子，还要盖上遮阴网，建造大棚要求做到通风、遮阴挡雨、有防虫网，并根据铁皮石斛的生长习性，考虑场地的光照、温度、湿度、通风等因素。种植苗床的时候，作为原料的松树皮要消毒，夏天一天喷一次水，冬天隔一天喷一次水，容易管理。

“铁皮石斛素有‘中华九大仙草之首’的美称，是国家二级珍稀药材。一次种植可连续采收五年，每年采收一次，一般每平方米收得一公斤，目前市场价每公斤600元，仅这个大棚子每年可得一千多公斤，效益可观。

“现在有村民不理解，说项目是政府搞的，和我有啥关系。文化村去年批了不少石斛项目，因为村民意见不统一，现在地征不下来。按计划我们要到文化村建铁棚，地征不下来，项目可能黄。其实他们不懂，铁棚子、苗免费，收获后公司专门回收，这是政府扶贫项目，天大的好事，真不理解为什么地征不下来。”

石头问：“管理方式怎样？”

艾工说：“每个地方都不一样。有的地方把铁皮石斛承包给村里的几个人做，除去人工费、管理费，剩下利润由全体村民分红。”

石头说：“这就是说，铁棚子种植石斛可能赚钱，也可能赔钱。假如今年挣40万，可人工费、管理费就41万，还赔钱呢。如果人工费、管理费10万，那就挣了30万，村民可分30万，是这个意思吗？”

艾工说：“可以这么讲，这是经营的一种方式，每个村都不一样。我现在最担心的是铁皮石斛的原料。”说话时，他眉头紧锁，眼睛闪出一丝淡淡的忧虑。

他接着说：“铁皮石斛主要附着在枯软的松树皮上生长。由于这几年速生桉树种得特别多，很多松林被砍掉改种速生桉，东山松树很少，松树皮现在供不应求。建这么多铁棚子种石斛，原料是问题。”

铁皮石斛适宜在凉爽、湿润、空气畅通的环境中生长，野生石斛生于海拔达1600米的山地半阴湿的岩石上，喜温暖湿润的气候和半阴半阳的环境，药性强，价格贵，一公斤几千元，不过野生的很少。石斛对栽培基质有要求，有良好保水性和通风透气性的水苔、碎石、花生壳、苔藓、松树皮、木屑、木炭、木块以及有机肥混合物都可以做基质。东山石斛大多用松树皮做基质，问题是松树皮少了，供不应求，导致价格上扬，一定程度上增加了种植成本。作为替代物杂木的树皮，现在产量远远跟不上发展需求，山里的秋枫、榛、梧桐、榕等杂木已很少，还经常被砍掉当柴卖。

艾工说：“这几年种了这么多桉树，对土质、水质影响大。速生桉一种下去，这块土地十几年不长东西，土壤结构变了。桉树是从外国引进的东西，外国为什么不种呢？另外，桉树生长快，一年四季都在长，冬天别的植物不长了，它还在长，这样吸收的养分就多。我家离大明水库四公里，库区几十公里全部是树。把桉树放入水桶，水就变黑。”

石头说：“速生桉到底有没有危害，学术上还在争论。东山开始对速生桉树进行新一轮整治工作，明确提出桉退果进、桉退药进的原则，发展特色中草药种植，应是趋势。”

“不整治以后麻烦，下一代喝水、种庄稼都成问题。”艾工看着满山桉树淡淡地说。

四月东山县启动新一轮的桉树整治工作，所有部门负责人都立下整治“军令状”。县委县政府要求从关心人民群众身心健康以及对人民群众负责的高度出发，做到讲大局、讲政治、讲纪律和认识到位、措施到位、责任到位等“三讲”“三到位”，确保完成整治工作任务。大明水库向水坡面的5000多亩桉树必须全部砍伐，每亩补偿600元，最大化减少桉农损失。

说着话太阳已跃上山头，天开始热起来。艾工招呼工人和石头一起吃饭，石头说自己的早餐还做着呢。

回到村委，馒头已热。把鸡蛋和辣椒放一块，浇上少许的花生油，放在电磁炉上，刺啦一声，不大会儿工夫就做好饭了。

吃完饭，上午要组织大家打扫卫生。昨天乡里通知，今天市、县要暗访。

正吃着饭，村里不少人拿着扫把、推着人力三轮车聚集到村委操场开始扫地。

石头心想，得抓紧时间吃饭了……

第六章　红土地

27. 老兵，敬礼！

韩山川专程接老人家到昆仑关。

车经过昆仑镇。

镇子的街道上已聚有很多人，几头“雄师”在阵阵锣声、鼓声和观众的笑声、歌声中时而腾空，时而摇头晃脑。

老人自言自语：“今天是炮龙节啊？”

韩山川说：“是的。老人家，那年昆仑关大捷也是在炮龙节前后吧。”

老人点点头，又默然无语。

炮龙节历史悠久。传说北宋时狄青与侬智高大战，狄青为麻痹侬智高，元宵前夕，下令大办酒席宴客三天，并令士兵扎龙起舞，号召百姓家家户户鞭炮齐鸣，助庆狂欢。夜二鼓，狄青率领精兵突袭昆仑关，三鼓时分夺下昆仑关。人们从此认为舞炮龙吉祥，每年此时必舞炮龙以求喜庆，狂欢不断，流传至今。舞炮龙是整个炮龙节的高潮所在，全城万头攒动，鞭炮轰鸣，烛光映红大街小巷。因具有鲜明、浓郁的民族风情，炮龙节已经被正式列入了国家级非物质文化遗产保护名目，还被称为“东方狂欢节”。

车到昆仑关，停在一个六角形纪念亭前，亭内纪念碑上的碑文是原国民党军第五军军长杜聿明亲自撰稿并书写的：

昆仑关古战场也，雄峙于邕宾路。岗峦环抱，中通隘道，为南宁东北之门户。地扼势险，易守难攻，且为古今攻守南宁所必争之地。昔宋狄武襄，虽于上元夜乘侬智高不备，一举而攻略之。然考其战绩，则鼓行而前，死亡枕藉。犹赖狄武襄神勇坚定，所部将士用命，始奏奇捷，因未若世俗所传成功之易也。中华民国二十八年冬，倭寇以军五师团由北海登陆，侵袭桂南，连陷钦防南宁，其势甚锐。时聿明长陆军第五军，因敌犯长沙，先已增援入湘，未至而敌溃，遂戍守衡岳。洎衔命驰援，兼程倍进，我前锋二百师六百团得预南宁近郊战斗，血战三日，杀伤过当，团长邵一之壮烈殉职。嗣以主力尚未集中，军奉命于宾阳迁江间拒敌北犯，而敌则进据昆仑关焉。迨我军转守为攻，敌已于昆仑关险要隘暨外围据点扼险布防。其坚固堡垒、侧防机关，乃星罗棋布于崇山峻岭之间，宜其固若金汤，竟为我所破，诚非倭寇预料所及。聿明于攻克昆仑关，复巡行战场，低缅遗迹，始悉敌凭借地利配备火力之狡悍与工巧，而叹攻坚走险之匪易。唯此残堞剩垒，仅存荒烟蔓草之中，供人凭吊。因我忠勇将士浴血争斗之所收获，衡诸狄武襄时，其攻略之难易，何啻倍蓰。而我克复昆仑关适值除夕令节，又若与前史后先辉映矣。综计是役我军攻略部署，初用包围歼灭，继用正面突破，最后集中各种威力逐次攻略。自是年十二月十八日开始，初以新二十二师、军补充一二两团迂回敌后，以荣一师二百师由昆仑关正面包围攻击，继以步炮战车协同攻击。曾两次突进昆仑关隘口，未获成果，嗣以步兵赖战车密切援助，炮兵掩护突击，经迭次猛攻，连克重要堡垒十余，敌犹困据昆仑关北方数据点，死守待援。最后调集一五九师新二十二师及军补充一二两团于正面继续逐次攻略。讫十二月三十一日，卒于敌陆续增援中一鼓而下雄关，俾顽敌聚歼，敌酋中村正雄授首，掳获战利品无算，并乘胜进击九塘以南地区。计共歼敌军五师团一旅团以上，复击溃增援敌第二十师团……当其猛烈争夺之际，敌则配合空军强行增援，负隅顽抗，无懈可击；我则万众一心，前仆后继，不辞攀跻之艰，不畏壁垒之固，炮火交织于山谷，血肉横飞于林麓，攻战之苦，牺牲之烈，殆兴军以来所罕有；而攻坚挞险，实开抗战之先河。不仅足寒敌胆，抑且丕振军威……呜呼！壮志往矣，丛葬山河，战绩长存，永垂不朽。聚忠骨，启隆场于昆仑关西侧之阳，为建塔坊，并树碑志其姓名，计官兵阵殁者三千四百有奇，慰藉英灵，用彰忠烈。而此纪念塔坊创建于二十九年之春，中以本军远征缅甸，防守昆明，延三十三年月始告落成。际兹敌寇纵横，山河未复，缅怀壮烈，悲愤曷极。凡我袍泽，当凛后死者之任重道远，驱寇复仇，以竟遗志……

韩山川说：“昆仑关战役的胜利，不仅是中国广大爱国官兵浴血奋战的结果，也是战区及大后方百姓大力协助的胜利。为支援作战，先后有六万余名青壮劳力和大批畜力、车辆投入支前活动，收购军粮二百七十余万斤，妇女捐献军鞋一万五千双，运送伤员上万人次，并架通信线杆一万多根，修通道路几百千米。这一切充分显示了同仇敌忾、共赴国难的伟大民族精神。

“昆仑关大捷后，记者曾经采访过杜聿明将军，将军说这次抗战胜利，大家在战场上都亲眼看到了，请如实宣传，用不着夸大，但有一点是需要着重宣传的，那就是要强调本军是民众的武力，民众是本军的父老，所以要记载这一次胜利千万要带一笔，本军的胜利其实也是民众的胜利。”

山顶，是纪念塔。

山脚到山顶建有331级陡峭笔直的花岗岩石阶，一直叠铺到昆仑山顶。台阶前是一个三门四柱的牌坊。牌坊中门前后横额上写着：“陆军第五军昆仑关战役阵亡将士墓园。”牌坊东西门外柱正面是杜聿明的题字：“血花飞舞苦战兼旬攻克昆仑寒敌胆，华表巍峨扬威万里待清倭寇慰忠魂。”

韩山川搀着王老爷，众人捧着花篮沿两米多宽的石阶缓缓而上，到达了山顶。

纪念塔高十五六米，坐北朝南，岿然屹立，直指云天，酷似阵亡将士魁梧的身躯和他们杀敌的长剑。纪念塔为上中下三层结构。上层建成三面，竖刻“陆军第五军昆仑关战役阵亡将士纪念塔”。纪念塔中层比上层大，造型六面。

王老爷在大家的搀扶下跟着捧花篮的石头颤巍巍地登上台阶，整理一下花篮的挽联，又颤巍巍地走到纪念塔的正对面……

献花、默哀、礼毕。

突然，他坚定、敏捷地——

一个军礼!

两个军礼!

三个军礼!

这是一尊雕塑啊！它矗立在这高高的山岗上，庄严的军礼，坚定的目光，瞭望着遥远的前方。

这一刻，历史将铭记!

青山处处埋忠骨。七十多年了，今天，在昆仑关战役中牺牲的先辈们，你们可曾看到，你们的战友来看望你们了，三个响亮的军礼是否犹存当年铁甲雄狮的铮铮誓言“驱逐鞑虏，恢复中华”？

山河为之变色，草木为之含悲。天空低低的，和着一阵阵松涛声，当年的战场，都融入这千军万马的呐喊、呼啸、怒吼中了。

远望界首高地，当年日寇身处绝境，困兽犹斗，为了苟延残喘，什么手段都用上了。飞机、大炮、坦克，还有毒气！什么道德、正义、耻辱、武士道，都抛到九霄云外了，还奢谈什么“大东亚共荣”？徒增耻笑耳。

一寸山河一寸血，中华民族不可侮。先辈们用鲜血铸就的钢铁长城，又一次彻底粉碎了“皇军不可战胜”的神话，这才换来神州大地的龙腾盛世、灿烂中华。“倭师几处留残垒，汉帜依然卷大风。”先辈们地下有知，可曾感到欣慰?

学生们来了，他们那稚气的脸上写满崇敬；各行各业的人们来了，塔基前，已堆满鲜花。昆仑镇的父老乡亲来了，没有人组织，也没有人通知，但每年这个时候，他们都会自发前来，扶老携幼：年长的，年壮的，妇女、老人、孩童，甚至带着襁褓中的婴儿，他们淳朴的眼神，被红土、时间、劳作沁润的身影，无言的肃穆……先辈们，这是否让你们想起了当年昆仑关战役中那自愿支前的无数民众忙忙碌碌的身影?

大哉昆仑，与日月同辉，与山川同在!

远远地传来锣鼓喧天、鞭炮齐鸣的声音。

哦，舞炮龙已经开始了……

28. 周末夫妻

周末不回城，驻玉屏的队友约石头到乡里度周末。

将近黄昏，路上碰到乡纪委书记韦姐买菜。她招呼石头说："晚上不用回去了，一起会餐吧，今天乡政府有人值班。"

到了乡政府的厨房，大家一通忙活。

晚餐很丰富，除去鸡鸭肉、蔬菜，还有一些小鱼、小虾什么的。

来人除几个队友，还有大学生村官小刘及党政办的小兰。

小刘是湖北人，非常瘦，好像一阵风就能把他吹倒似的。他有个弟弟，上高职。他做大学生村官已有两年。小兰是去年考进的公务员，一个漂亮的小姑娘，满脸稚气，已经20岁出头了，不知道的还以为是高中生呢。

韦姐买菜回来。

小兰说："另外两人呢？"

韦姐说："在房间里。"

石头说："哪两人？"

小兰说："韦姐的老公和儿子呀。这些小鱼和小虾就是他们在大明水库钓的。"

不一会儿，韦姐的老公和儿子到了。韦姐的老公是那东派出所副所长。个子不高，人精神，穿灰色的衬衫。儿子四岁多，已经上幼儿园小班，正是无忧无虑撒娇的年龄。爷俩长得很像。

韦姐的老公买了不少啤酒，和石头谈了很多。他姓丁，比石头大一岁，众人都喊他丁哥。丁哥说，他从警已经二十年了，是警校毕业的。韦姐到玉屏八年了，2008年考取的公务员。他们结婚晚，要孩子就晚许多。又问石头的孩子多大了。

石头说："我女儿一岁多，在北方老家，家里的老人帮忙带着。"

他问："夫人在哪儿高就？"

石头说："在北方。"

他很吃惊，沉默一会儿，说："也是不容易的。我们每周才见一面，我休班的时候才能到玉屏来，都是凑间隙才能团聚。"

石头说："孩子怎么办，谁来照看？"

他说："家里老人帮忙照看。孩子上幼儿园，全托，不是很累，现在孩子懂事了，好带多了。前几年我们在县里买了房子，晚上由老人把孩子接回家。我们长期不在家，只有到了周末才能把孩子接过来聚聚。"

石头问："你们什么时候买的房子？"

他说："三年前，那时候东山房价涨了许多，三千块一平。你买了吗？"

石头说："买了，在市郊买的，已有七八年，当时每平不到三千。你有月供吗？"

他说："房价是个大问题，我借钱买的，房子七八十平。借朋友、亲戚的钱，去年已经还完了。我们不敢背房贷，利息太高，压力太大。"

石头说："没有月供还好，我现在每个月要还1800元，工资不高，压力不小。"

他笑笑说："我们不敢轻易到银行贷款，有压力。"

韦姐说："乡里的生活成本不低。乡中学老师的工资才1000多块，说出来你不会信。像小刘这样的大学生村官，要经过严格的考试后才会分配过来，来之后被调到党政办，工资也不高。自己一个人还行，但要是拖家带口的话……"

小刘说："听说公务员工资改革，就会出现辞职潮，现在改革多年，也没见出现什么潮啊？"

韦姐说："谣言年年有，不能当真。"

石头说："丁哥体会得应该更深刻吧。"

他说："要比普通公务员辛苦一点。比如每年的两会，特别是东盟博览会期间，我们都要被市局拉去执勤。领导走的每一条线路都要派人轮流执勤，有一次在体育馆附近执勤，队里的同志从早上六点工作到晚上十一点。肚子饿了，就在路边简单吃一点东西，有专人定点送饭。”

石头说：“那地方我去过。”

他说：“城市还好说，难就难在农村，要保证路上不出事。有一年五月，上面发动群众去插秧，群众不够，临时派了乡里的干部帮助插秧，我们这些干警也要穿上便衣插秧。为什么要五月插秧呢？正常情况下四月就插完了。后来得知主要是为了营造农民在田间插秧种稻的景象，视察车队一过去，我们就收队了。派出所的警力本来就紧张，一年搞几次这样的任务，工作压力很大。现在中央八项规定深入民心，风清气正、干事创业的氛围浓了。我们能集中力量办案子，又回归主业了。”

两人干了一杯又一杯。不知不觉，已到深夜十一点半了。小刘已经打哈欠了。

夜色深深，停电了，好在有蜡烛。烛光摇曳，倒也别有意味。

他接着说：“我是出来的，家里没有出来的弟弟妹妹过得都挺好。”

石头问：“你家在什么地方？”

他说：“那东。”

石头问：“种香蕉的那个乡镇吗？”

他说：“是啊。我们那里搞承包，村民里里外外挣了很多钱，轿车、别墅就不用说了。现在的问题是，农民手里有了钱，这些钱不能光放在银行里，除了买车、建别墅，还能干什么？现在农村的一些人迷上了赌博，赌博这东西不仅发不了家，还是个无底洞啊。”

石头说：“我们村现在从那东找合伙人种苦参子，已经投下一百多万。也是试着种，至于以后怎样，还要观察。如果做好了，你们那东有余钱的话，欢迎去我们那里投资，就目前来看，东山草药产业的发展势头不错。”

他说：“到时候我帮你们引见。要是没有合理的理财渠道，人总有坐吃山空的时候。”

石头说：“我感觉现在穷人不在农村而在城市，其实城市的生活费用很高。要是没有稳定收入，在城市生活很不容易，水电气，样样缺不了钱。”

他说："看现在的户口就知道了。转城市户口容易，要是转农业户口可比登天还难啊。农村出去的大学生，如果户口'改非'再转成'农'，至少要过八道关。我记得毕业那年，转非农户口让村里着实羡慕一番。现在谁要是把农业户口转成非农户口，大家会感到不可思议呢。"

石头说："我们那里也是这样，农业户口转非农不可能。那东生活好，听说家家盖别墅，现在后悔自己的选择吗？"

他说："既然走出来，就不要走回头路，现在生活很好。"

远处传来蛐蛐以及不知名小虫子的叫声。烛光忽明忽暗，映照着他的脸，五官已有些模糊。

又喝了几杯，看看天色已晚，二人各自休息去了。第二天他还要回派出所上班呢，他下次见韦姐，估计是一个礼拜后的事。

29. 三月三

村里传统扫墓的时间定在三月三。三月三是个笼统的概念，既可以三月初一扫墓，也可以初三扫，只要是这三天，都算三月三。有的人家在外地做工，初一赶不回来，就在初二初三扫，一连几天附近几座山上不时响起鞭炮声。

太阳直直地照在大地上，石头远远地看到戴着草帽的老禹和另一个人走过来。那人和他长得很像，却没有戴草帽，秃顶、古铜色的皮肤，看样子，应有七十多岁了吧，穿着一件干净的花格子衬衫，只系着两只扣子，露出同样古铜色的脖子。

老禹说："这是我的大哥，昨天从城里回来扫墓。"

石头同他打过招呼，说："你们怎么扫墓啊？"

老禹说："上山拔草，扫墓碑，然后放鞭。"

"以前也这样吗？"

“以前要比这隆重得多了，要请道公做道场。”

“墓地在哪儿？”

“就在对面的山坡，那是我家的林地。”说着，老禹指着对面山峰。

对面山坡的树林里冒出缕缕青烟，响起此起彼伏的鞭炮声。山峰下是年前被烧过的一大片山林，已种下速生桉树。山坡很陡，有六七十度。25度以上的山坡是不允许种植速生桉树的，那块山坡已经远远超过了政府允许的范围，而且还是水源林。今年县里要建的新的人饮工程就在那片山坡上。前几年，机关发动党员捐款，协调兄弟单位支援，最后从办公经费里面节省下不少开支，总共筹集二十多万资金修建人饮工程。那个人饮工程是从后山接过来的，但是水源地归另外一个村，村民种了速生桉树，导致现在水质大不如从前。年前，村里开会请石头协调后盾单位帮助重新建设一个新的人饮工程，这让他很为难。先前做的人饮工程，如果不烧山不砍树，用个二三十年是没有问题的，可是现在不到三年就不能用了。

为了村里的吃水安全，县里在资金比较紧张的情况下，今年又特地给大树屯安排了中央财政资金转移支付的新人饮工程。这样做会不会造成国家资源浪费？这让他想了好一阵子。投入村人饮工程的每一分钱，都是纳税人的辛苦钱。尽管这个项目最终做下来，村民们也常常说，这前山的水要比后山的水甜，但是每每看到烧光的山林，他心里总是不踏实。几年后，桉树长起，这里的水会不会还像现在一样甜？那时是否还要再建更新的人饮工程？如果不得已真的建人饮工程的话，那时还会有水源林让村民们去选吗？前两年人饮工程接来的水不也是山泉水吗？

村委操场上停放着五辆崭新的小轿车，有黑有白还有棕色的，其中一辆是崭新的越野车。村委旁的公路上不时有崭新轿车悄无声息地快速驶过。

这些车是回村扫墓的人开的。

去年大水屯有一个速生桉树种植大户，一个收割季挣了六七十万。再过三四年，如不出意外，即使坐在家里喝茶，也会有另一个六七十万等着他。钱到手了，他在屯里建了一栋三层楼房，外面贴上漂亮的瓷砖，还买了崭新的商务车，又到省城买商品房。大水桉树一时在村里成为议论的焦点。大家觉得，种植速生桉树，盖上楼房、开上越野车就不是神话，身边已经有了活生生的例子。

现在村里一窝蜂种树。这不，将要建的人饮工程周围已经种下不少速生桉树，估计今年砍伐后，村里又会增加几辆小轿车。

尽管村民开起小轿车，盖起崭新的楼房，但是，依靠种植速生桉树，他们真的能脱贫吗？前不久，石头申请到一笔资金，打算在村里修路灯。买路灯、线杆和安装的费用由政府出，村民提出一个问题：电费谁来出？每年电费要好几百块呢，另外雇人开灯也是一笔不小的费用，要装就要装太阳能路灯，不花电费、不用人工的那种，向村民要路灯的电费会很麻烦。石头表示太阳能路灯太贵，而且太阳能磁板隔几年就要换，以后维修很麻烦，特别是更新太阳能磁板每块要八百多，花费更高。装普通电灯，符合村里的实际情况。最后村民形成意见，说如果是这样就算了，他们世世代代住在山里，习惯夜里黑，要是有了路灯还不习惯呢。

生活决定意识，而不是意识决定生活。村民不愿意装普通路灯而主张装太阳能的，看似是电费的原因，更深层的原因也许是村级公共社会意识匮乏。钱，对他们来说已不是问题。所以说，扶贫更要扶智，只有切实改变村民的生产生活方式，推动人与自然和谐发展和良性互动，才会让“夜里黑”消失。要看真贫，真扶贫，扶真贫。在思想观念没提升的情况下，政府给村民安装好路灯，到时候疏于管理路灯亮不起来，工程会不会变成“盆景”？所以，装不装路灯，还要慎重考虑。

尽管村里的路灯没立起来，但心中的那盏希望之灯，却是永远也不能熄灭的。

庙会是三月三的重头戏，村里安排在初二举行。这一天，家家户户都要派出代表到村里的祖庙去祭祀祖先和龙母，要请道公做道场。做完道场，要吃“百家饭”。为吃“百家饭”，每家都要出份子钱，形式不一，有出钱出米出油盐的，还有拿鸡拿鸭拿鱼的。

天刚蒙蒙亮，道公就到了。

道公一般是本地人。在大明山区，从事道公这个行业的多是半职业性的农民。他们平时下地干活，只有在需要超度亡灵、禁压恶鬼和举办丧礼的时候，才作为神职人员出现，举办道场。前不久修路、建房子，村里都要请道公做道场。所谓做道场，又叫打铃。道公被称为民间的“艺人”，他们写一手漂亮的毛笔字，精通打鼓、敲锣、吹笛、唱经，还善于跳舞。那种舞叫作“道公舞”，咿咿呀呀，铃声叮叮，于是众人就在喧嚣声中感受一种传统的气息。

道公家境一般较为殷实，他们有时一天要接两三摊“生意”，每摊“生意”除了一百元酬金外，还会得几碗米、半斤熟猪肉和一只活鸡等，每接一摊生意都有比较可观的收入。因此，民间传有“贫民家里无油炒菜，道公家中鸡腿吃不完”的说法。道公工作属“终身制”，一直干到走不动为止。在村民心目中，道公德高望众，越老越值钱。

村里给道公派了“老实人”，就是听道公差遣的打杂人。今年派的“老实人”是小金。小金给石头的印象挺好的，高兴起来，下地干活很勤恳，像头毛驴。石头多次见过他背着药桶给桉树施肥打药，到木薯、玉米、芭蕉地里除草，看样子不嫌累，一个顶俩。平时他总是笑呵呵的，只是头发凌乱，皮肤黝黑，穿着邋遢，笑得时间久了，露出洁白的牙齿。他之所以总是不停地笑，努力地干活，大概是希望引起别人的注意。

村里还有四十多个“单干户”。小金这种情况，找老婆是难上加难，也许，做个“老实人”挺不错的。

道公拿了一些黄黄的草纸，还有墨汁、红漆、模子。小金把这些东西放在乒乓球台上，搬来椅子，研好墨，铺好黄纸。黄纸长方形，有尖尖的小尾巴，像风筝。

道公坐下，吹了吹模子，用崭新的小刷子在上面刷了些墨汁，然后把黄纸放在上面用力一摁，一个写着“人物得安宁”的“灵符”就做成了。印好一张，小金拿走一张。

石头问道公：“你是哪里人啊？”

“那宾。”

有时候啊，世界还真就是这么小，石头想。

这个来自那宾村的道公穿着白衬衫，里面露出灰色T恤，领子脏脏的，好像刚刚从稻田地里劳作回来。他头发花白，眉毛粗黑，眼睛很大，耳垂厚厚的，六十多岁，说话声音洪亮。按养生学上讲，这叫肾气足、气血旺。

“这些符做什么用？”

“每家每户都要发灵符，这些要贴在人住的地方辟邪、祈求平安。”道公说。

“红漆做什么用？”

“红漆也是做符用的。用红漆做的符要贴在厨房、牲畜住的地方。”

印好符，道公说：“我们还要到庙里办道场呢。”

石头问：“庙里都供奉谁啊？”

道公说：“龙母啊，先祖啊。”

村里分发了道公做的符，大家来到祖庙。祖庙坐落在河岸边，是敞开式建筑，里面有列祖列宗、龙母的牌位。据说，附近所有的祖庙都是朝向大明山的。

香台早就摆好，上面已经上好了香，还有一个祭祀用的碗。碗里面装着黄黄的东西。道公口中念念有词，左摇右摆，似发癫，忽然脚一跺，大喝一声：“着！”只见那碗里刹那间火焰升腾。于是，大家都拿着香向祖庙叩头、鞠躬。整个仪式倒也不太烦琐。

村里为什么要祭祀龙母呢？说来有一段传说。相传古时候，有一个老妪，没有子嗣，救了一条受伤的小蛇。小蛇伤好后不肯离去，老妪便对小蛇说：“人畜有别，人是没有尾巴的，你若想跟我在一起，就要舍弃你的尾巴。”后来老妪把小蛇的尾巴斩掉一小截，小蛇的尾巴变短了，人们就把小蛇叫作“特掘”，“特”在壮语里是男的意思，“掘”在壮语里是短尾巴的意思，人们就把老妪叫作“乜掘”，“乜”在壮语里是母亲的意思。从此，乜掘就把特掘当成儿子一样养着。后来，老妪年老去世，邻居们把老妪入殓后，便对小蛇说：“特掘呀，特掘！她平日里视你如己出，她走了，看你怎么给她尽孝。”小蛇仿佛听懂了人话，眨了眨眼睛，忽然风雨大作，一阵狂风就把老妪的灵柩和小蛇一起卷到了大明山的最高峰上面去了，那时正值三月三前后。后来每逢三月三前后，山区就会出现极端天气，刮暴风雨或者下冰雹，人们认为是特掘回来扫墓祭拜母亲。为了纪念乜掘，便给老妪乜掘立庙，在壮语里称为“妲婆庙”，汉文里统称为“龙母庙”。壮族人崇拜蛇，谓之旱地之龙，敬而远之，忌讳杀蛇和吃蛇。后来蛇融入中华图腾龙的形态里，升格成了最初的龙。大明山是壮侗语民族神话里的圣山，是壮族人心灵的信仰。他们认为人死了，灵魂就飞回大明山，因此人们祭拜的神庙都是朝向大明山的。

神话、传说是原生态的本土文化，是人类童年的幻想性口头文学作品。其实，每个地区都有传说和神话，记录了民族的成长印记。大明山三月三的龙母传说、盘古开天地、布伯、布洛陀、米洛甲……一个个广泛流传的神话传说和人物，展现着古代劳动人民对自然的朴素认知和人对美好生活的憧憬。哪一个人不是在神话传说中长大的呢？只要有人聚居的地方，就有神话、传说，寄托了人们对美好生活的向往和追求，这是人的文化血脉和基因。

三月初三接着办道场，演“师公舞”。初三的道场要比前两天隆重许多，从师公打扮上可见一斑。只见师公身穿大红袍，头戴八卦帽，扎腰带，着戏靴，执法器，在蜂鼓、扁鼓、锣、镲等打击乐器的伴奏中念咒诵经、即兴歌舞。

今天，那宾的这位师公跳的舞蹈源于一种原始巫舞，是古老的祭祀舞蹈。“师公舞”对舞者的要求是：“马”要矮、身要摆、胯要扭、膝要颤，形式古朴，曲调活泼，节奏鲜明，动作朴实粗犷。舞蹈时，师公经常在一个强烈的鼓点上突然吐气屈膝，身体随之反复摆动，腿部动作丰富多样，既有特点，又富于韵味。今年村里办道场，邀请了附近村的几个巫师到场助兴。这往往是村里最为热闹的时候，男女老少聚集在一起，既来祭祖，又听唱山歌。其实，村里一大早就开始忙活，先是把上好的姜、蒜和新鲜茶叶放到大石槽里舂，再把舂后浓绿的汁液用竹篦子过滤后倒进大木桶里，这就是油茶。之后，几个壮小伙把新鲜油茶挑到祖庙，另有专人准备好盐巴、葱末、香菜，还有甜点、大米花等佐料，单等师公做道场时，大家任意取来吃。人们边吃茶边听师公唱大戏，十分有趣。

此时，半山中的祖庙人声鼎沸。待大家安静下来，一通清脆的锣鼓声中，只听那师公唱道：

当初父母生下你们的时候，
第一个英雄是风伯，
第二个是雨师，
第三个生下的就是你，
两只眼睛炯炯发光像两盏灯笼。
每天你都到野外去游游荡荡，
每天都去学鬼学怪不务正业，
学了第一天就能抓火，
学了第二天就能呼风，
学了第三天就能治水，
这样风火水都归你管了。
你抓到风火专门来害人，
天帝见你有本事，
让你到天上当雷神。

你到天上去当雷王以后，
连续三年只管打雷不生云，
连续三年只管刮风不下雨，
连续六年干旱得寸草不生。

田里的禾苗望下雨，
园里的青菜望甘霖，
禾苗没有雨不结穗，
青菜没有水就枯焦，
狗饿得不能吠，
鸡饿得不能啼，

青菜禾苗都枯死，
猿猴干饿崖下哭，
人饿走不动，
海里龙王也着急。
父老到街上去找七失商量，
去请道公来祈天，
去请道公来求雨，
越求天越旱。
去请巫婆来求天，
越求天越高。
没有求雨天还矮，
求雨后天倒升更高，
白天青蓝的天空出火焰，
夜晚星稀月更明。

众人又到街上找七失，
去请和尚来祈天，
去请和尚来求雨，
和尚求雨也无法，
越求天越旱，
未求雨前天还矮，
求雨后倒升高起来。
父老没法去街上找七失，
去请布伯来求天。
布伯听到父老来请，
就在竹林摆起祭坛来。
布伯求了三天的雨，
一滴雨水也得不到，

旁边的孩子们都哈哈大笑：
“布伯求雨没办法，
布伯求雨雨不下，
赶快回家修水车，
急得胡子绞头发。”
布伯受不了这些话，
要水找龙王，
要水找龙母，
准备到天上去找雷公。
他喷出第一口水就到了云端，
他喷出第二口水就到了天上，
他喷出第三口水向前望，
只见那雷兵堵塞天池正忙碌。
布伯问六忙：
“谁让你们来修天池？”
六忙告诉布伯：
“雷王叫我来修天池，
雷王叫我把池塘封好，
不给一滴水漏到下界去，
要杀尽凡间人。”
布伯问六忙：
“雷王在哪里？”
六忙告诉布伯：
“夜晚雷王朝北坐，
早晨雷王在东方，
正午雷王坐正殿，
雷剑雨刀要杀戮凡间。”
布伯受不了六忙的威吓，

把六忙打跌在天池边，

把六忙打跌在天河边，

还踢六忙到天池里面去，

还踢六忙到天河里面去。

又打到雷王的宫殿，

把雷王踢下金殿来，

用宝剑压在雷王的鼻梁上。

……

师公咿咿呀呀地唱着，小金戴着面具，与其他巫师共同起舞。大家持乐器、法器，师公带头按“福”“禄”“寿”字走队形，节奏从缓慢到急速，情绪由轻快转欢腾，舞步从稳步行进发展到转身跳跃，气氛热烈。

师公唱的神话传说式民歌是师公调式的叙事长诗山歌。这种壮族山歌表现形式上有短歌式、勒脚歌式、排歌式，其中最具特色的是勒脚歌式，歌词押腰韵的同时押脚韵，下句的“腰”即中间字与上句的“脚”即末字的声韵相押，语言精练、情趣盎然，塑造的艺术形象活灵活现、刚健清新。

“好！”人群中发出阵阵叫好声。

稍息片刻，村民请师公吃了新打的油茶。吃完茶，小金认真地说道：“师公，给我们唱《拔哥山歌》吧，我最喜欢听您老人家的这首歌。”

小金理了短发，人显得精神，不像往常那样傻傻地笑。也难怪，高兴起来，小金和正常人没啥区别。不过，他又是怎么知道拔歌的呢？

师公看了看小金，说：“我唱了数不清的曲子，《拔哥山歌》这首歌是传家宝，没想到你能记住。好小子，难得！罢了，今天我唱上一回，你要好好学。”

清脆的锣鼓声中，只听那师公唱道：

（一）到处有恶人把好人生吞活剥

故乡那马伯民歌，给你寄这支信歌；我走遍了天下，看透了这世界，到处有恶人把好人生吞活剥！

如今世界妖怪多，口吃人肉念弥陀，故乡那马伯民歌，给你寄这支信歌。

可恨有天无日头，冷风嗖嗖刮，冷雨沙沙落，我走遍了天下，看透了这世界，到处有恶人把好人生吞活剥！

（二）齐跟列宁冲向前

民国十一年，起义闹翻天，在弄京开会，百姓笑开颜。

千山连万弄，遍地举枪杆，民国十一年，起义闹翻天。

喊声好比雷震天，齐跟列宁冲向前，在弄京开会，百姓笑开颜。

（三）四面农军齐出动

四面农军齐出动，攻下东兰好比虎下山，衙门的贪官土豪魂魄掉，纷纷逃命一溜烟。孔贤带队夺一路，各路英雄守重关，四面农军齐出动，攻下东兰好比虎下山。

如果农军不误会，乌龟王八全抓完，衙门的贪官土豪魂魄掉，纷纷逃命一溜烟。

（四）齐心起来清罪恶

贪官劣绅行剥削，穷人受亏命难活，农民协会已办起，齐心起来清罪恶。

我吃糠粥难顶饿，他吃鱼肉喊快乐，贪官劣绅行剥削，穷人受亏命难活。

打倒地主资本家，从此天下唱欢歌，农民协会已办起，齐心起来清罪恶。

（五）三成谷子是谎言

田垌的田大又广，我同伴！犁田的人受苦难，顶饿出工肠欲断，实难信！三成谷子是谎言。

穷人越想越流泪，太受亏！谷黄空见进入仓，田垌的田大又广，我同伴！犁田的人受苦难。

我穿褴褛他穿新，人人见！他吃酒肉我吃糠，顶饿出工肠欲断，实难信！三成谷子是谎言。

（六）游历三年整

游历三年整，找到了革命。领路是列宁，革命为人民。凡是苦百姓，革命才翻身。

游历三年整，找到了革命。马克思主张，拯救我农民。领路是列宁，革命为人民。

（七）如今瑶胞得解放

如今瑶胞得解放，瑶家子弟进学堂。民族平等样样好，瑶家骑马上圩场。有挑有担自己挑，哪个请扶就推翻。

如今瑶胞得解放，瑶家子弟进学堂。不给土豪抬轿子，不给劣绅当肉床。民族平等样样好，瑶家骑马上圩场。

师公抑扬顿挫，村民听得尽兴，茶吃得也嗨。不知不觉，已到吃“百家饭”的时间。

众人返回村里，文化广场已摆好“百家饭”。师公找到桌子坐好，其余人等依次坐开。饭菜自然丰盛，白切鸡、白切鸭、清水煮的土猪肉、白切羊特新鲜，再加上时令菜蔬、香甜米酒，大家吆喝着猜拳行酒令，土话、壮语、白话和普通话夹杂着，这阵子，自然少不了几只狗在桌子底下窜来窜去。待酒喝得差不多了，有人提议道：“师公，去年歌圩上，您老人家老歌唱得好，今天唱首新歌吧。”

玉屏歌圩历史悠久，对唱山歌曾是年轻男女谈情说爱的主要方式，一唱一和，也是情感交流。玉屏去年举办首届歌圩大赛，活动丰富多彩，山歌以赞美家乡、向往新生活、歌颂党的好政策为主要内容，交际功能有所减弱。

“是编了几首新歌，今天我不唱。”师公顿了顿，喊道，“小金，小金呢？”

“师公，我在这里。”小金和他隔了几个桌子，听到叫他，赶紧站起来。

“看你小子的了。”

“好！”小金答道。

这会儿，众人瞪大了眼睛。

小金清清嗓子，唱道：

法律面前讲平等，遵纪守法才是真。权力运行阳光下，祖国大地齐欢腾。（第一首）

上级领导发号召，全民响应不动摇。脏乱现象全除掉，要让歌声满天飘。（第二首）

践行核心价值观，前面越走路越宽。国家更强民更富，山也笑来水也欢。（第三首）

改革开放结硕果，法治社会好处多。依法治国国强盛，国泰民安人欢乐。（第四首）

祖国是个大家庭，党的领导是核心。各族人民如兄弟，和谐社会百业兴。（第五首）

文明要从我做起，莫乱吐痰丢垃圾。言行举止讲礼貌，粗俗丑陋要排除。（第六首）

缺德贪官搞腐败，难逃法律来制裁。党纪国法伸正义，乐得百姓笑开怀。（第七首）

……

山歌一首接一首。

30. 红花河谷

四五月的山区，阴雨连绵，路上非常湿滑。

前天乡里通知说市里有大领导要来东山调研，这样的天，不知道还能不能来。石头心里嘀咕着。不管来不来，屯路建设、五保村、产业发展等工作总是要搞的。

“石头，周副市长出事了！”温局一大早打电话过来，声音非常急促。

“怎么回事？”

“这几天周副市长在山区调研民族文化产业，因有许多工作要做，前天她连夜赶回市里。前晚失联了，电话打不通。今早得到确切消息，因山区下雨，周副市长的车子掉下悬崖了，因公殉职。”温局沉默一会儿说，“上周我们已经得到通知，今天周副市长要来东山调研，没想到……”

“怎么会这样！”石头自言自语道，放下电话，心中久久不能平静。

……

周副市长早年赴美留学，学成后毅然回国，是一名植物学研究员。从植物学研究员成长为女市长，还是一名民主党派成员，真可谓人中龙凤。

那几年，石头刚到南方工作，被机关选派到“两会”做简报秘书，负责小组讨论的记录工作。对于一些热点难点问题，委员讨论热烈，每次讨论结束后都已经很晚。他整理好委员发言稿，往往过了吃饭时间。周副市长作为小组召集人，每次都耐心地等石头拿出初稿。她对文字要求很高，对每句话、每个字，甚至每个标点符号都是严格把关，每次稿件上面都密密麻麻地写满修改意见。看到石头在等，反而每每劝他先去吃饭。石头不好先去，都是等到她审完稿子。许多次，已过了吃饭时间，不得已，只能随便吃点东西，应付一下而已。

有一次，委员外出活动。在此期间，有位老同志讲起中国的传统文化，老子、孔子、孟子、韩非子呀，那可真是滔滔不绝。石头说：“您说了这么多，我可以用一个字来概括，那就是‘和’，‘和’是中华文化的精髓。”这时，周副市长接过话，说：“还要加一个字‘群’，‘和群’的‘群’字，人要‘和群’。”此话一出，大家安静下来，都静静地看着她。是啊，“和群”，始终和群众在一起。作为一名优秀的科学家，她不仅走遍了南方的山山水水，而且对实验的每个数据都反复论证，精益求精，严格要求；作为备受群众爱戴的女市长，当困难群众找到她，反映低保、养老等问题时，她也会落下眼泪，为他们“点亮烛光”。

还有一次，石头参加重大决策课题调研。其间，周副市长陪同调研组考察市博物馆。说起博物馆，还有一段插曲。前几年，邻市保存有一批远古时代的恐龙、植物化石。因仓库改造，存放成了问题。化石很珍贵，是重要文物。邻市一时拿不出资金来保护，想甩掉但又不能随便处理，感觉很烫手。了解情况后，她及时同邻市沟通，表示愿出资保护好这批珍贵的化石，并组织市文物部门拿出组建博物馆的实施方案。很快，组建博物馆的批复下来了。之后，她组织力量把化石运过来。博物馆的建立，不仅为全市人民增加了一个科普基地，还解决了邻市难题，真是皆大欢喜。目前，馆藏的众多白垩纪、侏罗纪时代的古生物化石，蔚为大观，让人叹为观止。博物馆不仅成为科普的重要基地，吸引众多国内外专家学者来研究，而且大大提升了城市的文明水平，成为对外交往的一张美丽名片。在博物馆，看着那么多满脸稚气的孩子，她曾深情地说道："等我退休了，我要在这里做义务讲解员，给孩子们讲讲恐龙、植物化石的故事，也算是尽一些社会义务吧。"往事如昨，历历在目；天不遂愿，竟然会……

黄昏，河水默默流着，西边的天际抹着一片晚霞。

他徘徊在岸边。哗啦一声，什么东西落在头上了？用手接过，已是鲜红一片。

啊，木棉花！"浓须大面好英雄，壮气高冠何落落。"硕大的花瓣在空中翩翩起舞，那可真是英雄无悔，浩气长存。对岸有一棵二十多米高的木棉树，躯干挺拔，树冠如云，"几树半天红似染"，更有一只小松鼠跃上枝头，和着对岸，形影相伴。她俩是姐妹吗？夜深人静时，是否也会互诉衷肠，让彼此珍惜拥有，且行且珍惜？

微风拂过，花瓣洋洋洒洒，河谷已是红彤彤一片。

天色渐渐暗下来，远处传来嘎克嘎克的叫声。是犀鸟吗？听村里的老人讲，已十多年没见过犀鸟了。

回到房间，石头想起《知识青年上山下乡亲历记》还没看完。书还在，透过闪动着青春岁月的文字，他仿佛看到周副市长向他走来……

知青岁月，我的人生财富

知青作为一代人的身份符号，在近40年之后的今天，似乎已经十分模糊了，但知青的激情岁月，已经在我的成长历程中打下了深深的印记，给我的人生留下了宝贵的财富。当年的“插友”，如今的朋友，有的如我读了大学，科研路上一路走来，做到研究员，然后做了副市长；有的自学成材，成了工程师；也有的回城进工厂，呼一声企业破产成了下岗工人，靠自己的双手做糕饼，游走于市场叫卖，竟也培养出一个上了名牌大学的儿子。偶尔聚会，聊起彼此，聊起当年，每每放出“豪言”：当过知青，还有什么苦不能吃？还有什么累不能受？还有什么事大不了？知青岁月，教会了我们忍耐，教会了我们生存，教会了我们承担责任，教会了我们善良。

九头山

九头山是我知青生活的第一站。

九头山，丘陵草地，青山绿水，一个美丽的地方。可是在九头山的第一个晚上就给了我们一个下马威。那天我们是下午到的九头山，一到，大家就忙着整住处，十多个人一个房间，用条凳搭上木板再铺上稻草就是床了。安顿下来吃第一顿饭时天已经黑了。不错，有鱼。在那个年代这是多么让人兴奋的事。但带队的林队长的一声提醒“小心，别让刺卡了”，让我们意识到没有电。不光没有电，煤油灯、蜡烛也没有，摸黑吃了第一顿饭。在接下来的日子我们才真正体会到在九头山生活的艰苦：创业伊始，除了几排平房、一口水井、一台小柴油发电机，九头山几乎一无所有。晚上老鼠仔在床头乱窜，我曾经在睡梦中随手抓住一只老鼠，被吱的一声吓醒。对女生来说，更难受的是没有热水，只有在特殊的日子，才有资格在晚上发电时到机房排队接柴油发电机的冷却水，在昏暗的灯光下也不知有没有油污，倒也没有听说谁洗出毛病来。

就是在这样艰苦的条件下，知青们开始了艰苦的创业生涯。我们的任务是在这一片荒原上开凿出千亩鱼塘来，唯一的工具是铁锹。每天上工挖泥垒塘基，塘基要垒到两米多高，纯粹靠人力把土挖起来甩上去，每天手臂上下挥动不计其数，绝对是力气活。刚开始手臂酸痛、掌上起泡是必然的，个别人请起了病假，但这是被人瞧不起的。那个年代，愚公移山的精神、毛主席“下定决心，不怕牺牲，排除万难，去争取胜利”的语录确实影响和鼓励着一代年轻人。渐渐地铁锹不重了，动作有节奏了，将满满一铲泥甩上两米多高的塘基竟然轻而易举。塘基在我们的铁锹下一点点长高、延长，一个个鱼塘就这样修成，而我们也变得健壮、坚强。

在九头山，我第一次看到只有一个老师的复式班小学。十多个老农工的孩子坐成三行，也就是分成了三个班。只见那个老师给一年级讲完语文，布置好作业，然后就给二年级讲算术，之后大家唱歌算是上音乐课。孩子们竟然乖乖的，互不干扰。我十分佩服那个老师，印象十分深刻，以至于到我做副市长分管教育，调整农村学校布局时就想起九头山的复式班。我深知老师的不易，学生的不易。

九头山远离城市，没有道路，不通汽车，每月一次集中休息，由场部派出拖拉机把大家拉回城。拖拉机在荒野上自由地行走，久了便走出条路来，再走形成大坑、沟槽，拖拉机走在上面便东倒西歪、上下舞动，站在车斗里的人们也随之左挤右压发出阵阵呼喊，也不知是兴奋还是痛苦。最后，路彻底不能走了，拖拉机就换一处走，然后又走出条路来。这段经历让我真正体会到“路是人走出来的”。我在九头山待了约一年，来回走了多少条路记不得了，后来九头山队撤销，又经过三十年改革开放，时过境迁，我再也找不到九头山了。

一颗鸡蛋

鸡蛋，再平常不过的东西了，现在人经常吃，油煎、水煮，换着花样吃。但我们小时候，鸡蛋可是稀罕物，在我的记忆中，只有生日时才能吃两个鸡蛋。在一队我吃过的一个鸡蛋让我终生难忘。

因是在农场，知青能吃食堂，管它白菜萝卜，吃饱就好，一碗搞定。有一天，我和另外一个知青因事错过了开饭时间，回来只刮得点冷饭。

那时不像现在有煤气和各种厨房电器，要煮点东西很麻烦的。队里有个会计姓韦，是新中国成立前的商专毕业生，很有水平，被打入“臭知识分子”被改造行列，低头做人。因韦会计就住在知青集体宿舍楼下，我又刚跟他学习准备接他的班，于是斗胆敲开他家的门问能不能在他家热一热饭。韦伯母二话不说，立刻生火为我们热饭，并找了两个鸡蛋打进饭里。吃下去，顿时一股热流传遍全身，我们感动不已。善良的人啊，不论身处何种境地，举手投足间时时处处都体现对他人的关爱……

微型书架

我曾经有过一个很小的书架，长不过60厘米，宽不过25厘米，高约50厘米，靠墙放在我的枕头边。书架是一队的木工师傅做的。起初我找他不过是想要几块边角料随便钉个架子就行了，不曾想他竟然很精细地帮我做了个真正的书架。

知青的生活，除了物质匮乏，文化生活更是单调，工余除了政治学习，就是打牌、吹牛、织毛衣。这些我都不喜欢，于是什么报纸、资料、无头无尾的小说，只要有字的都拿来看，因此养成了终身受益的睡前看书的习惯。我的书架上多是政治类和农业生产常识类的书，但也有文学书，如毛泽东的《认识论》《实践论》《论十大关系》，鲁迅的《呐喊》《彷徨》《狂人日记》《野草》《朝花夕拾》，以及《雷锋日记》《欧阳海之歌》等。这些都是我知青岁月的宝贵精神食粮。这些书极大地影响了我的世界观，也极大地弥补了我在“文革”中所受教育的不足，我的许多历史、文学、哲学、天文、地理、人文的知识就是从《读报参考》中汲取的。正是有了这些书，我才没有荒废岁月，在恢复高考时，凭着日积月累的知识，比较顺利地答完试卷，并被中山大学录取。

……

夜已很深了。

石头合上书，关上灯，独下小楼，漫步操场。几只萤火虫忽高忽低，忽明忽暗，缓缓移动着，空中画出一道道光的弧线，马上又散去。远方传来河水流动的声音，和着邻家婴儿的啼哭，表明这个世界充满生机。

寂寥天空中传来机器轰鸣声，那是深夜的航班吧。他抬头仰望，除了飞机一闪一闪的灯光外，天空还不时划过流星呢。灯光渐渐远去，天空却更加璀璨。只见那颗颗流星拖着长长的尾巴划过，银河系若隐若现。真想不到大山里的星空竟然如此浩瀚、壮观、美丽！

划破长空的最亮的那颗星，可不就是她吗？

31. 水源林

周末，韩山川驱车到村里。

石头、支书陪韩山川爬上附近的几个山头，实地察看了桉树的种植情况。韩山川正在办退休手续，退休不退岗。石头说："老师，您还带学生吗？"

韩山川说："带啊，带完这一届就不带了。"

石头说："还是要发挥发挥余热的，您老一肚子学问，不发挥可不就浪费了。大周末的把您老请来，希望您给我们支支招。我们这里是水源林，种了很多桉树，让人困惑。现在各种说法都有，有人说桉树是'抽水机''抽肥机'，又有人说桉树是非常好的经济树种，带来经济效益等。您老是权威，希望给村里上上课。"

韩山川说："说桉树是'抽水机''抽肥机'，这是没有道理的。桉树需要水分和养料，不吸收水分和养料，那就不是植物了。现在很多果树也要'抽水'和'抽肥'，抽得比桉树还多，难道果树也成了'抽水机''抽肥机'？一味地给桉树贴上这样那样的标签是不科学的。"

石头说："现在市里已有政策，坡度在25度以上的山坡、水源林、水源林涵养区不允许种植速生桉。如果种了，五年内要完成结构调整，改种乡土树种。现在种树的山坡，不止 25 度。”

韩山川说：“你看对面山坡，70 度的都有，山顶上都种满了。这说明经营模式出了问题。任何一种树都要吸收水分和养分，果树吸收的水分和养分更多。在水源林、水源涵养林种的桉树多了，从山上流下的水就少了，这样桉树就成了‘抽水机’‘抽肥机’。这个经营模式要改变。”

石头说：“还有一个问题，你看桉树林子下面流的水都是浑黄的，这又是怎么回事？”

韩山川说：“矿物质含量超标所致？桉树不会带来这些问题啊。”

支书说：“难道是施肥过量造成的？桉树要大量施肥才行，现在从山上流下的水变成了黄黄的，大家怀疑种树施的肥料和山上矿物质发生了化学反应，这水不敢喝。前几天村里开会，希望再建一个新的人饮工程，就是从对面还没有种桉树的那个山头上把水接下来。”

石头说：“原先的人饮工程还不到三年。为了这个人饮工程，前年我们可没少下功夫，怎么这么快就不能用了？”

支书说：“现在上游村在水源地种了速生桉，我们动员砍树没有效果，人家不理。现在水不像以前那样甜了，建一个新的人饮安全工程，也是预防。”

石头说：“一个新的人饮工程的花费不是小数目。”

韩山川说：“从全国一盘棋的角度考虑，这里是珠江的上游，上游的植被保护情况关系下游粤港澳的供水安全。现在广东一些地方已经明令禁止种植速生桉树。长远看，也是没有办法的事。桉树这个树种本身没有问题，我认为还是经营方式出了问题。”

石头说：“不只广东，现在东山附近的几个县也开展了大规模整治行动，其实政策早就出台了。但是，贯彻实施这些政策还需要一个过程，这个过程很漫长。现在很多人的认识跟不上，你不让他做的，他偏要做。我们劝也劝不了，说也说不动。现在是冬季，烧山毁林非常严重，一到半夜，整车的原始林木被拉出去做柴火用。村民讲，这叫‘炼山’。炼山会把整个山烧得干干净净。这是在吃子孙饭，挖断村里后续发展的路子啊。这种情况不遏制，真是让人忧心，看来执法亟须加强。”

韩山川说：“除了种树，有没有想过发展别的产业？环境这么好，要山有山，要水有水，想过发展草药产业吗？”

支书说：“前几年省里的中医药大学曾派出专家组调研，提出在这里建立中草药种植基地，没搞成。”

韩山川说：“怎么回事？”

支书说：“对租地的费用和收成后利润怎么分成，村里意见不统一，就没搞成。那会儿啊，屯里就是有那么几个队，说什么都不愿意。陈谷子烂米的事东搅西搅，时间拖得久了，人家就不干了。这事要是做成功，村里就不是现在这样子。”

现在村里不少人在惋惜这事，还成了喝酒时的谈资。这不能解决问题，要面对现实。后来石头向在省中药大学的一个朋友了解情况，说当时省里申请到一个国家级研究草药领域的自然科学课题，经费几千万。课题组从长远考虑，决定建立中草药种植基地，既培育新品种，又带动当地的经济发展。当时村里的自然条件非常好，到处是原始林木，发展中草药产业具有优势。但是，由于村里对一些小事久拖不决，课题申报又有时间要求，最后课题组只好选择别的地方做基地。

石头说：“有钱不见得富。”

韩山川说：“看来，人的因素更重要。”

第七章　方圆

32. 厚重情意

打开厚厚的《“同心共筑中国梦”首届“团结杯”摄影大赛优秀作品集》第16页，那是获得二等奖的作品《厚重情意》。

这幅作品是石头在村里拍摄的，拍摄的是村里农民领取大米时的喜庆场面。

图片右上方是红底黄字匾额，上书“捐赠大米7900斤”，非常醒目。从右往左共四人：最右边的人头微低着，嘴微微张着，腿正好向前曲起，一袋五十斤重的大米恰好抬在腰间；右二侧着身子，露出半边脸，米袋子正好抱在腰间，头挡住了后面的几个字“捐赠大”，匾额就成了“米7900斤”；右三眼睛向前，额头上已有几道皱纹，微笑着，米袋子正扛在肩上，一只手扶住袋子，一只手刚好放开，后面还有一个人，只露出轮廓，具体是谁，不得而知；右四头发花白，看样子应有六七十岁，他紧紧地抱住米袋子，高兴得眼睛眯成一条线，嘴巴张得大大的，笑得最灿烂，观者仿佛能听到他爽朗的笑声。

摄影是永恒的青春艺术，容大千世界于指掌，贮百姓勤劬在方寸，恰如源自内心饱蘸深情的无韵诗章，踏天割云泼新墨，揽海弄潮笔更兴。摄影者在用镜头凝固瞬间时充满幸福感、使命感，他们用镜头描绘的美好生活，充满灵动、厚重、平实、谦和。幸福自己，快乐他人，镜头描绘的中国梦，让每一个人魂牵梦绕。

那时，石头负责组织参赛事宜。

这是近年来以“同心共筑中国梦”为主题的首届全国摄影大赛，石头宣传到位，动员充分，大家踊跃参加，很短时间内就收到上百幅作品。他精心挑选十张，为每一张图片都配好说明文字，按照比赛要求报上去。

一天，石头接到大赛评委组梦曦的电话。前几年，梦曦来南方考察，石头和她见过几次面，印象较为深刻。她说："你们报送的作品，组委会已经收到了，但大都是风景类照片，能不能改报一些社会服务类的啊？现在我们已收到很多省份上报的作品，大多是风景类的，社会服务类的作品很少。社会服务是我们的一项重要工作。这次大赛的主题是'同心共筑中国梦'，我看到你们有不少这方面的新闻报道，能不能报送一些这方面的作品？"

石头说："好啊，我重新准备。"

筛选各地上报的相片，选来选去，总是不太满意。后来，他接到电话报告说："黄埔支部有位党员韩山川，近年来走访了不少抗战老兵，积累了很多素材，他有几张照片，希望石头把把关。"

石头说："你说的是山川老师吧。"

得到对方的肯定回答后，石头说："哦，有一阵子没有联系老师了，我联系他看看。"

石头拨通韩山川的电话。韩山川说："这几年我拍了一些照片，其中一些是关于老兵的真人真事，几位老人现在已经一百多岁了。为了体现历史厚重感，我想把原先的彩色改为黑白色。因为大赛有要求，不允许对照片进行处理，我就没有上报这些作品。你能不能和评委沟通一下？"

石头说："我问问，有消息再联系。"

石头拨通梦曦的电话，说："我们有几张关于老兵的照片，原是彩色，现在作者想改为黑白色，这样能有一些历史感。但是大赛有要求，不允许PS。如果把作品改成黑白色彩，符不符合规定啊？"

梦曦说："关于老兵的啊，你发过来我先看看，组委会同意就没问题。"

韩山川把照片发给石头，一共三张，都是半身照。

第一张照片：老人额头有皱纹，静静地看着前方，似在想心事；他眼睛明亮，身穿军便装、白色圆领T恤，完全看不出九十多岁了。

第二张照片：老人把手举在眼角上方行军礼，他大张着嘴巴，乐呵呵地笑着；露出的上面两颗牙和下面一颗牙，在以黑色为主旋律的画面中，非常明显。

第三张照片：老人的手举在眉间，正行军礼；他正视前方，嘴巴紧紧地闭着，腮帮子上有稀稀的胡子；整个画面只有手和脸是明亮的，整体庄严肃穆。

石头说："照片整体感觉非常好，有历史感。最后一张好像在哪里见过。这样吧，我把照片报上去，看能不能用。"

石头把照片转发给梦曦。不久，梦曦回复说："组委会已看过，同意将黑白照片上报。"

找来找去，最后还差一张，总不能废了指标吧。石头记起在村里拍摄的一张照片，想想凑个数吧。名字不好起，想来想去，起个名字叫《领大米》，好不好的，先报过去再说，没想到作品后来成了《厚重情意》。这应该是某个评委改的，现在看来，改得比较好，有艺术感，摄影不也是艺术吗？

最后的结果是大丰收。报送的十个作品有七个作品获奖，机关还获得大赛的优秀组织奖，真是皆大欢喜啊。其中，组照《老兵》获得大赛一等奖，《厚重情意》获得大赛二等奖；另外，《帮扶》《行军》荣获优秀奖，《传承》《绣球舞》《渔歌唱晚》入选优秀作品集。

后来，石头在北京见到梦曦，她说："这次举办的'同心共筑中国梦'首届'团结杯'摄影大赛，规格是近年来最高的。各地组织踊跃参与，在很短的时间内，组委会收集到的作品就有上千个。这些作品，歌颂了中国共产党领导的社会主义现代化建设的丰功伟绩，展现了多党合作事业的伟大成就，弘扬了中华文化和中华民族精神，彰显了'同心共筑中国梦'的主题。今年，我们把权力下放到省级组织，由你们对参赛作品筛选，而且只允许每个省报送十个作品，后来集中到评委手中的参赛作品共有 268 个，真是蔚为大观。后来领导同志和中国摄影家协会专家组成评委会，经过几轮评选，共评出'履行职能'及'风光与艺术'两类摄影作品各一等奖 3 名，二等奖 5 名，三等奖 10 名，还有若干优秀奖等奖项。这次你们能获得这么多奖项，真不容易，祝贺你们。"

他有两件事没有想到。一是没有想到会有这么多作品获奖，二是没有想到自己的作品也能获奖。原打算凑数的，没想到却歪打正着，这可真是"有心栽花花不开，无心插柳柳成荫”啊。

后来村里人告诉石头，《厚重情意》里面那个笑得最灿烂的老人，年初得了一场疾病，人走了，才刚刚六十岁。他唏嘘不已，这可真是人生无常啊。

但是，那灿烂的笑容，因为摄影，永远地留下了。

33. 和（一）

玉屏乡政府邀请韩山川到那美村做人饮工程测绘指导，安排支书、阿能等人做向导。

一大早从家里出发，韩山川开车到东山高速公路出口处接上工程技术人员，赶到村里已近上午十点。之后，同支书、阿能、韦晓、石头等人在村委会议室讨论测绘实施方案，从会议室出来已十二点。几人马不停蹄接着爬山测绘。忙活一整天，待拿出完整的测绘数据，已是下午五点多。

韩山川回到家中已经晚上八点多了，随便吃点东西，之后开始整理数据。他工作起来忘记了时间，这样忙活着，不一会儿就睡着了。朦胧中，他看到一群人在开会。

“……有的人不干工作，是因为能力不行，干不了工作。还有一种人，占着茅坑不拉屎……屙屎屙不出，我只能使劲抠了……没办法啊，我只能使劲地抠了！使劲地抠，使劲地抠……”那人不停地说着“抠”什么的，又咬牙切齿比画着什么，四周发出阵阵笑声。那人是谁？好像是在哪次会议上见过的一个官，记不清了。总之，那是一团黑乎乎的模糊身影。

“你讲话要注意文明，这是会议场所！说谁啊？谁屙屎屙不出？”韩山川说。

那人“抠”得起劲，冷不丁被人扫兴致，不由得愣住了。他盯住韩山川，说：“韩山川，我问你，你为什么不让我们种速生桉？”

“我没有不让你们种啊。”韩山川说道。

那人说：“韩山川撒谎！你写提案，就是不让我们种速生桉。”

韩山川想说什么，却张不开口。

那人大声说：“以前韩山川和陈兴当知青插队时，偷鸡偷鸭，偷炸药炸鱼。我告诉你韩山川，破坏环境的是你，占茅坑不拉屎，吃空饷！”

韩山川无话可说。

那人接着说：“韩山川不让我们种速生桉，现在电视台、报纸都在说这件事。他不干工作，吃空饷！”

韩山川想，人退休了，怎么会吃空饷？简直血口喷人！

那人说：“刚才我说话粗俗，其实说的不是韩山川，现在，韩山川对号入座，他说他自己屙屎屙不出，吃空饷。”

周围的人附和着：“吃空饷，吃空饷！”

韩山川说：“乱讲话。”

那人盯住他，不说话，只是鼻子里挤出了个“哼”，“哼”的声音很响亮。

伴随着那人响亮的“哼”，四周响起此起彼伏的“哼”，一个比一个响，韩山川喘不过气，他感觉世界颠倒起来。

这时，传来一个歇斯底里的声音：“傻 × ！”又见一个黑影压过来，什么话也不说，拿起东西就砸他。韩山川躲过，身后传来砰的巨响。四周一片惊呼，没看清楚来者何人。

这时有人跑过来，拉起他，说：“老师，我们走！”韩山川一看，是石头。

漫无边际地走着，前面一堵墙挡住路，石头不见了。世界开始坍塌，韩山川开始向下掉，脚下已是万丈深渊。

韩山川一惊，原来是场梦。

看看时间，凌晨两点半了。

“这不是真的！”韩山川自言自语道，“怎么回事？也许自己工作太累了吧。”他想，收集的数据要进一步实地核实，到时候叫上石头，说不定他会有新点子。

迷迷糊糊想着，不知不觉，他又睡着了。

天亮后，韩山川打电话给石头，说要到村里实地核实人饮工程的数据。

“老师，明天吧。”石头说道，“昨天忙了一整天，不要太拼了，先休息，保重身体。”

韩山川一想，这样也好。于是说：“好吧，我明天过去。”

第二天上午，韩山川到了村里，石头说：“村里的定工都去县里开会了。”韩山川说：“这样吧，我们先看看这些图纸，待会儿到山上看看。有些数据，我总是不放心。”

石头打开韩山川绘制的图表，图表上有人饮工程的流程、管网平面布置图、人饮工程平面布置图，非常详细。

石头说：“老师，你没少下功夫。”

韩山川说：“这不算什么。石头，待会儿我们一起上山看看。”

从村委出发时已是下午两点，二人转过后面的小小“密林”——大片的玉米地。沿着玉米地边曲曲折折的小道走过，眼前是一条小河。河中有“石桥”。村民因陋就简，在河道里面摆上几块石头，就成了进出山的主要通道。

跨过“石桥”，是稻田。稻田是阶梯结构，水从上层流到下层，布满整个山谷。正是金秋十月，稻子熟了，山谷变得金黄。村里还有好几个山谷，已种上了稻谷。这里的水好，稻谷也筋道，要是做成米饭，吃起来喷香。村民平时舍不得吃，都是到乡里买米吃，只有逢年过节时，才拿出来做五色糯米饭什么的。

转过稻田继续向前走，是上山土路。土路边上有高高的龙眼树、榕树。树下面是硕大的蒲葵、密密的砂仁，还有数不清的藤蔓、杂木。蒲葵的叶子肥大，花径很粗，花朵却小小的，乳白色。藤蔓攀附在龙眼树上，垂下来，就成了直溜溜的树胡子。榕树很粗，需几个人合抱，榕树不仅垂下树胡子，树的上面还布满火龙果的茎，密密的。火龙果的茎绿绿的，长长的，浑身长满刺，黄色的花儿开得很艳。这种果是野生的，挂着红红的果实，不大，据说酸，不好吃，又长在这么高的榕树上面，很少有人抬头关注。不过，树上少不了小松鼠和叽叽喳喳的小鸟。大榕树上面为什么会长这些有很多长刺的东西，没有人能说清楚，大家只知道叫土火龙果，很早就有了。

树林尽头是一簇密密的竹子。竹子下有一个碑，字迹不清楚，应该有些年份了。竹林边是一个峡谷，峡谷里长满野芭蕉，蕉林高大、茂盛，里面传出汩汩的泉水声。远处密林中不知名的鸟儿咕咕叫着，头顶有一只老鹰，或者是雕类的大鸟盘旋，仿佛很近，又很远。

山上有放倒的杂木，歪倒一边。被锯掉的二三十厘米粗的树墩旁，正冒出新芽。不远处是附近山脉群的最高峰，目测距离不到二百米。这二百米宽的原始林，应是计划修建集水池的采水区。原始林很密，进不得人，给人一种神秘的感觉，不知道里面有什么。

韩山川取出随身携带的测量设备。之后，二人坐下歇息，韩山川说："石头，其实啊，对这个人饮工程，我总感觉不那么乐观。"他欲言又止。

石头说："为什么？"

韩山川说："按规定，距离取水点二百米的范围内不允许种植速生桉，可这里的桉树距离不到一百米。长久看，对水质是有影响的。假如周围种上经济树木，多年以后，这块原始水源林还能流出甘泉吗？三年前帮助村里建好了人饮工程，现在要建新的，这会不会造成基础设施的重复投资和扶贫资源浪费？多年以后，如果村民不能喝山上流下的甘甜的泉水，那时候又能怎么办呢？那时会不会又要多方筹钱帮扶，不断地投资饮水工程？或许有永远搞不完的基础设施建设，谁能说得清楚？"

石头说："老师上次提交的有关水源林禁止种植速生桉的建议案，引起广泛关注。现在，省人大常委会还专门就此事出台法律，明令禁止水源林和水库周边种植速生桉，这说明，在速生桉问题上，大家是有共识的。"

韩山川望着远方，没有答话，若有所思。

石头接着说："种速生桉与村子是个集体经济空壳村有关系，村里没钱发展公益事业，只好把集体山林承包给老板得点收入。在作物种植的选择上，村里失去话语权。"

韩山川说："据我研究，农村集体经济话语权的影响体现在三个方面，一是农村没有钱建基础设施，二是农村基层党组织没有话语权，三是，也是最重要的，农村发展缺少后劲，往往带来一些社会问题。贫困村的情况尤其严重。”

石头说：“这是农村发展必须正视的问题。”

韩山川说：“所以说，发展壮大集体经济是农村改革开放的大方向。改革开放初期，我们提出两个飞跃的思想，就是废除人民公社，实行家庭联产承包为主的责任制，以及发展适度规模经营、集体经济的思想。两个飞跃理论的重心和落脚点在于通过适度规模经营，发展集体经济，带动农业现代化，这是中国特色农业现代化所走过的道路。据我调查，全国一半以上的村集体经济组织没有经营收益或者经营收益的效益偏低，我国集体经济大而不强，发展不平衡不充分的结构性矛盾非常突出。

“发展集体经济，提高贫困村集体经济组织收入水平，应是脱贫攻坚的关键。石头你想想，这几年国家投入村里的资金有几百万之多，现在的精准扶贫实际上是输血式扶贫。变输血式扶贫为造血式扶贫，关键要壮大农村集体经济。这里面有两个问题需要注意，一是农村集体经济组织的发展方向问题，二是农村集体经济组织的效益怎么提高上去。这两个问题归根到底是人的因素能不能发挥作用的问题，特别是贫困村党支部班子强不强关系脱贫攻坚和未来农村发展。”

石头说：“集体经济的发展状况应是新农村建设的评价标准。”

韩山川说：“是啊。村里环境非常美，还有上万亩集体山林，如果把大家集中起来，发展会更好。这个愿望，当年我和陈兴当知青的时候就有了。”

说到这里，韩山川忽然想起什么事，陷入沉默。眼前浮现出前天梦中的情景，那些污言秽语真是令人作呕，太令人作呕了！语言是什么？语言是用来表情达意的，是用来进行人际交往的，是让人们求真、向善、崇美的，谣言不是语言。

“谣言不是语言”这几个字不停地浮现在韩山川的脑海里。是的，“谣言不是语言”。古人尚且知道“当官不为民做主，不如回家卖红薯”的道理，可是，那些位居庙堂之上的小团伙、小圈子呢？他们一面说着反腐倡廉的时髦话语，一面做着见不得人的勾当。现在的时代，是人民当家作主的时代，是属于人民的社会主义新时代。每一个人都是人民群众的一分子。而且，人总要有一种为了群体而牺牲的精神，这种牺牲精神的力量来源，归根结底是忠诚。牺牲就是忠诚。作为党员干部，要忠诚于党，忠诚于国家，忠诚于为人民谋幸福的崇高事业。斗争就是忠诚。对党、国家、人民是否忠诚，是评价是非曲直的唯一标准。那些做样子糊弄人的“吃空饷”言行已经走向忠诚的反面。有人说，当所有人都没有底线的时候，底线已经不存在了。千里之堤，毁于蚁穴，不可不察。

这阵子，山上太闷了。韩山川望着远山，不知道从何说起。不管怎么说，历史潮流滚滚向前，那些甘当人民孺子牛的人，那些忠诚于党和人民崇高事业的人，人民会永远记住他们。

韩山川陷入沉思。有位哲学家说过，一事如不可说，则不要说。有些事，终究要有人去做的。做事，总要被人评价。人和事都要经得起评价。

又坐了一会儿，看看天色渐晚，二人下山。韩山川连夜赶回城里，他就是这样的人，总有做不完的工作。

第二天一早，石头远远地看到阿能，待石头打招呼，阿能却猛地发动车子冲过来，他本能躲过，摩托呼啸而去。

这是怎么回事呢？石头想。

现在，村委聚集了许多人。大家好像在读一张告示。石头走过去一看，见是《2013年那美村大树屯巷道水泥硬化工程费用情况公布》。落款是村委会，没有章。

公布的内容是：

各位村民：

2013年是我们那美村大变样的一年，传统思想大转变的一年，居住环境大改变的一年。在此，我们首先感谢后盾单位的大力支持和帮助，把我们村委办公楼装修好，极大地改善了村委的办公条件，舞台和篮球场也建起来了，群众体育运动蓬勃开展；感谢上级党委政府的积极支持和工作指导，感谢各位村民。阿能就是杰出代表。他捐了钱、出了力，还受了气，但他不计较这些，为改变家乡面貌而努力工作。村里的大多数人都想把居住环境改造好，积极参与巷道水泥硬化工作。现在村巷道干净了，污水不见了，脚不沾泥了，村民个个喜笑颜开。为此，感谢各位村民对本届村委会的支持。

在新的一年里，希望各位村民继续支持新一届村委会的工作，把那美村建设得更加美好。

2013年那美村巷道硬化工程资金有两大笔，一是后盾单位支持资金15万元，二是县财政“一事一议”项目资金122110元。两笔资金具体支付情况见附表。

附表就是前几天支书递交给石头的巷道费用表，由两部分组成。落款是“那美村委会”，无公章。

联想到阿能的态度，石头有些困惑。其实，2015年元旦时村里的巷道入口处就立了个碑，红底灰字，上书“2014年东山县‘一事一议’财政奖补项目”“玉屏乡那美村大树屯巷道建设项目”。

当时他想，这又是怎么回事呢？脑海里打满了问号。

来之前，机关曾筹集15万元用于大树屯巷道建设。为这事，机关内部刊物、网站做了报道。2011年接手那美村时，巷道没有硬化，村内污水横流，进不得人。前年发动党员捐款15万元帮助村里硬化了巷道。四月乡里召开人大会议，玉屏乡政府工作报告明确提出“后盾单位投资15万元完成那美村大树屯屯路硬化”，屯路项目怎么又变成了“2014年东山县‘一事一议’财政奖补项目”“玉屏乡那美村大树屯巷道建设项目”？

其实，让石头疑惑的不止这些。前不久，支书交给他一份材料，是关于2013年那美村大树屯巷道水泥硬化工程费用情况的汇报。大意是：

在后盾单位的支持下，村里发生很大的变化。那美村完成了人畜饮水、屯路硬化、垃圾池修建、村委办公楼装修等建设项目，为特困家庭改造危房，让他们搬入崭新的楼房。但是，去年给的15万元屯路建设资金远远不够，需要补充67298元。

石头纳闷，这是怎么回事，这项工程不是已经竣工了吗，怎么还留有尾巴？让石头特别不能理解的是，现在项目完工，后盾单位竟然变成拖欠农民工工资的一方。

石头拿出之前公布的有关工程花费情况的告示仔细看，上面还有风干的糨糊，理财小组的红章已经模糊。这事先和村里沟通比较好，在沟通之前，要搞清楚几个问题，一是修多少路，这个最关键的问题也是最基本的问题，“告示”没告诉，另外所谓费用表，除去购买材料的费用，还有吃喝费有项目争取费，让人感到莫名其妙。

石头向村支部提出质疑。他说：“我们帮扶你们 15 万修建巷道，怎么公示的只有 14 万多，剩下的钱怎么处理的？”

支书说：“这是‘一事一议’的项目，和你们那 15 万没有关系，你们给的 15 万还不够呢。”

话是这样说，但是石头心中总是疑惑。当时，村里正好争取到 4.8 公里的屯路计划，如果这事闹起来，会不会影响村里即将开工建设的屯路？毕竟国家投了 160 多万资金到那美村，这可是村里盼了多年的大事啊。

忍一时风平浪静。有些事，要先放一放，静下心冷处理。

现在，村里居然又拿出这一份总投资 35 万元的情况汇报。但是，一些最基本的问题，如屯路硬化多少里程、什么规格的，高多少、宽多少，砂石比多少，均没有涉及。表中有三联让人很疑惑，涉及机关联、“一事一议”项目联、总金额联。

总金额减去机关帮扶的资金和“一事一议”项目支出的部分，得出未付款部分，即 67298 元。

其实，没有列出屯路修的里程、规格等具体内容，也不是问题，可以查。反正就修了那一点路，用尺子都能量的。今年小树屯用 30 多万的投资就把环屯一公里的全部屯路、巷道搞定。按今年的标准和公示的内容，大树屯去年这笔 35 万元资金完成屯路和巷道建设绰绰有余。但是，今年石头他们又为大树屯申请到了一公里的屯路硬化指标，其中仅环屯路就 670 米。这就有了两个重合。第一个重合是，机关给的 15 万和县财政的“一事一议”项目重合。

这两笔资金，都是可以单独覆盖目前大树屯的巷道建设支出的。第二个重合是，按照村里给的情况汇报材料，去年给的资金是完全能够把大树屯的巷道、屯路完工了的。但是，今年财政又专门安排资金30多万元修建大树屯的屯路。这可不就造成扶贫资金30多万元的重复使用吗？

问题的关键是，15万去哪儿了？

他们没有说修了多少米，不是问题。自己有腿，活人难道叫尿憋死？村里670米环屯路已经修好，自己沿着屯子每天走几次，掐着表算算时间，再在村里沿修好的巷道走几圈，到底修了多少米不就算出来了吗？反正屯子又不大，再说了，到银山2.8公里，用时33分钟，自己掐着表都算过，现在每分钟走多少米能算出来的。这几天在村里多走几趟算算时间，修了多少路就知道了。

打定主意，石头开始在屯子里“散步”。

首先是沿环屯路“散步”。他“散”了几次，分别是七分钟、七分十五秒、七分五十秒、七分二十九秒。这样一算，670米平均用时七分半，即450秒。

然后在屯子里面“逛街”。首先是从村委往前直走，这条巷道横贯村内，算是村里的主干道吧。走过，一看表，用时两分多一点。主干道尽头是一段环屯路，碰到了老禹，他暂停秒表。老禹问他这么晚了去哪里，石头说散散步，打过招呼后继续“逛”。走过环屯路，转进小巷，打开秒表继续向前走。修了巷道的路段，计时；没有修巷道的地方，停表。前后“逛”几次，分别用时六分半、五分五十九秒、六分五秒、六分二十秒。这样一来，平均用时373.5秒。

这样一来，巷道到底修了多少不就知道了嘛。一通加减乘除，564米。去年二塘社区修了3公里巷道，总投资70万元。564米，满打满算投资也就是13.16万元。也就是说，无论是“一事一议”的财政奖补资金，还是帮扶的15万元，都是绰绰有余的。

村委认为资金缺口问题已经演变成后盾单位拖欠农民工工资问题，必须向部门负责领导汇报才行。要不等到年终省委领导来慰问，万一出个拦路人讨债喊冤什么的，那可就不好说了。

听了石头的汇报后，机关表示："这几年我们在那美村投入大量资金用于人饮工程、屯路巷道建设等，里里外外投下不少钱，怎么现在成了拖欠农民工工资？这是怎么回事啊？"

石头报告说："村委的意见是要把钱打到村里的账户上去。但是，现在已经立碑说这项工程是财政奖补项目，碑是县财政局立的。乡里明确这个项目是我们投资 15 万完成的。我想问题的关键并不在于我们是否拖欠农民工工资，而是无论是财政奖补资金，还是我们投资的 15 万，都是可以把村里的巷道修好的，这两笔资金是重复给的。他们一直遮遮掩掩，不敢说到底修了多少。我来之前量过巷道，总共只有 560 多米。去年兴隆投资 70 万修 3 公里的巷道，村里这 560 米巷道满打满算花 13 万。我们给的 15 万，村里用不完。"

上面反馈说："这件事要同乡政府充分沟通。当时明确说好我们给 15 万修好巷道的，现在这路已经修完，为什么又出现了财政奖补的项目？这样吧，你专门跑一趟玉屏同他们好好沟通此事。"

后来，石头和支书专门到乡里汇报此事，结论是工程建设确有不规范行为，但由于水泥、石渣、石粉以及人工花费比较大，加上施工时天气不好，增加了不少费用，所以工程花费比较大。

此事暂告一段落。

石头怎么都没想到，现在又出现了《2013 年那美村大树屯巷道水泥硬化工程费用情况公布》。

他马上把村委一班人找来，说："这是谁贴的告示？这是怎么回事？这不都已经说清楚了吗？你看费用里面是什么项目，竟然还有申请项目费，吃的喝的费用，这都是些什么费用，怎么还好贴出来？"

支书支吾着："指导员消消气。这是阿能他个人贴的，没有盖章，不代表村委，我问问他。"

石头说："还不代表村委？都已经贴到村委大门上了，这是怎么回事？"

支书几个人走到村委门口商量对策。告示前已有不少人。石头在操场走来走去。他不断地告诉自己，要冷静，要冷静，再冷静。

不大一会儿的工夫，阿能被喊到告示栏，支书几个同他讲话。他满脸通红，最后显得很无奈似的把告示揭了下来。

第二天中午，支书对石头说："阿能有份材料要送给你，晚上他要和你谈谈。"

石头说："上次不是已经说得很清楚了吗？这事还有完没完啊。"

不管怎么说，既然他提出要好好地谈谈，谈一谈也无妨。

晚上，石头在走廊听到下面有两个人说话。不一会儿，楼下的电灯亮了。

支书到了二楼石头的宿舍，说："阿能找你谈谈。"

在宿舍谈终究不是很合适。石头说："到一楼办公室吧。"

他锁好门，三人下楼，到了村委办公室。

空气有些沉闷。石头说："我到村里来做驻村扶贫工作，是来给你们编花篮的，是希望那美村过上好日子，过得越来越好，不是来制造矛盾的。从 2011 年到现在已经三年了。据我所知，我们去年捐赠的 15 万，可以完成大树屯的巷道建设工程。你说的拖欠农民工工资到底是怎么回事？上次支书把你的申请报告给我之后，我想了好久，很为难，不知道如何向上面报告这件事。但是事情谁都压不住，早晚都会知道这件事。后来我报上去，同你们乡政府的领导谈了这件事。那天支书在场。乡里已明确表态，如果确实有资金缺口，要找乡里。另外，你的资金明细有很多地方让人看不懂。最关键的是，修多少路你都没有说清楚，我一直很困惑这件事。还有资金是怎样花的，也不是很清楚。我一来到大树屯，你们就不停地向我要钱，一会儿说总投资 50 万，缺口 20 万，一会儿说总投资 35 万，缺口 6 万多。为什么会这样？这一年，国家给我们村 4.8 公里的屯路计划，我顶住巨大压力，不想理会你们这件事，就是担心影响到村里的屯路建设计划。去年在二塘社区驻村，我也修过路，懂得一些事情。当时我们修 3 公里巷道，总共投资 70 万。村民也是投工投劳的，当时财政给的是 44 万，我在的那个村，正好有个做生意的老板，开连锁经营百货的，叫西城连锁公司。他捐了 20 万。这就解决了很大问题。你算算，1 公里成本有多少，23 万。如果你不知道村里到底修了多少米的路，我可以告诉你，环屯路 670 米，巷道600米。我可以告诉你，通过你列的水泥吨数，我就可以算出你修了多少巷道。1公里电路需要水泥150吨。你买了60吨水泥，除去厚度宽度，满打满算只有700米巷道，还算你全部用完。修这些巷道，你说花35万，无论如何说不过去。据我了解，去年邻村巷道硬化2887米，总共投资29.5万元。他们修的巷道宽在1.8米和2.8米之间，还增设排水沟1827米，增埋排水管1060米。你做的这个表，至少，我不相信。”

阿能默默听着。后来，他说：“你那些巷道埋有管道吗？”

石头说：“有啊，都是埋到地底下1米多深的。这要配套的。村里有不少地方流着污水，不知道你们的巷道怎么做的，有没有管道。”

阿能说：“有啊，我们也是埋了30厘米的管道的。去年我们修这段路，千真万确是花了35万。钱是我垫付的，现在工人到处找我要钱。我也是很难啊。没有办法，所以才请你们帮助解决这事。”

石头说：“去年给你们15万修巷道。我得到的信息是，15万用不完。村委已经公示这件事情了，只花了14万多一点，还有结余呢，这些结余你们怎么花的？你给我的明细表，买小搅拌机6000块，我不明白小搅拌机上哪儿去了？还有村委的玻璃板，这和修路有什么关系？还有不少吃喝费用，更让我不能理解的是，竟然还有项目争取费，简直是莫名其妙。我们资助15万修巷道，你们竟然列一个项目争取费。这是怎么回事啊？”

阿能涨红了脸，说：“这个项目争取费，我要做个说明，当时你们不是给15万吗，村里为了表示感谢，买了一头土猪，1640元是买土猪的费用。怎么，你没有吃上土猪肉？至于小搅拌机，早卖了，顶债啦。”透过村委办公室的昏暗的灯光，阿能脸上闪过一丝不经意的诧异。

石头说：“这样做事怎么行？这些拿来修路的钱，吃了、喝了，还买一个没有用的大家伙，放几个月低价处理。还有不能让我理解的事，村口竟然立块碑。听说是县财政局立的。要是你们立的，我可要找你们说说。乡政府已经明确说我们投资15万完成大树屯巷道建设，怎么现在成了东山县‘一事一议’项目。按你们的说法，这是用财政资金修的。它能立碑，那我们是不是也要立碑啊？”

阿能说："你可以立啊，你们可以到村后面的山上立个碑啊。"

石头说："我们到这里来定点扶贫，不图名也不图利，只希望你们能过得更好。"

去年银山立了碑，但修的路有些问题，主要是水泥标号不够，通车没两天路面就泛起灰尘。现在银山村民告到县扶贫办，碑可是县扶贫办立的，立下碑要终生负责。后来扶贫办答复说，因为下雨天施工，水泥铺得不是很好，是天气原因。要说是天气原因，石头感觉很奇怪。每到晴天，那些施工队不是这事就是那事，总之是歇菜。可是一到下雨天，那就忙起来。那段时间石头还挺感动，心想工人师傅真不容易，越是下雨干得越积极啊。记得元旦前后有七八天是晴天，天气很好，工地上却没人。可是元旦后一下雨，施工队又出现在村里，真是奇怪。扶贫办后来专门查看路况，答复说，要找施工队重新施工。下雨施工质量不好，至少要扣他们的施工费。招拍挂，该挣的辛苦钱肯定让你挣，怎么会这样呢？生活中你看到的东西，不一定是真的；而真实的东西，你要用心去思考去琢磨才行。正如阿能这事，一开始也是好事，但是路修通，竟然莫名其妙留下一个"尾巴"。

石头说："县里立碑，这说明县政府认为这路是他们做的工作。我们就罢了，不争名利，尽管我们投了 15 万。但是，你要我们怎么想，你要玉屏乡人民政府怎样想，你们这样做，不是给人民政府出难题吗？"

阿能说："千真万确，这个资金是有缺口的。你可能有些误会，乡里没有采石场，我们买的石渣、石粉，都要从外地调进，花费很高。光运费就和石渣、石粉的价格差不多，还有水泥、水管，运进来很难，花费特别高。这些都大大增加了修路成本。修路的人工费也是比较高，里里外外花了十几万。资金确实是有很大缺口，希望指导员帮助解决一部分，把人工费补上。再说了，你那 15 万能干什么？"

石头说："15 万可以做很多事。12 万也可以做很多事情。我再告诉你，你说的人工费缺口 6 万我们不会补的，15 万能够完工。以后我们可以谈别的事情，这件事就此打住。以前你给我打电话，我态度不好，如果有得罪的地方，请谅解。你要是再给我打电话，要钱的事不要提，已经说得很清楚了。"

支书说："指导员吃了吗？"他懒懒的，趴在桌子上。

石头说道："吃了。"

阿能还要说什么，支书说："已经说清楚了，再说就无趣了。"

二人告辞，拿出小手电，走回家去。

石头回到楼上房间，躺下休息，不一会儿就进入梦乡。

睡梦中，他来到那美河畔。这是鲜花盛开的时节，河畔边开满五颜六色的各种小花，远看像美丽的壮锦，让人心旷神怡。高高的红木棉像一团团燃烧着的火焰，正升腾着。四周是成片的芭蕉林、木薯、玉米、稻谷和风景木林。隐约中，人们正在忙着建房子，他们建的是那美的社会主义新农村吧。河水清澈见底，默默地、永无停息地向前流淌着。河面上有三三两两的野鸭、白鹭，小鱼儿不时跃出水面。河上建有几座景观桥，其中一座为木拱廊桥，上书"那美桥"三字，供人小憩。远处是横跨河面的水泥浇筑的石拱桥，桥上的重型卡车、轿车、客车以及行人川流不息。远处不知名的高大的水泥石拱桥，尽管没有显赫的名字，却是人们必需的。无数的、不知名的、整日里忙忙碌碌的水泥石拱桥，构成那美河上最美的风景。

窗外，传来不知名鸟儿的嘀嘀咕咕声。

34. 和（二）

隆冬的早晨，天总是阴阴的，给人冷冷的感觉，加上淅淅沥沥连续下了半个月的雨，天气更加湿冷。这样的时节，由于玉米、木薯、八角、板栗、西贡蕉已经收割完，地里农活不多，再加上雨水半个月的沁润，通往山上的土路非常泥泞，做不得工，村民一般会待在家里。由于年轻人大多外出做工，小孩到乡中心小学读书，村里只剩下老人、妇女、婴儿，再就是没有外出务工的男女劳力。这时候，村子里的壮劳力，特别是男人们往往会聚在家里喝酒猜拳打发时光，其他人则蹲在家里烤火取暖和聊天。除了村文化广场的那个小卖铺偶尔有人光顾，白天很少看到人，村子里总是静悄悄的。小卖铺一天到晚开着门，常常看不到铺子里的女主人。到铺子里买东西的话，往往要大喊一声“有人吗”，有时后院会应一声“来了来了”，之后就会看见女主人匆忙从后院赶来；更多时候，要喊几声才应。小卖铺里面尽是些油盐酱醋之类的基本用品，种类不少，量不多。这些东西中，米酒销路最好。酒是正宗的本地米酒，甜甜的，有种煳味，存放在一米多高的酒缸里。小卖铺的男主人隔两天要用小货车到山外进酒，他要保证几个大酒缸总是满满的。村子里家家备有酒桶，那是四十斤装的大塑料桶，下雨的日子，拿着大塑料桶买上二三十斤酒，邀上村里的亲友慢慢地喝。不够的话，再拿大塑料桶到小卖铺接着装。这样有酒有肉的日子，往往从下午就开始了，一般会持续到后半夜。从某种程度上讲，酒为媒，借着昏暗晦涩的灯光，人们大声猜着拳，谈论着生活中杂七杂八的琐事，算得上是情感交流吧。

一块浸满厚厚猪油的大石头，静静地躺在小卖铺旁边，那是走村肉贩固定的摊位。村子里一天中颇有人气的时候是早上八点到八点半，这个时候，走村肉贩用摩托拉来一筐子土猪肉，在大石头上面铺好沾满猪油的油纸，卸下肉和骨头，摆好。村子里的男女老少聚过来，大家品评着土猪肉和排骨的好坏，说笑着。土猪肉和排骨、大骨头半个小时内会卖完，赶晚不一定买得到。土猪用玉米喂大，肉质非常鲜美，价格不是很贵，每斤十二三块钱，骨头会便宜些。这与城里颠倒过来。城里市场上的大骨头往往贵上一两块，而肉则便宜一些，排骨另说，一斤要十八九块钱。以前，走村肉贩很少拉排骨到村里，这几年变了，排骨卖得不仅多，还特别快。当然，大部分村民是买肉来吃的，上山干活体能消耗大，村民总会买一些肥肥的土猪肉，要不身体吃不消。买卖完土猪肉后，大家散去，村子复归平静。

时间如水流去，这不，眨眼的工夫，元旦快到了。

在村委旁边的公示栏上，石头几人贴出《开展群众性文化活动倡议书》。

开展群众性文化活动倡议书

健康是人生的第一财富。为“唱响和谐，舞动青春、激情、梦想”，让广大群众参与丰富多彩的文化活动，村文化工作队定于2015年元旦举办群众性文化活动。同时，将邀请县乡文化团体到我村同台演出，演出内容：舞蹈、小品、对唱、独唱、快板等。

为此，我们向全村父老乡亲发出如下倡议：

一是倡议大家踊跃参加群众性舞蹈活动，活动时间为每天晚上七点到八点，地点为村委操场。

二是倡议大家积极报名参加元旦文艺活动，争做文明观众，展示健康新风尚。

三是倡议大家开展经常性的文化活动，积极营造和谐的文化氛围。

让我们唱响主旋律，传播正能量，携手共建生态宜居、富裕文明的美好家园。

那美村文化工作队

2014年12月24日

提起开展群众性文化活动，有人说：“既然是文化活动，那就是小品、相声啊，要不就是唱唱歌、跳跳舞，大家热闹一番。”还有人讲：“有时还要邀请县文化团体，最起码自己也要组建个文体活动队，这都需要经费。”

针对不同意见，石头说：“开展群众性文化活动，唱歌、跳舞、说相声是基本的，但是关键还在于营造良好的文化氛围。刚才大家提出经费的事，这涉及钱的问题，文化离开钱能运作吗？要搞清楚这个问题，我们首先要弄清楚什么是文化。明年的工作重点是进行‘生态乡村’建设，这其实是个文化问题。以前不大提生态，那是因为缺少文化，不理解文化。现在我们大力倡导的生态，既是指人与自然的和谐，还包含人与人的和谐，生态就是文化。唱歌、跳舞、说相声只是文化的一种表达形式，更重要的是，我们要在全村营造相亲相爱互帮互助的氛围。这个氛围，就是人与人之间‘和’的生态文化。这个‘和’，就是人与人、人与自然和谐相处、和衷共济、和谐共生。你对乡亲，特别是那些生活困难的群众笑一笑，问候一下，这就是‘和’。我想对周围的人微笑一下应不是多难的事，也用不了多大的成本吧。所以，同文化形式相比，我们更需要这种内在‘和’的文化精神，而不仅仅是形式的‘和’。这种内在的文化精神，还包括合理利用自然资源。建设生态家园，不烧山、不砍树，也是我们要倡导的。一提文化，张口闭口离不开钱，这恰恰是文化缺失的表现。因此倡议书应该把‘大力倡导互帮互助、共促和谐的文化氛围’写进去，互帮互助，这不是钱的问题，而是内在的文化精神。所以说没有钱，我们一样能够开展群众性文化活动，这应是倡议书的重点。”

一天，石头在村委整理材料，忽然来了一辆越野车。他很纳闷，没听说哪个领导要来检查啊，莫非暗访?

来人是乡纪委委员韦姐，另外还有一个领导模样的人。

不一会儿，支书等村委一班人马到了。大家集中在会议室开会。

石头想，既然没通知我，我就不去了。所以，他仍然在村委办公室整理材料，没有到会议室去。

外面进来一个人，四十多岁、平头、黑瘦，但人很精神。

来人自我介绍说是县纪委的机关公务员，现在不配专门的司机了，今天他兼职做司机，二十世纪九十年代他下过乡，当时是驻村扶贫工作队的队员，算起来有二十多年了，属于较早一批驻村的了。

石头问：“以前下乡，你怎么进来？”

他说：“原先这里没路，从县城过来要一天。很早就从县里出发，到了乡里，转土路，没有车，中途过河，那时候河里有船摆渡。这几年不知怎么回事，河水水位低了，水流量比起以前少多了。”

石头问：“你们以前怎样扶贫啊？”

他说：“就是给村里找点资金。以前资金、项目很少，大都靠机关捐款，有门路的找些企业捐款，逢年过节再搞些慰问活动什么的。我们也组织村民搞过特色种植，比如种竹子、山药、八角啊，没赚到什么钱。原先这里处处是原始林，生态非常好。这几年变化特别大，尤其种速生桉之后，山上的老林越来越少。山里人特别纯朴，也许是地处大山深处与外界交流比较少，消息比较闭塞的缘故吧。外面的客商来采购山货时，偶尔会发生一些坑蒙拐骗的事情。我曾经听村里人讲过一个故事，说以前有山外客商竟然用一根针换取了村民的一只土鸡。渐渐地村民对山外来人不大相信，往往会带着警惕的眼睛看外面。”

石头想起小时候家里曾经养过鹅。鹅下的蛋很大，家里却舍不得吃，总要卖掉换些零花钱买盐巴用。那时尽管他十分想吃鹅蛋，但总是听大人的话不吃。有一次，村里来了一个收鹅蛋的小贩，小贩说身上钱不够，想赊账，隔几天就会还。家里就赊给他了，可是那个收鹅蛋的小贩，后来再也没有在村里出现过。随着时间的流逝，人与人之间的诚信也许会变微妙吧。

石头问：“你们到村里有什么事吗？”

他说：“主要来调查村支书违纪收取危旧房改造项目扶贫款的事，有村民已反映到县纪委。现在纪委办案，是有案必查，有责必究，特别是涉及扶贫款项的案子，更是不敢大意啊。”

石头说：“村里会有这事？”

他说：“有啊，还是村民联名举报的呢，举报他收取危旧房改造扶贫款，还有人举报他收了贫困户的两只老母鸡呢。现在县纪委领导正同他谈话，核实情况。”

石头说：“这事我不参加了。我是民主党派成员，不方便听，也不方便发言，再说，你们也没有通知我。”

他说：“那是。谈话结束后，我们还要到里面几个屯进一步核实情况。”

石头想起银山屯的宅基地纠纷。他同司法所调解员、派出所干警曾去调解过。争议方是大山家和老周家，而导火索竟是一尺宅基地。

大山是个返乡的打工仔，他常年在外做工，后来回村，手里有了点钱，打算把多年不住的土房子推倒，另起新房子。而邻居老周去年申请了危旧房改造项目，房子已起好。但老周的房子向前多盖了一尺，挡住了大山进出的路，而且要紧的是老周不让大山运料盖房子。大山回村，感觉很不方便。为这事，两家吵得不可开交，还干过仗。

大山说："原先这里能过车，你侵占公共街道，还不让我从这条路上走，你这是犯法行为。"

老周说："路基是我出钱整的，就不让你过去。"

大山说："这是屯里的公用路，你整了路基就成你的了？全村的路基你都要占去？"

到底谁有理，一时半会儿也不好断。但是老周的房子已经建好，又能怎样做呢？大山火急火燎地要盖房子，这还真是个事。

上午十点，乡司法所调解员王所长、派出所张副所长以及石头等一行到了银山屯，并把双方召集到争议现场。

王所长说："古人讲'三尺巷'，万里长城还在那儿呢，你让他一寸又怎样？大家乡里乡亲，互相谅解，退一步。以后抬头不见低头见，凡事要以和为贵。今天我们主要来听听两家的想法。现在老周把房子建好，大山你总不能拆吧。再说老周，当时你盖房子时，就没想到以后会挡大山的路？本来这街道就窄，要都像你这样建房子，以后村里怎么安生啊？而且我再问你老周，你为什么不让大山走这条路？"

老周说："为什么不让他走？这事情要问大山。你问问他，这是怎么回事？八年前，我在山上种了二十亩木薯，那年也是这个时候，正好赶上收木薯，可是大山说什么都不让我走路。他说那条路是他出钱整理的，走也可以，必须交过路钱。我咽不下这口气，就和老婆用肩挑，一筐一筐地从山上小道向下挑，我们两公婆整整挑了十几天。为这事，我儿子气不过，同他理论，竟然让大山给打了，你们看看现在他的手指还伸不直呢。"

老周扯起儿子的手，高高举起。

大山说："当年你们打我，我也受伤了，还住了医院。"

张副所长说："桥过桥，路归路。当年大山打老周的儿子，老周的儿子受伤了。老周的儿子打大山，大山也受伤了。你们都受伤了。今天大家在一块，把这个事情说清楚，了结这个事。但是老周不能堵路。这事要是上升到治安案子，可就麻烦多了。你告到法院，法院立案，立案收费，判了执行，耽误时间，浪费精力，最后还是得不偿失。今天我们到这里，希望大家协商解决，对你们都好。”

老周说：“走路可以，但是他必须赔偿。他必须赔偿我两车木薯的钱，还有儿子的医疗费。”

王所长说：“好，老周，我问问大山。”

王所长把大山叫到一边，悄悄地问：“你愿意赔偿吗？”

大山点点头，说：“我愿意赔一千。医疗费不出，当年我也受伤了。”

王所长又单独把老周叫到一边，说：“大山愿赔一千。这个医疗费都是十几年前的事情了，我看这事就算了吧。我们今天来，主要是调解通路问题。”

老周说：“我同儿子商量商量。”

老周把儿子叫走，两人在外面商量好长时间。王所长、张副所长、石头等人在旁边耐心地等。

时间过得漫长。

许久，老周走回来，说：“医疗费不要了，但是两车木薯的钱不能少。”

王所长说：“好啊，你们一个要赔偿，一个愿意赔偿。现在只是赔偿数目的问题，就像到市场上买肉，卖肉的出个价，买肉的砍个价，我们可以谈。两车木薯要多少钱？”

看来这个王所长对买肉卖肉的事比较在行，其实调解还真像做买卖。

老周说：“一车木薯六七吨，一吨五百块，两车要六千。”

王所长说：“一车木薯六吨，你那是什么车，是大卡车还是大货车？当年这里没有通公路，只能走手扶拖拉机。一个小手扶拖拉机能拉多少吨，我看最多也就拉两三吨。现在一吨木薯最多五百块，你算算有多少。当年你的木薯也卖掉了，就是你和老婆费了很大周折，多出了一些力，心里确实有不少委屈。你再考虑考虑，看看赔偿多少。这样吧，我再和大山那边商量商量。”

王所长两边跑，一晃已经到了中午十二点多。好说歹说，老周、大山同意按三吨的木薯价格赔偿，共计一千五百元。

协议书写好了。王所长先拿给大山签字。之后，把笔转给老周，老周认认真真地看，许久，说："我没意见，但儿子同意才行。"

看来问题的关键在于老周的儿子。

两个人走到一边，商量好久，他儿子就是不肯签。

王所长、石头走过去。王所长说："小伙子，你还年轻，路还很长，凡事向前看。我相信，你做的任何事情，老天都在看着呢。你看这么多人在这里，他也签了，我们这一方不签，现在倒显得我们小气。"

老周的儿子二十多岁，人高高的，穿一身黑衣服，他的脸也一直黑着，感觉倒挺协调。整个调解现场没见他说过一句话。其实石头步行到这个屯里十多次，见过他多次，每次看见他，他的脸上都是冷冰冰的。

他终于说话了："不是我小气，我就是咽不下这口气。"

石头说："现在屯路马上通车，以后大家的生活会越来越好，什么事情都会过去的，没有过不去的坎。"

王所长说："要是不签，我可走了。"

他仍然冷冷的、定定的。

王所长说："人在做，天在看。你做的任何事情，我相信，老天都是懂得的，人生的道路还很漫长。你们不签，我真走了。"

他边说边做出一副要走的样子。

老周看着他儿子，轻轻地说道："你看看，这……"

他仍然定定的、冷冷的。

王所长说："要是不签，我真走了。"说罢，把调解书放到袋子里。末了，还从老周的手里要回笔，装在袋子里，自言自语："不签就算了，我们饿了，回去吃饭。"

走了两步，定在那里，他回过头说："我真走了。"

老周拉过他儿子，说："你看，这……"

儿子仍然定定的，许久，他终于点了点头。

看来，有时候做决定是非常艰难的。

王所长说："好了好了，没事没事了。"

王所长笑了，哈哈地笑了，像个孩子似的。

一看时间，已经是下午一点半。

石头想，支书犯事，难道和银山屯危旧房改造项目有关？现在中央巡视组正在南方巡视。据说，他们收到不少关于基层腐败的线索。前不久，巡视组反馈巡视情况，特别是针对基层干部"苍蝇式"腐败问题日益凸显的问题，建议认真落实党风廉政建设责任制，切实履行党风廉政建设主体责任和监督责任，加大力度整治基层"苍蝇式"腐败，等等。逆水行舟，一篙不可放缓；滴水穿石，一滴不可弃滞。反腐一刻都不能放松，说关系党和国家的生死存亡亦不为过。为什么群众坚持举报"两只老母鸡"？说明群众对贪污腐败深恶痛绝啊。

几个月后的一天，县纪委纪检监察局韦副局长专门到村里通报支书违纪处理决定。

处理决定由韦副局长宣读，给予支书党内警告处分，将其违纪所得收缴上缴国库。

宣读完处理决定，韦副局长说："支书，我们是老朋友。现在案子已经查清，也有结论，你不要有思想包袱，以后该怎样过还是怎样过。有什么要求，你可以向上级纪检监察机关申诉；有什么意见，你也可以向我们反映。"

支书低声说："我没有意见。"

县纪委办事员拿出厚厚的一叠卷宗，按照他的要求，支书不停地在卷宗上签字、按手印，真有些"签字画押"的感觉，足足忙活好几分钟。会场里没有人吭声，空气显得特别凝重。

最后，韦副局长说："指导员，请你发表意见。"

石头说："我就不说了，我是来学习的。"

韦副局长对石头说："这个案子是省案件审理室转来的，今天要完备手续。我们前前后后忙活几个月，才把这件案子办完。"

党纪国法无情。自古以来都是伸手必被捉。所谓天网恢恢，疏而不漏，出来混，早晚要还的。但是，纪委在严格办案的同时又特讲人情，让违纪的党员口服心服。正如人会生病，贪污腐败也是一种病，对于这种社会癌症，既需要勇气，敢于壮士扼腕，刮骨疗毒，直面艰难险阻；更需要细心，即使是“两只老母鸡”，也不能放过，要一抓到底。

风清则气正，气正则心齐，心齐则事成。现在案子已查清，下一步工作的重心应是在村里共谋发展，共促和谐，凝心聚力摆脱贫困了。

35. 滴灌

现在，省里要暗访，市里要督查，县里要检查，乡里忙上忙下，里里外外都在备战一场据说“说来就来，说走就走”的暗访、督查、检查什么的。村里的首要任务是把生态乡村建设的气势打造出来。因为气势不够，近期督查不少乡镇，问责了一些干部。有问责，就有动力，动力来自问责？说不清。但是，现在上上下下努力营造气氛，丝毫不敢松懈倒是真的。

支书说：“指导员，上面给村里派了第一书记，待会儿他就要到了。”

石头问：“哦，叫什么名字？”

支书说：“吴佳。乡里说，是从团结村转过来的，团结村今年脱贫了。”

“是他！”石头说，“他身体不好，去年做了手术，这两天我正想看看他去。没想到会是他。”

支书说：“我还听说他主动到我们这里驻村。”

石头没有说什么，一想到和老朋友共同驻村扶贫，心里既高兴又担忧。

小刘开车送吴佳到村委。车上除了行李，还有宣传标语和宣传画。一幅宣传画上写着“花样玉屏美丽绽放”几个大字，底色是各种各样的鲜花，既结合“美丽”元素，又有当下时兴的“花样”，较别致。难道今年玉屏生态乡村建设主打“花样”？其实，年前开展过一次种花送春联活动。前几天雨下得大，朱槿、三角梅开得正艳，大树屯算得是有“花”的“样”。另外两幅只有文字说明，说是宣传标语更为贴切。其中一幅标语是“四个有”，还有一段话，是说干部要有责任有担当。

卸下东西，小刘开车回乡里。

看到吴佳，石头特别高兴，说：“老同学，家里还好吧？”

再想说什么，话到嘴边又不知道说什么好了。

吴佳说：“你看，我这不挺好嘛。大家先把这些宣传画和标语贴上吧。”

他就是这样的人，风风火火，好像身上总有一股使不完的劲。

石头没说什么，转向支书，说：“按书记的意思，先干活吧。”

仅仅贴宣传标语远远不够，还要刷标语。戴上口罩、手套，一通忙活，总算把“建设生态乡村人人有责”几个大字写好，尽管歪歪扭扭，不是多好看。

这活石头算轻车熟路。前年在二塘社区做美丽乡村工作，一到检查时间，他同工作组的几个人那可是里里外外地刷标语。检查时间不固定，在二塘搞清洁工作没有节假日。刷标语时，戴上口罩，眯着眼睛，用漆喷在模子上，忍一阵子刺鼻的油漆味，白底蓝字的宋体“美丽二塘人人有责”的宣传标语就喷好了，喷好后再往下一处继续喷。二塘面积大，开车走完要三四个小时，喷宣传标语往往要忙上一两天。

村子太小，没有模子，只能刷写。所谓刷写，就是用刷子“写”。在村委刷写一个，在环屯路显眼的地方再刷写两个，尽管字刷得不规范，但还是营造了“生态乡村”的气氛。

刷写完标语，大家回村委商量事，很多事情要交流、处理。现在，按照上面的要求，贫困村也要有“花样”。但是，村里的屯路建设、低保发放、计生管理、发展生产以及精准扶贫等事项，还是要重点推进的。

吴佳说：“今年县里对项目资金的使用要进行改革。前几天我到队长那里汇报工作时提到屯路建设，她说今年县里的屯路建设统筹安排，不管是财政资金支持的项目，还是后盾单位捐助的，都要纳入全县统筹考虑范围。”

石头说：“怎样统筹？我们争取来的项目要放到别的村？”

吴佳说：“我们争取的项目放到自己挂点的村，这没异议。县里资金紧张，去年投放多的乡镇，今年就少一点。”

石头说：“市局给的屯路指标今年能落实吗？”

吴佳说：“我来之前已向局领导汇报。现在管理严格，提取现金不可能。我们只能发动二级单位支援材料，比如石渣、石粉、水泥什么的。工钱怎样出，村里投工投劳，还是出资请施工队，现在没有明确。据说有些村屯种砂仁、桉树挣了不少钱，他们愿不愿意出资修这段路？”

石头说：“去年完成4.8公里屯路建设。到银山、大树、小树的环屯路都已经完工，可以说，最困难的时候已经过去。现在只剩下到小水这段路，总里程有7.8公里，路况比较复杂。其中一段路属邻市管辖范围，有2.7公里，小水、金山、大水三个屯相距不远，归东山县管辖的里程有5.1公里。有一段长长的上坡，属于技术方面的问题，不是大碍。关键是从里面出来要经过宝灵县管辖的2.7公里重复路，这段山路怎么修，由谁来修，需要我们尽快报请上级政府同邻县相关部门进行协调。还有一个选择，就是从银山接到里面三个屯子。原先有路，人走得少，路上长满荒草，平整路面会多花一些钱。我同村民协调投工投劳的事，大家很纠结。走哪个线路，村委早定为好。”

支书说：“邻县经济状况不好，龙胜村委还没通公路呢，要是协调修宝灵县那段2.7公里的屯路，我看悬。这条路大家都走，也算交通干道，修了这段路，受益更多。”

吴佳说：“2.7公里屯路全部由我们来修，有些困难。”

石头说：“两条线路，只能二选一。选择银山，暂时没办法修邻县的，而修邻县的，银山这条路再想修就很难。如果我们选择从银山修，现在对里面三个屯有利，今年整村推进任务就能完成。如果从过邻县那条2.7公里的山路修进里面三个屯，今年任务完不成。吴书记那边有700米屯路计划，我协调15万，至少完成500米屯路。今年放到村里的财政支持的屯路建设指标是2.6公里。这样算来，如果走邻县这条线路，今年只能修到金山屯。”

支书说：“村民说屯路早晚要修，很多人在观望，发动村民集资的难度很大。”

吴佳说：“这还是‘等、靠、要’思想。”

石头说："两条线路各有利弊。第二个方案花费大些，但牵涉面广，两个县的乡亲受益，还是可选的。转变村民思想需要做大量的工作，前几天我进村，曾坐过金山的一辆摩托，路上我问司机，今年修路，他们愿不愿意投工投劳啊。你猜他怎么说，他说年年都在修，他都捐了好多年的钱了。再修，他说什么都不捐钱。我问他为什么。他说不修到他家门口，他一分钱都不出。我看村里人有一些情绪。"

支书说："的确是有一些情绪。去年银山修路，金山就找到村委，我告诉他们路太长，费用很大。县里选择修银山，还有没有其他考虑？"

吴佳说："县里已经有规划了。修建银山的通屯公路，往前接过去没有多少，整个村子就能连为一体，这是总体规划。这几年国家对人口比较少、交通不方便的偏远山屯，扶贫思路是整村搬迁。现在村民担心出去后怎样生活。我们会充分考虑群众的意愿。一个地方住习惯了，不愿意离开，很正常。

"近年来，驻村工作队已经成为精准扶贫的渠道、平台和抓手，驻村帮扶为精准扶贫提供'滴灌'管道。作为驻村队员，我们承担的任务主要有五个方面：一是广泛宣传党和国家关于农村工作，特别是扶贫开发的重大方针政策，帮助村民更新观念、拓展思路；二是深入了解村民的真实情况与需求，有针对性地开展工作；三是制定具体帮扶规划，协调有关各方，争取资金、项目和政策支持，确保村民直接得益；四是做好组织动员工作，激发村民脱贫的志向、动力；五是帮助加强基层组织建设，提高村党支部的执行力和战斗力，培养带领贫困村民脱贫致富的带头人。这也是上级给我们定下的目标和任务。归根到一点，所谓扶贫，主要在于扶智，精神上补钙。"

石头说："书记刚来，还没有来得及休息，我看会议先进行到这里吧。"

支书拍头说："哎呀，你看我这记性。刚才忘说了，楼上给书记安排了一个房间，在指导员隔壁。"

待收拾好房间，看到大家散去，石头问吴佳："老兄，身体还好吧？"

吴佳说："没事。就是一想事，脑子就疼，记不住东西。大脑切了一块，以前好多事记不住了。”

石头说：“这种情况，上面为什么还批准你过来？”

吴佳说：“局里说什么也不让我来，是我主动联系了县里的吴书记。我说，我身体已经好了，还想再多做一点事。吴书记拗不过，好说歹说总算答应我来。不过吴书记说了，一定要驻村的话，去那美村吧，石头在那里驻村，你们是老同学，去了以后好有个照应。这不，我就来了。”

石头心里沉甸甸的，他说：“老兄，你要注意身体，别太拼了。等忙活完这阵子，你回家休息，家里还有老人孩子，他们更需要你。”

吴佳说：“没事，我这个人闲不住。今天买了一些吃的，尝尝我的厨艺，来，搭把手。”

厨房新近配置了电冰箱、电磁炉，生活很方便了。吴佳从乡里买来一些新鲜菜蔬，还有鸡、鱼，二人忙活一阵子，吃点东西，又散散地谈论了一些往事，就各自处理手头上的事情去了。

第八章　梦想

36. 老房子

大榕树旁是老禹家的老房子。

老房子是土房子，大树屯的土房子年代一般较为久远，有几十年的历史。老禹家算是最久的，至少一百多年的历史了，已经养育四代人。

大树屯只剩下两间五保户住的土房子，其余人家盖起砖瓦房。小树屯和小水屯已经没有土房子。大水屯、金山屯各有两间，不住人，靠在路边，裸露出黄土，门和窗户都坏了。大水屯大部分村民盖上砖瓦房，但是没有规划，这里一间，那边一栋，尽管盖得漂亮，红砖绿瓦，非常气派，但屯内巷道窄窄的，进出不方便。这几年大水屯、金山屯种桉树挣了不少钱，在盖房子方面显得有点任性。

银山屯经济基础薄弱，还有四间土房子，其中两间是大山和林大哥的。他们得到了危改补助，打算今年盖新房子。其余两间，主人常年在外打工，从来没有见过人。

政府已有危旧房改造的扶持政策。危改户如果是贫困户，可获得 1.6 万元补助，如果是五保户，可获得 1.8 万元补助。

前年机关曾拿出 10 万块补助危改户。按现在的行情，建一座房子五六万，方方面面捐两万，财政补助 1.6 万，自己出一两万就差不多了。这里是民族地区，村里大多是壮族。石头参观过老李十多年前的复式房，房屋布局是当地传统结构。客厅小小的，左右侧分别是餐厅、休息室，后面是厨房，这同老军属、老禹等家里的布局一致。原先山里盖的房子，人住二楼，牲畜住一楼，人畜同居，现在不养牲畜了，一楼干净亮堂许多。

也许，这就是当地“那文化”建筑风格的体现吧。

东山县正在全力打造“那文化”，还建了座“那城”。“那”，在壮族中，意为“田”和“峒”，最初指水稻田，后来泛指田地或土地，人们据“那”而作，依“那”而居，“那文化”成了壮族的土地文化。壮族神话里有一个人物布伯，类似古希腊神话的安泰俄斯，布伯带领人们耕种土地，因为与天上的雷王闹矛盾，雷王便不给雨水，大地旱三年，人们苦不堪言。几经斗争，布伯把雷王引出天门，不可一世的雷王从屋顶上摔下来被布伯擒住，关在谷仓里。布伯为什么能抓住会飞翔的雷王呢？这是因为他脚站在大地上，从大地汲取力量，化为智慧，而当他离开大地，便遭雷王所害。布伯神话故事说明，在稻作民族的心目中，土地是最宝贵的财富，有土地就有一切，就能战胜一切。

东山县是“那文化”的重要发源地。区内遗址众多，保留有最原生态的农业祭祀等稻作文化习俗，还流传着“娅王造鸡鸭，吃谷生蛋”“鸡鸭祭祖婆，猪羊祭娅王”的说法，后来娅王演变成水神龙母。此外，东山有添粮增寿、以米占卜、吃五色糯米饭、做蕉叶糍、请师公赎谷魂、向龙母求雨等习俗，这些习俗都与“那文化”有关。

村里种有不少稻谷，但村民上山总带着玉米粥。一次石头问上山做工的村民：“你们为什么不加一些大米？”回答说：“大米不好消化，玉米好消化。玉米粥解乏，我们习惯喝玉米粥。”

大米粥真的不好消化吗？也许，生活中有时需要善意的谎言。但是，村民上山不带大米粥是真的，他们带的是玉米粥。

村里打了申请危改的报告，今年会得到一些危旧房改造的补助，特别是老禹和老梁这两个五保户，他们也要建房子。

对于老禹和老梁申请危改补助，村里人看法不同。有人说：“他们无儿无女，盖了房子，要是人走了，这房子不就浪费了吗？”又有人说：“他们没有能力建房子，建房子要好几万块呢，占了其他人家的指标。村里已有五保村，他们为什么不去住？”还有人讲：“话也不能那么说，他们有权利申请补助。如果申请到补助，可以结合自己的情况，盖小一点的房子。要尊重人家的意愿，国家支持五保户建房。”

针对大家的意见，石头想，还是先听听老禹和老梁的想法吧。

石头找到老禹。

老禹的老母亲坐在后院，老禹正在洗菜。石头同老人家打招呼，她弯着腰，听不清楚，只是默默地看着石头，微微笑着。

老禹说："老人家耳背，听不清。"

石头说："看这房子有年份了？"

老禹说："我记事的时候这房子就有了。"

石头说："年代这么久远的房子，拆掉了太可惜。要是留住，在隔壁建一间小房子你看怎样？"

老禹说："我没有钱啊。"

石头说："现在国家对危旧房改造有补助，你是五保户，可以得 1.8 万元补助。要是盖小一点的房子，这个土房子还可以做村里的历史博物馆呢。现在盖的都是砖瓦房，你这样的房子已经很少了，简直就是古董。在老房子旁边盖一间小的新房子，老房子放一些东西，你和老母亲住新房子，你看这样可以吗？如果资金不够，能向你大哥借钱吗？还有亲戚朋友，如果再不够的话，大家都来帮你。"

走进房间，房顶是由黑色的瓦拼接而成，斑斑驳驳，光线漏进来。室内昏暗潮湿。特别是卧室，简直进不去人。石头说："这房子，下雨时会不会漏？"

老禹说："漏得厉害。"

石头问："那你怎么过？一下雨屋内的东西不都淋湿了吗？"

老禹说："用油布盖上，我没办法啊。"

走进卧室，柜子、床等上面盖了一层油毡布，室内显得更暗。

老禹接着说："上次台风来的时候，村里安排我到五保村住，住不习惯，第二天我要求搬回来住，村里不让回来。我说出问题我自己负责，我不住五保村。"

石头问："怎么不习惯？"

老禹说："没有蚊帐，蚊子特别多。"

石头问："你回来住，出现意外怎么办？"

老禹说："我说我负责，不用他们负责。"

石头说："以后还是要住五保村，现在村里条件好多了。政府配了冰箱、彩电、电磁炉、微波炉、电风扇，各种生活设施非常完备，还有专人负责你的起居。如果实在不愿意住五保村，政府也不勉强。你盖房子有什么困难的话，我们都会帮你想办法。”

老禹沉默不语。

关于大树屯土房子改造的事，支书、吴佳和石头几个人碰了个头。

石头说：“老禹身体不好，自己没有钱盖房子。他想建，但没有钱，态度还不明确。”

吴佳说：“我已向领导反映这件事，局里原则上支持我们帮五保户进行危改。老梁写了份报告给我，他说不盖大的，四五十平方米就可以，费用我正核算。市里对资金监管很严格。钱，我拿不出来，只能给些建材什么的。”

石头说：“去年我们打算帮老禹全部建好，据说风水不好不适合建，就没有建成。今年有没有危旧房帮扶资金还不好讲。要不你们先拿出方案，我参考一下，我也觉得盖大房子一个人住浪费。”

支书说：“政府建五保村花了很多钱。他们既然主张建房子，不愿意住五保村，村里没有意见。不过要先征求监护人的意见，资金上困难，监护人也要出钱。”

支书所说的五保户“监护人”，是负责照顾五保户起居的农户。每个五保户都有农户负责监护。领低保等琐事要找监护人，作为回报，五保户过世后的房子，监护人有权继承。

吴佳说：“监护人以后有权继承房子，他不同意，房子就不能建。建房子既要尊重五保户的意见，更要征求监护人的看法。”

石头说：“老禹的监护人是妇女主任，我同她交流过。能否建，主要在于监护人，她也要出钱。年前妇女主任专门找过我。其实年前就打算全部给他盖好，有人说风水不好，补助给了老林。把危旧房资金给老林，村里人很有意见。”

支书说：“老林是榨糖厂的退休职工，身体不好，有点退休金，两个孩子在外面打工，常年不回家。大家都困难，村里有点意见很正常，指导员不要放心上。”

吴佳说："俗话说，救急不救贫。群众遇到困难，我们会尽最大努力帮助。下一步要建立精准扶贫机制，给每一个贫困户建档立卡，找准贫困的根子，把资金用到最需要帮扶的人身上。五保户是弱势群体，既要帮助他们解决困难，更要尊重他们的呼声。合理的，我们就支持，针对不同意见，村委要做好解释工作。

"现在要真扶贫，扶真贫，关键在于思想脱贫。通过给五保户危改这事，要在全村营造一种关心、爱护弱势群体的氛围。大家心齐了，思想通了，工作才会好开展。扶贫也是这样，我要脱贫和要我脱贫是不一样的。我们只能帮那些最穷的、最困难的人家。发展什么产业、搞什么经营，群众有了好点子、好路子，我们就支持。现在发展中草药产业，已有人种苦参子，这是很好的势头。"

石头说："前段时间村里搞了个'三下乡'活动，还买了一些苦参子苗，组织技术培训，大家热情很高。我打算在技术方面做些引导。"

37. 驻村日记

县里对驻村工作队队员的要求向来严格。

这阵子，东山县基层办发了短信通知，要求队员汇报工作时写清做了哪些工作，和谁在一起。后来，又发来短信说，以后队员驻村时每天都要发短信告知做了哪些事，如不发短信，将视为没有到村工作。

接着，玉屏乡政府又正式发来短信：

您好！为确保每个下派队员到位开展相关工作，发挥应有作用，按照东山县委组织部的要求，我乡于2014年10月24日起，每日（工作日）填写本乡镇各村驻村工作队队员到位情况调查，并每天把加盖公章的调查结果（反馈表）以传真方式上交县委组织部。因此请各工作队队员按照要求做好驻村工作，县委组织部将不定期进行检查，请大家重视，并将自己当天的工作摘要以短信形式回复。如不回复，我乡将填报没有到位开展工作。收到请回复。

开始的时候，石头还能每天发短信息，可时间一久，难免困惑。要是没有个好手机，要是一些老同志对发送手机短信不熟悉，这种工作方式还真不容易操作。

有一天，又接到基层办的短信通知："接上级通知，请各位第一书记、工作队队员明天上午下班前将驻村工作总结、明年的工作计划以短信形式报基层办。"

这真是信息时代，连工作总结都离不开短信。但是，石头还是喜欢用书面文字记录一些东西，特别是那些让人难以忘记的、铭刻于心的瞬间，而这是短信不能传达的。书面文字是工具，短信文字也是工具。二者之间，他更喜欢书面文字，有些落伍吧。

翻开驻村日记，阅读那些青涩的文字，让人回味，又让人充满希望。这些字，是他曾经的足迹。

2014 年 4 月 24 日

今天到县里参加美丽乡村动员会。队长与会，全体驻村工作队队员参加会议。

会后，县扶贫部门介绍今年扶贫工作需要注意的情况，贫困村第一书记、指导员留下听取屯路建设项目报建事宜。下午，同支书等租车到村里，沿途查看巷道、危桥等。

4 月 25 日

列席玉屏乡第十六届人大四次会议。

通知要早点出发，因路途遥远，所以六点起床。

一大早就赶到乡里。用过饭，了解到乡人大的一些情况，对玉屏的一些情况有大概了解。

应该说，这是中国最基层的人大会议。以前做简报秘书时，对人大、政协有一些认识，感觉乡人大代表的作用还亟须发挥，乡人大要真正发挥作用，还有很长的路要走，基层民主政治建设亟须加强。

4 月 26 日

今天见了村里年纪最长的老人家，他生活规律，会讲普通话。

这让我想起康德。康德生活刻板，一生没有离开过格尼斯堡，但是，他的内心世界丰富多彩而又充满激情。在格尼斯堡这座边远小城，他摧毁了形而上学的基础。在康德之后，再想建立新的形而上学的思想体系已不可能。他创造了深刻反映启蒙精神的批判哲学，明确提出“什么是启蒙运动”这个至今还在探讨的问题。

康德是虔诚的教徒，又是一个平民哲学家。他说他生来就是个探求者，渴望知识，急切地要知道更多的东西，有所发明才觉得快乐。他曾经相信这样才能给予人生活的尊严，并蔑视无知的普通群众。卢梭纠正了他，他想象的优越感消失了，学会了尊重人。

也许，格尼斯堡的钟声开启了“启蒙精神”的春天吧。

5 月 1 日

5 月 1 日是劳动节，收获很大。

一是了解到村里的一些实际情况。目前，村里的经济状况已有很大改善。机动车保有量不少，可以说基本普及。在外面打工（说做工更为恰当）的人一般要回家过节，此时了解情况更为全面。

二是和在外做工的人有了一定接触。目前，村里有一些干部在外任职。如今天下午接触的一位老大哥，原是县委常委，现到政协去了。经过一番交流，大家对村里的发展谈了一些看法，我很有收获。常委很热情，亲自送我到县城。到车站已近八点，好在赶上最后一班车，回到家，近十一点。

6 月 15 日

今天路遇一辆摩托。车主热情地招呼我上车，说他认识我。我说：“我不认识你，可又眼熟。”他说：“上次下雨时你查看路面，遇见的人是我。”我恍然大悟，原来前几天下雨看路况时，遇见的是这位老哥。

这几天头脑里刮起了风暴，对一些事情有了刻骨铭心的认识，无论如何，要努力做好手头上的事情。“人在做天在看”，此言不假。天就是周围的人，所以做任何事情，都要用心，三思而后行，谨言慎行。

这里是个好地方，天好、地好、人好。我觉得，要以有闲心态工作，以谦虚态度待人，认真做好手中的事。

乡里的挂点同志打电话告诉我，今年的屯路项目落实了，他像个孩子似的，很开心。

6月16日

今天同县规划局、扶贫办的同志实地测量环屯路，共计4.8公里。县里在资金非常紧张的情况下，协调150多万投到村里的基础设施建设中，力度非常大。

6月17日

上午列席村两委换届动员会，下午同村委成员讨论县扶贫办的屯路平整项目。

目前的情况是，路基不够标准，按照要求，应是砂石路，但现在还是土路。路基不稳，要砌石方，花费较高。如果全部由村民集资，恐怕很难，缺口甚大。

总的看来，财政资金投入力度非常大，这为下一步做好扶贫开发工作打下坚实基础。明年是“十二五”整村推进的最后一年，还有一些村屯没有通公路，这应是下一步工作的重点。

6月24日

今天到山里走访种桉树的农民。有些问题，你不问他不说，你问了他也不说，只有自己深入进去，用脑袋想想，才能找到答案。

我爬了两个小时的山，仍能看到种桉树的农民。看来，种桉树已经呈燎原之势。这儿是西大明山的水源林，水源林能否种桉树，不好讲，因为没有看到文件。队里的其他同志说市里已有文件，可又拿不出。所以，村民一窝蜂地种桉树。为什么会这样，真赚钱吗?

近期想到养黑山羊。山上长满荒草，一人多高。如果这个项目成功，一是可以改变种植结构，二是能转变村民的思想观念。

7月1日

今天实地查看修路情况。晚上到了一个特困户家。原计划把他的房子全部起好，大概六万块的样子。但今年特怪，据说风水不好，不适合起房子，要等明年才行。

此事只好作罢。

7月3日

上午同村干部讨论屯路建设问题，又布置了6号“三下乡”活动的有关准备工作。之后，我独自一人上山，实地调研村民种植桉树的情况。东山种桉树更早，有几十年的种植历史。他们以前种桉树，因担心污染水源、土壤等，要把树叶收集起来炼油。我问一个农民知道种桉树有影响吗，她说知道，要影响二十年，收割后这片土地几乎不长什么。“那种什么?”我问道。她说种油松，只有油松才能恢复地力，但要等三十年。

他们懂得的，群众最了解情况。但经济利益的驱使，使得他们铤而走险。看来，让村民改变经营观念，任重而道远。

今年智力扶贫任务比较重。

7月4日

今天同一个特困户签了长期帮扶的意向书，原打算帮他建房子的，因今年风水不适合建房子，只好看看再说。

因房子的事，村里有一些风波。有五保户直接找到村委提出反对意见，说为什么不给他建。农村的情况比较复杂，老禹身体残疾，无儿无女，今年63岁，和94岁的老母亲过。他有兄弟三人，大哥在外地，常年不回家，二哥早故。大哥负责赡养父亲，二哥赡养奶奶，二老均已病故，所以他们在农村的义务算是尽完了。老三赡养母亲，义务没尽完。老禹是五保户，因他无儿无女，所以有低保。但他母亲不行，因为她有儿子。这也许是制度设计的缺陷吧。

上午继续爬山。山高草密，手都划破了，但还是爬上了高峰，“会当凌绝顶，一览众山小”。有机会，还是要再来的。

村民开始伐树，又是一个好年景。但是，有钱不见得富。

二十年后，这儿的山还能种树吗？

7月6日

今天开展“三下乡”牵手困难群众活动，好在没有什么大的纰漏。看望四位贫困户，组织两名医生到偏远的村屯给孤寡老人看病，调研鹌鹑特色养殖，还算顺利。

一些问题：一是时间安排衔接不紧凑，没有想到两位医生那么热心，过了十二点还没有从屯里出来；二是来的群众特别多，操场都站满了，没有秩序，显得混乱。

教训：没有经验是此次下乡活动有失误的主要原因。活动要充分考虑细节性问题，如在操场准备好椅子，排好顺序。这样，场面就好看了，省得大家乱窜。另外，还要将活动规则反复交代给村委的工作人员。要多沟通，毕竟大家都没经验。

7月11日

今天到马庄村调研黑山羊特色养殖项目。马庄村有两个黑山羊养殖户。一户养得不是很好，四年多了，还是当年养的20只黑山羊；另一户，同样经过四年的发展，已经养到100多只，颇具规模。

玉屏养黑山羊，应该有一些年份了。据村民介绍，早年曾有国家专项资金支持马庄养羊，当时家家免费建羊舍，提供种羊，并约定两年后回收。可两年后，当年投资很大的羊舍还在，很多人家的羊却没有了。现在看到的两家，那可真是硕果仅存啊。

当然，应当吸取经验教训。这个教训，就是缺少技术，村民思想还没达到上面设想的那种水平。一路上，我在想，发展黑山羊产业可行吗？尽管大家现在积极性很高，但如果处理不当，难免重走马庄的路。没有相应的技术、心理准备，即使给家家发100万元，也很难达到预期结果。

也许，走合作经营的路子会更好，但是，村民会答应吗？

7月12日

组织大家开展清洁活动。在清洁方面，村里存在很多问题，如柴火乱放，污水横流，垃圾满天飞，垃圾池不清理，焚烧炉没有充分利用。还有，村民没有充分发动起来，干活要钱，认识不到位。因此，尽快建章立制，提高村民的认识，经常性地开展活动，很有必要。

8月7日

目前村民大都种植桉树，桉树的影响已经初步显现出来。如县里的大明水库受桉树影响水质变坏，已经影响到居民用水。县里下死命令，上游五千亩桉树必须全部砍伐，但现在砍掉的不到7%。村民说："我种树，借了很多钱，谁来赔？"县里还算不错，一亩赔偿600元，仅此一项，需300万，还不包括大量的动员费用，财政负担可不轻。不知村民可曾想过，如果继续种下去，破坏了土壤、水源，那可怎么办？

8月8日

上午同乡司法所工作人员调解小水村民修路纠纷。产生纠纷的原因是，村民种的十几棵风景木挡住要修的路，平整路面的钩机把泥巴推下林地，埋了一些砂仁。

调解不顺利。因村民提出补偿十几年前征用稻田时没有给的五百块，要老账旧账一起算。以前的事情大家记不清，而且当年他被抓劳改，不在家。

调解不欢而散。

其实，满打满算一千块。后来，村里打算赔偿他一千，可村民却跑了。后来，考虑多种因素，原打算修的4.5米宽的屯路改为4米宽的，这样就不用征村民的树，算是折中。泥巴好说，动员几个劳力挖出来。

路上有人说，屙的屎不臭搅得臭，最怕掺和这些陈年旧事。

8月10日

落实村民为儿子小金看病事宜。

今天同小金和他父亲见面，感觉小金的精神确实有些问题。我在村里了解到，目前村里有3人存在精神障碍，这真是个问题。这些人经济困难，无法承担昂贵的医疗费用，他们的一些行为不能得到及时的矫正，会给村里带来威胁。其余两个人，亦不是遗传，而是在经历一些事情后，行为和性格变得怪异，目前主要靠药物治疗。好在市里有些医生还能联系上，努力争取一些帮扶资金，看能否帮上忙。

想开些，勿烦恼，开心点吧。

8月19日

下雨，到河边查看水情，水质较黄。看来上游森林砍伐较为严重，水土保持得不好。

上午雨下得很大。原申请3万元补助危旧房改造，上面答应给2万元。房子已盖好，但里面空空如也，都是毛坯房，门没装。奇葩的是，楼梯上只有几根竹竿做栏杆，很不结实。男户主70多岁，头发花白，穿得很旧；女户主常年一身迷彩服，上有补丁，我怀疑她就这一身衣服，因为从来没见她穿过别的。她带着个小孙女，小女孩两岁了，没见过说话。孩子的妈妈在她两个月时就离开村里，不知去哪里了，从来没有联系上过。孩子的爸爸精神有些问题，据说是这样。

民主党派怎么扶贫？一要从软件考虑。对那些极端困难的群众要给予关爱，配合党委政府工作。二是多做一些技术培训、医疗帮扶、产业开发方面的工作，当然最主要的还是要智力扶贫，急人所急。

世人好锦上添花，雪中送炭会更珍贵。

8月20日

上午村里召开民主生活会。作为党外人士列席会议，不方便发言，用心记录而已。

如何看待“四风”问题？当前，从上到下，对腐败保持高压态势、零容忍态度，党风廉政建设始终放在首位。这对于弘扬正气，营造干事创业的良好氛围，具有举足轻重的意义。党的十八大以来，新一届领导集体全面深化改革、反腐倡廉，给我们每一个人以希望，一个国家富强、民族振兴、人民幸福的美好希望。

11月25日

今天到小水屯的砂仁产地进行调研，同财政部门的同志先行对接，争取把砂仁列入全县金融扶贫试点项目。

听说银山屯的军烈属生病，买了十斤面条送去。老人家状况不是很好，只能喝些稀粥。

中午在村委生火做饭，用的是木柴，因电磁炉坏了。柴快用完了，我想，是上山采一点，还是向村民买一点呢？

村里的大嫂提一篮子青菜送我，说是自己种的，别看长得不好，但没打农药。

她说什么也要我收下，够我吃两三天了。

12月1日

今天是个好日子。银山屯举行开工仪式，邀请我剪彩。

放了鞭炮，祈求平安吧。

屯里的男女老少都很高兴。大家谈得更多的是以后种些什么，搞什么产业。有返乡青年说以后不出去打工了，现在国家政策这么好，扶贫力度这么大，种些苦参子、铁皮石斛什么的，要比外出打工强得多。

当然也有一些问题，比如西贡蕉从芭蕉根部开始坏，直致枯萎而亡，谓之香蕉的癌症，现在还没有好办法根治。

问了种砂仁的事情。银山屯种了一些，我问他们今年赚了多少，回答说，多的有三四万，少的有几千，不是很多。砂仁是中草药，要除草、施肥、整理。回来的路上，我专门去河谷看了砂仁。砂仁很多，打理得不好，因为缺少人工，种下去，很多人就单等收成了，可以说靠天吃饭，结果率不高。如果人工、肥料跟得上，应该很有发展潜力。

当然，无论做什么事，都要尊重群众的意愿。我只是从外边提一些意见，推一把，属于外在因素。至于怎样做，有没有动力，还要看群众自己，好日子还是要自己想办法过。

希望山村早日换新颜。

12月2日

屯路已经开始建设，今天上午去银山屯现场查看。

银山屯路项目2.8公里，山高路远，料场在村委附近的河滩，电、水运送都很方便，位置选得不错。

三辆运料车来回穿梭。因山路崎岖，每次只能走一辆车，来回一趟要二十分钟，一小时三车料，总体上还算顺利。

感悟：修公路还是需要政府来推动的，要树立功成不必在我的信念，多做一些打基础利长远的事情。路修好以后，尽管也会有这样那样的问题，但都不是大碍。要考虑文化建设、生态旅游、产业发展等，下一步怎么做？

12月3日

向村里的二林调查西贡蕉种植情况。

大树屯、小树屯、银山屯现在种植西贡蕉7000余棵，明年可达12000余棵，现在每棵利润在30元左右。如果规模经营，可集约大树屯、银山屯1000余亩，每亩80棵，每年效益可达200万元，每棵连续结果5年，效益可观。

关于香蕉病，二林说并不那么可怕，防治办法是换新的地点种植，离老苗处至少要半米，切记不要在老苗处种，选种苗时要把好关，杜绝病苗。

关于管理，要注意施肥等田间管理，如施牛粪等。目前，西贡蕉比较适合在村里种，抗霜冻能力比较强，如果引导管理好，可规模经营。

销售方面，个别村民担心销售，想成立合作社，他有车，可帮大家销售。我感觉，他在西贡蕉种植方面可做致富领头人，如果做得好，村子可就是芭蕉村了。

当然，怎么做，还要好好琢磨琢磨。

12月8日

县财政局温副局长一行到小水屯考察砂仁种植产业。原计划上周就来，因下了一周的雨，没有成行。今天天气不错，早晨有些清凉，路上有积水，比较湿滑，温局车子的底盘低，只能用小水屯老李的越野车。

有三点收获。一是要做大砂仁产业。进了山，大家对这个产业的发展很感兴趣，认为在大山里能做三十年，而且现在中草药价格居高不下，既保护生态，又带来效益，这个产业应保护性发展。二是要推动老李转变观念。应该说好东西没有卖出好价格。现在看来资金不是主要问题，关键是如何把砂仁产量提高上去，效益增加上去，仅仅有好产品，只是基础，更重要的还在于营销。三是要充分利用好政策。现在，市里把东山作为金融扶贫试点，发展中草药正当其时，如果有资金的推动，在砂仁种植的技术、规模上下功夫，小水村民的收入会有很大提高。

12 月 9 日

参加村里的红白两事。

上午是白事。支书的父亲走了，今天出殡。印象中，老人家精神矍铄，很和蔼、亲切，见了我总是打招呼，今年不到八十岁。村里人说，是冠心病，这种病来势凶猛，一发病很难救治。这可真是冥冥中自有定数，天有不测啊。

下午是红事。村里有农户结婚，被邀请参加。赶上县发改局谢局一行检查水利项目的情况，正好一起参加喜宴。谢局说，不要称呼谢局，叫阿勇好了。阿勇是个爽快健谈的小伙子，那东人。大家喝了米酒，谈了水利、屯路建设和风土人情，算是漫谈吧。

壮乡风俗，来者皆是客。

2015 年 1 月 5 日

在村里商谈安装路灯事宜。因前段时间村民提出安装太阳能路灯，这段时间想了一些办法，也下功夫研究了太阳能，发现问题不是想象的那么简单。

一是前期安装成本高。在网上查太阳能路灯报价，基本在 3000 到 8000 元之间，村里至少要安装 50 个灯，相比几百块钱一个的普通路灯，成本高了。

二是后期维护成本高。一般来说太阳能电磁板几年就要换，一个磁板800块钱左右，以后要换的话，费用谁来出？

村里的意见是使用太阳能路灯不用花钱，如果安装普通路灯，电费、请人工管理要花钱，集资不容易。我提出以后换磁板要花钱，而且安装太阳能路灯不便宜。县领导明确要求安装普通路灯，不安装太阳能路灯。

村里表示不装了。

1月22日

银山的路已经开通，上午步行过去。几个月前还是深一脚浅一脚，走过去用时一个小时，现在走在平坦的公路上，感觉不一样。

走下公路，继续前行，因岔路太多，加之草太密，走不动，在河边休息。河滩的艾草长得很密，很嫩，采摘一些，中午回村里做饭，用骨头炖了，口感不错。

今年的路还要继续向前修，怎么修？

对面山坡已经烧光了，把原始林烧掉，还有生态性吗？

1月26日

落实村里的低保户名单。

去银山屯了解堵路事宜，情况比较复杂，双方都有理由。老话讲，出来混，早晚要还，不是不报，时候未到，所以做任何事情都不要做绝，给人希望，自己也有希望。

庄子云："泉涸，鱼相与处于陆，相呴以湿，相濡以沫，不如相忘于江湖。"又有古人云："鱼相忘于江湖，人相忘于道术。"

"大道之行，天下为公。"当大道行于天下时，人才会"相忘"。

1月28日

到银山屯调解。屯里有两起涉及堵路纠纷的案子，其中一起法院已经结案，今天法院强制执行，最后堵路的户主被法院请去协助调查。另外一起由乡司法所负责调解，从上午十点调解到下午一点半，结果令人满意，当事双方签了调解协议书。

今天来的人特别多，法院、派出所、司法所的工作人员，以及村干部、驻村干部等有二十多人。

看来公路通了，不仅仅为贫困地区的群众打开一扇脱贫致富的大门，还为快速解决村民纠纷，促进社会和谐奠定了坚实基础。

2月4日

上山看桉树的种植情况，向村民介绍苦参子的种植情况。很多事情，开始时热情高，经过一段时间怎样，不好讲，先试试吧。

3月25日

到村委同村干部讨论帮扶工作，了解中草药种植，特别是苦参子的种植情况。

三月村里走了几个老人，老军属、周老太太，还有一个刚刚六十多岁的教书先生。周老太太上个月自己步行3公里从山里出来到村委领大米，这才过去一个多月的时间。人生真是太短暂、无常了。

现在步行到银山屯，尽管通屯公路已经很平整，心里却有种说不出的心情，去年深一脚浅一脚到银山屯的情形历历在目。现在老军属走了，总感觉好像失去了什么。

3月28日

上午步行3公里到银山屯查看西贡蕉、苦参子的种植情况。

中午回村委。下午走访农户，有一个困难户，五十多岁，因为得了病，身体非常瘦弱，到医院稍微检查下就是五六百，每月他都要去县里两次，加上拿药，每月花费三四千元。他有两个儿子，还没有成婚，大儿子三十多，一直待在家里，小儿子外出打工，一去八年杳无音讯。他说要是孩子能成婚，自己走了才会瞑目。

4月17日

上午看了金山屯的养牛场，十几头牛，不是很多。一头小牛伸出头哞哞叫，非常可爱。

下午送工人回团结村。第一次到团结村时，感觉山村挺美，村前是几亩稻田，背后是青山，发展旅游还真行。但是山上不能种庄稼，他们吃水靠打井，看来还是比较适合养殖的，如养土鸡、山羊等。

晚上买了两只土鸡，邀请团支书、小培、二林一块聚餐，再过两天就是三月三了，正好借此机会和大家聊聊天，听一下大家对村里发展的意见。

4 月 18 日

上午查看村民搞的生态乡村旅游点。一个村民在河边建了池塘和水电站，还有几间房子，以后他要搞农家乐。同他交流过，交代他要同有关部门打好招呼，按规矩办事。

下午查看炼山的地方，过火面积很大，一百多亩。

4 月 19 日

三月三第一天，这里是壮族聚居区，一年之中的大节日除了春节就是三月三了。

上午来了道公，道公做了法，每家每户都发放黄色的“符”。黑色字体的，据说要贴在住人的地方；红色字体的，要贴在牲畜屋、厨房等地方。

整整一天，漫山遍野响起鞭炮声，据说是村里在外做工的人回乡扫墓。村里开来很多越野车、小轿车、商务车，初步数了一下，半个小时竟然过去几十辆之多。面包车已经非常落伍，特别是村民开的那个“568”乡村巴士专线面包车，同这些崭新的汽车相比，老掉牙了。

4 月 20 日

上午到山上查看苦参子的种植情况，同团支书谈了许多，目前他种植五万多棵，已有不少农户表示要加入，应该说起到了一定的带动示范作用。

鹌鹑养得不好，市场下行，淘汰掉了。

4 月 21 日

上午查看铁皮石斛大棚项目的进展情况，再过一个多月就可竣工。了解了一下它的成本，每平方米 200 多元，共 3000 多平，因征地原因，目前只能盖 1700 平。

向施工队了解铁皮石斛的市场行情、种植情况。施工队队长留着络腮胡子，感觉比关公的胡子还长还密，他年龄不大，45 岁。老婆和他一起来做工，禾州人，有一个小孩在读大学。他有一辆小车，到乡里买菜挺方便。

还有几个工人都是东山人，但家太远，暂时借住在五保村。五保村里来往的“客人”还挺多，今年就一直没空着。

5月15日

村里拟成立中草药种植公司，目前已种有400多亩苦参子，并建有育苗床，看来回乡创业是个趋势。聘请附近村民做工，给贫困村民提供劳务收入的渠道，这点很了不起。

中午乡里的书记和人大主席来访。

晚上通过电话向副县长汇报民族帮扶资金支持的通往金山屯路段的部分屯路已经竣工，并汇报了工作队的一些情况。

不管怎样说，以后会好起来的。

5月29日

上午准备第二天公司的揭牌仪式，下午到银山屯查看苦参子的种植情况。

已近五点，但天气非常炎热，用水把草帽湿透后戴头上回了村委。

5月30日

今天公司揭牌。

吉时是十一点一刻。九点，韦晓、二林到了，先是一起做卫生，之后三人坐在戏台畅谈公司以后的发展。近十一点，支书到了，放了一挂鞭炮，算是揭牌了。

之后，到村口竖立公司的指示牌“中草药种植基地”。尽管牌有三米高，但放在路边还算不上高，好在字迹颜色鲜艳，比较显眼。

做完这些，二林因家里有事先回去，我和韦晓到乡里吃了两碗米粉，花了十块钱。

6月1日

今天是儿童节，祝宝贝女儿开心快乐。

公司昨天揭牌成立了，有一些情况需要注意。

一是关于生产经营，具体工作由团支书他们来做，只要公司走上正轨，而且有效益，不管是经济方面的，还是社会方面的，均应给予鼓励。

二是关于外部环境，要努力为他们创造宽松的政策环境，如果能纳入省里的金融扶贫“百千万工程”就好了。但是任何事情都有两面性，作为一种中草药，它对环境有没有影响，这种影响是正向的还是反向的，尚需观察。任何外来物种对环境都是有影响的，所以这种东西也要适度发展，规模经营，谨慎为好。

三是要有底线思维。只有讲法度，守规矩，才会让公司走得更远。

6月2日

一夜暴雨，河水暴涨，村里一天没有电，请电业局的师傅来修。

到河边查看水情，看到的是浑黄的泥水，先前这里下雨，据说流下的是清清的河水。

在河边不知道被什么咬了一下，手钻心地痛，好似被电击过一般，整个手臂马上红肿起来，不敢停留，匆匆赶回村委请村民看有无大碍。回答说可能是蜈蚣或者什么小虫子咬的，如果是毒蛇咬的，早变黑了，现在尽管手臂肿了，但还是红的，没什么大碍。

痛了一上午，感觉非常疲惫。

6月3日

晚上手机终于有了信号，已经3天没信号了。6月1日那场惊心动魄的暴雨把基站弄坏了。这两天为打电话，要爬到对面的高山上去，单趟要一个钟头。

这两天喝的水都是浑浊的“黄泥汤”，拍照做留念。

6月9日

上午同老禹的监护人商量危改事宜。目前上面对五保户危改已有政策，房子不能超过40平方米，每户财政补助一万八。老禹表示自己没有钱盖房子。

傍晚，二林嫂挑着两担子西贡蕉路过村委，看到我在操场，送我两大串，西贡蕉要比一般的芭蕉饱满，而且自然成熟，特别甜，市面上很少买得到。

6月10日

上午步行到银山屯，公路已经开通半年多，去往银山屯的卡车多了起来，那是运送木材的。

到银山屯同组长聊了好长时间。组长说整个那美村就银山屯最穷，而且没有山林，很多人迫于生计只好外出打工，屯里的矛盾由来已久，不团结。我问为什么。他说主要是因为山林纠纷，这是矛盾的根子。他拿出东山县人民政府1982年2月21日签发的“山林权证书”让我看，上面已标银山有三千亩林地。可是八年后，也就是1990年，别人占去两千多亩，现在屯里只剩下不到一千亩林地。当时占去两千多亩山林的“协议”，只有那时的银山屯组长个人的签字，无公章。东山县政府、玉屏公社、那美村委那时候均没有代表在场，更没有签字。现任组长向上级部门反映多次均无果，他正打算联系屯里群众上访。由于占据两千多亩林地这事，屯里二十年来一直多有矛盾，大家意见很不统一。

他之所以提出山林纠纷的事，原因在于占据两千多亩山林的单位已把山林承包给个人，现在承包户把水源林的树木烧掉种上速生桉，已经烧了好几个山头，现在还在继续烧着。屯里的农田、水利设施、饮水源地受烧山毁林影响，多有破坏。组长说，他们占去就占去了，现在又种上速生桉，以后屯子吃水都是个问题啊。马上就要林地确权，要是确权给他们，以后再想收回来，恐怕更难。

我安慰他说：“现在是法治社会，一切要按法律规章办事。该是你的，终究是你的；不是你的，即使你拿来，到头来也不是你的。要相信法律，相信政府，会给你们一个公正的说法。”

6月18日

上午组织村里搞卫生，据说上面要来检查。陪同县委副书记“探点”，她指出一些问题。

中午向队长汇报小水屯的砂仁被偷盗的情况。前天老李的砂仁被偷了一百多亩，一千多斤，损失五万多元。派出所已立案，并勘查现场做了笔录，还没有破案，老李比较着急，毕竟这是他多半年的收成。

下午“生意”不错，给三个人义务理发。一个是村里年纪最长的老爷子，97岁，人特精神。老人的头发已经很长了，乍一看感觉他才70多岁。由于年龄大，老人出一趟山理一次发很不容易。村里没有专门理发的人，自己也算在村里自学了一门“手艺”。

说来有趣，一听说要理发，老人家非常高兴，直说“搞光去”。

没有多少人有机会给将近百岁的耄耋老人理发的，所以说，能够把他长长的头发“搞光去”，还是很大的福气呢。

另外是两个小男孩。放假了，村里小孩多了起来。这两个孩子挺懂事，坐着不动很配合，给他们理发，倒不是什么难事。

6月19日

上午进山查看公司苦参子的种植情况。五万多棵，已有四分之一挂果，因是第一年挂果，不是很多，每棵四两左右，四千斤的产量，两三万块的收益。明年如果走上正轨，每棵至少二斤左右的产量。

支书前段时间去邻市考察，拍了一些照片。他参观的苦参子，四五年就长得胳膊般粗，每棵挂果十几斤，现在一斤鲜果十五块。看来，苦参子的效益还是可观的。

但是，目前公司有不少困难。一是融资。他们很难得到银行的贷款，更不要说政府扶贫的金融贷款了，只能走民间借贷的形式。二是技术。五万多棵的苗中，有不少是公的，要嫁接，一棵一块二。这既需要技术，更需要资金。三是政策。目前看，金融扶贫、产业扶贫等方方面面的政策扶持有很多条条框框，门槛高，申报难。村里的小伙子“不等不靠”，做了许多调查搞起这个项目，很不容易。

现在感觉到，飞龙公司的牌子在村里挂出来容易，但是再想往前走一步，却是非常艰难。

不容易也要走，发展产业这条路才是摆脱贫困的“牛鼻子”啊。

一次乡里开会，看到雨曦，石头问她：“现在驻村日记好像省了。基层办要求用短信汇报工作，你发短信没？”

雨曦说：“我这段时间哪有时间发啊。我有微博，我告诉他们看我的微博，那是我的驻村日记。”

石头说：“你的微博名字是什么？我学习学习。”

雨曦说：“那宾小玉米。”

打开雨曦的微博，图文并茂，动静相宜，诙谐可爱。看来，科技真是传播信息的好工具。以下是雨曦微博里的部分内容。

12月12日

今天又进了一趟三卡，步行往返4个小时。电力公司今天拉电线杆进去施工了，最烂的那截路这两天赶工铺石渣，铺好之后，饮水工程的施工人员就带着配件进去，打算在村里住几天，抓紧时间把水管接好。感谢所有为此付出努力的人！

12月12日

今天跟工程师一起去三卡看了水管的布线，配件买好就可以安装了。村民们搬家在即，真是越快越好啊！火烧眉毛的时候，又听说过几天屯路要两头同时施工。要是真的该怎么办啊！简直要疯。

12月10日

历尽波折运进来的水管，明天就要开始组装了。蓄水池的地基已经整好，直径6米。等建材运到就可以开工，过了保养期，春节前应该就能正常供水了。

12月9日

从陇龙到那宾的通屯道路已经开始施工，车辆通行很不方便。今天下午步行一个多小时进三卡。月底，画院的大师们要来三卡做回访，还是申请钱买点石头铺铺路吧，老爷子们万一摔坏了怎么赔得起啊！

12月8日

否极泰来！三卡以后要是发展不好都对不起曾经的那么多坎坷！必须改名！

12 月 8 日

简直欲哭无泪。今天运水管的车刚出城就翻了，折腾大半天才重新装好，到村委已经晚上 8 点半了。本想节省时间趁着晚上没车直接往屯里拉，结果刚走出去一里地，因为路太烂颠簸起来把车子的大梁压断了。乡里的修车铺修不了，现在等着维修师傅从城里赶过来。乡下晚上好冷。想做一件好事怎么这么难！

12 月 4 日

今天很冷。她姓韦，身有残疾，家有年迈的母亲，仅靠一点薄田和丈夫打工维持生活。儿子上幼儿园，9 个月大的女儿患有先天性心脏病，为治病已负债 3 万多元。不做手术无法存活，做手术有活下去的希望，但因体重太轻体质太弱，风险很大。至少 6 万元的手术费，对于一个一贫如洗的家庭犹如天文数字。还有别的路可走吗？

11 月 26 日

今天跟隔壁村的指导员去他那里了解砂仁的种植情况。起码走了三四个小时吧，也不晓得翻了几座大山。山里空气真好啊！沿着小溪一路前行，溪边的原始森林里种着大片大片的砂仁，放眼望去感觉满地都是钱啊！队长还打算发展养蜂产业，同时可以提高砂仁产量，一举两得，果真是产业能人。

11 月 25 日

今天跟县红会的人一起到三卡确定人饮工程的预算。为了快，决定继续使用原有的水源，在高处修建一个新的蓄水池，这样直接接水管到新村就可以通水了。村民们都开始搞新居的室内装修，刷墙啥的，越来越像样了。两个月的时间有点赶，希望能在春节前完工！

11 月 21 日

那宾屯的巷道硬化工程已经基本完工了，今天实地走了一遍，清爽多了。现在那宾屯到陇浮屯的屯路正在加紧修建，希望年底之前能顺利完工。

11 月 20 日

宿舍最近老是跳闸，一晚上跳 N 次，烦死了。去供电所找人查看，顺便又打听了一下三卡拉电的事，乡里说早就测量了，县里说已经安排了，要是天气好，很快就可以施工。

11月13日

今天下午民盟十三中支部到村里的小学慰问，给孩子们带了好多漂亮的文具，可把他们乐坏了。现在村小只有两个年级，二年级10人，一年级只有1个学生，三年级以上的都到乡中心小学去了。嘉慧还是那么可爱，整天笑眯眯地露出小虎牙。下次再去玩要记得给他们带点糖果。

11月11日

昨天在单位写好文件，争取下周资金到位。等天晴就把村委前面这块地给硬化了，砌两组石桌石椅，在小溪边弄个花带以免小孩子玩的时候不小心掉下去，空的地方再种上一棵大榕树，以后打球、演出、跳舞、下棋、乘凉、唠嗑啥的就方便了，算是个户外“群众之家”吧。路面硬化、水源净化、村庄绿化，打造生态乡村从村委开始！

11月6日

下了一天雨，院子里又开始积水了。冒着雨到隔壁马庄参观了一下，他们的清洁乡村活动搞得真好，虽然下雨，但是到处也还是干干净净的。各家各户都有个小院子，房前屋后清清爽爽，看着舒服。村里在试种辣椒，结得真多啊！一棵上面能结上百个辣椒，也是惊呆了。等天气好了，是不是应该组织我们的村民过去学习下？

11月5日

这几天，上果屯剩下一半的巷道硬化工程也开工了。有县里和惠民项目的资金的支持，村民们积极地投工投劳，工程进度很快。如果不下雨，估计再有俩礼拜应该就可以完工了。希望硬化好了之后，保洁员能勤快点，村民们也能自觉把自己的房前屋后打扫干净，这水泥地上稍有点脏就忒明显了。

11月4日

因为缺水，村里一年只能种一季水稻，现在差不多都收割了。村民们赶着晾晒，村委前面的篮球场几乎每天都满着。问了一下，亩产八百斤左右，谷粒有点瘦，不算很饱满。田地里的出产基本只能满足家庭食用，要挣钱只能外出务工。这也是贫困的原因之一吧。

10月29日

今天李会长一行到村督察“美丽乡村”建设情况。一起查看了那宾屯巷道硬化项目的实施进度、三卡屯整村搬迁及社区备灾项目成果。同时对三卡屯饮水项目和文化村巴内屯饮水、洞爱屯巷道硬化等几个项目点进行了细致的考察。希望下一步能尽快帮助村民解决这几个迫在眉睫的大问题。

10月24日

梦想还是要有的，万一实现了呢！一周的学习内容太多，需要好好消化一下。“路漫漫其修远兮，吾将上下而求索。”

10月23日

想起今天在百色起义纪念园再次听到的那些往事，感触更深。现在一切的平常，都是生命所换！在那样的断壁残垣中他们都没有放弃，我们现在又岂可放弃！我爱我的祖国！

10月1日

每当唱起《我和我的祖国》，热泪总会涌上眼眶。每当《歌唱祖国》的旋律响起，心中的骄傲就油然而生。亲爱的祖国，生日快乐！

9月29日

今天队长到大树屯对产业扶贫项目进行调研，我们也跟着去了，参观了大树屯的砂仁种植和鹌鹑养殖产业。很开心地聊了一会儿，才知道县里的中草药产业扶贫项目之所以主推铁皮石斛，是因为想依托金塔本草这样的龙头企业资源解决产业链的问题。这样说起来，也许小徐也可以了解一下。原来砂仁长这样，好像生姜。

9月28日

国庆节前这几天，村里都在搞卫生迎检。不得不说，我们村还真是山清水秀，一派田园风光，那叫一个美不胜收啊！

9 月 26 日

这个周末不回城，晚上散步时看到社区的阿姐、大婶、阿婆在球场练舞，不是普通的广场舞，是表演的那种舞，还满专业的呢！据说她们经常去参加比赛，还得过奖。

9 月 24 日

跟陆圩的小马四处溜达了一会儿，听他讲了讲自己打造中草药基地的创业计划。看看村里的湖光山色，真是心旷神怡！在外游历打拼后，难得他还愿意回到家乡，带动乡亲们一起努力脱贫致富，更难得的是他不等不靠，认准了目标就勇往直前，让人敬佩。希望黄药师的桃花源早日面世。

9 月 24 日

今天那宾屯的巷道硬化项目正式开工了，惠民资金支持一部分购买排污管道，红十字基金会援助一部分购买水泥、石渣、石粉等路面硬化材料，村民们投工投劳，一起动手建设自己的家园。今年内村里的面貌应该就会大变样啦！

9 月 22 日

今天到隔壁村参观了他们的鹌鹑养殖产业，一万只的规模，装在笼子里倒也不用占多大地方。鹌鹑苗 8 毛一只，两个月后正常产蛋，每天产蛋 180 斤左右，可养 10 个月，淘汰的鹌鹑也能卖一两块钱一只。算得上投入不高、周期较短的项目吧？考虑组织我们村的人来参观学习一下。刚下的鹌鹑蛋，白水煮都好好吃啊！

看来，在“那宾小玉米”的微博里关于三卡的事可真不少。三卡，据说是玉屏最偏远最贫穷的村屯。雨曦说，穷得怎么想都不可能想象到。

三卡到底是什么样子？还是要亲眼去看看。

38. 三卡

那宾村与那美村隔一条二级公路，石头和雨曦约好第二天上午去三卡。

车子开到那宾村委，雨曦说只能到这里，三卡开不进去，剩下的路只能步行。下周末国家画院院长要到三卡考察新村建设情况，近期雨水特多，屯里的砂石路被洪水冲垮了，正在抢修。

山路全程五六公里，需步行一个半小时左右。

从村委出发，满眼尽是石山。天空低低的，雨已经连续下了十几天，非常湿冷。这就是所谓的石漠化大石山区吧。真想不到，仅仅隔了一条公路，那美村和那宾村的自然风貌差别竟然这么大！

已近隆冬。靠近路边的那些黑魆魆的石头缝里，种着三三两两的甘蔗、玉米、木薯。甘蔗倒掉不少，可能是前阵子的台风所致；玉米已收割，只剩下枯黄的茎和叶子，在风中瑟瑟发抖；木薯叶绿中带黄，下面斑斑点点，长满刺一样的东西，像木棉，别有风味。附近几座山上是一些高高低低的乔木，天空低低的，四周灰蒙蒙。

雨曦说："现在知道你们身在福中了吧？我们这里是石漠化山区，不长东西，只有村委那里能种些稻子，而且长得很不饱满。你看那山旮旯里，只能星星点点地种些木薯、玉米、甘蔗，收成很少。我们这里完全靠天吃饭，很不容易。不像你们那里，有条河。"

石头说："真想不到，我还以为大家都差不多呢。没想到你们这里更艰苦，主要是没有水，如果有了水，就好办了。"

雨曦说："因为土地贫瘠，村里的年轻人大多外出打工了，好挣些钱补贴家用。他们又没什么技术，只能靠出苦力挣钱，挣的也不多，都是辛苦钱。留在村里的，大都是妇女、儿童和老人。"

走了二十多分钟，前面是一个料场。有四人在路边商量什么事，料场的工人正在紧张地堆放水泥、石渣、石粉。

雨曦走过去问道："师傅，什么时候施工？"

一个领头模样的人说："现在正在备料，如果料足够，马上施工。"

雨曦问："你们修外面这一段？"

回答说："是啊，我们负责从这里到村委的一段。里面还有一个施工队，他们负责从三卡到这里的一段。两个组分别施工，这样就能加快施工进度了。你看，我们正在抢时间，抓紧备料，施起工来，这料就没有办法运了。"

雨曦问："什么时候能完工？施了工，车子还能进去吗？"

回答说："最少也要二十多天，车子肯定进不去。要进去，只能步行。"

告别工人，二人继续向前走。

雨曦说："这可真麻烦了。下周来的那个院长可是国宝级的人物，还有一大帮子国家画院的画家，有的都六十多岁了。要是让他们走五公里山路，出了问题，谁赔得起啊。"

石头说："看来等下周他们考察完后再动工才行，出了问题真不好说。画家们来了，做好医疗保障，医生随行，这些细节性问题要考虑到。"

前面的路非常泥泞，二人只能沿着路边的草丛逦迤前行，天气愈加湿冷。

在甘蔗地边，雨曦拨通电话说："来的可都是国宝级的人物，这路走不得。我步行都要一个半小时，万一他们有个意外可怎么办啊。现在屯路两头施工，是不是请领导协调县里，这两天暂时不要施工，先备料，等大师们走了再施工啊？现在运送石渣的车还没到，刚才司机说已经在路上了。不铺些石子，车子开不进去的，只能应急。这段时间雨水太多，这路也太烂，到处是水和泥。"

……

电话打了三十多分钟。

石头说："你经常这样？"

雨曦说："是啊，现在有信号，打电话还行，再往里走就没有信号了。"

前面的"水泥路"更加难走。

再难走也要走。两人一路跌跌撞撞，终于赶到村口。村口有十几个人分散在路两边，有坐的有站的。

雨曦同他们打过招呼，和石头继续向前走。

转过一个高高的山岗，豁然开朗。

前面是山谷，非常开阔，三面山峰高耸。走过山岗，是两条岔路：一条转在半山，有石渣路绕过；一条直通谷底。

雨曦说："走近路还是远路？"

石头问："近路怎么走，远路又怎么走？"

雨曦说："近路就是走新村，过前面的山坡，很陡的啊。远路走半山的石渣路。"

石头说："走近路吧，看看你们的新村。"

二人转下山岗。山谷间建有四排整齐的房屋，地面已硬化，整洁明亮，但是还没有通水电。今天电力公司、给水工程的师傅来安装水电，管线已经买好。

这就是雨曦所说的"三卡屯新村"吧，国家画院的院长还要亲自题写屯名呢。房前有大片大片的甘蔗，青青的，甘蔗地前方是转盘石渣路。半山上到处都是四五米见方的巨石，黑黑的，随处可见。

雨曦说："新村距离旧屯两公里，占地八亩多。共有三十六户，每户规格为三房一厅一卫，面积为七十平方米，预留出楼梯口，如果将来有钱，还可以再加建二层楼房。选择这个地方，村民讨论了好长时间，主要考虑洪水很少淹到，距离村路很近，还可以照看留在旧屯的牲畜。屯里原有三十一户，后来因为建新村，有一些农户抓紧时间分家，又多出五户，现在共有三十六户。"

石头说："你们做了一件实事、好事。"

雨曦说："其实我们没做什么，只是做了一些联络方面的事，工作主要还是国家画院的画家们牵头做的。前年国家画院说要找一个非常贫穷的地方开展春节送温暖活动，经我们联系，画家们到了三卡屯。当看到村民所住的房屋时，所有人都惊呆了，说改革开放三十多年了，怎么还有这样的板房。他们当即提出资助危房改造的建议，并通过我们无偿捐赠六十六万元帮助三卡屯整村搬迁。我们也配套了一些资金，有二十万。

“去年三卡新村终于破土动工。新村地基选的这片缓坡，山石嶙峋，坚硬异常，打地基非常艰难。我们现在走的地方，都是用炸药炸，用手凿，一点点抠出来的。去年三卡所有的人都来做工，特别是外出打工的年轻人全部回乡，那可真是“人心齐，泰山移”啊，他们硬是靠自己的双手挖出了一块平坦的地基。经过一年多苦干，房子盖好了，现在就差安装水电。”

二人走过整洁的新房。房子都是砖瓦结构，有铁门、铝合金窗，美观大方。透过一个打开的窗户，可以看到地面已铺好瓷砖，卫生洁具干净漂亮。看来，万事俱备，只欠东风了。

从新村前排这头走到那头，用时不到半分钟。为了这半分钟，三卡等了、盼了几十年。

前面嶙峋怪石间有一条“山路”，石头连着石头。石面光滑，看得出经常有人走动。好在石头并不湿滑，只是陡。山不高，有七八十米吧。头顶上方有一棵榕树，转过树是平坦的土路。

雨曦在前面带路。

石头问：“你来三卡几次了？”

“五六次吧。”

“每次都步行进山？”

“是啊。出去的时候，有时他们会用摩托车送我。”

前面有一道坡。坡上，三卡队长正在指挥工人倒石渣。雨曦同队长打过招呼，转下坡，说：“马上就要搬新居，原先的水柜水压低，要调到高一点的位置，这样水压就够了。”

山下有一间白漆小房，雨曦说：“那是水泵站。”

石头说：“村民吃水交钱吗？”

雨曦说：“交啊，主要交一点电费。从山下那个水泵里面把水抽过来，要用电的，不是很多。怎么，你们那里用水不交钱？”

石头说：“我们用的是从山上引下来的地表山泉水，人饮工程做好，受益几十年，村民现在吃水不交钱。有一个大嫂很搞笑，她到城里的女儿家帮带孩子，可待了没多久，回村了。我问她为什么，她说城里用水多，女儿心疼，说水费很贵。”

二人说着话，转下坡是三卡老屯。

老屯周围种满甘蔗，蔗林密密的。

正是收获季节。

未进村，空气中已弥漫着牲畜散发的浓浓气息，呛得人难受。

老屯入口处有一个池塘，塘边有一个菜园。园子不大，用竹片围住。菜园子里面种着白菜、蒜苗、空心菜、生菜，品种可不少。旁边有几棵龙眼树，不高，三米左右。园子外面有三三两两的鸡，四处乱窜。

进村后，石头震撼了。这简直就是一个部落，最原始的部落啊！

三卡屯由两排“板房”组成。如果这些“板房”还能称作房屋的话，这些房屋应叫作干栏式建筑。这些最原始的干栏式建筑，就是用树干和夹杂其间的围栏简单拼凑起来的。房顶和墙壁由薄薄的木板搭建，斑驳支离，斜斜的；一根根直直的木头死死顶住勉强称得上“墙”的木板，防止倒塌。“板房”下面，是几根木头做的桩，插在泥中。桩被竹片紧紧围住，成了牛棚、羊舍、猪圈、鸡窝，里面昏暗、潮湿，进不得人。“板房”上住人下养牲畜，被戏称为上“人事局”下“畜牧局”，真不晓得三卡人怎样把牲畜赶进去，又经年累月和牲畜同居一室的。

房前屋后有街道。所谓街道，由大大小小的石块拼接而成，就像河滩自然堆积的石头，高低不平。不过这里的石头要比河滩的还多、还大、还杂。街道上有两三个石碾，石碾不大，一米见方。上面有些泥巴，碾面光滑，看得出这些东西废弃了有一段时间。

杂乱的街道有猪粪和鸡屎，原来三卡的鸡是散养的，满天飞，晚上才会自动回窝。小猪仔也会偶尔出来逛下街。石头想起去年一坨鸡粪扣多少分，两坨鸡粪又扣多少分的事，看来在这里完全不适用啊。如果有一百分可扣的话，干脆别扣了，直接给零分吧。

石头说：“难道我们穿越了？”

雨曦说：“每次来都很压抑，好想让他们快快搬进新居啊。”

二人在街道中间停下，转上石阶，石阶较陡，阶面磨得光滑。上得台阶，是一个露台。所谓露台，由木片简单搭建，很多地方露出支撑着的柱梁。柱梁用竹子做成，人走在上面，吱吱作响，一不小心，可能就掉下去。这露台，那可真是“上露天，下露地”啊。

露台正前方就是村民的正房。房门紧闭，门的正上方贴着一张符，已泛白。左书“人物得安宁”，右写“× 符来 × 宅”。两个字是繁体字，认不清楚。中间画着弯弯曲曲的线条，似梵文。上面有两个门神，左“秦叔宝”，右“尉迟恭”，可能是辟邪的吧。房顶铺着瓦片，瓦片已发黑，刻满岁月沧桑。房前晾晒着许多小孩子的衣服。门前堆放着几个麻袋，乱乱的。进屋的路，窄窄的。

雨曦敲门，问道：“有人吗，请问有人在家吗？”

许久，一个驼背的年轻女子抱着孩子打开门，看到雨曦，非常热情。

孩子眼睛大大的，皮肤发白，不是正常的那种白。

雨曦说：“孩子病好点吗？”

她说：“吃东西还行，今天喝了小半碗粥。谢谢书记挂念我们，要不是你，我都不知道怎么过了。”

雨曦说：“你不要过于担心，我再联系医生看看。必要的话，再争取些援助资金。”

雨曦从包里拿出一包水果奶糖，放到她手里，说：“这些给弟弟吃。”

她家的客厅很小，最多三平方米。屋里有一台电视，很老旧的那种。桌上有一小碗白米稀饭，看样子是给孩子吃的。桌子左右都有门。右侧是厨房，厨房不大，有火炉，炉里有几根木柴，闪着火苗，里面冒着烟。炉子后面有一大堆白白的柴灰，应该积了很久，旁边散散地堆放着木柴。看来，这里既要靠木柴取暖，还要用它做饭。厨房的地面是硕大的石头铺的，已磨得铮亮。原来，“板房”是依山而建的。

转到左侧的门里，墙边堆放着杂物，可能是粮食什么的。墙角是床，床上撑着厚厚的蚊帐。几缕光线透过屋顶的瓦片，漏进昏暗的室内。房顶有大块大块的蜘蛛网，好像随时会掉下来；网稀稀疏疏地落在光线上，轻轻摇曳着，恰似战场上一面面处处是窟窿的旗帜。

孩子已睡着。

驼背女把孩子放在摇篮里，坚持要送送雨曦和石头。

石头问："你们收入靠什么，一年收入有多少？"

回答说："我们主要靠种甘蔗得点钱，家里种甘蔗一年有五千多块的收入。屯里种甘蔗收入有多有少，最多的也就一万，少的有三四千。"

石头问："有没有别的收入？"

她说："别的收入很少。我老公有时会出去打工，挣不了多少钱。现在盖新村的房子借了两万，又赶上孩子生病，需要花很多钱。我家在邻县，我母亲说：'谁让你嫁到那么远那么穷的地方呢。'既然赶上这些事，说啥也要往前看。就是欠的钱太多，盖房子、孩子看病，前前后后借了七万，我这一辈子都还不上啊。"

雨曦说："你不要着急，我们帮你想办法。"

她让雨曦等一下，进了甘蔗地，不一会儿，砍下两根甘蔗，削好，很不好意思地说："这个送给你们吃。"

雨曦说："我们不吃这个，谢谢你。"

二人返回，转上山岗回望。青山肃立，绿树丛中露出几个黑褐色的尖尖的木屋顶，"板房"已渐渐远去。

雨曦说："她身有残疾，家有年迈的母亲，仅靠一点薄田和丈夫打工维持生活。儿子上幼儿园，九个月大的女儿患有先天性心脏病，为治病已负债三万多元。不做手术无法存活，做手术的话还有活下去的希望，但因孩子体重太轻、体质太弱，风险很大，至少要六万元的手术费。这对于一个一贫如洗的家庭犹如天文数字，医院不敢轻易动手术。"

石头说："可以申请大病救助吗？我听说有照顾政策。"

雨曦说："我打听过了，像他们这种情况可以申请大病救助，报销比例为 90%。但是，就是这 10%，他们也不一定能出得起，而且住院看病要先交钱，她到哪儿借这么多钱啊。现在大家懂了，在这种极端贫穷的情况下，借钱纯粹是帮扶性质。自打借给她，就别想着还，就当奉献爱心吧。"

石头说："儿子谁来抚养？"

雨曦说："已交给他们家的大哥代为照看。"

二人说着话，不一会儿到了岔路口。雨曦说："走石渣路吧。刚才来的那段路，上来容易，下去很难。"

路上铺满石渣。左面的黑色巨石间星星点点长着木薯，快要收割了。雨曦拍了新村的照片，转过身，说："有蘑菇！"

原来，路边的巨石下，竟然长出了小蘑菇，非常美丽。

石头说："你的眼可真尖啊。这里为什么叫'三卡'？"

雨曦说："我也不清楚，可能是面临的困难重重，前面关卡众多吧。以前一到下雨天，这里就洪涝成灾。刚才我们看到的那些'板房'，到了汛期，要被浸泡五六天，人们吃没得吃，喝没得喝，外面的救济物资又进不来，这里成了名副其实的'孤岛'。这不就被'卡'住了吗？所以说，三卡一定要改名！"

石头说："其实'三卡'这个名字很有意义。无论以前怎么艰难，也不管以后生活怎样，'三卡'这个名字永远不能忘记。还是那句话，经济基础是主要的。其实，他们前面还有很多'卡'呢。我觉得他们面临的第一道卡是生存。自然条件恶劣，完全靠天吃饭，这不是人过的生活，是在生存线上挣扎。第二道卡是温饱。先要吃上饭，刚才那个小女孩，我看也没有什么吃的，估计就是些白米粥吧。现在他们即使住上新房，温饱还是很大的一道卡。第三道卡是信念。现在这么多人关心、爱护他们。这里人心也很齐，摆脱贫困的愿望非常强烈。下一步要帮他们发展合适的产业，增强他们的自信，自信就有希望，这就是信念，摆脱贫困的关键。"

运石渣的货车、电力公司的橘黄色施工车都到了，村口的三卡人正紧张地忙活着。

看来，国家画院的画家们快要来了！

乌云正在退去，天边突现一条美丽的彩虹。

风雨过后的天，总是蓝蓝的，蓝得那么清澈。

石头说："看这样的天空，心情舒畅。这叫什么'蓝'呀，叫'瓦蓝'

可以吧，还有没有别的词形容？”

雨曦说：“有啊，湛蓝。天湛蓝湛蓝的。”

是啊，希望可不就像那乌云散后的蓝？

39. 逐梦

今年石头的体检结果显示，他的状况很不好，结论中出现了癌胚抗原指标偏高、肝囊肿、慢性咽炎、高尿酸血症等字眼，医生建议及时复查、治疗。坦率地说，当第一次看到体检结论中提及的病症及医疗建议时，他心里一咯噔，愣住了。自己倒没有什么，就是孩子还小，父母身体也不好，一个常年疾病缠身，一个因脑血栓偏瘫在床已多半年了，全靠爱人在家里照顾。他还想看着女儿长大呢，可不能这样不明不白地交待在这里。后来到医院进行复查，医生说这些病症均处于初期，总体不是很严重，嘱咐他以后注意饮食习惯，特别是喝水方面要注意，因为他有肝结石，不能喝水质太硬的水。他没有告诉医生自己在山区驻村扶贫，大石山区喀斯特地貌的水质一般来说都是硬的。

趁这段时间休养身体、看看书也未尝不可，也好圆了多年未竟的博士梦。

他报考了华夏大学的博士研究生，这是中国第一流的大学。高中同班同学许由就在法学院任教，不到三十岁就被评为副教授。报考后，他并没有向许由说起，要是考不好，面子上终究过不去，能否考上倒在其次。华夏大学是中国最好的大学，学术上应该是公平的，还是踏踏实实地做学问吧。

工作队有纪律要求，工作队队员每月驻村不少于15天。安排好村里的事，请好假，他就上省城了。

天刚蒙蒙亮，从村里蹭了一辆外出的摩托，用半个小时到了乡政府。和往常一样，街道上人不是很多，有几辆揽活的中巴懒洋洋地靠在路边。带路的村民向司机介绍说：“这位是村里的指导员，有事到县里。”

“好啊，你要等一会儿，凑够一车才能走。”司机很客气。

“没问题，正好还没吃早点，我先去对面吃碗粉再过来。”

“没关系，你先去。”司机说。

石头来到对面的文记米粉店。说起这店，还是雨曦介绍的。老实说，石头是北方人，吃粉很不习惯，可他这人还有些适应能力，硬是在岭南过了几年没有馒头、大饼的生活。

街道上有几家粉店，他都去过。但吃过后，不一会儿就有点反胃，有种想吐的感觉，可能胃弱吧，消化不良。但这家“文记米粉店”，做的确实与众不同。上次雨曦说，她看了好几家街上的粉店，只有这家比较干净，有空的时候，她就来这家粉店吃米粉，偶尔会逛下街。说是逛街，其实前后不到一公里，街上也没什么铺面。

真难为这位才女了。石头这样想，又不好说什么。

粉店刚开门，客人还不是很多。他要了三两鲜肉粉，不到两分钟，米粉做好了。像他这样的北方汉子，吃三两鲜肉粉很难吃饱，毕竟是吃馒头、大饼长大的。记得小时候，吃再多的面条都不会饱，总感觉饿，更不要说大米稀饭。现在倒好，只有米粉，米粉比大米饭还稀呢。

他经常听周围的人说：“米粉有营养，馒头又酸又硬，你们怎么能吃得下去？我们这里吃馒头要加糖，还要软一点的。”

“加糖怎么吃？酸的才够味，耐嚼。”他回答道。

一方水土养育一方人。北方人吃馒头正如南方人吃米粉一样，其实没有什么差别。

萝卜白菜各有所爱，关键在于交流、沟通。去年在省社会主义学院民主党派机关专干班学习期间，石头作为班长，曾带队到西柏坡学习。队员中有两个来自北方的同学，石头总是避免和他们一桌。为什么这样呢？原来，当他们三人在一桌时，馒头马上就被消灭了，还要麻烦饭店再加一两盘。他们两人吃馒头吃得津津有味，更夸张的是，还要蘸着菜汤吃呢，着实把大家吓了一跳。后来，石头只要看到他们两个，就躲到另外一桌。

这几年就这样过来的。

吃完饭，等一刻钟，中巴车终于上路了。

车行一个多小时，到了县城汽车站。买票，上车，一番折腾，两个多小时后到省城，已经十二点多。

在附近的火车票代售点买到北京的票。动车票还有，晚上七点发车，到站时间是第二天凌晨四点。

动车开通已五个多月，价钱可不便宜，一千多块。岭南到北京，动车全程十个小时。没通动车前，即使快速列车也要两个晚上才能到京呢。

石头回家收拾东西，拿些书和洗漱用品。

一路风驰电掣，他有些感慨。从村里到省城一二百公里，要六七个小时；从省城到北京两千多公里，要十多个小时。

选择攻读博士学位，石头经历了一个漫长的历程。

最初，他在北方一家国有纺织厂工作。那时，他和厂销售科科长常驻北京，负责厂里京津冀地区的业务，接触了方方面面的人，也算开了眼界。当研究生毕业时，或许是曾经常驻北京的缘故，他不大愿意到北上广这样的大城市工作，而是希望到西部去，他觉得西部有梦想。北上广这样的大城市人多、官多、钱多，特别是人才多，要想混得开，真不容易。二十世纪九十年代，可以说是个大变革大融合的时代。大浪淘沙，很多国有企业改制，一下子，大家被推上市场，自谋生路，他所在的企业也是如此。一夜之间，大家失去了生活来源，真有种净身出户的感觉。曾经，那是一段暗淡的日子；现在想来，更是一段辉煌的岁月。

梦里望长安。每每看到当年的下岗失业证，他总是不由得想起二十年前一起进厂的小伙伴，想知道他们现在都在哪儿，想知道他们生活得好不好。

多年来，特别是逢年过节回北方时，他就把大家邀请来，聚一聚，把酒话当年，谈起某某，未免唏嘘。细细想来，漫漫人生之路并不固定，每个人都有自己的路，正所谓“蛇有蛇路，龟有龟道”。路本来是没有的，走的人多了，便形成路。路有好有坏，有弯有直，有快有慢。无论走何种路，都不能走邪路，要走正道。大家走的路虽不同，但心始终相通相近，都在追求美好生活。他失业后参加高考，考取一所师范大学，毕业后又考取了市里的重点中学做教师。但是，为了攻读硕士学位，他辞掉稳定工作，全日制攻读，只是为了一个朴素的想法——多学习一些知识，多明白一些事理，好好做事。周围的人大都是反对的。现在想想，那时真是年少不知愁滋味。寒来暑往，在彩云之南历经多少苦难，最后才拿到学位，还考取了公务员。正所谓“艰难困苦，玉汝于成”，当年到艰苦困难的地方去，到边疆去的梦想成为现实，这一晃竟然已经过去七八年了。

回首过去，他曾经快乐过、悲伤过、迷茫过，也曾经大意过。但是，人不能总生活在过去呀，他是一个从来不轻易放弃的人。他的心中有一团火，一团希望之火，那是指引他前行的力量。虽然微弱，但始终心存希望。别人可以压制他，可以诋毁他，但绝不能让他屈服。正是因为没有放弃，所以他始终对未来充满希望。有了前行的目标，尽管前面的道路曲折、艰辛，但他始终奋勇前行。大家都在向前走，都在努力争取自己的希望。他，也不例外。

曾记得寒山问拾得：“世间有人谤我、欺我、辱我、笑我、轻我、贱我、骗我，如何处治乎？”拾得笑曰：“只是忍他、让他、由他、避他、耐他、敬他、不要理他，再待几年你且看他。”做人，还是要豁达些，这就是生活的智慧吧，他想。

静下心来，他有时会思考一些问题，比如什么是理想，什么是梦想，什么是幻想之类的。梦想是理想吗？幻想是梦想吗？也许这是无解的问题，正如针尖上到底有几个天使在跳舞，哲学家们争论了几个世纪。其实，关键倒不在于问题有没有用，价值大不大，而在于提出这个问题。这样，哲学家们才有依托，思想的轮辙才会向前滚动。否则，人的思想领域极有可能是空白的。那样一来，思想的天空岂不乏味？其实，人类历史波澜壮阔，特别是思想史。漫漫长河中，就包括“针尖上有几个天使在跳舞”这样的朵朵浪花。

什么是理想，什么是梦想，还真不好说，幻想可能好理解一点。理想是现实的，从哲学角度讲，理想的合理构成要素多一些，现实性也强些，所以能成为引领人们前行的精神力量。当然，梦想也不是空中楼阁，具备现实性的梦想会转变成理想，脱离现实性的梦想终究只是幻想，不是理想。例如，现在的中国让每一个人都看到了希望，这个希望就是国家富强、民族振兴、人民幸福，这就是“中国梦”。尽管现在还没有完全实现，但是，在不久的将来，它会变成现实。那时，它就是现实的理想。当然，幻想并非一无是处，任何宏伟的梦想、远大的理想，一般都是从荒诞的幻想开始的。

个人有梦想，人类也有梦想。走在大家前头的，就成为梦想家了。弗洛姆就被誉为“人类的梦想家”，他在《在幻想锁链的彼岸》中说：

“我相信，每一个人都体现着人性。虽然，我们在智力、健康、才能各方面都有所不同，但我们都是人。我们都是圣人、罪犯、成年人和儿童，谁也不是谁的上帝或法官。”

他还说：“我相信人的完美性。这种完美性意味着人能够实现自己的目标，当然，这并不是说人必须实现这个目标。”

长夜相伴，石头想想过去，深有感触。

人是什么，人为什么活着？石头经常问自己。也许，人只有不断激发自己内在的超越和抗争能力，不断走向觉醒，才能不断完善自己的人性。这才是堂堂正正的人。弗洛姆的思想是包含着沉重的历史责任感的，让人性趋向完美的历史责任感，是人固有的文化精神。这是人的梦想。正如儒家所言，“苟日新，日日新，又日新”“逝者如斯夫”，又云“和而不同”。希伯来文化和启蒙精神亦是主张面向未来。正如雨果所说，我们必须永远朝着黎明、青春和生命的那方面看。中西文化思想上相通，表达形式却是迥异的。

有志于学，这种想法很单纯。读书是理想，而理想是现实的，这个读书的理想不是躲在书斋里，而是要走向社会的。独学则无友，孤陋则寡闻。要是和社会实践脱节，就成了读死书，把书读死了。理想是活的，书也是活的，每天读一读有字的、无字的书，学一些做人做事的道理，可不就是现实的理想吗？

读书还是梦想。书，是进步的阶梯；知识，是攀登高峰的动力。不读书，就不会很好地掌握知识，也就不会往正确的方向前进，就会迷路。再困难都要鼓励自己去读书。书，会让人心有感悟，那是持久的快乐。当然，光会读书还不行，更要会应用，所谓知行合一。

那些曾经的梦想，就是漫漫人生路上的朵朵小花，它们淡淡地微笑着，祝福行人；而人生，因为有了这一路风景相伴，前行已不再孤单。

现在，为了读书这个素朴的梦想，石头来到了华夏大学。

四月凌晨的北京，春寒料峭，冷得使人清爽。岭南的那种冷叫湿冷，冷得让人发抖。

乘坐早班地铁，大概经过四十分钟，就到了学校所在地——中关村。

地铁出口离学校还很远。他拉着行李，迎着呼啸的寒风迤逦前行。到了学校大门，一看时间，已经六点多了。大门朴素，门口有三三两两的家长陪着小朋友在排队等候参观校园。今天是周末，考试时间安排在周末。时间还早些，先找个住宿的地方吧。

住的地方与学校一墙之隔，房间设施简单，一床一桌一椅而已，卫生设施尚可。房间价格可不便宜，每天 290 元，不还价。现在一到考试时间，学校周边的小旅馆房价就高。

好不容易住下来。要住三天，先去体检，体检表明确说要空腹。

体检的地方在校医院。

第一次来到这所著名学府，漫步在享誉中外的校园小径，他不禁有些飘飘然了。看到那么多年轻、稚气的面孔，他恍如隔世，毕竟不是一个年代的人啦。要是二十年前来这里读书，那该多好啊。

路边停着好多自行车。有的车是新的，看得出经常使用；有的布满岁月的尘埃，链条生锈，车身不全，散落街边，仿佛一个个被忘却的老人，躲在街边的角落里，无声诉说过去的辉煌。也许，车的主人早已离开，展翅高飞了，而写在校园小径上的青涩岁月，却挥之不去。

一路走来，路边的玉兰已经绽放，有红的、白的、紫的，花香正浓。玉兰边上散落着些许梅花，还有迎春的黄色小花，星星点点，煞是好看。

路边有几个荷塘，塘里的荷叶早已败落，斑斑驳驳，水墨绿墨绿的。微风拂过，荷塘四周的柳树开始吐绿，榆树正冒新芽，假山旁的小径不时闪过匆匆过客，更添几分静谧。天湛蓝湛蓝的，非常清澈；天际挂着一弯窄窄的月，而东方已是朝霞满天。莫非，这就是朱自清先生笔下的荷塘？上中学时，他曾对朱自清先生的《荷塘月色》情有独钟。

路边排列着许多雕塑，都是那些曾经在学术思想舞台上引领潮流的风流人物。和着晨曦，多了几分宁静，让人想起“水木年华”。

路上的自行车渐渐多起来，丁零零丁零零，一路驶过，学子们赶着上课。

远远地看见一座灰色的楼宇里排出长长的队伍，那里应是校医院吧。

人可真不少。报考博士研究生的考生一律安排周末两天时间体检，由于报考者众多，医院工作压力可不小。这不，一楼到三楼全都是人，连走廊里都占满了。

待到医生在体检表上重重地盖上“体检合格”的印章，他一看时间，十一点多了。

出了医院，下一步就要熟悉考场了。医院门口有个高高的小伙子，他走过去问道：“请问，五教教学楼怎么走？”

“你是报考博士的吧？正好我去看考场，我们一起去吧。”小伙子爽朗地说。

“太好了。你是哪里人？”

“北方人，我是空军部队的。”

“军队干部考取博士有政策照顾吗？”

“没有什么特殊的政策照顾。我报考的国家专项计划，分数线相对来说低一些，但不会很低，这个学校每年都有专门的计划面向部队招生。你是哪里的？”

“我也是北方人……”

两人边走边聊。

穿过荷塘边细细的小道，大概十几分钟光景，前面的青青翠竹中闪出一座古色古香的中式建筑，烫金的匾额上写着“西苑”两个字。门口停着几辆小车，门内不时有人拿饭盒出入。这座挺有特色的建筑，大概是餐厅吧。

两人跨过西苑门口的车行道，继续漫步林荫校园。走了七八分钟，前面有二三十级台阶。迈上台阶，一座古朴的哥特式建筑闪现眼前，这就是享誉中外的“华夏学堂”了。青砖绿苔，蓝天明朗，松柏挺立，和着小鸟清脆的叫声，让人不禁想起“鸟鸣山更幽”的诗句。可这里并不是远山，而是闹市。

小隐隐于野，大隐隐于朝。如果陶公在世，到大学做做学问，未尝不是一件幸事。

走过学堂，就是大道了。两人沿着大路走了五分钟，前面树丛中出现一座高高的建筑，那就是第五教学楼。

两人道别，各自去看考场。

今年报考法学博士的人特别多。他看到所有考场门口都贴着考生信息，姓名、报考专业、考号、座号一目了然。他所在的考场是阶梯大教室，按考号排序，有一百多人。他又到相邻的考场看了看，有四个大考场也是为报考法学博士的考生准备的。这样算来，有五百多名考生，竞争的激烈程度可想而知。看来，还是有很多人梦想献身于学术研究的。

他心里直犯嘀咕。按往年的招生计划，能不能考上真难说。但是，既来之，则安之，考考再说吧。

考试分笔试和面试两个环节。笔试两门，一门外语，一门专业课，每门考试科目均考三小时，一天考完。笔试之后还要面试。各个学院要求不一，有的学院报考学生少，笔试后会马上面试；有的学院考生较多，这就需要筛选，仅对上线考生进行面试，学校只确定一个基本控制线。石头报考的学院属于考生人数比较多的，考完后要等一天，才能出笔试成绩和面试名单。

英语比较难，大多是理工类的专业英语，石头学的是文科，只能凭语感做题。勉强做完之后，他估计成绩 50 分左右，能否入围，真不好说。要知道，去年法学院的博士英语最低控制线可是 67 分。下午专业课题目看似平平，实际颇有深度，他奋笔疾书，三个小时内顺利答完。

笔试成绩和面试人员名单很快出来了。

入围的考生有 20 个，其中有直接免笔试进入面试的本校教师 3 人，少数民族地区干部、师资骨干班等专项计划 3 人，统招 14 人。当然，计划是机动的，有可能招十几个，也可能四五个，这要根据导师的科研状况而定，导师有很大的自主权。由于汉族身份，石头无法报考少数民族骨干计划，尽管他是从民族地区来的考生。

石头的笔试成绩尚可，在统招类的 14 名考生中名列第五，与前几名相差几分，差距不大。当然，分数不是最重要的。今年统招的外语线是50分，专业课线是60分。石头英语科目52分，很不理想，可终究上线了。大家都在60分左右徘徊，看来今年外语的难度是大了点。专业课还行，79分，在专业课分数中排名第二，学院官方网站已公示。学院除了大分组之外，还有小分组，即对报考导师的入围考生进行分组排名。石头报考的导师是“中央马克思主义理论工程”首席专家，听考友说近几年报考专家的考生特别多，竞争向来激烈。小分组共有三人入围，第二名英语60分，专业课60分。第三名没有笔试分数，注明本校教师免笔试。石头看到，在入围的报考其他导师的考生中，还有几个专业课60分的。石头听许由说过，法学院的老师倾向招本校学生，有的理工类考生考不上本专业的博士，于是看看政治教材，转考法学院的博士生，竟然考上了。如果当年高考成绩好，以后大概率会顺利一些。爬山时，有的人是沿台阶向上攀登的，一步一个脚印，很踏实，而更多的人，却没有台阶可攀，那就要从后山攀悬崖，觅新路，历经艰辛和苦难，尽管慢了许多，最后也会爬上高峰。沿着台阶攀登高峰的人，是优秀的；那些没有台阶而是摸索道路攀登高峰的人，同样也是让人敬佩的。当年高考成绩好，那人生就有了无形的台阶。如果考得不好，那就要自己开辟道路了。一些单位会对学历进行“查三代”，你的第一学历要不是全日制本科，或者更明确地讲，不是985和211等重点高校的全日制本科，即使你拿到了博士、硕士学位，找工作也不容易。尽管现在这种情况有所改善，但一定程度上还是存在的。

石头联系老同学许由。许由没想到石头的笔试考得这么好，石头还是像当年一样认真、执着。

许由这几天在西山参加首都高校青年教师骨干培训，正好赶上石头考试，两人一直没见面。他对石头的事很上心，联系了法学院的研究生教秘王林。说来也巧，王老师是北方人，据许由讲，王林和许由的爱人还是人民大学的博士同学。后来，许由的爱人到了北方铁路大学工作，王老师来到华夏大学做教学秘书工作。

许由发了短信，告诉石头已经联系了王老师，对方答应尽最大努力向导师推荐。但石头心里不踏实，这事，难说呀。

复试在法学院的和园。和园坐落在绿树浓荫之中，不像那些化学院、医科院、理学院和一些国家重点实验室远远地就能看到。学校的校训是“厚德载物、自强不息”，它的气质是内敛的，思想是深厚的。所谓厚积薄发，学会做人做事，应是大学的真谛吧。

和园还没来人，正好参观一下学院。学院走廊有告示栏，里面贴有近期学术讲座的海报，还贴有几份上海、深圳等地的高校的招聘简章，大多是招聘辅导员的，男性优先，并有硬性条件，硕士研究生 25 周岁以下，博士研究生 28 周岁以下等。他在走廊转了转，之后找椅子坐下，八点左右，一个年轻女老师从外面进来，打开了办公室的门。

他想先等几分钟，估计差不多了，敲开办公室的门。

“请问您是王老师吗？我是许由的同学。”

“你是石头吧？我听许由说起你了，我已向吴院长提你的事了。”

但提归提，能否考得上还另说呢。他不方便深谈，因为门外已有考生在等。石头把复试需要的材料交给她审核，完毕后，到另外一间教室候考。

复试分两组，按成绩排序，石头分在 A 组，第二个面试。

候考室已经有好多同学。按规定，每个考生的面试时间不得低于 20 分钟。几个笔试排名靠后的考生还没到。

等待总是很漫长。第一个考生出来后，过了几分钟，王老师通知他入场面试。

老师们正在讨论，很热烈，好像完全没有注意到进来一个人。讨论什么，他没听清楚，可能是刚才那个考生的表现吧。王老师坐在石头旁边忙着做记录。耐着性子等了一会儿，大家终于安静下来。中间白发苍苍的老先生发话了，说：“开始吧。”

先是一位导师用英语说：“请阅读一段原著。”

来之前，他系统阅读了《德意志意识形态》《1844 年经济学哲学手稿》《哥达纲领批判》以及《〈政治经济学批判〉导言》等著作的英文版。《共产党宣言》英文版读过，但没读完。看得出，这是《共产党宣言》里面的一段话。

朗读还算流畅，他发音还可以，毕竟英语可没少下功夫，问题就在于现场翻译，有几个单词不认识，翻译很不理想。

老师用英语问了几个问题，他答了，虽不流利，但没卡壳。下一步该是中文问答了。

老先生说："请你用三分钟做自我介绍。"

他回答道："我是民主党派成员，目前驻村做扶贫工作，毕业于北方大学政治学理论专业，研究生学历，法学硕士，毕业后曾在南方大学任教，后通过公考做了一名公务员。近年来，我先后在报纸刊物发表学术论文多篇。去年在求是网发表的关于意识形态研究的一些文章，还先后被人民论坛、前线等网站全文转载。马克思主义是我们立党立国的指导思想，代表着人类进步的方向，如果有机会从事这方面的研究，我将以'自强不息、厚德载物'的学风，以'为天地立心，为生民立命，为往圣继绝学，为万世开太平'的信念，努力做好学术研究。"

"哦，那你谈谈意识形态吧？"老先生若有所思，好像不经意地问道。

说是"不经意"，其实当他提及南方大学时，他注意到老先生微微颤动了下，毕竟，南方大学是211工程院校，在国内外也是很有名气的。

他思考了一会儿，接着回答道："意识形态是马克思主义理论中的一个核心范畴。马克思、恩格斯是从否定意义上使用意识形态的，这个理论态度在《德意志意识形态》中可见一斑。在这部著作中，他们从历史起源、阶级属性和社会功能几个方面剖析了意识形态。《德意志意识形态》通过分析统治阶级意识形态产生的三种方式，论证了意识形态的虚假性：第一，把统治个人思想同统治的个人本身分开来；第二，通过'概念的自我规定性'赋予这些思想某种秩序；第三，为了消除'概念的自我规定性'的神秘外观，赋予自我意识以人格特征。这样一来，就不仅仅实现了对某一意识形态的批判，更着重于对意识形态本身进行批判和重塑。当然，现在我们谈意识形态，主要是从引领思想、凝聚力量的角度，从社会主义意识形态和资本主义意识形态比较的角度讲的。意识形态本身是中性的，关键是掌握在谁的手中，正如马克思所讲，统治阶级的思想在每一个时代都是占统治地位的思想。一个阶级是社会上占统治地位的物质力量，同时也是社会上占统治地位的精神力量。构建无产阶级的社会主义意识形态极端重要，事关党的领导地位和马克思主义在意识形态领域的指导地位。做好意识形态工作的关键在于树立社会主义核心价值观和共同信念，从而凝聚起全社会意愿和要求的最大公约数。党的十八大首次从国家、社会、个人三个层面概括了社会主义核心价值观，内容简洁明了，又具可操作性。不仅如此，党的十八大还提出了社会主义共同信念，即“八个坚持”。这是重大的理论创新。牢固树立以人为本的核心价值理念，并具体化为社会主义核心价值观和共同信念，这是做好意识形态工作的关键。我相信，资本主义意识形态‘行到水穷处’，必将是社会主义意识形态‘坐看云起时’。”

面试以谈话形式进行，波澜不惊，几个问题回答得还算顺利，直到有个导师翻了翻石头的报考材料，诧异地说：“你是 1975 年出生的，今年多大了？算算今年 39 岁了吧。现在博士毕业一般都是二十七八岁，高校招聘博士一般不超过 30 周岁。你现在读博士，毕业后出路是个很大的问题呀。再说了，学院对博士要求很严格，你作为一名公务员，又是驻村干部，以后怎么来学院学习啊？毕业后，单位都不会重用你了。你作为一名民主党派成员，为什么要学习马克思主义？刚才你答的，都是文件上讲过的，我以前没有招过像你这样的学生。”

石头注意到导师好像有摇头的动作。坦率地讲，问题真不好答。毕竟年龄无法改变，目前驻村扶贫也是事实。这个年龄，辞职做学问，没有经济来源，一家老小怎么办？那么多人都在考博士追求学问，这本身就是竞争，是竞争难免就有成功和失败，这是正常的，而且博士毕业后还要面临找工作的竞争问题，导师要为学生的出路着想，担忧不无道理。假如自己是博士生导师，说不定也会那样想。人站的位置不一样，想法就不同。看来做学问这条路很不容易，要是不能在校园里研究马克思主义，那就到社会生活的广阔舞台中去实践它吧，学中干，干中学，也是很有乐趣的。

尽管问题不好回答，石头也要答，总不能冷场吧。他畅谈了自己做驻村扶贫工作的感受。最后，他说：“我国的民主党派是致力于中国特色社会主义事业的参政党，是坚持和发展中国特色社会主义的亲历者、实践者、维护者、捍卫者。这么多年的学习使我认识到，马克思主义是真理，它为贫苦老百姓谋福利。作为一名民主党派成员，我认为，学习马克思主义是一件有意义的事情。”

场面有点闷，白发苍苍的老先生打破了沉默，他说：“谁还有问题？”看到没有人说话，他转过头对石头说：“我看先就这样吧，谢谢。”

面试成绩没有当场公布，说要等到七月，还有三个月。石头想，先回去吧。临走的时候，和老同学通了电话。许由说：“石头，看来这事难办啊。现在博士招生竞争非常激烈，去年法学院招了一个什么部委的司长，司长给学院协调了一个国家级课题，仅经费就一千万。其实，我觉得读博士，对你意义不大。如果想改行做教师，也很不容易，你现在的工作就挺好。现在就业形势严峻，年轻博士找工作很不容易。”

石头没有想过改行，他的目的很简单，就是想多读点书，多明白一些事理，好好做事。既然希望不大，那就算了。

夜深人静，星光灿烂。

漫漫长夜，他睡不着，思绪漫天飞舞。人总是不断选择的，因为有了选择，所以要努力前行。不选择也是选择，唯有自己有力量，才能不断选择。仰望星空，珍视心中的道德律，更要脚踏实地，莫要青春年华虚度。“四十不惑”，要“志于道，据于德”，更要坚持真理。遥想八年前毕业时，他和爱人希望到边疆去，到艰苦困难的地方去。那年还和爱人一起主动联系过相关工作人员，由于种种原因没有成行，现在想来，总有感动涌上心头。

此刻，他是多么希望在家里陪爱人、孩子。爱人硕士研究生毕业那年，正好赶上南方水利局面向全国引进优秀博士、硕士等人才，她报考后到报考单位的办公室实习。实习工作期间招考单位进行考试。考生十几人，考试分笔试、面试两个环节。笔试一个小时，考试题目为论述“党的群众路线”；笔试结束后面试。在候考室经过漫长等待后，考试成绩面向所有考生当场公布，爱人七十多分，第二名六十多分。其实刚到办公室实习时，大家相处融洽，成绩公布后不少人还向她表示祝贺。可是，仅仅过了几天，好不容易写好的稿子，办公室主任看两眼就冷冷地说："重写。"爱人说："哪方面需要改动？"办公室主任呵斥她说："自己想去，我哪有时间教你啊！"不仅如此，很多稿子催得紧，要得急。上午爱人到水厂下属单位统计数据，中午回办公室还没休息，办公室主任就让人转给她一只录音笔，说上面到水厂走访，这是讲话录音，当天要拿出文字稿子。

这样忙忙碌碌过了两周，爱人发现办公室里除了她自己，办事员不是出差，就是借调到下属单位去了。但是大大小小的事情不能不做，而且明确全部要她做。

爱人说："这些工作太重了。一千多人的单位，现在办公室就我一个人，做不了。"

办公室主任说："你不干谁干？整理档案、网站、领导讲话稿，还有接待上访群众、报送信息等所有工作你全部要做。我们这里是公司化经营、企业化管理！"

爱人累病去不了水厂，她打电话请假休息一天，说有些文字工作实在拖不了就在家里做。办公室主任说："厂里的条件好，家里能做工作吗？"不由分说，挂断电话。

爱人隔一天到水厂。办公室主任把爱人叫去会议室，后面还坐着几个厂级领导，没有人说话。

办公室主任说："你为什么做不了这些工作？你的工作效率太慢了。不请假就不来，不遵守劳动纪律，工作能力低下。你别在办公室工作，找水利局去，让水利局给你安排工作！水厂团结和谐，都是因为你到我们这里来工作，现在水厂已经不团结了……"

爱人默默无语，扭头回了办公室。那个办公室主任竟然从会议室追到办公室里面，大声呵斥她。爱人大声说道："这工作我干不了！"

……

爱人打电话给石头，石头一番安慰，他还能说什么呢。

忍气吞声又干了两天，最后她说："实在太累，要回家休息。"

请假回家后不久，用人单位通知她已进入考核体检程序，还通知她按照招考要求进行考核体检。考核体检后，用人单位打电话过来，说实际上她是第二名，第一名也考核体检了，因为报考岗位要求非常高，她与岗位要求有很大差距，引进计划已经取消了。不过，可以安排她到水厂下属的肥料厂工作，临时聘用性质，以后要是再有人才引进机会的话，优先考虑录用她。爱人问肥料厂在哪里，那人支吾着说要过那圩机场，不通公路，离场部比较远。爱人问去肥料厂做什么，那人说做个文员吧。爱人拒绝了。

当时，爱人写了一封反映情况的信件给水利局。不久，水利局有人打电话过来，说收到这封信，今年这件事没法办，只能去肥料厂，实在不行去局里跟班学习，以后再有招考机会的话，优先录用她。

爱人又把情况反映给水利局局长。局长打电话过来，说：“你反映的情况我了解了，你不要有心理负担。”看爱人没说话，他又继续讲道：“他们反映你的学历和能力不成比例，还自我感觉良好。当然，不给你办，是我的意见。”

爱人说：“我在厂里做过很多工作，他们怎么能这样说话……”

“我承认。”他打断爱人的话，停一下，又说道，“我也是听他们这样讲的，办公室主任……”

他听爱人没有吱声，又接着说：“水利局没有错，水厂没有错，我们一点错都没有。这样做，我们已经仁至义尽了。”

既然都已经仁至义尽，还能再说什么。

他也让人讲话，只是爱人一讲，他就打断。

他说：“你为什么要向我反映问题啊？”

爱人说：“考核体检过了，却取消计划……”

他打断爱人的话，说：“我也读过书，知道一些道理。南方那么大，你为什么一定要考我这个单位啊？”

爱人说：“我希望到南方工作，为南方做一些贡献。希望你……”

他打断，说：“你是哪里人啊？”

爱人说：“妈妈是山东人，爸爸是湖南人。”

他说：“水利局没有山东人，你还有什么要求啊？”

爱人想说什么，对方打断她，说：“你不要怨恨这事。你要是还有要求，找人事处张处长吧！”

末了，对方又说：“你不要反映这件事了！你这不是给我找麻烦吗？你要好好地反思自己！”

最后无语，电话挂断。

爱人在海南长大，那时候，她爸爸在海军驻三亚某部工作。她从小就养成好学上进、与人为善的品格，攻读硕士学位期间还光荣地加入中国共产党。想当初硕士研究生毕业时，她在南方四处联系工作单位，自打被赶出水厂又申诉无门以后，原先开朗、友善的性情有了一些变化，再后来到了北方，一晃已有八年多。

回首来路，这么多年来，石头总是愧疚着，感觉自己对不住父母、妻子、女儿。其实，过去生活的点点滴滴早已铭刻在心里，老奶奶、军烈属、周副市长、吴佳、韦晓等，他们的故事像电影一样在脑海闪过。在这个干事创业，充满激情、理想、信念的时代里，在这片美丽、富饶、自由的国土上，他早已融入时代的滚滚洪流中了，这又是多么幸运啊！

他不断告诉自己，要坚持。前几年，他曾到过日喀则，当时入住山东援建的日喀则山东大厦。日喀则山东大厦，雪域高原上的明珠，世界上海拔最高的城市大厦，是藏汉民族友谊的丰碑！那时候，电视剧《雪浴昆仑》正在热播，望着窗外的皑皑雪山，耳边响起《祖国不会忘记》的旋律：

在茫茫的人海里我是哪一个？
在奔腾的浪花里我是哪一朵？
在征服宇宙的大军里，
那默默奉献的就是我；
在辉煌事业的长河里，
那永远奔腾的就是我。
不需要你认识我，
不渴望你知道我，

我把青春融进祖国的江河。

在攀登的队伍里我是哪一个？
在灿烂的群星里我是哪一颗？
在通往宇宙的征途上，
那无私拼搏的就是我；
在共和国的星河里，
那永远闪光的就是我。
不需要你歌颂我，
不渴望你报答我，
我把光辉融进祖国的星座。

山知道我，
江河知道我，
祖国不会忘记，
不会忘记我！

虽然没有走到阿里，但是有一种旋律始终在他的心中激荡。即使到了现在，这首歌仍然在他的脑海里回响着。

要走好以后的人生之路。曾经为理想而矢志不移，也为世间变幻纷纭而困惑、烦恼过。回首曾经走过的岁月，心中不禁怆然，人总是要好好地工作、生活的。既然要做的事很多，要走的人生之路还很漫长，那就让自由精神在寂寥天籁中飞翔吧。

天地间自有正气。“士不可以不弘毅，任重而道远。”这样迷迷糊糊想着，不知不觉东方天际已露鱼肚白。

第九章　长路漫漫

40. 观摩活动

《南方报》在2015年6月24日第一版刊登新闻报道《同心守住绿水，合力打造金山——东山县生态乡村建设新观察》。

核心提示：

清洁水源与生态乡村建设有机结合，同时，要因地制宜搞特色种植……全省统战系统针对“同心品牌·东山县示范区”建设，以生态保护为重点，不断探索多元投入方式，既突出了东山特色，又“扶”起了贫困村民的幸福生活。近日，为深入学习贯彻总书记关于扶贫工作系列重要讲话精神，南方省级机关相关部门对结对帮扶的村屯进行巡回观摩，发现了不少亮点。

……

我省的贫困村大都在大石山区，搞因地制宜的特色种植，既可增加农民的收入，又可打造绿色生态乡村建设，记者对此深有感触。

6月16日，车辆在崎岖的山路中颠簸几小时，终于到达玉屏乡那美村，只见山坡上种着不少枝叶绿油油的小树——这是用于治痢、抗疟，具有抗肿瘤作用的中药材——苦参子。村支书告诉记者，今年初，后盾单位为他们引进苦参子种植项目，投入资金100余万元，种植苗木共300多亩。“每年八九月开始采收，每株产果2–3斤，目前干果的市场价格为45元／斤。算下来，整村总收入可达500多万元。”

村民韦晓说，由于苦参子适合在山区生长，种植方法简单，易管护，投入成本比较低，长年结果，除去投入，每亩可收入几千元，明年打算再扩大种植。

玉屏乡把发展苦参子产业作为继草珊瑚、砂仁等特色中草药产业之后的又一增收门路，通过成立联营公司的方式，连片种植，并为种植户提供产、供、销服务，拓宽农民致富路。

观摩学习中，省工商联副主席国平得知目前村里的这一项目还存在根底浅、经验不足等困难，立刻表示，回去后将联系工商联组织下的省内一家规模较大的公司，共同拓宽致富门路，改善生态环境，提高发展能力。

思考:大石山区自然条件恶劣,存在行路难、饮水难、山多地少等问题,是扶贫开发的“硬骨头”。特色种植在一定程度上能增加贫困村民的收入,但要快速发展还需要同心携手互助，创造良好的政策环境，采取精准的帮扶措施。相关人士建议，石山地区宜在“特色”上做文章，发展一些非大宗、小而特、小而优的产品；按照产业发展生态化、生态建设产业化的要求，指导和支持有条件的贫困村屯开设种植生态扶贫试点、养殖扶贫合作试点，促进贫困地区农产品销售和农民增收。只要勇于攻克难关，持之以恒，就能守得住绿水青山，创造出金山银山，就能促进农村经济和社会各项事业跨越发展和科学发展,建设天长蓝、树长绿、水长清、地长净的美丽新农村。

关键词：精准扶贫　生态保护　集体经济

……

看到这个新闻，石头的思绪又回到一周前那个下午。

一大早，他接到乡里转县委关于统战系统巡回观摩的手机短信通知。接到通知后，他和村委一班人马以及村保洁员打扫卫生，并安排观摩队走访贫困户韦小冬。

卫生打扫干净后，下了一场急雨，又把地面冲刷一遍。石头心想，天气可真是奇怪了，这可真是老天都要来帮我们打扫卫生啊。

下午两点，从村委远远地看到半山中的巡回观摩车队。

汇报以板报形式开始，板报放在桂圆树下。天气实在太热，把板报放在太阳底下的话，估计会有人晕倒。

板报图文并茂，主要有村情介绍、产业发展、开展“博爱·牵手”活动、培育农村新风尚等板块，图片是近几年的工作剪影。

趁着大家陆续站在板报前观看的空隙，石头忙着向观摩队发放《扶贫点五年工作小结》。

天非常蓝，又刚下过雨，阳光烤着大地，空气非常湿热。尽管桂圆树高高的密密的，人待在树下面有些许的阴凉，但外面异常炎热，气温高，湿度大，空气中好像能拧出水来。再看大家的后背，都是衣服贴着身子，早就湿透了。

参观完毕后，带队的队长说道：“大家在村里走走吧，来一趟很不容易。”

大家边走边聊，石头汇报说：“原先村里进不得人，我们现在走的地方，以前都是黑泥巴，流出的水黑乎乎。去年我们投资15万帮助村里完成巷道建设，现在大家走的路是我们投资建设的巷道。”

沿着干净整洁的巷道，经过小卖铺、屯文化活动中心、几棵大榕树，再经过一段旁边摆放着整整齐齐的木柴的土墙，就到了韦小冬家。

小冬身体残疾，偏瘫，常年不能出门，他育有一女，已经上小学二年级。他是结对帮扶对象。驻村一年多，每次路过他家门口，石头总能看到他坐在客厅里面看那个小小的电视，他的眼睛很大，看人的眼神总是直直的、怪怪的，有种马上冲过来和人干一仗的感觉。只有一次例外，那是下山归来路过小冬家门口的一个傍晚，石头远远地看到，小冬的妻子边和他说话边按摩他胳膊，小冬笑得非常灿烂。

夕阳西下，金色光辉洒满小院子，那一刻，小院很温馨。

石头多次走访过小冬家，每次他都很少说话。前几天，石头又专门走访他家，从他的身体聊起。那时候，他终于多说了几句话。他说：“这腿是十年前帮别人盖房子的时候，从楼上摔下来残废的。由于不能走路，别人就把我的林地占去了。向政府反映，政府也不处理，我很有意见。家里就我一个男劳力，现在上不得山，别人在我的林地种上几棵树，就成他们的了，现在租出去得了钱，我什么都没有。”

小冬声音急促，也许是在家里比较郁闷的缘故吧。

石头说："你不要着急，林地到底谁占去的，你有没有证据？现在政府已经了解你的难处，帮你盖房子，还每月给你生活补助，生活总会好起来的。"

自打那次走访后，石头感觉对方原先冷冰冰的心开始融化，再看到他时，目光不那么"凶"，柔和许多。也许，他心中的怨气得到了适当发泄吧。其实，所谓的别人不是外人，有的是他的亲兄弟，有的是他的堂兄弟。以前林地没有确权，只要在山上种上几棵树，那块山林就算这个人的。聪明的，在山上种几棵，山下种几棵，左边种几棵，右边种几棵，就可以宣布这一大片山林是某某的。脑筋不大会转弯的，那就"炼山"，集中种上十几亩，也宣布这块地是某某的。这样做的结果是，现在有的人家林地几百亩，有的只有几十亩甚至十几亩。这就导致今天林地确权很难，如果贸然发证，很容易发生纠纷。据说现在证已经办好但压起来，还没有发放。这种情况下，大家遇事多商量，谦让一些，相信总会有办法解决的。

小冬的新房子坐落在屯文化活动中心的一侧，是四间砖瓦房，原打算盖两层。去年机关资助八万块，剩下的由村民自筹解决。

队长一行走进小冬的新房子时，只看到他妻子。大家问起她家的收入来源，种什么，家里有什么人，孩子多大了等，小冬的妻子一一做了回答。未几，小冬拄着拐杖出现了，原来他刚才在卧室里面睡觉，每天中午两点多，他都要午休。尽管现在四十多岁，但乍一看，不知道的还以为他才三十多呢。

队长取出 500 元慰问金放到小冬手里，对他说道："生活上要是有困难，有党和政府，希望你们树立信心，战胜困难，努力过上好日子。"

走出小冬家门，队长对大家说道："他妻子这个人真不错，不离不弃，真是一对患难夫妻啊。"

四周青山婆娑，绿树苍翠，成捆的木柴整整齐齐地摆放在路边的房子下面，秩序井然，大榕树下几只土鸡窜来窜去。队长说："这里的环境不错，出门望山，进村看水，山清水秀，空气清新，还有这些散养的土鸡、大榕树，让人记住了乡愁。"

沿村走着聊着，看到了身穿迷彩服的二林、韦晓，他们站在环屯路边，随行的人员介绍说："这是飞龙公司的几个小伙子，苦参子是他们搞起来的。"

大家停下，队长问："这个项目怎么样啊？"

"苦参子是生态产业，今年5月我们在村里成立了农业投资公司，已投入资金100万元，开发了300多亩。下一步我们将通过'公司＋农户'的形式，引领村民共同脱贫致富。"韦晓回答道。

这时，工商联的平安副主席问道："这些苗木从哪儿引进的？"

二林说："从石城买的，已经订了7万棵，2月种下去的苗已经开花结果了。我们还通过聘请村里的群众做工，创造就业机会。"

队长说："这个项目好是好，销路怎么样啊？现在农民就怕种了东西卖不出去，这是个问题。"

平安副主席接过话说："工商联在石城有个颇有规模的企业，要是销路存在问题，我可以代为联系。"

队长说："这就好办了。希望你们把企业做好，祝你们顺利啊。"

之后，大家在会议室召开了生态乡村建设现场交流观摩座谈会。听取大家发言后，队长做了总结，他说："这次走访，很有收获。开展生态乡村建设活动是省委省政府为改善乡村群众生产生活条件，创造良好人居环境做出的一项重大决策。开展此项活动既为基层群众创造了一个清洁、干净、宜居的生产生活环境，解决了许多生产、生活和工作中的难题，推动了地方经济社会的发展，也使统战干部和民主党派成员、非公经济人士得到了锻炼，拓展了其施展才华、服务社会的空间，取得双赢的效果。"

他停了一下，接着说道："我国的政党制度是中国共产党领导的多党合作和政治协商制度，古人讲'和而不同'，意思是说，同心则同向，同向则同行，同行则同志，这就是'同心'。自打在东山开展对口扶贫工作以来，全省统一战线高度重视，我们积极响应省委号召，发挥各自优势，综合各方资源，积极搭建平台，创新载体，组织开展'同心·关爱农民工''同心·千企助千村''同心·助推生态乡村建设'等'同心'品牌建设活动，助推全省扶贫开发工作取得实实在在的效果。下一步，统战系统要深入学习贯彻总书记'要把扶贫攻坚抓紧抓准抓到位，坚持精准扶贫，倒排工期，算好明细账，决不让一个少数民族、一个地区掉队'的重要讲话精神，以转变理念、精准扶贫、生态保护为重点，不断探索多元投入方式，突出东山特色，充分发挥农民群众的主观能动性，进一步完善工作机制，强化服务力度，发挥资源优势，实现‘同心·助推生态乡村建设’活动和扶贫工作的有机衔接，努力开创对口帮扶工作的新局面。

“南方部分地区贫困人口多，贫困程度深，脱贫难度大，是全国扶贫攻坚的主战场之一。统战系统对口帮扶工作要按照省委省政府的要求，突出本地特色，村屯道路硬化，不一定都搞水泥路，人行道路就地取材；农村房屋改造，也不必追求统一；村屯绿化要尽量多种乡土树，多种果木经济林；农村的泉水、溪水、井水，只要符合安全卫生标准，都是很好的饮用水源，要善加保护和利用。下一步，对口帮扶还要创新产业扶贫机制，通过引进龙头企业、组建农民专业合作社、能人大户带动等方式，组织更多贫困户参与产业项目开发，带动大家共同富裕。我们要立下愚公志，打好攻坚战，奋力同步全面建成小康社会。

“最后，我希望大家携起手来，画出最大的同心圆，共同谱写一曲建设美丽乡村、同心共筑中国梦的壮美篇章。”

41. 石城的钟声

2015年的课题是“南方精准脱贫问题对策研究”。一年之计在于春，要早做打算，提前做好调研方案。石头拟定两套方案，一是书面调研，向扶贫部门发函进行书面调研；二是实地调研，前期准备工作较为顺利，他拟定赴石城的调研方案，组建调研组：组长由负责理论宣传工作的张副主委担任，调研组邀请韩山川和雨曦参加。雨曦第一书记的任职已经期满，前段时间回机关上班，已经拟提名为东山县政府副县长，这几天忙着交接工作，正准备再回东山赴任。听了石头的介绍，倒也乐意到石城看看。

石城位于南方边陲，毗邻越南，境内峰丛林立、峡谷众多、土地肥沃、生态盎然，具有旖旎的自然风光、多彩的民族风情和灿烂的人文历史。去石城之前，韩山川打电话过来，说：“石头，这次去石城，我还要看望一个故人，大家称呼他为‘影老’，算是故地重游吧。老人家已经走了好多年了。”

石头说：“影老，这个名字很奇怪。”

韩山川说：“是有些奇怪。影老当年率部参加过台儿庄战役、武汉会战、昆仑关战役，为新中国的建立和发展做出巨大贡献。”

石头说：“老师，我有件事不明白，大家为什么称他为影老？”

韩山川说：“影老原名孤影，影是他的秘密工作代号。那年，南方省政协征集和平起义的文史资料，组织上派我到石城采访影老。”

石头说：“是这样啊。”

韩山川说：“石城那地方，自从多年前拜访老人家后，我再也没有去过。”

几个人第二天一大早从家里出发，赶到石城已是中午十二点。

下午张副主委和雨曦在酒店休息，韩山川和石头二人约好到中山公园。二人走出酒店，沿着大路走。

酒店坐落在市中心一个叫作中山路的地方，不远处就是怀远楼了。怀远楼高十几米，远看雄伟、壮观。楼下是长长的料石筑成的拱桥，桥孔高约四米，宽约五米。石拱桥罩在通道之上，是行人必经之路。由于历史久远，铺就路面的几块长条料石已磨得光滑如镜。墙根两旁，置有石凳，可供人歇息。石级台阶设置于楼阁的左侧，梯宽约一米，用砖造就实心扶手。楼前两柱，悬挂对联：“每望京华依壮斗，欲规边塞靖南交。”上面匾额书“威扬塞外”。楼上右侧前檐悬挂一个大鸣钟，上有“风调雨顺，国泰民安”几个大字。楼台内有石碑，碑文经辨认依然能认出，只见上面刻着：

靖城南去十余里，林壑渐深山渐起。
天外青峰列画屏，岩间红树结霞绮。
纵横溪水绕田园，远近烟村鸡犬喧。
野叟不谈尘世梦，居民自比武陵源。

……

旧事渐随岁月淡，忠魂长共野云眠。

只因一点孤臣泪，化作靖南万顷田。

宋室雄图毕竟终，张公遗爱永无穷。

天心似识州人意，长使山花照眼红。

看罢，石头说："老师，这首诗写得真好，作者是谁啊？"

韩山川说："一位秘密党员，也是一位将军。石头你看，这首诗清新俊逸，石城历史尽在其中，当年人们自发筹资在怀远楼刻碑纪念。还有，将军曾率领军民在石城击败日寇，维护了南疆安宁，这块'威扬塞外'的匾额，也是百姓自发送的。后来，将军又主动请缨赴台工作。解放初期，有大批无名英雄秘密赴台工作，他们坚守隐蔽战线，用大爱与信仰铸就不灭灵魂。"

石头说："就像怀远楼，是历史的见证。"

韩山川说："是啊，怀远楼见证了石城的风风雨雨。影老是一名秘密党员，肩负着秘密使命。当年老人家从怀远楼进城，经过一年精心准备，成功举行和平起义。"

默念诗文，石头说："老师，先辈选择奋斗、前行，追求和平、进步、光明。最后一句'天心似识州人意，长使山花照眼红'真耐人寻味。"

韩山川说："是啊，石城人杰地灵，他们不愧为一代儒将。"

走过怀远楼，中山路的尽头便是中山广场了。广场上的"中山公园"牌子依旧。园内林木葱郁，翠竹摇空，绿荫满地，碧漪倒影，曲桥卧波。旁边有一个小院，周围布满绿藤，看样子已经没人居住了。小院门前挂着"解放路48号"的牌子。走进小院，满眼尽是高高的红木棉、棕榈、枫树，还有浑身开满了粉红花的异木棉，这种树四季开花，清香淡雅。不远处有一座圆形小楼，上面布满青苔，小楼周围落下了厚厚一层树叶，四周寂静无声。

韩山川看到小楼，思绪回到了三十年前那个阳光和煦的下午。屋前的红木棉依旧。那时候，也是这个时节吧，树上开满了花。是的，就是在这座小楼里，影老和他的那次谈话让他这么多年来始终魂牵梦萦，难以忘记。没想到，一眨眼的工夫，这么多年过去了。

韩山川敲门。未几，吱的一声，门开了。哦，是影老，老人家早就等他了。影老很消瘦，但手脚利索，精神矍铄。

这是复式三层小楼，一楼客厅没什么奢华的装饰，灰色布艺沙发，平实朴素。唯有进门处的立式钟表，滴答滴答走着。

“说起石城起义，要从这份报纸说起。”没什么客套话，影老直奔主题。

影老拿出泛黄的报纸，字是竖写的，题目是《黄埔军校生告国人书》。

看罢报纸，韩山川说：“这篇文章文采飞扬，一气呵成。它是政治宣言，更是黄埔军校学生立志报效国家的心声。”

“前几年，许多黄埔校友鼓励我撰写石城起义的史料。这么多年，过去的事情历历在目，我已经断断续续写出几万字初稿。”影老说。

韩山川说：“您走在时代前列，是后辈学习的榜样。”

影老说：“一代有一代人的长征路。人至暮年，回首来路，我认为，要成就一番事业，必须顺天应人，为国为民做一些有意义的事情。正所谓世界潮流浩浩荡荡，顺之者昌，逆之者亡。记得黄埔军校校歌中有这样的话，‘以血洒花，以校作家，卧薪尝胆，努力建设中华’。这是我终生的座右铭。”

说到这里，影老站起来，室内唱起了“以血洒花，以校作家，卧薪尝胆，努力建设中华”，和着客厅钟表的滴答滴答声……

前方隐约传来钟声，深沉、悠远，似天籁之声，打断韩山川的思绪。

“老师，这钟声，好像是怀远楼传来的，谁在敲响它？”石头说。

韩山川说：“人民，这是创造历史的人民敲响的新时代的钟声。”

此时，韩山川看到策马急行的影老一行人正走过怀远楼，奔向远方……

院子里，高高的木棉正绽放出无数硕大鲜艳的红花，抬头仰望，恰似一团团升腾着的火焰，让人心生敬意。花丛中，鸟儿不停地啾啾着，好似诉说着什么。小楼四周早已布满青苔，翠绿丛中开出无数朵小花，那些粉的、蓝的、黄的、紫的、白的、黑的小小精灵，在微风中轻轻点着头。门前，飘落的树叶上下飞舞，是要起风了吧？

这个安静的地方，难道被人忘记了吗？不，不会被人忘记的。有些人和事，会被历史和人民铭记。那些为新中国建立和发展努力奋斗，而又默默无闻的人们，正如歌声中咏唱的傲然挺立着的木棉，“开，不遗余力；燃，一片红云；落，有声掷地”。为了建设新中国，他们轰轰烈烈，一寸丹心；堂堂正正，昂扬天际；无悔壮志，扎根在心底。古人曾经用诗的语言赞叹道：“攀枝一树艳东风，日在珊瑚顶上红。春到岭南花不小，众芳丛里识英雄。”任时光流逝，那些为了崇高事业敢于斗争、敢于胜利、无私奉献的人们，就像无数盛开着的唤醒春天的木棉，历史和人民是永远不会忘记的。

42. 平凡村

按照调研方案，第二天上午举行座谈会，之后实地调研。来之前，石头曾同市委统战部对接，并表达希望到石城的苦参子种植基地考察的想法。据说，石城苦参子近两三年种植规模已经达到三万亩。新闻上说石城苦参子年产值突破两亿元，不知真假。当然，实地调研方案中，他没有指定要去哪个基地，客随主便，具体到哪儿去，地方安排吧。

石城市委对“南方精准脱贫对策研究”课题调研非常重视，专门安排市旅发委、扶贫办、水库移民工作管理局、科学技术局、教育局、金融办、发改委等政府职能部门参加座谈。会议由市委统战部常务副部长农平主持，这位农副部长上次曾陪同南方统战史研究课题组调研，这次在石城，和石头又见面了。

座谈会在宾馆的大会议室举行。

农副部长介绍双方后，说道：“请调研组向我们介绍此行的目的和对我们的要求，希望政府各部门根据调研组的要求，结合本部门实际情况介绍开展的工作。”

张副主委接过农副部长的话，说道：“我来介绍下此行的目的。当前，扶贫开发工作已进入‘啃硬骨头、攻坚拔寨’的冲刺期，为深入学习贯彻总书记关于扶贫工作系列重要讲话精神，搞好精准扶贫工作，确保2020年贫困地区群众与全国同步实现全面小康，今年理论委就‘南方精准脱贫对策研究’这一课题，到石城开展调研。我们此行的目的，是希望了解石城在实施精准扶贫过程中的好经验、好做法，另外也想了解在实施精准扶贫过程中，石城遇到的困难和问题。我们将对发现的困难和存在的问题进行整理，并提交上一级党委政府。同时，课题调研成果还将作为集体提案提交‘两会’，供领导决策参考。”

农副部长说：“大家结合工作实际按顺序交流吧，交流过程中，如果有问题，可进行互动，希望气氛活跃些，不要拘谨。这是调研，不是检查工作。希望大家各抒已见，实事求是，为调研组提供翔实、准确的信息。”

先前向政府部门发过调研提纲，大家根据课题实施方案介绍精准扶贫的具体进展情况，倒不复杂。会谈中，大家就旅游扶贫、政策扶贫、金融扶贫等问题交流互动，座谈气氛较为融洽。不知不觉到了晚上六点多，大家兴致很高，总感觉有不少问题没有讲完。

用过晚饭，课题组稍事休息后，集中于张副主委的房间研究调研报告的撰写思路。

石头首先汇报选题背景和课题报告的撰写思路，他说：“今天在石城召开的座谈会，来了七个部门，给我的印象是市里对这个课题非常重视。仅就这个课题而言，我提几点意见。一是要树立大扶贫的理念。我们这次主要就政策扶贫、产业扶贫、旅游扶贫、教育扶贫、科技扶贫、智力扶贫、金融扶贫以及‘六精准’进展情况展开调研，市里来的七个部门基本上涵盖了。现在的扶贫，已不是哪一个部门的事，而是大家共同的任务。当然，关键还在于想办法培养贫困地区群众自力更生、艰苦创业的精神，变‘要我脱贫’为‘我要脱贫’。拿我们村说吧，2012年我正式进驻时，全村人口768人，贫困人口622人，贫困发生率约为81%，经过两年艰苦努力，除去人口自然增长因素，现在全村符合建档立卡要求的有36户137人，贫困发生率约为17%。村里六个屯，各有特点。我负责条件较差的金山、小水和大水三屯48户183

人的识别工作，识别出 2 户 6 人，贫困发生率为 3.3%。识别出的两户各有特点，一户贫困原因是男主人前两年因病过世，家中只有母子两人，孩子上初中，这户属因病致贫。另一户家中四人，父母年轻，身体很好，还在到处给人家打短工，两个孩子，一个上高职，一个今年考取了临床医学的研究生，这户应属因学致贫。由于孩子还在上学，他们的生活还会困难一段时间，长远来看，已经不是大碍。我在同他们交流时，感觉他们对未来特别有信心。总体看来，金山、小水两个屯现在已实现整屯脱贫，今年村里精准识别出的 34 户 131 人主要分布在条件相对好的大树、小树和银山屯。我认为，最偏远的村屯要靠勤劳智慧率先脱贫，思想观念更为关键。

“第二个意见是，完善大数据的精准识别机制。现在省里选派的二十五万名干部正在开展精准识别工作，采集的信息将来要输入大数据里面去。我的理解就是要把身体残疾、自身发展能力不足的贫困人口用低保政策保障兜起来，有致富需求、有能力但缺少资金、技术、信息的贫困人口用产业扶持政策托起来，自然条件恶劣、一方水土养不起一方人的地方则整体移民。现在还不知道设计的大数据有多先进。但是，建立大数据是一回事，如何运作、能不能发挥功效又是另一回事。所以，大数据精准识别机制也要提。

“第三个意见是，完善精准脱贫成效的动态监测机制。精准识别是一个入口，做好精准脱贫成效的动态监测是一个出口。今天发改委、旅发委、金融办提出涉农资金整合问题，各级各部门下拨的扶贫资金分散管理，且均有特定的用途和要求，条块分割，缺少统一规范的统筹整合部门资金使用的政策，基层政府很难统筹规划资金使用，这其实是责任、权力、资金、任务等‘四到县’政策在具体执行过程中出现的一些问题。去年争取到 4.8 公里的屯路硬化指标，分三标段，资金分别来自省、市等三个部门，施工队分别施工，各管各的。这个施工队还在施工中，另外一个施工队来了，找不着场地，只能等，耽误工期。还有县发改局，他们也有涉农扶贫资金。我想，要是基层政府能够把这些资金整合起来，就好比把拳头握紧了，往往能够发挥最大效用。今天从发改委了解到现在省里缺少统一的使用资金的规范，导致基层使用资金时各自为战，对这个问题，在对策建议中如何提？

“第四个意见是，加强对涉农资金的监管，完善精准扶贫的动态监督机制。这个机制包括两方面内容，一是政策扶贫的具体执行情况。例如金融扶贫，现在对金融扶贫非常重视，还专门实施了金融扶贫‘百千万’工程计划。今天金融办提出这个问题，金融部门应当承担社会责任。有实力的企业容易从银行贷到款，小微企业普遍存在融资难问题，金融扶贫存在最后一公里问题。今天他们提出精准识别工作结束后，将出台一揽子计划，其中包括金融机构扶持中小企业发展的政策。不知道这是不是对金融扶贫政策的完善，金融扶贫搞了一年多，这方面的一些情况我们还没有掌握到。比如东山，它是金融扶贫的试点，对此我一直很关注，也跑过银行和政府部门。这个对策建议怎么提比较妥当？另外，涉农资金的监管问题，在调研报告里能提吗？”

韩山川说：“搞好精准扶贫，关键在于教育。今天教育局提出的教育扶贫思路很有新意。我曾在农村做过专题调研，记得曾经调研过村里一户非常穷的人家。那户人家有个儿子，学习很好，后来考上大学，在城里就业，后来把他父母也接了出去，几个兄弟在他的影响下，现在城里开出租、做生意，日子过得挺好。这不就脱贫了吗？所以我觉得，对教育扶贫，也就是现在通常讲的拔穷根要特别加以重视。”

石头说：“现在距 2020 年已经没有几年了。教育扶贫是基础性的工作，固然很重要，但是，要在三四年内完全脱贫，必须综合考虑才行。特别是那些缺水少地、一方水土养不起一方人的大石山区，移民搬迁，想办法让他们挪一下穷窝搬到好的地方，倒不失为一条好出路。”

雨曦说：“农村没有产业支撑，这样的发展缺少后劲，很难脱贫，即使脱了贫，由于基础不牢，也容易返贫。现在方方面面对产业扶贫抓得很紧，非常重视，说明上面对产业扶贫的重要性有了新认识。我觉得，当前要高度重视农村产业的发展，这是农村摆脱贫困的基础性工作。政策扶贫、教育扶贫，甚至是旅游扶贫、金融扶贫等，还是要落实到产业发展方面。要考虑那些农民参与度高，成规模又比较适合农村实际的产业，现在的扶贫政策已经推动了农村头脑灵活、有思路的人先富起来，留在村里还没有富裕的，都是缺少谋生技能和劳动能力的人，这是下一步扶贫攻坚的‘硬骨头’。如何让这部分人脱贫，才是我们这次调研的重点，也是课题要解决的关键问题。”

张副主委说：“打赢脱贫攻坚战，补齐全面建成小康社会的最大短板，是‘十三五’期间的头等大事和第一民生工程。十八届五中全会将‘扶贫攻坚战’改成‘脱贫攻坚战’，一字之差，体现了党中央打赢脱贫攻坚战的决心和信心。雨曦，你对基层工作比较了解，建议由你撰写调研报告。石头，你就把调研报告整理成建议吧。”

大家表示没有意见。

石头说：“明天我们去看他们的苦参子种植基地，正好了解产业扶贫情况。据说石城做得挺好，产值过亿。我们东山的扶贫点也种苦参子，还成立了一家公司，这事搞好，说不定对扶贫点有借鉴意义。”

韩山川说：“看后可能会对产业扶贫有新的认识。”

大家一看时间不早了，第二天还要去看基地，碰头会暂时告一段落。

第三天，市委统战部派出两辆越野车。张副主委、雨曦坐一辆车，司机是平凡村的致富能人何振。石头、市委统战部农副部长、韩山川坐一辆车，司机是市委统战部派的。

路上非常颠簸，漫天灰尘。农副部长介绍说：“正在修的高铁经过平凡村，这段时间走的大车多，把原先的路基都轧坏了。”

农副部长还说：“我做过乡党委书记，以前农村工作特别难做，特别是民族村寨‘钉子户’的计生工作，让人很头疼。如果‘钉子户’拿不下，这个寨子就别想开展工作了。记得有一次，寨子里有户人家说什么都不结扎，还指名道姓要我去，说只有乡里的书记去了，才会结扎。当时我就过去了，还拉上副乡长，去之后，那户人家让儿子搬出两坛子米酒，啥也别说，陪他喝酒，先喝酒，酒喝好，才会去结扎。那都是大碗，我先干三碗，也没有什么菜，就是干喝，三碗下肚，再三碗。我有些头晕，硬挺着，他却有点支撑不住。乡长过来挡酒，我推开他，说继续喝。又干三碗，到第九碗时，他撑不住，说明天结扎去。我说不急，先休息好，调整好身体再说。我和乡长走出来，刚上车就想吐，但不能吐，不能让人家看到啊。米酒尽管度数不高，但后劲大，一般人喝那么多，身体吃不消的。后来车子离开寨子看不到老乡了，我让车子停下来，实在受不了，身体非常难受。这事也难怪，老乡他就认那个理，觉得我们看得起他。好在那时候人年轻，现在想想，喝那么多酒，心有余悸啊。”

石头说：“变化可真大，现在全面放开二胎，政策越来越好，而且有了八项规定，更是保护干部，最起码做基层工作不用再喝那么多酒。”

农副部长说：“现在你让我喝，我也不喝了。”

尽管颠簸，车窗外的风景却很好。一路走来，青山绿油油，山顶上种着些许甘蔗。往常，这是当地农民的主要收入来源。路上更多的是苦参子，种下已有两三年，布满山野。

车行一个多小时，终于到了平凡村。村口比较显眼的地方是一个新建的祖庙，敞开式结构，上面插满红的、黄的、绿的旗帜，旗帜下面四个大红灯笼高高挂起。庙前砌一个平台，平台前方是红砖立起的两个柱子，上面有琉璃狮子。庙里摆着牌位，平台上有案台，还留有上香的痕迹。透过车窗向外看，已行驶在山顶上。路的一侧非常陡峭，往下看是山谷，有多个白色塑料薄膜扎的棚子，计有数百平方米，棚子里面有黑黑的东西，应是平凡村的苦参子晒场。

车子没停，继续慢慢地向前开。往前走有一个凉亭，亭子里有几个忙忙碌碌的医生，周边围坐着几个群众，抱着孩子。同车的人介绍，这些医生专门从城里赶过来，是为了给村里的小孩接种疫苗。

前面是泥巴路，继续向前开出二十多分钟，到了山顶。山顶视野开阔，放眼望去，除了三三两两的速生桉树外，全部是苦参子。山很陡，全部是土山，何振介绍说，这块地有三百多亩，周围全部种上苦参子了。前年在广东打工，没挣多少钱，后来在山上试种苦参子，感觉是个门路。

石头问：“你种了多少？”

何振说：“总共种了一千八百亩，全村种了一万多亩。”

“收成怎样？”

“去年收了三十吨干果，每吨大约十万块，除去成本，纯利润三百万，和两个堂兄弟一起搞的，他们种得比我还多。”

“销路怎样？”

“现在最愁的就是销路。大家种得多，价格回落很大，一斤干果只有三十多块钱。如果能直接联系到药厂就好了，现在外地老板来收购，价压得非常厉害，去年一斤干果五十多块钱。”

看着满山的苦参子，他的脸上闪出淡淡忧虑。

农副部长说：“去年何振卖苗挣了一百多万。其实他们一直在努力，刚才我们进村看到的那几个晒场，就是他们的粗加工场地，里里外外投了不少钱。这只是粗加工，如果科研跟得上，以苦参子为原料研制出治疗癌症的特效药就好了。希望调研组帮助他们联系国内的一些制药厂，如果将来在石城建立一个药厂的加工基地，也能帮他们解决产业链问题。苦参子产业的发展前景，我们感觉还是很好的。”

对面山脚下停着一辆卡车，这里叫后推车，对面山坡传来说话的声音，由于山太陡，看不到是谁在说话。随着说话的声音，有几个大麻袋从山上滚了下来，直接滚到车边，感觉滚着的不是草药，而是一麻袋一麻袋的钱啊。

大家谈论着苦参子，对这些其貌不扬的小黑豆很感兴趣。

几天后，雨曦把稿子发过来。石头感觉初稿高度不够，数据太多，而且都是石城的，研究南方的精准脱贫对策，既要以石城为示范，更要跳出石城来写。提案对字数有要求，一般不超过一千三百字。把这个问题写清楚，提案要求简练，这不是写工作报告。一番琢磨后，他对初稿做了修改，重点在对策方面。首先是树立“大扶贫”的精准扶贫理念。扶贫不是哪一个部门的事，需要动员全社会的力量共同参与，树立“大扶贫”的理念，应做到以下几点：一是坚持区域减贫与群体减贫并重，加强对扶贫开发形势的分析和预判，准确把握未来扶贫开发发展的趋势，更加注重精准扶贫到村到户到人；二是坚持政府、市场、社会三者并重，注重市场主体的参与和社会力量的组织动员，形成全社会共同参与脱贫攻坚的格局；三是充分发挥报纸、电视、网络等媒体的宣传作用，通过各种喜闻乐见的形式对扶贫对象进行教育，不断提升扶贫对象的新认识新观念，努力做到思想观念上脱贫；四是统筹政策扶贫、产业扶贫、旅游扶贫、教育扶贫、科技扶贫、智力扶贫、金融扶贫、电商扶贫，以产业扶贫为重点形成合力。

另外建议对几个工作机制进行整合。现在是法治社会，与精准扶贫相关的法律法规都要完善，这有利于精准扶贫长效监督和保障机制的建立。一是完善专项扶贫政策。严格落实专项扶贫资金的投向规定，使贫困人口真正能够享受到扶贫政策。二是完善部门扶贫政策。部门作为政府扶贫的重要支撑，要确立部门扶贫的硬指标，使部门资源真正向贫困地区倾斜。三是完善市场主体扶贫政策。引导劳动密集型产业向贫困地区梯度转移。制定激励政策，引导市场主体与贫困村建立互惠互利、共同发展的双赢合作机制，推动“村企共建”，带动贫困村集体经济发展，增加农民收入。四是完善动员社会支持政策。继续争取各部门加大对重点县的支持力度，完善定点扶贫制度，探索建立对口支援特困县的办法和途径。出台社会捐赠扶贫钱物的规范化管理办法，搭建爱心平台，完善激励机制，推动社会扶贫深入持久开展。发挥各类社会群团组织的桥梁和纽带作用，引导多方资源支持贫困地区发展。五是出台省级的整合部门资金的政策，为基层部门统筹使用扶贫资金提供基本遵循。

最后是扶贫办提出的做好精准扶贫大数据管理平台建设的问题，这也是一个机制，是脱贫成效动态监测方面的机制。这个更要具体化。一是做好精准扶贫大数据管理平台建设，扎实做好精准识别等基础性工作。二是加强信息化管理。将识别出的贫困村、贫困户的基本信息录入数据库，建立健全覆盖全省的互联互通的扶贫信息系统，实现资源共享和动态管理，加大开发与大数据平台相对接的专项扶贫工作软件的力度，加强贫困村信息终端服务平台建设。三是开展全社会扶贫投入统计指标体系研究。完善扶贫开发统计报表制度，尽快研究形成一套统一、规范、简便、科学的全社会扶贫投入统计指标体系，真实反映各方扶贫投入情况，为分析精准脱贫现状、完善政策措施提供实证依据。四是加强涉农资金的监管数据平台建设，完善预防村官腐败的长效机制，充分发挥农村基层党组织的战斗堡垒作用。

也就是说，调研报告转化为《关于做好精准脱贫工作的几点建议》，建议简练、实用、可操作。概括起来就是：一个理念，两个机制，十三条具体建议。

43. 放马山歌

河滩种有几亩桑树，才过去几个月，桑树已长得郁郁葱葱。

河对岸隐隐传来歌声，只听那人唱到：

正月放马（呜噜噜的）正月正哟，
赶起马来登路程，
哟哦登路程。
……

原来是《放马山歌》。河谷中回荡着的歌声，让人感觉别有意味。

声音隐隐约约，他循着歌声往前走。

满眼尽是矮矮灌木、青青艾草和开满绿毛毛花的板栗。岸边水草一式倾向前方，裸露出草根和泥土，尽是河水冲刷的痕迹；岸上有不少木头，从上游冲下来的；粗大的秋枫木倒掉，便成了独木桥，桥下吐出簇簇木耳，在河水潺潺的氤氲中，显得灵动，又浑然天成。

非常小心地走过独木桥，看见岸边有一匹马悠闲地吃草。

这是典型的南方马，棕色，矮矮的，却很壮实。不像那北方的高头大马，很多拿来做战马，岭南山区也许比较适合矮小的马。

半山坡是新建的简易房，用水泥砖搭建，顶棚为石棉瓦结构，顶棚和墙之间有空档，方便空气流通。夏天天气炎热，要预留出空气流通的地方，这样有利于蚕宝宝生长。

歌声从简易房里面传出来。石头走到房前，透过空档，看到一个人弯着腰打理簸箕，一边干活一边唱歌。原来，那时远时近的山歌是他唱的。

待歌声停下，石头敲了敲石棉瓦做的门。

门开了。

原来是林老伯。老人家今年七十多岁，头发白里泛黑，眼睛小小的，但精神矍铄，给人六十几岁的样子。

看到石头，林老伯热情地招呼他进屋。地已扫过，很干净。房顶是石棉瓦，用铁丝线密密地扎着，毕竟安全第一，到了台风季节，简易房子很容易被吹倒。山风吹过，室内非常凉爽。屋内有两张用木棍扎制的床，上下两层，床上铺着细细竹片密密织成的席子。

林老伯说："这就是蚕宝宝未来的家了。"

"蚕茧好卖吗？"

"价格可以，十七八块钱。我养的是桑蚕，吃桑叶的蚕，蚕市场行情还行。"

"有不吃桑叶的蚕？"石头很诧异。

"这没有什么奇怪。"林老伯淡淡地说，"原先我们养过木薯蚕，那些蚕吃木薯叶，蚕茧品质不好。现在养的蚕，吃桑叶。"

"河谷这些桑树是你的吗？"

"是啊。"

"每棵苗多少钱？"

"一毛二，种了五亩，两万多棵，花了五千多块钱。"

林老伯接着说道："这些房子是二林年前建的，现在村里只有我自己养蚕。我这人闲不住，要闲着了，老得快。"

他爽朗地笑着。

林老伯家在村委旁边，那是两栋两层楼的砖瓦房。他有两个儿子，一个儿子一栋。小儿子二林这几年种西贡蕉、搞农家乐、养鸭子，还把三百亩山林承包出去种上速生桉，经济宽裕。大儿子在省中医院做医生，前年评上正高，对老人家很孝顺，属于工作之余常回家看看的那种类型，算学有所成、荣归故里。看着老人家年龄大了还上山做工，两兄弟多次劝说，可他不听。也许，山上有马儿陪伴，做工之余望望远处西大明山的高峰，自有乐趣在其中吧。老人家有个堂哥，二十多岁时在剿匪战斗中牺牲，后来名字就永远地刻在村口的革命烈士纪念碑上。

河边那匹悠闲的马儿是他的老伙计，已二十几岁，相较于人来说，年龄很大了。据说它的祖辈曾经跟随林老伯走过很多路。老人家每天和马待在一起，马会驮上肥料、农具，还有玉米粥，一待往往就是一天，形影不离。下山时，老人家会捡一些木柴让马驮下山。

林老伯每天都乐呵呵的，村里人讲，以前他赶马的时候，歌唱得最好，公路修进村后，偶尔会在村口吼上几声，这几年很少了，不知为何。今年玉屏要举办首届歌圩大赛，人们说，要是他到歌圩唱上两曲，说不定能得奖，年轻时他就得过大奖，今年唱好了，说不定能成为新时期的玉屏“歌王”呢。

石头说：“没想到您老会唱山歌。”

“以前跑过马帮。在山里面走得久了，编上几首歌能解闷。”他笑笑说。

“马帮的规矩多吗？”

“有规矩，还有禁忌。俗话说行船走马三分命，干马帮就等于冒险。跑马帮艰辛，有不少禁忌。就说吃饭吧，要先为马添料加草，让马先吃，半夜还要爬起来照看放养在山上的马。那时年轻，每天我都要把马驮的货物抬上抬下，不管多苦多累，要先服侍好马。一日三餐都要先让马吃好，最后才轮到自己。”他回答道。

“现在的大树屯就剩下我这匹马，它的祖辈曾经跟随我走南闯北，看到它时，就不由得想起那些跟着我的老马。以前，村里家家户户养马，最多时村里有一百多匹。那时候我们这里还是山路，挑东西靠人不得。在这山沟里，人能挑多少？还不是全靠马。后来村里修公路，很多人家就把马卖了。”老人家用右手轻轻地抚摸着马头说道，“马非常聪明，要是你和它相处久，它会和你很亲近。”

玉屏是历史上有名的马帮之乡，以前到县里只有一条普通的黄土加石子简单铺就的砂石路，深山里更谈不上公路，村民进出山完全靠走山路，更多的时候还要走水路，跨沟过河，马是主要交通工具。由于马匹多，玉屏的打铁生意很兴隆。一天到晚，乡间嘭嘭嘭的铁锤声和叮叮当当的打击声交织成一曲美丽的乡村旋律，响彻山谷。俗话说："世上三行苦，撑船打铁磨豆腐。"这些历史悠久的行业尽管辛苦，却支撑起玉屏几代人的梦想。当然，"打铁还须自身硬"，不是所有人都能打得了铁。打铁既要有力气，还要心细，能够掌握火候；更要懂得分工协作，知道怎样烧火、锻打。如果把握不好各个环节的火候，就会直接影响产品质量。所以说，打出一口好铁，要有力量、胆量，还要有吃苦精神、配合意识，现在叫团队精神。打铁需要团队意识，赶马人更需要"抱团"。那时候，林老伯每次上路，赶马人和马都是各司其职，该走就走，该停就停。马帮守规矩、讲信誉，不靠天不靠地，而是靠自己。凭着在马帮学到的这股精神，后来，林老伯还跑过茶马古道，西到腾冲，东到广州呢。

林老伯走过的茶马古道是民间地道的马帮之路。这条古道将中国的茶、丝织品输送到西藏，有的还转至印度、红海沿岸。在交通极为不便的情况下，沟通了不同地区的商贸和文化联系，所以说，它还是一条友谊之路呢。马帮穿行在茫茫林海，奔波于雪域高原，沿途艰险无比，那是世界上地势最高、山路最险、距离最遥远的文明古道。在这条古道上，至今飘荡的淡淡的茶香、悠扬的驼铃、马匹的呦呦嘶鸣以及山谷中的悠远歌声，留下了永远讲不完的丝路故事。

斗转星移，今天的运输方式已发生很大变化，但是，在一些偏远不通公路的山区，马还是运输木料、石材、农资的主力。

台风"威马逊"过后，小水、金山、银山的通信基站被吹坏了。电线杆、水泥等材料要送到山顶上去，山路崎岖，汽车只能把建材拉到山下。建材运不上山，后来请了邻县的马帮运输。

邻县这支马帮有三位成员，老板和他老婆，还有带着的三岁男孩。老板四十多岁，姓赵，熟悉他的人都称他老赵。老赵告诉石头，邻县是大石山区，交通不便，家家户户养有几匹马，马是主要的交通工具，他两三岁就会骑马了。他们有两支队伍，三十匹马。另外一支马帮队伍正在修建龙虎山山顶的步行道、凉亭等。由于需要将大量石块、砖头、水泥和砂石料搬上山，而人工搬运费用特别高，所以，用马运输对整个工程来说还是经济的。平时活多的话，他们会照顾彼此的生意，邀来同乡马帮一起做事，他们非常团结，心很齐。老赵的伙伴在龙虎山那边做了三个多月，后来村里找到他们，说是金山屯片区要架线修建基站，估计二十天左右，他们就分出老赵的五匹马，算是为美丽乡村建设出一点力吧。

每匹马都是他的宝贝。调过来的五匹马分别是“鱼皮”“黑头”“小顺”“黄风”“和气”。从它们的名字就能看出这些马的品性，有的好驾驭，干活勤勤恳恳；有的性格暴烈，不容易驾驭。其实干活时能不能尽力，关键在于赶马人的技术，以及他们和马的亲密程度。马是聪明的动物，老赵说：“有一次他生病，那个叫小顺的黄骠马还掉了眼泪。”

工地在山顶上。

从银山屯出来，跨过小河，再往上走，就是马帮在山路边的树荫下搭建的简陋工棚。穿过山间细细的小道时，草很密，路太陡，不一会儿，身上出了不少汗。山中风景极好。正是中元时节，板栗熟了，树枝上挂满了毛茸茸的浅绿色“小刺猬”，一些“小刺猬”咧开嘴，露出里面褐色的果实，不少掉到地上，板栗“跑”出来，引来不少小松鼠；还有那高高的浑身是斑斑点点的阳桃树，长在深山里，久久没人来过，阳桃熟了，变得金黄，掉了下来，草丛上积了厚厚一层，不少颜色已经变黑，空气中弥漫着一股淡淡的酸腐气息。树梢那熟透了的金黄色阳桃，啪的一声掉在地上，很是清脆，四周没有风，很寂静。阳桃树是野生的，全凭自然造化，没有人管理。他停下来，在树下捡起刚刚落下的阳桃。阳桃个大，金黄，看来熟透了，他用水冲洗过，尝了尝，特别甜，还有种淡淡的酸。

待休息好，继续向上走，不一会儿到了工棚，这是马帮栖身之所。工棚旁边有一张矮矮的小桌子，上面放着花生油、酱油、盐巴等佐料，还有锅碗瓢盆等，桌子旁是煤气灶，另外是成袋的大米。工棚外面有一米见方的铁盒子，里面种上了空心菜，青菜已经割过几茬。铁盒子成了他们的菜地，这可真是物尽其用啊。这简单的铁盒子跟着他们走过了不少地方，颇有历史。赶马人勤劳节俭惯了，不管在哪儿做工，都要寻思着种些青菜，节省一点生活开支。他们常年奔波于各个建筑工地，颇有老一辈赶马人那风餐露宿的意味。隔工棚二十几米远，是马棚。马吃的饲料玉米、麦皮等，要从山下用车拉来，再配以山上的青草和买来的干草。买一匹马不便宜，好的要三四万元，马帮运营的成本不低。

老赵正在给马喂饲料。他们吃饭有规矩，歇息后，先是为马添加草料，让马先吃，然后再给人做饭。

老赵对石头说，“由于有大量的建材从半山腰运上山顶，每天劳动强度都很大。一天要运输五趟，早晨四五点就要起床喂马，天刚亮就出发干活，中午十一点回来吃午饭、休息，下午两点喂马后出工，晚上天黑后才下班。”

“以前山里面运输完全靠马，现在交通发达了，跑马帮有钱赚吗？”

“马帮一年有四个多月的活干，一天收入二三百块，虽说苦点累点，除去买玉米、干草等马粮的钱，一年到头能攒下一点钱。前年三卡屯发生水灾，路不通，一连好几天救灾物资运不进去，后来全靠马帮及时送进去，我们只收一点马粮钱，救灾的钱不能挣，这是规矩。”老赵淡淡地说着。

末了，他说出自己的心愿：“这里山清水秀，环境好，等我年纪大了，龙虎山旅游开发好了，还可以赶着马匹为游客带路，当向导什么的……”

天色渐晚，告别老赵返回村部。路过河谷，远远地传来《放马山歌》的旋律。

正月放马（呜噜噜的）正月正哟，
赶起马来登路程，
哟哦登路程。
不会发，不会发。
哟哦。
大马赶在（呜噜噜的）山头（呢）上哟，
小马赶来随后跟，
哟哦随后跟。

不会发，不会发。

哟哦。

……

伴随歌声的是山间小道的马铃声，时近时远。

这旋律，曾经回响在长满青苔的茶马古道，刻下岁月的深深印记。

一代代赶马人披星赶月，抛家别子，为了过上好日子而备尝世间艰辛。放马歌声，可不就承载了他们的梦想和希望吗？正是有了对未来生活的美好憧憬，无论前面有多少高山峻岭，都阻挡不住赶马人前行的脚步。

时间不会倒转，明天只能前行。山间此起彼伏的马铃声终将融进密林，走进历史。但是，那浸润着勤劳、敬业、宽容、自强和勇于向命运抗争等自由品格的赶马人故事，一如山间红的、黄的、白的、紫的、蓝的、粉的杜鹃花，早已洒满漫漫丝路。

44. 在路上

已近傍晚，远远地看到二林嫂挑着两担芭蕉走过来。看到石头，二林嫂热情地招呼道：“指导员，尝尝我们自己种的芭蕉吧，这些都是自然熟透了的，很甜的啊。”

说着，二林嫂从成株的芭蕉上面砍下两大串递给石头。一串有十几根，而且，芭蕉饱满、金黄。这样自然成熟的新鲜芭蕉，城里的市面上一般很难买到。石头掂量了掂量，感觉比较沉。一串就这么重，那两担芭蕉肯定不轻。农村大嫂总是很勤快，她们在山里劳作惯了。

“谢谢嫂子。我不吃这个，你们还要拿去卖钱。”

“客气啥，这些拿来让大家尝尝，山里面还有很多呢。”二林嫂爽朗地说道。

“今年怎么卖啊？”

“主要拿到乡里去卖，现在有些商贩到村里收购，他们给的价钱很低，一斤不到两块钱。”

“要是建个冷库储存一下，然后把这些西贡蕉加工好，到时候二林哥再带头成立产销合作社，利用互联网帮我们宣传，效果可能会好一些。”

“那样的话，可就解决大问题了。”

看到邻居们陆续收工回家，二林嫂招呼道：“大家过来尝尝吧。”

说着话，周围已经聚集不少人，王老爷、林老伯、老禹、韦晓、三能、小金、韦大嫂，还有她那可爱的小孙女……

刚刚摘下的新鲜芭蕉，个大、金黄、筋道，口感非常好。

四周山林、河谷已长满稻谷、玉米、甘蔗、木薯、芭蕉、苦参子、小豆蔻，奔腾不息的小河环绕村落，百年大榕树正默默守望着勤劳的人们。

透过西山顶的斜阳，他的思绪早已跨过对面那高高的山峰和淡淡的彩云。忽然间，他看到了：

马铃声声，一群人正从前方走来，他们扶老携幼、披荆斩棘，世世代代耕耘在这片广袤富饶的红土地上，纵是千山万水，也阻挡不住人们前行的脚步。灵渠边上、南海之滨，都能看到先人的足迹。正是因为有了勤劳勇敢、自强不息、不断探索的人们，南方的山川、河流、海滨才变得更加美丽。

他看到了：

镇南关，铜鼓声声，一位老将军身先士卒，挥舞着大刀，呐喊着跃出战壕，人们紧跟着冲了出去，侵略者被打得落花流水；昆仑关，崇山峻岭在怒吼，一群群英勇的人们冒着猛烈的炮火冲向前方，敌人的膏药旗从关上扔下来，大明山上响起胜利的欢呼声。这是祖国的南大门，“若是那豺狼来了，迎接它的有猎枪”。

他看到了：

解放军的大队人马正在南下，红旗插到了镇南关上。土改工作队队员走村串户，他们正在为新中国的建立和发展而努力着。弹指一挥间，六十多年了，更有千千万万的驻村干部走在大石山区的田间地头、山中小道、民族村寨，“但愿苍生俱饱暖，不辞辛苦出山林”，他们正和贫困地区的群众一起修公路、改危房、谋产业、奔小康。

他看到了：

勤劳的农人正劳作着，夕阳西下，金色稻田洒满泥土的芬芳；芒果园里的金煌芒、红象牙芒、贵妃芒、红苹芒、椰香芒、四季蜜芒……那品种多得啊，让人数都数不清。还有那漫山遍野的甘蔗、罗汉果、茉莉花、波罗蜜、芭蕉、桂圆、荔枝、板栗、柑橘、八角，让人流连忘返；更有大山深处众多不知名的珍贵草药，正等待着勤劳的人们去发现。

他看到了：

北部湾千帆百舸竞风流，人们正在书写着海上新丝路的故事。黄金海岸、白沙滩、红树林、海豚、火山岛、万吨巨轮，还有新能源、钢铁、石化、汽车、冶金、有色金属、电子，“一带一路”已经将南方和世界紧紧连在一起，“朋友来了有好酒”，热情好客、勤劳勇敢的人们早已扬起改革的风帆，他们正要沿着千年丝路到那深蓝大海去远航呢。

他看到了：

向北、向东、向西，一条条高速铁路已经铺就，祖国南疆在腾飞。遥想起八年前同朋友谈起南方规划的高铁，那是多么让人神往啊。现在，天涯成咫尺，到北方坐高铁只需十几个小时，朝发夕至，明天，回家的路已经不再遥远……

他看到了：

那个美丽地方，一个红棉花处处盛开的地方。

时间过得飞快，转眼工夫，2016年春节快到了。

好在他买到了火车票，回到家正好是大年初一的早晨。

他没买卧铺票，主要想省点钱，爱人在电话里说，上次领女儿到商场，孩子特喜欢看书，还说“爸爸买”。他想给宝贝女儿多捎些礼物。另外，春节到了，他觉得除夕出门的人应该不会太多。

凌晨一点，上车的人三三两两。虽然还在春运期间，但是除夕和春节这两天，不会有很多远行的人。

列车走了停，停了走；旅客上了下，下了上。一路走走停停，窗外的颜色由翠绿变浅黄，过了长江，就白茫茫一片了。

隔壁餐厅里传来阵阵欢笑声，那是列车乘务组在开春节联欢晚会。欢乐属于他们，过年了，有人还在工作岗位上。

子夜的钟声敲响了。

“新年快乐！”祝福声声，从餐厅传来。

他看到，硬座车厢里只有他自己，这可真是享受专列待遇了。

天渐渐亮了。

外面已很冷，车厢里却温暖如春。白茫茫的大地里，孕育着希望吗？“瑞雪兆丰年”，前几天北方可是下了好几场大雪。放眼窗外，雪很厚，铺满大地。

对面来了一群戴臂章的列车员。走在前头的，头发花白，应该是领导吧，老人家走过来，亲切地对他说：“新年好！”

他祝福道：“新年好！”

待他们走过，他看到一个年轻的女乘务员正在认真拖地。车厢干净、整洁，除了他，没有别人，一切都静悄悄的；可她，仍然在努力打扫着，很专注。

窗外空无一人，世界已沉寂。往常，路上可是人来人往，热闹得很。也许，人们还沉浸在昨夜的狂欢里吧。

多半年没有看到女儿了。他仿佛看到女儿伸出小手，说“爱爸爸，爱爸爸”；家人已准备好热腾腾的水饺，正等着他。

广袤大地，列车飞速驶向前方……

跋　感谢生活

若问哪些事情让我铭刻于心，过去驻村扶贫生活中的点点滴滴是不能忘记的。驻村期间，因着工作关系，某先生曾经和我长谈过文艺创作的事。先生公务繁忙，但他著作等身，不辍笔耕，在业余时间凭着顽强的毅力创作出多部优秀小说。他告诉我，要写出好书，一是要有吃苦精神。没有吃苦精神，干不好工作，更不要说写书了。他从基层一步步走来，所创作的著作皆是业余时间写就的，他每天都要忙到凌晨两三点，目前还在继续创作新书，真可谓“老骥伏枥，志在千里”。二是文章的立意要高。写什么题材，好不好，有没有用，从文章结构就能看出来。所以写书的时候，心中要有思路，先选好题，弄清楚为什么写。三是走进生活。他创作的大石山区青年回乡创业题材的多部著作都是源于生活，好作品离不开美好生活和想象。因着这个缘故，懵懵懂懂中，我尝试着利用业余时间写驻村扶贫的故事，算是班门弄斧，见笑于方家。这一晃，竟然过去了好多年。

创作生活中，几多迷茫、困惑、彷徨。“山重水复疑无路”时，某先生悉心教诲，对书稿提出专业翔实的审读意见，指点迷津，令人豁然开朗。诚如古人所云，“蓦然回首，那人却在，灯火阑珊处”。

我出生在黄河之滨，求学于白山黑水，之后来到了彩云之南、八桂大地。回首来路，我读过经济、政治等专业，后又攻读哲学博士学位，专业跨度大。工作变化也很大，先后在企业、学校、机关等工作过，已有二十五六年了。尽管环境变化大，自己却从来没有间断过学习，特别是向书本、向他人学习。而走过的路，就像那红黄黑协奏的命运交响曲。眨眼工夫走过了四十多个春秋，自己也早已进入不惑之年。不惑，字面上是明白事理不糊涂的意思。在我看来，四十多岁的人少了青春懵懂，多了一份责任；少了对功名利禄的刻意追求，多了面对生活的务实和理性。在我看来，这种“务实和理性”，就是做有意义的事。

人，一刻也不能停止思考的脚步。曾经的驻村扶贫工作和生活，让我有了更多机会接触那些勤劳朴实的人们，也有了更多时间思考问题。慢慢地，有了一种把这些朴实的人和曾经思考过的问题写出来的念头。

正是带着“做有意义的事”的朴素想法，我开始了创作之路。一路艰辛，几易其稿。最初，为了构思主题，五个月没有用电脑写稿子，完全手写。我所驻村屯方方面面环境很好，待在村里，白天工作，晚上自己做一些简单饭菜，吃饱肚子就可以了。尽管有诸多不便，却积累了生活素材。可以说，驻村的生活状态就是干中写，写中干，干是写的源头活水，只有干出来，才能写出来，没有干出来，当然写不出来，即使勉强写了出来，也没有多大意义。坚守着这个原则，夜深人静时，我利用闲暇时光对手稿写了改，改了写。这样做的原因在于，手写让思路更加清晰。我现在还是先用笔在纸上写出草稿，然后反复修改完善，也许习惯成自然吧。在我看来，笔、纸皆是传统，好传统不能丢。

后来，竟然靠着纸和笔写出三十万字初稿。文稿题目却是反复琢磨、咀嚼，曾先后拟定为《希望》《美丽故事》《非理性世界与新时代美好生活》《木棉记》等。“非理性认识问题”是我在中宣部委托中国社会科学院组织实施的“马克思主义理论骨干人才计划”攻读博士学位时的研究题目。可以说，非理性认识问题既是马克思主义哲学的题中应有之义，又是具有前瞻性的研究课题。当我们提及非理性认识的时候，不是说不要理性认识，也不是非理性主义。非理性认识本身是一个内涵非常丰富的哲学问题，它涵盖欲望、无意识、情绪、情感、意志、理想、信念以及直觉、灵感、顿悟等内容。揭示出非理性认识丰富的哲学内涵殊非易事，这也是至今非理性认识尚无定论的原因之所在。以通俗易懂的文学形式承载非理性认识丰富的哲学内涵，我想，某种程度上有助于提高人们对非理性问题的关注度。后来，经过反复斟酌，最终将题目拟定为《木棉》，至于妥当与否，由时间和读者评说吧。

在写作“驻村扶贫”卷“美丽故事”或者说“新时代的美好生活”的过

程中，我始终要求自己不矫情、不无病呻吟，努力做到通俗易懂，把真情实感表达出来。但生活中的美，特别是蕴含着的伦理之美，很难用文字表述出来，于是反复修改完善。每当累了困了打退堂鼓时，就想起先生消瘦的脸庞、坚定的目光以及殷殷教诲，又鼓起勇气继续写下去。

并不是所有人都有机会从事驻村扶贫工作，这是“有意义的事”。如果能把驻村扶贫生活写出来，难道不是更“有意义的事”吗？之所以写出这本书，还在于驻村期间发生的许多事情让我感动。群众的谦和、宽容、坚毅，让我动容。他们生活清贫，但做事踏实，总有办法克服困难；他们种植了砂仁、苦参子、石斛、八角、桉树、西贡蕉、稻谷、玉米、木薯、板栗、竹子等作物；他们为人真诚热情，常常送我一些自家种的青菜，山上采的野山药、蜂蜜等。当经历生活中这些点点滴滴的时候，我总能感觉到他们的“大”和自己的“小”。这是我进行新时代创作的动力源泉。

生活好似大海，散落着许多美丽的珍珠，如果能用主线把这些珍珠串起来，那么，驻村扶贫期间的小故事不就成了一串美丽的项链吗？我从“小”入手，以下面的主线串起了新时代美好生活中的诸多珍珠。

一是“美丽”主线。南方山水绮丽，风光无限，素有“千里景千变，一山一诗篇”的美誉，是一个令人向往的地方。书中对返乡青年的创业情况、基层干部群众的生产生活状况，以及西大明山区的风土人情等进行了叙述，彰显了生活美、自然美、心灵美、劳动美、奉献美的“美丽”主线。尽管大山深处的群众现在生活还不是很富裕，但是，因为有了这么多“美丽”元素，他们追求美好生活的梦想将不再遥远。

二是“理论思维”主线。书中融入了我对人学、集体经济、资本、合作经营理论等方面的理解和认识。有些是近年来的学术研究成果，有些是驻村期间思考过且已经付诸实践了的。涓涓细流，可以成江海。“理论思维”主线贯穿全书，由它串起的诸多小故事，自然汇成了新时代美好生活的大故事。

“醉里挑灯看剑”，品味创作生活，家人、朋友给予无私的支持和帮助，他们是《木棉》这部作品的见证者、参与者、创作者。同时，《木棉》又是一部未完成的作品，尚需读者阅读。书中塑造出的人物形象能不能立得住，是否能经得起时间和实践的考验，以及这本书有没有意义、价值，等等，都需要读者评价。

岁月静好，那是因为有人负重前行。在驻村扶贫的日子里，我认识了许多朋友，这些朋友是普通的，他们默默无闻，努力做好分内的事。每当想起前进道路上，总有人在努力工作着，还有人倒下了，倒在热爱的平凡岗位上，心中总是很感动，于是不断鼓励自己要努力学习、工作和生活。也许，正是有了这些平凡的人和事，平淡的日子才变得更加五彩斑斓吧。过去的点滴生活，早已铭刻心中，不能忘记。

感谢生活！

希望以下面的话与诸君共勉：

若问祖国南疆为什么这么美丽，那是因为有了你，有了我，有了他，有了我们大家的携手前行。为了让她变得更加美丽，大家一起努力吧。

冯敬鸿

癸卯年元月写于岱溪